徳間文庫

あらごと、わごと

魔王咆哮《ほうこう》

武内 涼

徳間書店

目次

これまでのおもな登場人物

あらごと　十二歳。何者かに故郷の村を滅ぼされ、双子の妹わごととも生き別れに。常陸の大豪族源護《みなもとのまもる》の下女となり苦役にあえいだが、物を浮かす如意念波《にょいねんぱ》と、自身が宙に浮かぶ天翔《あまがけ》の力に目覚め、ついに脱走、近隣の領主平将門《たいらのまさかど》に保護された。故郷消滅の真相と仇敵について知るべく、承平五年（九三五）二月、名呪師《のろんじ》白鳥ノ姥の住む下総香取へと旅立つも、藤原千方一味が襲来。からくも目的地に辿りつく。所持する銅鏡の破片で妹と交信できるようになる。

わごと　あらごとの双子の妹。心優しい夫婦に拾われ〳〵平安京で女流歌人右近《うこん》に仕える。しかし、その存在が魔人藤原千方に知られるや、養父母は惨殺。僧良源らとともに紀州熊野へ身を隠さんとするも魔軍の襲撃を受け、大切な仲間たちを失う。銅鏡の片割れを持つ。動物を操る〝ことびき〟と、未来が見える千歳眼《せんざいがん》の力に目覚めている。

浄蔵《じょうぞう》　四十代半ば。最強の法力で、その名を知られる比叡山延暦寺の美男僧。良源の呪師としての師。六重《ろくえ》の通力《つうりき》を操る。

良源《りょうげん》　二十代前半の頑健な僧。わごとを助け、行動を共にする。後年、天台座主に上りつめる。瞬間移動の縮地《しゅくち》と、紙に描いた絵を動かす紙兵《しへい》術なる二通力を持つ。

乱菊《らんぎく》　物を瞬時に移動させる物寄せと幻術の二通力を持つ。あらごとの呪師修行の師。

日蔵《にちぞう》　アクの強い浄蔵の叔父。呪師の力は持たぬが棒術に秀で、わごとを守って旅する。

橘潤羽《たちばなのうるは》　没落貴族の娘で、きわめて気位が高い。微細まで物が見える巨細眼《こさいがん》と情を注ぎ込む魂《たま》の潮《うしお》という二通力で、わごとを助ける。

為麻呂《ためまろ》・石麻呂《いしまろ》　身体を鉄のごとく硬化する金剛身で、わごとを守る兄弟。

音羽《おとは》　元群盗で今は平将門に仕える飯母呂《いぼろ》衆の一員。群盗仕込みの技であらごとを守る。

白鳥ノ姥《しらとりのうば》　過去と未来を見る古ノ眼《ふるのまなこ》に讖緯《しんい》、遠くや近くを見る千里眼という三重《みえ》の力を有する老呪師。あらごとに、魔王藤原千方との戦い方を授ける。

藤原千方《ふじわらのちかた》　十五の通力を持つ大呪師。魔軍を率い、天下大乱の謀略をめぐらす。さる予言による〝宿命の子〟を探し続けてきた。

火鬼《かき》　化野《あだしの》の異名。藤原千方の配下にして愛人。火を操り人を屠る。

水鬼《すいき》　嬉野《うれしの》の異名。化野の双子の妹。千方の配下で、水を操り人を屠る。

風鬼《ふうき》　暴風を起こすとともに縮地の力も持つ、千方配下の老妖術師。あらごとによって斃された。

金鬼《きんき》　千方の手下の大男。身体を鋼鉄化して敵の武器をはねかえす。

隠形鬼《おんぎょうき》　千方に仕える少年。存在を消し去る隠形に加え、敵の通力を一時無力化する空《うつぼ》止《ど》めの持ち主。

伊佐々王《いざさおう》　異名を土鬼《どき》。千方の一味。背にびっしりと笹を生やした小山のような大怪物。

坂東及び奥羽之図
白髪ヶ岳
（白神山地）
米代川
ユワレ
の村
陸奥
奥羽山脈
秋田城
胆沢城
出羽
国府
北上川
出羽
多賀城（陸奥国府）
末の松山
陸奥
国分尼寺
白河の
関
下野
袋田の滝
上野
下野国府
常陸
秀郷の館
鎌輪
筑波山
利根川
香取海
鹿島社
武蔵
香取社
太日川
下総
人穴
富士山
上総
駿河

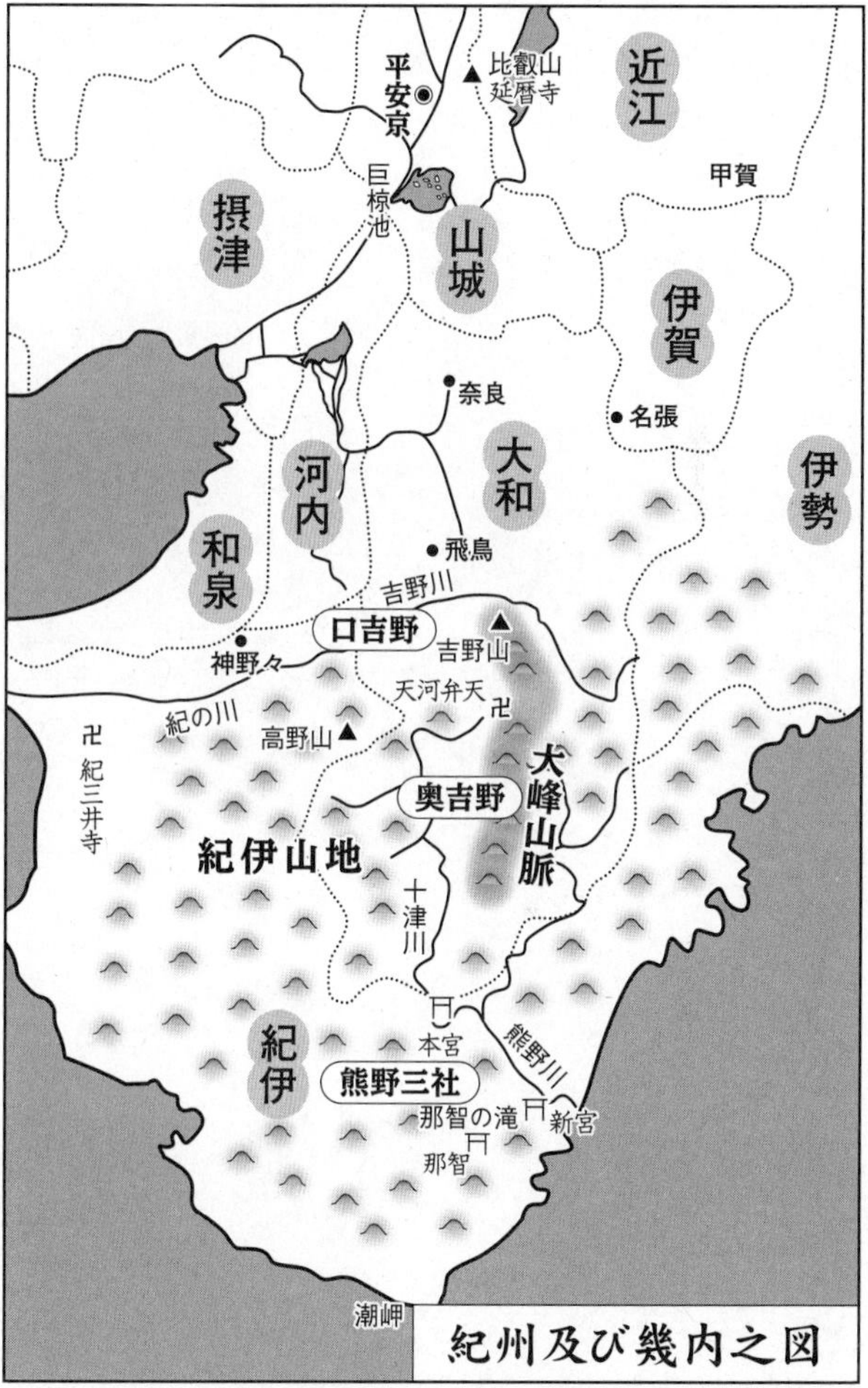
平安京
比叡山
延暦寺
近江
巨椋池
摂津
山城
甲賀
伊賀
奈良
名張
河内
大和
伊勢
和泉
飛鳥
吉野川
口吉野
吉野山
神野々
天河弁天
紀の川
高野山
紀三井寺
大峰山脈
奥吉野
紀伊山地
十津川
本宮
熊野川
紀伊
熊野三社
那智の滝
新宮
那智
潮岬

紀州及び幾内之図

あらごと　一

白鳥ノ姥《しらとりのうば》は、言った。

「四つの宝が何か申す前に徐福《じょふく》について話さねば。徐福は、知っておるか？」

「…………」

あらごとの首が横にかしげられる。

秦《しん》の始皇帝《しこうてい》から不老不死の薬を探すよう命じられ、東の海は蓬萊山《ほうらいさん》に棲《す》む神仙が、それを、もつと答え、皇帝に大船団をあたえられ、千百年前の日本に漂着した方士、徐福の来歴が語られる。

「徐福は方士……つまり、呪師《のろんじ》であったと思われる。徐福が漂着したのは紀州《きしゅう》熊野《くまの》という」

……わごとが向かっている地だ。

「徐福の名はつたわっておるが……肝心の蓬萊山の神仙、不老不死の力をもっておった者の名がつたわっておらぬ」

白鳥ノ姥の言に、あらごとの師たるさすらいの女呪師は、

「そうですよね」

「――徐福《じょか》と申す」

「徐福……初めて聞きました……」

乱菊《らんぎく》は茫然《ぼうぜん》と呟《つぶや》いている。

香取《かとり》大明神の庁屋《ちょうのや》、三人の他に白鳥ノ姥の、三人の弟子、および平良文《たいらのよしふみ》が、いる。

表は音羽《おとは》や石念《せきねん》たちに守られている。

元盗賊、飯母呂《いぼろ》衆を率いる飯母呂石念と、その配下、音羽は平将門《まさかど》に仕えており、良文は将門の叔父だ。

「不老不死ではなく、不老長寿の力をもつ妖術師であったようじゃ。――十五重《じゅうごえ》の力をもっておった」

「十五重？」

あらごとは目を転がり落ちそうなほど大きくしている。

「驚くなかれ……。汝《なんじ》らの敵、藤原千方《ふじわらのちかた》も、また、十五の力をもつ。我が千里眼がおしえてくれた……」

（藤原千方……十五の力をもつ男。それがあたしらの敵？）

乱菊がゆっくり固唾《かたず》を呑《の》む音がする。

あらごとは徐禍なる男と千方の圧倒的通力《つうりき》を聞き心臓をぶち抜かれた気がした。

白鳥ノ姥はつづけた。

「徐禍は徐福の何代か前の先祖の、兄か弟であったようじゃ。徐禍の頃の震旦《しんたん》は……七つの強国が覇をきそう戦国の世であった。徐禍は左様な大陸から逃げ、日の本にわたり通力で己に逆らう者を殺《あや》め、己の国をつくったようじゃ。徐禍なりの理想を支えとする国であったようじゃが……」

乱菊は、過去、今、将来が見える媼《おうな》に、

「ちょっとまって下さい。徐福は血のつながりのある徐禍にたのみ、不老長寿の力を込めた何かをゆずり受けようとしたのですか？」

「――いや」

底冷えする声で、

「徐福は、徐禍を、殺そうとしていたのじゃよ」

「――」

白鳥ノ姥は、あらごと、乱菊に、

「我らがもっておるような掟《おきて》を、昔の唐土《もろこし》の呪師ももっておったのじゃ。わかるかね？」

乱菊は、少し考えてから、

「……得心しました。徐福は千里眼か何かで遠くはなれた東の海の島、日の本での徐禍の行いを知った。呪師・徐福は妖術師・徐禍を退治せねばならぬと思った」

「左様」

「故に……皇帝を騙《だま》して船を？」

「そういうことになろうな」

「徐禍を討つべく、熊野に上陸した徐福は蓬萊山に行く前に、色々支度せねばならなかった。蓬萊と申すは……」

「富士《ふじ》ですよね？」

乱菊の言に、媼はうなずき、

「徐禍の力は徐福を遥《はる》かに凌駕《りょうが》しておった。……故に、四つの宝をあつめねばならなんだ。宝の力で通力を強め、徐福は蓬萊、すなわち、富士に向かったのじゃ。これらのことは熊野、富士においてかつて古ノ眼《ふるのまなこ》が、わしにおしえてくれた」

「そのことを誰かにお話しになりましたか？」

乱菊が問うと、雪の如き九十九髪《つくもがみ》が横に振られている。

「今日初めて話す。宝を悪用する者どもがおらんともかぎらぬからのう……。我が讖緯《しんい》は、そなたらに、徐禍を倒した後、徐福が隠した、四つの宝をもとめるべしと、告げておる」

「四つの宝って、何なの？」

あらごとが口早に訊《き》くと白鳥ノ姥は深い叡智《えいち》の光を瞳にやどし、

「うむ。うち二つは、竹取《たけとり》物語の中に答がある。竹取物語は知っておるかね？」

首をひねったあらごとは、

「うーん。繁《しげる》様が話してくれたような……。竹の中から、きらきらしい姫様が出てくる話？」

「しかり」

「傲慢《ごうまん》な姫様だった」

「この子、傲慢という言葉を近々、覚えたもので……」

「——知ってたよ！　傲慢って言葉くらい、昔から」

あらごと、乱菊のやり取りを口をすぼめ面白そうに見守っていた老婆は、

「傲慢という見方もあるかもしれぬが……。竹取物語の五つの宝は、仏の御石《みいし》の鉢、蓬莱の玉の枝、火鼠《ひねずみ》の皮衣、竜の首の珠《たま》、燕《つばめ》の生んだ子安貝じゃ。このうち、蓬莱の玉の枝、火鼠の皮衣は徐福が探した宝と一致する」

蓬莱の玉の枝は……蓬莱山にある銀を根、金を茎、白い珠を実とする霊木で、火鼠の皮衣は、火中に棲む火鼠なる小妖獣の皮からつくった衣である。

「蓬莱の玉の枝……これ人ならざる異界から漂いし種子《しゅうじ》が芽吹いた霊木というべきもの」

「如何《いか》なる力が？」

乱菊が問うと、白鳥ノ姥は、

「うむ。霊玉一つにつき一度——」

刹那、香取海の方から吹き寄せた大風で表の大杉どもが如何にも大儀げに体を揺すった。

「持ち主が、通力を吸うことを可能とする」

まず呪師が蓬莱の玉の枝の銀の根をもつ。

その呪師から通力を得たい人——他の通力をもつ呪師でも、何ら通力をもたぬ只人《ただびと》でもよい——が、白き珠をにぎる。たとえばあらごとの師、呪師・乱菊が銀の根をもち、あらごとが白い珠を手にする。乱菊は、物寄せと幻術、二重《ふたえ》の術者である。この時、乱菊が「物寄せをつかう」という気持ちで内なる火花を散らす。

「さすれば……あらごとが物寄せをつかえるようになる」

深く咀嚼《そしゃく》する面差しになった乱菊は白い指を痘痕《あばた》がかすかにのこる小さな顎に添え、

「なるほど……」

あらごとは師と三つの力をもつ老婆、二者に向かってきょろきょろ視線を走らす。

乱菊は、言った。

「つまり珠の数だけ……神偸《かむぬすみ》を可能に？」

「左様」

あらごとは、乱菊に、

「……神偸って何？」

「あら？　おしえなかった？　他の呪師の通力を吸い――我がものにしてしまう通力」

白鳥ノ姥は言った。

「火鼠の皮衣……此《こ》は、火炎、灼熱《しゃくねつ》をふせぐ力をもつ」

敵方に火炎を放射する化け物じみた女……火鬼《かき》こと化野《あだしの》がいることを考えれば、使い道は十分すぎるほどある。

「ただ、火鼠の皮衣はうしなわれてしまったようじゃ」

「え？」

あらごとは目を剝き、乱菊は声をもらすも、白鳥ノ姥は、

「安心せい。火鼠を捕え、その毛から衣を製すればよい。ただ……魂壁《たまかべ》の力をもつ腕のよい織り手に織ってもらわねばならぬ」

魂壁はあらごとも知っている。邪《よこしま》な者が近づかぬよう目に見えぬ壁を張る力だ。

左右にはなれ、やや上に吊《つ》った二つの円《つぶ》らな目を細め、鼻に小皺《こじわ》を寄せた乱菊が、

「相当数の火鼠を確保、さらに……そういう織り手まで見つけなきゃいけない訳ですね？」

「左様。ただの織り手が火鼠の毛で布を織っても……通力による炎をふせげぬ」

（いろいろ、むずかしいな）

「三つ目の宝は――鬼熊ノ胆《おにくまのい》と申す」

鬼熊は、熊のような、鬼のような、恐ろしい大怪物という。

「熊ノ胆は熊の胆じゃが、これは鬼熊の胆に出来た石じゃ」

胆石である。

「この石を砕き、粉にして呑むことで、己の通力を強め得る」

浅黒い顔をかしがせた、あらごとは、

「ちょっとまって。鬼熊も火鼠も、この世の存在《もの》じゃないよね。なら……死んだら、黒い煙になって消えちゃうんじゃない？」

——今まで倒してきた妖《あやかし》は大抵そうだった。

例外が犬神だが、犬神は人間が妖魔となったものだった。

「よい処《ところ》に気付いた。まず鬼熊ノ胆じゃが、鬼熊が人の世で食べしものが凝り固まって石になったものなのじゃ」

乱菊は、白鳥ノ姥に、

「故に鬼熊死した後も石はのこる？」

「左様。火鼠は主に火山に住まうが……火山とは人の世と異界の境にあるのじゃ。つまり、火鼠は、人の世の獣でも、異界の獣でもなく——境目の獣。

故に……火鼠死した後も、亡骸《なきがら》は火山にのこるのじゃ」

「へえ」

「四つ目が生大刀《いくたち》じゃ」

白鳥ノ姥の言葉に乱菊は大きく反応している。

「たしか、大国主命《おおくにぬしのみこと》が根《ね》の国の須佐之男命《すさのおのみこと》の許《もと》から盗んだ剣……。古事記《こじき》にそう書かれている。それによって、大国主は兄の八十神《やそがみ》たちを倒した」

「左様。わしは……これは古《いにしえ》の呪師同士の争いを、神々の戦いにした物語ではないかと密《ひそ》かに思うておる」

「なるほど。大国主も、八十神も、いずれも呪師であったと?」

白鳥ノ姥はうなずき、

「八十人の兄というより八十人の同族の呪師であったのでは……? これを倒したという一事から、生大刀には……相当恐るべき力があるのが知れよう?」

(……そんな凄《すご》い宝、あたしや、わごとは、つかえんの?)

白鳥ノ姥の濁った眼があらごとの黒く澄んだ大きな瞳を真《ま》っ直《す》ぐ見据えている。

「生大刀には魔を狩る力、および、他の呪師の放った通力をその呪師にはね返す力がある。たとえば、あらごと、お前に火雷《ひかずち》を放ち、焼き殺そうとした呪師がいる。

生大刀があれば——猛火はその奴《やつ》にはね返り、焼き殺そうとする。

お前に水雷《みかずち》を放ち、溺れ死なそうとする呪師がいる。生大刀は……激流をその奴に向ける」

あらごとの歯が荒れた唇にめり込む。

その剣があれば水上で水鬼《すいき》と互角に、否、互角以上に戦えそうだ。

「さらに心悪《あ》しき者が生大刀をにぎれば別の力も発揮する。……死人《しびと》を、根の国から蘇《よみがえ》らせ、己の兵《つわもの》としてつかえる」

「………」

「故に生大刀と申す」

もう一つの力は禍々《まがまが》しい力であった。

絶句する、あらごと、乱菊に、老婆は、

「ただその大いなる力は無限ではない……。生大刀は呪師と同じく、渇《かっ》えを起す」

「その宝がみんな必要だってのはよくわかったよ。だけどさ……この広い世の中からそれを探すのは凄くむずかしい。姥様、何処《どこ》にあるか、何か、手がかりとかないの？」

あらごとの素朴な問いに、過去、現在、未来を知ることの出来る老女は、

「お前さんがそう言うと思い……弟子たちと力を合わせ、四つの宝の所在について知り得る限りをしらべた」

三人の弟子はそれぞれ古ノ眼——過去視、千里眼、識緯——未来予測、の力をもつ。

「この辺りにあるじゃろうと摑《つか》めたものと、ほぼ手掛かりのないものがある。まず、蓬萊の玉の枝、此は……紀州の何処《いずこ》かにあるようじゃ」

(……なら、わごとに探してもらうのが一番、いいな)

「次に火鼠じゃが……」

「どんな鼠なの?」

身を乗り出したあらごとに、乱菊が、

「燃えるような赤い鼠。大きさは、萱鼠《かやねずみ》くらいかしら?」

「……知らないな。そんなの」

「これが沢山あつまると発火したりする……。決して凶暴ではないけれど、かなり注意を要する危うい小妖といってよいかもね」

後ろから、白鳥ノ姥の弟子――千里眼の力をもつ女だろうか――が、

「さっきも話に出ましたが、火鼠は火山にいます。たとえば……浅間山《あさまやま》や、富士山」

「鬼熊ノ胆じゃが……小さな鬼熊ノ胆では思ったより通力を強められぬかもしれぬ。大きな鬼熊ノ胆……鬼熊の中の王というべきものの体から得た石が、もっともよかろう」

白鳥ノ姥の呟きに弾《はじ》かれたような様子で、乱菊は、

「大嶽《たいがく》という恐るべき鬼熊が、北の大地を騒がしていると聞きました。この大鬼熊のために二十人を超す呪師が……犠牲になっている」

(……やめようよ。そんな奴。もっと、こう、倒しやすいので行こう)

あらごとの思いをよそに白鳥ノ姥は、

「妙案じゃ。大嶽の内より得し石ならばあらごと、わごとの力をきっと強めてくれよう」

乱菊は言った。

「決りだわ。あらごと。大嶽は奥羽《おうう》の何処か深山にいる。これを追うわよ」

「……はい」

「よし。大嶽も退治できるし一石二鳥じゃない？」

やけに楽観的な師匠は一人納得するのだった。

白鳥ノ姥が、嗄《しゃが》れ声で、

「もっともむずかしいのは生大刀。これは……徐禍を討った徐福によって、天下の何処《いずこ》かに隠された」

「東海道《とうかいどう》の辺りとか、山陰道《さんいんどう》とか、何らかの手がかりは？」

あらごとも思った疑問が乱菊から放たれる。

白鳥ノ姥の唇は――しばし、動かぬ。手がかりは無いという黙《もだ》だった。

やがて、姥は、

「これはわしの勝手な見立てじゃが……恐らく、徐福が拠点としておった紀伊《きい》か……その近国、はたまた徐禍を倒した富士山かその周りに隠されておるのでは？　また、我が識緯がおしえてくれたのじゃが徐福は生大刀を、屍鬼《しき》なる魔に守らせたようじゃ……」

「寡聞にして初めて聞きます。どんな魔物でしょう？」

「――恐るべき力をもつ者のようじゃ。普段、屍鬼は眠っておるらしい……。ただ、生大刀を奪わんとする者がやって来ると一気に目覚め、襲いかかる。

　心正しきものでも、襲う。その者が勇者であるかを見極めるために。心悪しきものの場合……つまり、その者の内に一欠片《ひとかけら》でも欲があったり、濁った憎しみがあったりした場合、目覚めてすぐに、どれほど大きな獣でも一吸いすれば斃《たお》れる死の吐息を吹きかける」

「…………」

「故に、生大刀を封印から解く者は石清水の如《ごと》く澄み切った無の心をもたねばならぬ」

あらごと、乱菊はしばし絶句している。四つの宝それぞれを得るのに途方もない困難があり、これでは大海原の底から竜宮を探す方が楽ではないかという気すらした。

「あの……」

白鳥ノ姥の弟子、三十歳ほどの小柄な女が、

「あらごとさんはすでに宝と呼べるものを……一つ、お持ちでは？」

面に痘痕のある女だった。

（あたしの……宝？）

「あるじゃない」

乱菊にうながされ、思いいたったあらごとの手が懐からそれを出す。

「これを、あたしも、わごとも、もってる……」

――鏡の欠片であった。

青く光ると、遠くはなれたわごとと交信出来、冷たくなることで妖魔の接近を知らせる。あらごとがもつそれの裏には青龍が、わごとがもつそれの裏には白虎が彫られていた。

「それです」

痘痕の女はきっぱり言うと、傍らにあった唐櫃《からびつ》をさっと開けている。

唐櫃の中には沢山の巻物が入っていた。

その一つを女は取り、顔がうつるほどに磨かれた板敷にあっという間に広げている。

何百、何千もの真名《まな》が、勢いよく躍った――。

悉《ことごと》く、漢字で書かれた文書であった。

小柄な女は腰を沈め手をかざし、舐《な》めるように文書をのぞき込む。

「……讖緯ね。あの人には、あの字のいくつかが光ったり大きくふくらんだりして見え、何かをおしえてくれるの」

乱菊が、耳打ちする。

「……見えました」

文書をのぞいていた白鳥ノ姥の弟子が、

「あらごとさん、わごとさんのもつ鏡の欠片が四つの宝へ導く――鍵になります。それにはもう一つの力、うしなわれた宝を探す力があり何らかの方法で秘宝の在《あ》り処《か》をおしえてくれるでしょう」

「そんな力、気付かなかったけどな……」

あらごとは言った。白鳥ノ姥が嗄れ声で、

「その鏡の断片は……五つ目の宝と呼んで差支えない力をもっておる。大切にすることじゃ。ただ、それは、まだ眠っておる。かしてごらん」

あらごとの浅黒く張りのある手から白鳥ノ姥の皺《しわ》深き手に、鏡の欠片がうつされる。

白鳥ノ姥は瞑目《めいもく》して意識を集中している。

やがて、二、三度、荒く息をついた後、ゆっくり開眼し、あらごとに鏡の欠片を返した。

「まず……深き山の中の隠れ里が見えた」

(あたしの生れた里？)

「この鏡がつくられた時の光景がな。ある大いなる呪師が……これに力をそそいでおった。次に、だいぶ時がたち、力が弱まったこれを蘇らそうとしている呪師たち」

白鳥ノ姥は、眉間に皺を寄せ、さっき見たものに潜るような面差しで、

「神聖な滝……森の中の大きなる巌《いわお》から滝が……」

あらごとは――ふと、胸底で水が轟《とどろ》く音を聞いた気がしている。

苔《こけ》や、羊歯《しだ》、そして、樹々の青臭い匂いで、胸の中が、みちる。

顔や皮膚にひんやりした暗い大気がかぶさってくる中、羊歯を掻《か》きわけてすすむと森の

暗さが退き、明るくなった所に、荘厳な光景が、あった。

滝である。

黒々とした巨大な巌のずっと上方から白く流麗な滝がこぼれていた。

(……何処かで見たんだ、この滝を)

白鳥ノ姥は話している。

「その滝に、虹がかかっておる。ちょうど虹が差す辺りに鏡を入れ、滝の水でよくすすぐと……古の力が蘇った」

「虹水《にじみず》」

乱菊が呟く。

媪はうなずいている。

あらごとは、

「何それ？」

「わたしも……師から聞いただけで、くわしく知らないのだけど」

そう言えば……あらごとは乱菊の師がどんな人なのか聞いていない。

——乱菊は昔のことを話したがらぬのだった。

「古い呪師は、己らの力を込めた道具をあらう時……滝にもって行ったそうよ。ただの滝ではないわ。天《あめ》と地《つち》の気が盛んに交流する霊山と呼ばれし山の滝にもって行くの。で、霊山の滝に虹差すとき、滝の水で道具をすすいだ。この辺だと、それが出来る滝は……」

白鳥ノ姥は、

「下野《しもつけ》の華厳《けごん》の滝、常陸《ひたち》の袋田《ふくろだ》の滝……。紀州であれば那智《なち》の滝じゃろうか」

（そのどれかに虹が出た時につければ無くなった力がかえってくるってこと？）

白鳥ノ姥と弟子たちからもらった貴重な情報をもとに、あらごと、乱菊は、今後の計画を練る。

まず、あらごとは常陸の袋田の滝に、わごとは紀州、那智の滝に向かい、虹水によって、鏡の欠片をすすぐ。まだまどろんでいるというそれを完全に覚醒させる。

――うしなわれた宝を探す力を、鏡の欠片に蘇らせる。

その上で、あらごと、乱菊は遥か北、奥羽へ移動。大嶽を退治して鬼熊ノ胆を得る。

一方、わごとと仲間たちは紀州において蓬莱の玉の枝を探す。

これが見つかった暁にはわごとは紀伊およびその近国に生大刀がないかしらべる。

大嶽を退治したあらごとは、一路、西行、富士山で火鼠を捕まえ、生大刀をわごとが見つけられぬようなら、これを富士山近辺で探す。わごとも紀伊とその周辺で出来ることをしたら、富士に向かい、あらごとと合流する。

斯様《かよう》な計画であった。

「魂壁の力をもつ織り手だけど、これ、浄蔵《じょうぞう》様にさがしてもらいましょうよ」

乱菊が口にした浄蔵は比叡山延暦寺《ひえいざんえんりゃくじ》の僧であり六重《ろくえ》の術者である。あらごと、わごとを藤原千方の魔手から守らんとしている人だった。

あらごとは、乱菊に、

「だけど……浄蔵様と連絡がつかないよね？」

「ええ。忌々《いまいま》しい水鬼のせいで念話《ねんわ》出来ない……」

浄蔵の力の一つが念話——目に見えぬ糸により遠くはなれた人と話す——であった。その糸を張るには浄蔵の爪なり髪なりがいるが、乱菊は水鬼に襲われた香取海で浄蔵の爪を落としている。

都にいる浄蔵とつながっていた糸がぷつりと切れている。

浄蔵は、わごと一行とも念話で交信しているため、わごとらとの連絡も浄蔵を介して取ることが出来、そういう意味でも、彼の爪はかなり重宝したのだが……今や海底に沈んでいた。あらごと、わごと間の連絡手段はいま一つ、例の鏡の欠片があるのだが、こちらは青く光った時しか交信出来ず、いつ青光りするか定かでなかった。

（あたしが、溺れかけた時から……）

鏡の欠片は一度たりとも光っていない。つまり——わごとと話せていない。

（心配しているだろうな……）

「石念か音羽に、都までの使いをたのみたいけど……」

乱菊は言う。

（……むずかしいかもれない）

あらごとは、思った。

風をあやつる呪師で元盗賊の飯母呂石念と、その配下で武芸にたけた音羽、平将門に仕えるこの二人、急ぎ、下総鎌輪《しもうさかまわ》にもどらねばならぬ。

――将門と敵どもが一触即発の様相を呈しているからだ。

一方、浄蔵への使いは敵が敵だけに密書などたずさえて行く訳にはいかない。素早く都まで駆け――口頭で、浄蔵に用向きをつたえねばならない。

そして、万一、敵の手に落ちたら、こちらの動きを知られる訳にはいかないから、決して口をわってはいけない。心を読む千方の力を考えれば、何も思ってはいけないのだ。かなりの走力、体力、武勇、胆力、知恵がもとめられる使いで、生半可の者ではつとまらぬ。

――石念か音羽を行かせる他ないというのが乱菊の考えだった。

最後に、あらごとは白鳥ノ姥に、

「ねえ、姥様。もう一つ、おしえて」

「何だい？」

「どうして千方は……あたしとわごとを狙うの？」

浄蔵は、あらごと、わごとに千方の目論見を打ち砕く力があるからではないかと推理していたが、敵の目的は黒い靄につつまれはっきりしていない。

「古ノ眼が何かおしえてくれるかもしれぬ。――わかり次第、お主におしえよう」

夜半、あらごとと乱菊は白鳥ノ姥に呼ばれている。

さっきより、かなり衰弱していた。

あらごとのための古ノ眼がこの老婆の生命力を大幅に削り取った気がした。

あらごとは、辛《つら》い面持ちになった。すると媼の皺深い手はゆっくり横に振られ、

「……よいのじゃよ」

あらごとの心の動きが白鳥ノ姥はわかったらしい。

「今ほど、我が力が役に立ったことはない、そんな嬉しい手応えを感じておるのじゃ」

しばしの静黙の後、白鳥ノ姥は、言った。

「何ゆえ、千方が、そなたと、あらごとを狙うか、わかった」

あらごとは生唾を呑む。

「――予言がある。強い力をもつ呪師の予言が……。

宿命の子が、千方を討つ。呪師の隠れ里にそだった二人の子が、千方を討つ。その運命から……千方は逃れられぬ。左様な予言があるのじゃ。千方は、お前さんとわごとが、宿命の子と信じておる」

「だから……狙われているの？」

茫然と呟いたあらごとは、体中から力が抜けてゆく気がした。

うつむき、声をふるわし、

「だから、あたしが生れた里はあいつらに襲われ、あたしたちの父様《とと》や母様《はわ》や里の人たちが殺され……わごとをそだててくれた人たちも殺され……あたしらの周りにいた沢山の人が、あいつらの手にかかって犠牲になったの？——だからなの！」

「然《しか》り」

「——無茶苦茶じゃないかっ！　あいつら——！」

浅黒い少女は涙を流して、吠《ほ》え、板敷きを叩いた。

「だって、そうだろ？　その予言が間違っているかもしれないじゃないかっ。その宿命の子ってあたしらじゃないかもしれないじゃないか！　なのに、あいつら、勝手にあたしとわごとと思って、狙ってるんだろ？　そして、あれだけ沢山の人を……。無茶苦茶だ！」

「左様」

あらごとは絶叫。——獣のようになって幾度も幾度も、板敷きをぶん殴っている。

「止《や》めなさい！　物に当たるな！」

乱菊が、叫んだ。が、白鳥ノ姥は、

「よい。乱菊」

深い慈愛が籠った目であらごとを眺め、老いた呪師は、

「好きなだけそうさせておあげ」

拳から血が流れるまで板敷きを殴った処であらごとは突っ伏し痩せた肩をふるわして嗚《お》咽《えつ》しはじめた。白鳥ノ姥が這《は》い寄ってくる気配がある。媼の手が、ゆっくり、あらごとの背を撫《な》でる。——温もりがつたわってきた。

泣き疲れた浅黒い顔が、やっと上がる。あらごとが濡れた面《おもて》を手でぬぐうと、老呪師は、

「……辛いねえ。苦しかったねえ」

「………」

「宿命の子よ」

あらごとは、がっと反発を起し、野犬のように獰猛《どうもう》な形相で、強く、頭《かぶり》を振る。

白鳥ノ姥は、告げた。

「いいや。そうなのじゃ。残念ながら、そなたは千方がそう信じるに足る子……。わごとも、きっと、そうじゃ。さっきの話を聞いたお前の中に、幼い雛《ひな》たちでは考えられぬほど強い、火花が、散った。

冷たくも熱い火花が」

「……わたしも感じたわ」

そっと言い添える乱菊だった。

白鳥ノ姥は、まだ涙で湿っているあらごとの頬に手でふれている。

「汝と、わごとは、宿命の子。千方を討つ……此は、余人ではなく……お前さんとわごとが力を合わせてでしか成し遂げられぬこと。お前さんが宿命の子というのは、三つの力がおしえてくれたものではないぞ。

お前さんという子をこの目で見、お前さんの声を、この耳で聞いた、この婆《ばあ》さんが思うた……強く思うたことなんじゃ。たとえ針の山を登り、火の雨が降り、大水が逆巻く道を行くような運命《さだめ》でも、逃げてはならぬ。

己の運命を受け止めよ――あらごと」

あらごとは、まだ、その巨大なるものを受け止めかねていた……。

傍らで強く瞑目して話を聞いていた乱菊がゆっくりうなずいた。

＊

乱菊の考えを聞いた石念は、香取社の奥、朝日が差す杉林で、

「正直な処、わしと音羽は明日にでも香取を発ち鎌輪に向かおうと思うていた」

表情の少ない小男は枯れ木のように細いが鍛え抜かれた腕をくむ。

この石念は、平将門の隠密頭の如き役割を果たしていた。

「だが……乱菊の言い条、よぉくわかった。そのお役目も至極大切なもの。我ら飯母呂の志は下人の暮しをもそっとよきものにする……貧しき百姓の暮しをもっと安らかにする……ここに、あった。あの水鬼も禍々しい女であったが、あれをつかいこなす男、千方とやらは……魔王と呼んでも差し支えない。

この魔王が何を企《たくら》んでおるか……どうせ、ろくでもないことだろう？　我らの願いとは真逆の目論見であるはず。だとしたら、我ら飯母呂も出来る限りのことはせん」

飯母呂の総帥は傍らにいた戦慣れした乙女を見やる。

「音羽、行ってくれるか？——京へ」

音羽の眉が一瞬、強く波打ったのをあらごとの円らな目は見逃さない。

朝日に照らされた音羽は須臾《しゅゆ》の間、にじませた動揺をすぐに搔き消し、

「……心得ました」

「もし千方一味の手に落ちたら何も言うてはならぬぞ。どれほど恐ろしい責め苦であっても。就中《なかんずく》恐るべきは千方。こ奴に他心通があるなら……どれほど口の堅い者からでも、己が知りたいことをみんな訊き出せる……」

春にしては冷たすぎる風が、どっと杉林をどよめかせている。

「お頭、皆までおっしゃらずともわかりますよ」

音羽は、山猫のように目を光らせ、不敵な笑みを浮かべている。

「――千方の手に落ちねばよいのでしょう?」

万一、千方の手に落ちそうなら、自分で自分を、始末するということだった。

(音羽は……良門《よしかど》の傍《そば》で戦いたいのに)

音羽の気持ちがわかったあらごとは心臓を摑《つか》まれるような苦しさを覚えた。

＊

夢の中を漂っている。

それが過去の夢で……もう結末はどうなるかは知っていた。

見たくない。

が、夢は覚めようとする意識に粘り付き、引きもどし――なかなか覚めさせてくれない。

数多《あまた》の山をこえ、篠竹《しのだけ》や臭木《くさぎ》の藪《やぶ》を漕《こ》ぎ、久方ぶりに里にかえってきた処であった。

『兄さん』

血のような西日に照らされた山間《やまあい》の集落を峠の上から見下ろしながら、乱菊は先を行く男につたえた。

『もう少しゆっくり歩いて……』

乱菊の顔には痘痕がない。白絹のようになめらかでほっそりした顔をしている。

乱菊──十七歳であった。

『何だ、お前、もう疲れたのか？　情けないな』

兄の春馬《はるま》は苦笑いしてがっしりした体を止め、端整な顔を向けている。

乱菊とこの兄は血がつながっていない。

乱菊はもって生れた物寄せの力により、実の親から気味悪がられ、虐げられた。

九つで里子に出されている。

引き取ったのは、少しはなれた里に住む、春馬の母、笹虫《ささむし》である。

笹虫は神速通《しんそくつう》という力をもつ呪師で春馬も同じ力をもっている。

里人たちは、早くに夫を亡くした笹虫を魔を狩る女として敬っていた。

朝廷は時折、呪師を、古の術をつかう者として迫害したが……この東国の片隅にある村では呪師への素朴な信仰が太い根を張っており、現地の豪族から抜擢された郡司も見て見ぬふりをしている。

大きな竪穴《たてあな》住居に暮す笹虫は乱菊の他にも幾人もの通力をもつ子をあつめており、呪師として鍛えていた。

──恐ろしく厳しい女であった。

表情に乏しくその面《つら》の皮は鉄で出来ているのでないかと囁《ささや》かれている。

あらごとと旅する現在《いま》でも、乱菊は笹虫を思い出すと……居住いをただしてしまう。

常に練鞭《ねりむち》をもち、修行に不真面目であったり一度おしえたことを上手《うま》く呑み込めなかったりする子を、叩いた。

春馬がいなければ自分はあの家から逃げていたのでないかと思っている。

三つ上の春馬は乱菊にいつも温かく、笹虫から度々かばってくれた。

笹虫を「母」と呼びたくないが、春馬は「兄」と呼びたい。一方で乱菊の中には春馬を兄と呼びたくないという複雑な思いが急速に成長していた。

それはずっと昔に芽吹いたものの……あまり大きくはならず幾年《いくとせ》かすぎ、体の成長いちじるしくなった頃、俄《にわ》かにふくらみ、今や蕾《つぼみ》をむすび、今にも咲き出そうとしている思いであった。

春馬に、妹ではなく——別の存在《もの》として見られたい。

この旅が終れば妹のまま春馬との関わりが千切れてしまうかもしれない……。

春馬は旅の間、乱菊に指一本ふれていない。

乱菊はこの旅の内に自分の思いを少しでも、形に、したかった。

だが、目論見は崩れている。

(だから、あの時……わたしは四半時でもいい……二人の旅がもう少し長くつづいてほしいと思った。それで、兄さんを、呼び止めた)

乱菊は夢から醒《さ》めながら思い出している。

香取社、社人宅の一室、隣からあらごとの寝息が聞こえる。

汗だくになった乱菊は暗い板敷を這うように動いて水を飲みに行った。

水を飲むと——気持ちの波立ちが少し静まった。

あらごとが寝所の方から、

「ん？　どうした？」

やわらかく、

「何でもないわ」

すぐに聞こえだしたあらごとの鼾《いびき》が眠りに片足を突っ込んだまま声をかけてきたのだとおしえてくれた。乱菊は、過去に、娘であった頃に、思いを馳《は》せる……。

（あの後、わたしは——）

十七の乱菊は黄昏《たそがれ》の里に下り、失意を隠して笹虫の家にもどると、笹虫と、秋弘《あきひろ》、広耳《ひろみみ》が、乱菊と春馬を出迎えた。

秋弘は笹虫の実子で春馬の兄。

髭《ひげ》濃い、寡黙な男で、性格は、厳しい。笹虫や春馬と違う通力《ちから》——火雷をもっていた。

広耳は、笹虫が何処かからひろってきて、秋弘と一緒にそだてた男で、歳《とし》は三十ほど。

気味悪いほどに笹虫と、秋弘に媚《こ》びる処がある。

耳が異様に大きな男で潰れた蛙《かえる》に似た顔をしている。

かなり逞《たくま》しく、肩の筋肉が瘤《こぶ》の如く隆起している。

乱菊は時折自分を湿り気のある眼差しで舐めるように見詰めてくる広耳が苦手だった。

広耳の力は……手力男《たぢからお》。

何十人力もの怪力を生み出す力である。この男はその力をつかい、妖魔を、叩き潰す。

一度、乱菊は人か牛馬を食うためか、里に侵入した、夜叉《やしゃ》という妖魔を、広耳が屠《ほふ》る様を見たことがある。春馬は致し方なくという様子で魔の者を狩り、笹虫や秋弘は、表情もなく妖を調伏するが、広耳は違った。

……楽しんでいた。

以後、乱菊はこの男の奥底に何か途轍《とてつ》もなくドロドロしたものが流れている気がして、さけつづけていた。

「で……仕上がったと思うかい？　この娘《こ》は」

土師器《はじき》で稗粥《ひえがゆ》をぐつぐつ煮ながら笹虫が、春馬に訊《たず》ねている。

笹虫は呪師としてそだてた雛が、ある程度の域に達すると、付き添いの呪師――むろん一人前の呪師である――を一人、つけ、一緒に旅に出す。

妖魔退治の旅だ。

旅が終ると、この家で一人前になったか吟味し、もう大丈夫ということなら、呪師として独り立ちを許すし、まだならば、いま一度厳しく鍛え直し、また、旅に出す。

乱菊はその巣立ちを賭けた旅を春馬の付き添いで成し遂げ、ここにもどってきた。

春馬は鉄面をかぶっているかに思われるほど表情がない母に、言った。

「仕上がったかと。乱菊は香取海の阿波崎《あばさき》なる所にて、水熊《みずぐま》を退治しました。これを呪師と言わねば、ここ坂東《ばんどう》から呪師なる者は消えてしまう」

春馬の言にうつむいていた秋弘の無表情が、一瞬、崩れ、そこはかとなく笑ったように見えた。

広耳が、

「母刀自《ははとじ》ぃ。乱菊の奴はぁ、二重の術者かもしれねえって前に言ってましたよね?」

「ああ。この子は……自分では気付いておらぬようだが物寄せの他にもう一つの力をもつ……、と、わたしは見ている。ただ、その力はまだ、真の寝覚《いざ》めをむかえぬようじゃ」

胡坐《あぐら》を掻いた毛むくじゃらの足に腕を乗せ、その腕を顎を乗せる台にした広耳は蛙が潰れたような顔をごつごつした手でこねつつ、

「そのもう一つの力が目覚めてからでもおそくはねえんじゃねえですか? こいつの巣立ち。それまで俺が、みっちり鍛えてやりますよ……」

(お前に——鍛えられたくなんかない!)

怒りを弾けさせそうになった乱菊は、笹虫に、

「――わたしのもう一つの力って何ですか？」

外から、耳障りな虫の音が入ってくる。キリギリスだ。

笹虫は、意地悪く笑い、

「――自分で気付くのだ」

で、秋弘に、

「どう思う？」

「まだまだだろう。水熊も春馬に助けられて……何とか倒したようだし」

秋弘の考えを聞いた広耳が満悦気に笑う。粘り気のある執着を広耳から感じる。

乱菊は肩を落とし、笹虫は、

「決りじゃな。乱菊はまだ……」

「まって下さいっ」

春馬が抗議せんとするも――鉄面の女呪師の手が、がっと上がり、さえぎった。

「黙れ。何じゃ……この気配？」

師匠は呟く。

勘が鋭い春馬が、すぐ腰を上げ、剣を抜き払って、四囲に鋭い注意を走らせ、

「――妖気」

「……のようじゃな。数多の妖気がこの里に迫っておるようじゃ」

笹虫は険しい顔様で告げた。

「南ぞ」

刹那――いくつもの怪しい犬の遠吠えが南方からひびき、笹虫、秋弘、広耳、春馬、乱菊、五人の呪師は今までの話もわすれ、皆々、殺気立ち、初夏の闇に飛び出した。

里の南寄りに儀式などがおこなわれる広場があった。

村の最北にある笹虫の家からそこまで来た時、五人の呪師は恐るべき者たちに遭遇した――。

南の暗がりから満月に照らされた広場に三人の騎馬の者が躍り出ている。

赤く光る眼が……人ならざる者であるのをしめしていた。

「何奴？」

誰何《すいか》した秋弘の右手が、火の玉を、放つ。掌決法で火雷を発動した。

秋弘の火の玉が屈強な馬兵《うまつわもの》二名にはさまれた妖し気な女を照らす。

赤茶色い垂髪の女。眉は丸い。

猫の如く大きく開かれた瞳孔は、血色に燃え、横に裂けたように大きく開かれた口には――鮫《さめ》を思わせる見るからに凶暴な牙が並んでいた。

紅鹿毛《べにかげ》の馬に跨《また》がり、目が覚めるような紅に、真っ黒い宝相華《ほうそうげ》がずらりと並んだ、唐土の、衣《きぬ》をまとっていた。

この衣の贅《ぜい》を凝らした雅《みやび》さと、この若い女の荒々しさ、禍々しさを思うに……女が、正統に継いだり、あがなったりしたものでなく、前に着ていた女から無理に剝ぎ取ったように思われた。

「秋弘と、広耳って、どれ？　よくもあたしの身内をいたぶってくれたねえ」

女は舌っ足らずな声を発すると長い舌を出して口回りをべろりと舐める。

よく見れば口の回りに血がべっとりついている。誰かを、噛《か》み殺してきたに相違ない。

「赤犬姫様《あかいぬひめ》！　そ奴らですわっ」

その甲高い声は左方、高床倉庫の棟辺りでした。

「何じゃ、何の騒ぎじゃ！」

男が二人、近くの竪穴住居から鍬《くわ》、鎌をもって飛び出す。

刹那――赤犬姫と呼ばれた赤眼の女から猛速の殺気が飛び、その二人は喉を裂かれて倒れている。神速通の笹虫、春馬も瞠目《どうもく》している。

（何が……起きたの？）

が、笹虫は早くも落ち着いた笑みすら浮かべ、秋弘、広耳に、

「この前、犬神憑《つ》きを痛めつけるも、止《とど》めを刺しそこね取り逃がしたと言うたね？　あいつかい？」

「……のようです。母刀自」

と、広耳。

かなり重たげな大鉈《おおなた》をもつ広耳の筋肉がはち切れそうなほど猛気をたたえているのを乱菊は感じている。

神速通の春馬も、尖《とが》りに尖った殺意を、深く刺すような視線に乗せて、ただ一人の相手を睨《にら》んでいた。

――赤犬姫と呼ばれた女を睨んでいる。

春馬の剣の切っ先が、幾歩も向う、赤犬姫の喉にゆっくり向けられる。

神速で動くこの兄が火花をためにためているのがひしひしとつたわってくる。

「よくないね。嚙み癖の付いた犬を逃がしちゃ」

　不敵に呟いた笹虫は、いくつもの竪穴住居が、怒気を放出しようとすると、

「――誰も出てくるな！　あたしら呪師の獲物だよ」

竪穴住居から出てこようとした村の衆が固唾を呑んで動きを止めたのがわかる。

赤犬姫、くすくすと笑い、

「ねえ、婆さん？……勝てると思ってるの？　あたしらに？」

赤く危険な眼光を灯《とも》した姫の傍で随身よろしく左右を固めていた騎馬の者たちも、牙を剝いてゲラゲラ笑った。

……するとどうだろう。小兵の犬神憑きがいる高床倉庫の上、さらに反対側の竪穴住居

の上や竪穴住居の間にある暗がりで、複数の赤い眼光が灯る。

乱菊の頬がぴくんとふるえ、広耳は、固唾を呑んでいる。

笹虫、秋弘、春馬は、表情を動かさない。笹虫は言った。

「野良犬が何匹ふえようがさしたることではない」

「ふふふ。婆さん……最高だよ、面白いわ、あんた」

赤犬姫が鋭い爪がのびた手をさっと振る。

と、赤犬姫後方からいくつかの物体が飛んできて――赤犬姫頭上を飛び越え、乱菊たちの方に勢いよく迫ったため、五人はさっと、身構える。

それは乱菊たちから一歩ほどはなれた所にどさどさ落ちた。

いずれも丸く、大きさはばらばらだ。

それが何なのかわかった乱菊から、

「キャア！」

……首だった。

男の首、一つ、女の首、一つ、翁《おきな》の首、一つ、童の首、二つ。村のもっとも南に住む一家の首であった。

吐き気をもよおす乱菊の傍で春馬はギリッと歯嚙みしている。

「……如意念波《にょいねんぱ》か」

笹虫が呟いている。

（……通力をもつ犬神なの――？）

乱菊は、目を丸《まろ》げた。

「その程度の念波でうちの子らに――」

淡々と言葉をつづける笹虫の横で乱菊は笹虫が言う「うちの子」にわたしはふくまれるだろうか、たぶん、ふくまれないだろう、と思った。

赤犬姫が手をまた振る。

瞬間、鋭い夜風が吹き、秋弘が、手をおさえ、呻《うめ》く。

鎌だ。

さっき、家から出てきた男が赤犬姫が放った何かで斃《たお》れ、地べたに転がった鎌。この鎌が物凄い疾風となって秋弘を襲い、右手首を深く、斬った。

（まずい）

秋弘のある秘密を知っている乱菊はかんばせを引き攣《つ》らす。

「春馬、広耳、あの女をっ！」

高く叫んだ、笹虫は火花を放出、力を、神速通をつかっている――。目にも留らぬ速さで短刀を出した笹虫、それで己の衣の一端を裂くと、あっという間に長男の許に行き、夥《おびただ》しく流血する右腕をぎゅっとしばり、

「乱菊、後ろに用心を」

赤犬姫がこちらに、薄気味悪い猫撫で声で、

「これでもう、あんたのその可愛い子は火遊び出来ないね？」

（こいつ、何で、そのことを！）

乱菊と同じく、はっとした笹虫に、赤犬姫は、

「その坊や、右手にしか、火花がたまらぬ。――だから右手でしか火を放てぬ！　右手がそうなると、もう、戦えない。……でしょ？　婆さん！　ああ、何ていい匂い……血の匂いがこっちに来たよっ！」

俄かに口を耳近くまで裂けさせ爛々《らんらん》と輝く赤眼を大きく剝き、獣じみた形相となった犬神の姫が、人間離れしたザラザラ声を出す。

すると高床倉庫の上や、竪穴住居の上、さらに地べたに近い暗がりでいくつもの嬉し気な遠吠えが起った……。

あっという間に秋弘の手当てを終えた笹虫が、魔犬の姫に、

「お前、霊眼《りょうがん》まで？」

霊眼――熟練の呪師であれば、他の呪師の火花を見切ることが出来るが、この能力がさらに鋭く、強くなった通力である。たとえば相手の呪師の体の何処から火花が発せられ、

何処から放出されるかを正しく感取出来る。

呪師の中には全身で火花をため、全身から迸《ほとばし》らせる者もいるが、かなりの割合で右手にだけ火花がたまり右手の掌決だけで力を放てる者、目からしか力を放てぬ者などが、いる。

霊眼の呪師はこのような他の呪師の弱点を正確に知る。

赤犬姫は霊眼により、秋弘は右手にしか通力のもととなる火花がたまらぬと看破。如意念波で動かした鎌で右手首を斬り……火を放てなくしてしまった。

つまりこの女、犬神でありつつ、二重の術者でもあるらしかった。

鉄面のように表情が少ない笹虫の顔にかすかな罅《ひび》が走ったように思う。

数多の妖魔を駆逐してきた歴戦の女呪師が見せた動揺を乱菊は初めて見た気がした。

が、笹虫、深く息を吸い、もう、己を、落ち着ける。

「懲らしめておあげ！　倅《せがれ》たちっ」

咆哮《ほうこう》を上げた広耳、そして、無言の春馬が、赤犬姫に突進する。

剣をにぎった春馬、恐るべき速さで駆け、跳び、広耳の肩に乗り、そこを足場に目にも留らぬ勢いで大跳躍——馬上の怪しい姫の首を、刺そうとしている。春馬の姿は乱菊には消えたように見える。

神速通だ。

(殺《や》れる！)

が、電光石火の剣がとどく直前に、驚くべき事態が起きた。

赤犬姫も……消えた。春馬の剣は空を切っている。

そこから、春馬は神速で剣を右振りし、こちらから見て、赤犬姫の右にいた、犬神憑きの首をぶった斬って着地した。

同時に赤犬姫の馬が悲鳴を上げた。

ある男の鉈が紅鹿毛の馬の顔にめり込み、血煙が爆発したのだ。

広耳の一撃であった。

乱菊に嫌悪感をいだかせる嬉し気な咆哮を上げた、広耳、その広耳を斬ろうと馬上から毛抜形太刀《けぬきがたたち》が振るわれる。赤犬姫の従騎の片割れが振った猛速の剣が。

その一閃《いっせん》を分厚く幅広い大鉈が——発止と、受けた。

広耳は、凄《すさ》まじい手刀を馬に跨った犬神憑きの足にくらわす。

——何十人分もの力が籠った手刀だ。

肉が潰れ、骨が砕ける音……男と馬が上げた悲鳴がもつれ合いつつ、飛び散った。

広耳がくり出した暴風のような手刀は犬神憑きの片足を壊したのみならず、その男が跨っていた黒馬の内臓にも深刻な打撃をあたえたらしい。

黒馬は倒れ――剣を砕かれ、片足をおられた犬神憑きは牙を剝いて、大地へ投げ出される。

「おお？　どうした？　かかって来いよ？　てめえ……犬神だろ？　神って言うんだから、見せてくれよぉ、おめえのありがてえ力をようっ！」

広耳は笑いながら動きを全く止めた犬神憑きの体を執拗《しつよう》に蹴る。

汁気をふくんだ不快な音がひびいても、止めない。

広耳は犬神憑きの屍《しかばね》を蹴りながら乱菊の方に、どうだ、俺は強いだろうというような顔を向けた。

乱菊はやめろと怒鳴りたかった。

魔性は憎むべき敵だったが……もう動きを止めた相手を、執拗に苛《さいな》む広耳の気が知れない。いくら敵とはいえその尊厳を徹底的に踏みにじる所行に、乱菊は嫌悪感をもっている。

春馬が厳しい声で、

「――やめろ！　そいつはもう動かん。用心しろ。赤犬姫を……取り逃がしたのだ」

「ああ？　取り逃がしたぁ？　何、やってんだ、春馬ぁ」

秋弘にはすり寄っているが春馬とは距離感のある広耳が信じられぬという様子で首を振りながら向き直り、

「何処行っちまったんだよぅ。犬ころどもの姫様はよう……。まさか、戦いは子分にまかせて、尻尾巻いて逃げちまったんかな？　負け犬らしいやなあ！」

「……ここだよ」

いきなりその不気味な声がすぐ後ろでしたものだから、乱菊は五臓六腑《ごぞうろっぷ》が凍《い》て付く気がした。が、竜巻となって身を翻した笹虫は目にも留らぬ速さでいつの間にか後ろにいた赤犬姫に突進。さっきの短刀で心の臓を一突きにせんとした――。

「――」

赤犬姫はまた消えて高速の短刀は空を切る。

「縮地《しゅくち》かっ！」

忌々《いまいま》し気に笹虫が叫ぶと秋弘の絶叫が上がった。

何と、赤犬姫は秋弘のすぐ傍に瞬間移動、物凄い爪で、秋弘の喉を掻き切ってしまったのだ。

笹虫と、魔性の姫は口々に、

「よくも　我が子を――」

「お前の倅がやったのと同じ目にあわせてやる」

赤犬姫は地に投げ出した秋弘の頭を蹴る。怪力が、秋広の頭部を首の処でもぎ取った。

赤犬姫の鋭い爪がのびた手が切断された首の根元から噴き出る血をすくう。

口にもってゆき、ごくごくと旨《うま》そうに飲む。

赤い満月が――それを照らしている。

胃や腸が捻転し、臓物が口から出て、悲鳴を上げそうなほど……おぞましい光景だった。

戦慄する乱菊の傍にすっと立った笹虫は、憎しみをまといながら、

「三重《みえ》の術者ということか……」

冷静に敵の戦力をはかる。

この女、犬神というだけで厄介なのに、如意念波と、霊眼、縮地、通力を三つあわせもつのである。

内なる火花を夥しく散らした春馬が一気に赤犬姫の背に迫る。

広耳も、大鉈を振り上げ、こっちに、走ってくる。

乱菊も物寄せをつかい、春馬を助けるような武器を近くに寄せようとした。

しかしまたも縮地をつかい、禍々しい姫は掻き消えた。

「何処へ！」

笹虫が鬼の形相で叫ぶ。恐ろしい速さで首をまわした春馬が、

「――あそこだ！」

剣先が高床倉庫の屋上を指す。犬神憑きの小男他数名の走狗《そうく》をしたがえし妖獣の姫は血塗られた渡来の衣を夜風になびかせ、笑みを浮かべて倉庫の上に佇《たたず》んでいる。

(こいつは、わたしと兄さんが旅で倒してきた妖《もの》たちと、ものが、違う……)

さっき出てこなくてよいと笹虫に言われた村の衆は屋内で固唾を呑んで激闘の推移を見守っているようだ。

(笹虫は出てこなくてよいと言ったけど……本当に、誰も出てこないの？　誰か出てきてよ！　助けてよっ臆病者！　わたしたちは貴方《あなた》たちを化け物から守ってきたでしょ？)

乱菊は思ったが、無理な願いであるのは知っていた。

呪師ではない里の衆が、束になってかかっても……倉庫上の、荒ぶる姫一人に、勝てぬだろう。今、援兵となり得るのは、周りの里に住んでいる笹虫がそだてた呪師たちだが……彼ら彼女らの中に千里眼の者も念話の者もいないため、ここで今宵起きている惨劇を知り様がない。

「逃げ回りやがって！　降りて来いよ、雌犬姫、馬鹿犬姫！」

広耳の挑発に、赤犬姫は、舌なめずりし、

「逃げていないよ。——遊んでいるだけ」

目を爛々と光らせた邪姫《じゃき》の手がさっと振られる。

すると、どうだろう……。

乱菊の度肝を抜く異常の現象が、起きた。

竪穴住居が、一つ、飛んだ——。

その家は倉庫から少しはなれた所にあったが、悲鳴を上げる中の家族をのこしていきなり浮き上がり、猛速で飛び、崩壊しながら——春馬、広耳を襲ったのだ。

春馬の神速通は間一髪、春馬を、救う。乱菊が慕う若者はまさに神速で跳躍。柱や萱の怒濤《どとう》から逃れるも、広耳は飛んできた家に圧《お》し潰されてしまった……。

一陣の風が乱菊の前で吹き、止る。

春馬だった。

瞬く間にそこにきた春馬は乱菊をかばうように立って、毛抜形太刀を倉庫上の姫に向けている。

「他愛ない子……。驚いて、通力が消えるとは」

赤犬姫が言ったのは広耳のことだろう。

乱菊の体はかたかたふるえだしていた。

と、さっきまで散っていた乱菊の内なる火花が俄かに小さくなっている。

赤犬姫は、そんな乱菊を見、

「おや？」

その霊眼は、乱菊の力の縮小を見切っているのだ……。

笹虫、春馬の火花はなおも激しい。

しかし、どう戦うつもりか？

笹虫が、囁いた。

「逃げるよ。お前は乱菊をかかえてゆけ」

言うが早いか多くの呪師をそだてた老女は踵《きびす》を返し通力をつかい、凄まじい速度で駆けだした――。

あっという間もなく乱菊は春馬の逞しい腕にかかえられる。

瞬く間に剣を鞘《さや》におさめた兄は、乱菊を抱きかかえるや、笹虫を追い、疾風《はやて》となって駆け出す――。

凄まじい勢いで走りながら笹虫の横に並んだ春馬は、

「母刀自！　広耳は？　村の衆は？」

「もう助からん！」

「もどって……戦おう！　乱菊だけ……逃がして」

「たわけ！　お前がもどってどうして乱菊が逃げ得る？　わたしはあいつらが怖くて逃げているんじゃない、あいつらを滅ぼすために逃げているんだよ！　あたしらだけでは無理じゃ。他の子たちもあつめねばね。だから、今は、一旦、逃げる」

――乱菊がそだった家が瞬く間に大きくなってくる。

フキ、蕪《かぶ》がそだった畑を、嵐のように壊し――笹虫と、乱菊を抱いた春馬は、駆けた。

笹虫たちは裏山の笹藪に飛び込もうとしている。

「ふふふ」

突然、笑いが、降ってきた……。

笹虫、春馬の足が、ざっと、止る。

笹虫の家の裏には赤四手《あかしで》の老木がある。

その大きな木の高みから、あの女の不吉な笑いが、こぼれてくる。

「ふふふ……ねえ？　本当は怖くて逃げるんじゃない？」

樹の上に縮地した赤犬姫は、三人の行く手に何かを、ばらまいている。

殺気をにじませた笹虫が赤犬姫がまいたものをひろう。

「……人の耳じゃ」

忌々し気に呟いた笹虫は、ひろい上げた耳を投げすてた。

春馬に掻きいだかれた乱菊が月光に照らされた地面を見ると耳の他、人の手らしきものも落ちていて、吐き気をもよおしそうになった。

「いいの？　お前の……知っている人の耳だよ？」

「――何？」

笹虫は訝《いぶか》しみ、春馬が、

「その釧《くしろ》……青蟬《あおぜみ》姉さんの釧っ！」

ばらまかれた人の手の一つがはめている釧が笹虫がもっとも可愛がった女の弟子、青蟬が笹虫から贈られ大切にしていた腕輪だというのだ。

如意念波の青蟬は乱菊より十上、すでに呪師として自立、別の里ではたらいていた。

赤犬姫と同じ力をもつ青蟬だけにまずこの人をたよろうと笹虫は考えていたはずである。

「そう、あたしらねえ、ここに来る前に笹虫、お前のことをしらべ上げ、お前がそだてた他の里の呪師を皆あの世におくった上でここに来ているんだよ……。うふふふ、うふふふ」

刹那——前方、裏山の真っ暗闇でいくつもの血色の眼光が灯った。

長柄の大きな鎌、薙鎌《なぎがま》を引っさげたいかにも獰猛そうな者ども、半弓を構えた素早そうな者どもが、いずれも眼を赤く光らせ、牙を剝きながら立ちふさがる。

山の犬たちは、鹿を追う時、ある一つの方向に追い込んだ上で、その退路にあらかじめ迂回《うかい》させた別動隊を、ぶつけ、挟み撃ちにして、狩る。

先程、集落で乱菊たちをかこんだのは敵の全軍ではなかった……。

他の里にいる笹虫の弟子たちは赤犬姫への逆襲の頼みの綱だった。

だが、その綱はすでに無惨に切り千切られていた。

そう聞かされた笹虫の面貌はひどく悲し気に、苦し気に、歪《ゆが》んでいる。

——乱菊が初めて見る笹虫の弱々しい表情だった。

笹虫は、ふるえながら、慟哭《どうこく》した。そして、叫んだ。

「……ごめんねえ、お前たち！　わたしの大事な子らよっ！　わたしが呪師にしたばっかりに……。こんなことになってしもうた」

しぼり出すような声だった。

赤犬姫に殺められた乱菊の兄弟子たち、姉弟子たちに、許しをこうたのだった。

夜風が吹く。数多の笹、そして右前方に生えた幾本かの竹の葉がそよぐ。

春馬と乱菊に、穏やかな顔で、笹虫は、

「わたしはあ奴と刺し違えて死ぬからお前たちは逃げて夫婦《めおと》におなり。ずっと——そうなりたかったのだろ？」

いつになくやわらかい声だった。

乱菊が唇を噛む。やがて、深くゆっくり首肯した春馬が苦し気に吠えながら一瞬にして両腕でかかえていた乱菊を己の左肩にうつす。そして春馬は抜刀した。

後ろからさっき集落にいた犬神憑きどもが殺到してくる——。

物凄い殺意を感じる。

敵は、かこもうとしている。

瞬間——笹虫の神速通が炸裂《さくれつ》している。

その後のことはよく覚えていない。笹虫は赤犬姫にいどんだが、三重の術者たる敵の圧倒的な妖力《ちから》の前に、屠られた。

乱菊をかついだ春馬は赤犬姫の手先どもがしいた包囲網を神速通で突き破るも、手傷を負った。

裏山を十町は逃げた所で兄は渇えを起した。

春馬は乱菊を肩から下ろし、二人はささえ合って逃げたが……、

（恐ろしい嗅覚と縮地をあわせもつ赤犬姫に、追いつかれた。兄さんはわたしをかばってあいつの餌食に……）

その時――乱菊の第二の力・幻術が寝覚めている。

（わたしは霧と、別の方に逃げるわたしの影の幻で、あの女を、惑わし――）

……九死に一生を得た。

（愛しい男《ひと》……貴方の形見は……）

乱菊は春馬の髪と血で汚れた筒袖の端を、絹の袋に入れ今でも大切にもっている。

その袋は一匹狼《おおかみ》の呪師として初めて働いた時の褒賞で得たものだった。

赤犬姫についてしらべながら、己の術を磨き上げてきた。

あの女についてわかったことは――神出鬼没の妖賊と呼ぶべき者ということだった。

元は駿河《するが》か遠江《とおとうみ》の者であったらしい。一匹狼であったが、他の犬神や、噛み付いて犬神憑きにした者などを手先にし、禍々しい盗賊団を結成した。

多くの群盗が跋扈《ばっこ》する危険な時代にあって――もっとも残忍で一番危険な盗賊団である。

数多の国司や郡司、そして、呪師があの女を退治しようとしてしくじったらしい。

らしい、というのは……元々、赤犬姫一党は、駿《すん》、遠《えん》、三《さん》辺りを荒らしまわっていたため、坂東の一隅に暮す乱菊の耳になかなかその噂《うわさ》はとどいていなかったのである。

しかし、ようやく多くの呪師、官憲による包囲の輪が赤犬姫に迫ろうとした。

その矢先、赤犬姫一党は坂東へ動き、あの惨劇が起きている。

十年の鍛錬をつんだ乱菊は赤犬姫を追って坂東諸国を旅していたが神出鬼没の敵の動きはたやすくつかめなかった。

また、一方で……いざ彼《か》の姫の所在を突き止めても果たして自分は勝てるのか、という疑問が湧き動けなかったこともある。

あの魔犬の姫を討つには仲間をあつめることが肝要に思えたが乱菊の心の何処かは仲間集めをこばんでいる。赤犬姫がばらまいた耳や、首や、手首が思い出され、どうしても仲間をあつめるという考えがちぢんでしまう。

(わたしは臆病者だ。本当は一人でかなわないとわかっていても、仲間をあつめるのが恐ろしい……)

——あの女が起こす血の海に誰も溺れさせたくない。だから弟子もとりたくなかった。(では、一人で戦う力や度胸があるかと言えば……。結局、わたしは、いつかあの女を討つと言い訳を重ねながら先の見えぬ旅をつづけている)

寂しさを埋めるため行きずりの男と契りをむすんだことが幾度かある。

恋人になった男もいたが長くつづかなかった。もっとも長くつづいたのは一年で、相手は呪師でもある下野の豪族だった。

心の中に——ずっと春馬がいつづけたからである。

香取社の社人宅、さやかな月明りに照らされて、濡れ縁に佇む乱菊は懐に入っていた絹の袋から、一束の髪と汚れた布の切れ端を取り出す。

「……ごめんなさい」

（まだ……何の目途も立っていないの）

「誰にあやまっていたの？　乱菊」

後ろから、あらごとの寝ぼけた声が、した。

乱菊ははっとして振り返り、厠《かわや》に起きたらしい弟子に、

「いきなり声、かけないでよっ。びっくりするじゃないのよ」

あらごとは、眼をこすり、

「ごめんなさい」

「やけに、素直ね。明日は……空から何が降る？　花かしら？　火の雨？」

「……って、誰に言ったの？」

むっとした顔になったあらごとに、

「さっさと、厠に行きなさいよ！　足が、ふらついているわね。つれてってあげる」

あらごとの手を取りながら、ふと乱菊の中に――強力な二重の術者たるあらごとと力を合わせればあの赤い犬神を調伏出来るのではないかという思いが、漂っている。すぐ打ち消す。

（こんな子供にたよろうとするなんて……。――駄目よ。あらごとは千方という恐ろしい敵をかかえているのよ。この子を、巻き込む訳には……。あの女は、わたしの、敵なのよ）

わごと　一

春の喜びが深山にみちている。

シャガがどっと花咲かせている。

青木が、青々と茂っていた。

桃色の花を咲かせた曙馬酔木《あけぼのあせび》や、青き姥目樫《うばめがし》の枝を掻きわけたりすると、向かいの碧山《へきざん》で花を咲かせかかっている三分咲きの山桜が、目に飛び込んできたりした。

そんな桜に見惚《みと》れていると栗鼠《りす》が行く手を横切ったりする。

わごと、良源《りょうげん》、日蔵《にちぞう》、橘潤羽《たちばなのうるは》、為麻呂《ためまろ》、石麻呂《いしまろ》の六人と、柴犬の雷太《らいた》は遂に、熊野の地に足を踏み入れていた。

日蔵が杖《つえ》で眼下を指す。

「この辺りから、十津川《とつかわ》を熊野川いうのや」

深山と深山のあわい——かなりの眼下、谷底をその川は厳かに流れている。

青緑の翡翠《ひすい》のような色をした川である。

見ていると……吸い込まれそうになる。

青く麗しい竜神が寝そべっているような気がした。

藤原千方の巨大な目論見が世の中を、そして自分と姉——あらごとを壊そうとしているという恐れを、わごとはいだいている。だが、竜神の如き川が見てきたこの大山岳地の悠久の歴史にくらぶれば千方の目論見など小さいことのようにも思えてくるのだった。

無数の枝を八方にのばした小さな姥目樫どもや、赤い花を咲かせた犬樫が茂る、噎《む》せ返るほど緑濃い密林を行く途中、

「休むとするか」

良源の声が、した。

密林の中、天衝《つ》くような巨大な高野槙《こうやまき》が二本生えていたので、その根元でいこう。

三つの隠れ蓑《みの》が脱ぎすてられ——わごと、良源、潤羽の三人が、他三人の前に姿を現す。

あらごとと瓜二《うりふた》つの顔の造りだが、あらごとより色白で、ややふっくらしており、肌もきめ細かい、わごと。今、その二重に大きく円らな目、卵形の小さな顔に隠し様のない、疲れ、憂いが、こびり付いている。

幼き頃すごした山里を別とすれば、長いこと、都育ちであった、わごと。過酷な労働にたえてきたあらごとと違って体力に乏しい。

山中を行く逃避行で、わごとの体力はかなり削り取られていた。

ただ、より深刻なのは、心の問題である。

僅か数日の間で四人の仲間が千方一味の襲撃、策動で斃れた。内一人は心の弱さを千方に付け込まれ寝返ってしまったのだ。

――あらためて人の心をあやつる藤原千方の恐ろしさが骨身に沁《し》みたのだった。

わごとの心は一時、くじけそうになったが……叡山《えいざん》の頼もしき青年僧で、紙兵《しへい》と縮地、二重の術者である良源、若狭《わかさ》育ちの没落貴族の姫で、巨細眼《こさいがん》、魂《たま》の潮《うしお》、二通力を有する、潤羽といった仲間たちに助けられ……どうにかここまでやってきたのだった。

濃い無精髭を生やした良源がわごとに、

「まだ……鏡の欠片は？」

「はい、何も」

頭を振った。良源は眉を顰《ひそ》めて、首肯し、

「浄蔵殿もあらごと一行と念話出来なくなったと言うておるし……。心配だな」

都にいる浄蔵と、わごと一行は念話出来た。しかしあらごととこちらの連絡がつかなくなっている。

わごとは、不安を押しのけ、

「……けど、無事と思います」

皆が真剣な面差しで耳をかたむける。

「ほら、双子って、呪師でなくたって……遠くはなれていても何かつながっているというじゃないですか？　あらごとが何か恐ろしい災いの中に、沈んでしまったのなら……」

鏡の欠片を通じて最後に見たあらごとの姿は海に沈んでいる姿だった。

だから、あらごとの魂魄が、わごとの手が決してとどかぬ所へ沈んでしまった恐れは……十分にあったが、

「もし、そんなことがあらごとに起きたら、わたしの身にきっと何かあると思うんです。けど、それは起きていない。だからあらごとは——無事と思うんです」

「ワン！」

はげますように雷太が吠える。

「そやな。そう思っとった方がええ！」

濃い眉をうねらせて首肯する日蔵であった。

日蔵は浄蔵の年下の叔父で、棒術に秀でるも、この中でただ一人、通力をもたない。

額の処で、黒漆を塗ったように艶やかな髪を切り揃《そろ》えた乙女、潤羽もわごとを真っ直ぐ見詰めていた三白眼——その瞳は常人の何百何千倍もの眼力をもつ——の目尻を真《まこと》にかすかに、ほころばせ、ゆっくり首肯した。

深手を負った為麻呂が無理に笑む。

「そうだ、わごと、きっときっと大丈夫だよ……」

「為麻呂は……怪我の方は、大丈夫？」

わごとは円らな黒瞳を潤ませて言う。

「へっちゃらだ。昔から、体だけは丈夫で……」

だが、弟、石麻呂の心配そうな顔が決して言葉通りに受け取ってはいけないことをおしえてくれた。

胡散臭《うさんくさ》い処もあるが誰よりもこの大山岳地に通暁する日蔵が、

「熊野の本宮《ほんぐう》には……浄瑠璃《じょうるり》の力をもつ呪師がおるそうや」

病や怪我を癒す力だ。

「もう少しの辛抱や」

「よし。出立しよう。今日の夕刻には本宮につこう」

良源は、腰を上げた。

あらごとの安否が気遣われるがわごとは千方の魔手から逃れるため、そして、熊野に多く潜み暮している呪師たちと接触をもつため──前にすすむしかなかった。

その日の夕刻、良源の言葉通りにわごと一行は本宮に入っている。

あらごと　二

香取海が大海に向けてせばまろうとするやや西に、この内海をはさむようにして、二つの社がある。

北の鹿島《かしま》大明神、南の香取大明神。

この地は朝廷が蝦夷《えみし》を制圧する際の水上交通の要地であった。

そのためか、鹿島には武神、武甕槌神《たけみかづちのかみ》が祀《まつ》られた。香取の神たる経津主神《ふつぬしのかみ》も武神ではなかったかと言われる。

日本書紀《にほんしょき》によれば出雲《いずも》の大国主命に国譲りを迫ったのは、武甕槌神と、経津主神、つまり、鹿島、香取の二明神である。

二月十九日。あらごとは、香取から鹿島へわたるべく乱菊と船着き場に立っていた。

この日であれば香取海で水鬼などの奇襲はなかろうということが、白鳥ノ姥の讖緯でわかっていたのだ。

千方の刺客、水鬼の水雷を考えるに、今からわたる水域は、三途《さんず》の川になりかねぬ。

故に白鳥ノ姥は厳重なる讖緯をおこなった。

さらに、水鬼らしき者がうろついていないか、石念、音羽、良文の斥候が、沿岸にて、念入りに探索をおこなった。

向う岸までは、良文が舟を出し郎党たちとおくってくれる手筈《てはず》だ。

平良文は幾人か妻がいる男ではあったが……乱菊に何らかの関心をいだいているようだった。

それは、あらごとにも、わかる。

(良文様は……乱菊のことが、好きなんかな?)

乱菊は良文の好意を迷惑とまでは思っていないものの全面的にこの好意に乗ろうとは思っていないらしい。のらりくらり、かわしている。

内海の南岸、船着き場に立つあらごとからは、香取大明神のある丘は大きな緑の亀が寝そべっているように見えた。漁家の集落がある船着き場と緑の丘の間には畑や、稲株が並んだ田があり、畦道《あぜみち》にはナズナなどの春の草たちがのどかな顔でそよいでいる。

内海の方を見れば一面の青が視界を染めていた。茫漠たる水の広がりと青空《そら》だ。

見送るのは白鳥ノ姥と、弟子たち、飯母呂石念と音羽である。

あらごと、乱菊を見送ったら、音羽は都へ走り、石念は鎌輪へもどる。

小動物に似た愛嬌《あいきょう》のある娘、音羽が、あらごとに一歩、寄る。

「……大変な旅になると思うけど。無事で」

「音羽こそ。都までは長旅だよね？」

「あらごとのそれにくらべれば吾《あ》の旅など長くない」

二人は、固く抱きしめ合った。

その二人の様子を石に似た表情乏しい顔をかすかにほころばせて、石念が見詰めていた。

あらごとは、石念に、かすれ声で、

「将門様や、君の前様《きみのまえさま》、蕨《わらび》……鎌輪のみんな、守ってあげてね」

良門の名は何故だろう、出せなかった。

石念がゆっくりうなずく。

「言われずとも」

と、白鳥ノ姥が、

「今朝、讖緯で気になるお告げがあった」

あらごとの目をじっとのぞいて言う。

乱菊が横から、

「何です？」

過去、現在、将来を見ることのできる姥は、

「あらごと、わごと……お主らの前に宝への導き手が現れる……。その者とは、炎の如く

赤い日差しの照らす大樹の下で、出会う」

眉間に皺を寄せた白鳥ノ姥は低い嗄れ声で、

「一人は信頼できる導き手。いま一人は……信頼できぬ導き手ぞ」

「あらごと、わごとのどちらに、信頼できる導き手が、どちらに、信頼できぬ導き手が現れるんですかね……？　できれば信頼できる方であってほしいんですが」

乱菊の問いに媼の白き頭は横に振られた。

「……わからぬ」

白くゆったりした衣を着た乱菊は痘痕がかすかにのこる白い顔を音羽に向けて、

「今の話も、浄蔵様にしかとつたえて」

「わかった」

「では、参ろう」

良文が口髭を一撫でして、言った。

あらごと一行は——北へ、鹿島に向かって、船出した。まずは袋田の滝を目指すのだ。

良文は餞別《せんべつ》として路銀と干し飯《いい》、そして、乱菊には真新しい短剣、あらごとにはやはりあたらしい一振りの鎌と、手鍬を贈ってくれた。

数時後——。

小高い照葉樹の茂る丘と、丘の間、枯れた荻原《おぎわら》を、乱菊と二人で歩いている。

背の高い荻の枯れ茎を二人の手が掻きわける。

足元では、今年芽吹いたあたらしい若緑の荻が鉾《ほこ》に似た葉を上にのばそうとしていた。

何処からか鶺鴒《せきれい》や鶯《うぐいす》の囀《さえず》りが聞こえるも姿は見えない。

「ねえ、良文様は何だか……乱菊ともう少しいたそうだったよ」

あらごとが水を向けると、乱菊は、

「そうかしら？　まあ、男なんて……沢山よ」

「何で？」

「こっちはただでさえ、貴女《あなた》という面倒な子を一人前の呪師にそだてなきゃいけない。そんな暇ないわよ。いい？　余計なことを考えないで、貴女、敵が襲ってこないかに集中なさい。わたしは一刻も早くこの地を通り抜けたいの」

さっきまで晴れていた空が、俄かに曇り空になっている。

行く手に鹿角のような白っぽい枯れ木があり、そこにとまっていたカラスが二羽、飛び立った。

あらごとたちが今、歩いているのは鹿島大明神の北。ここからはその姿を木立に邪魔されておがめぬがすぐ東には——乱菊によれば鹿島灘が広がっているという。

また、西に展開する雑木林の向うには鹿島流海《かしまのながれうみ》があるはず。

香取海の一部で、北に向かって極めて細長くのびている入江だ。

つまり二人は両側を海にはさまれた、南北に細長い陸地《くがち》を北上している。

「あの女……水鬼が思う存分、通力を振るえる海にここははさまれているわけよ。だから、急がなきゃ」

両側に海があるとはいえ、ある程度はなれている。

ここからは視認できない。

一抹の不安はあったが……この経路でなければ、もっと長く、水路を行く必要が、ある。それはよけい危うい。

だから、二人は香取大明神から鹿島大明神の方にわたり、刀が如き形をした半島を北に旅している。

袋田の滝に行き、虹が出た時に、滝の水で鏡の欠片をすすぎ、うしなわれた力を呼びもどす。その後は鬼熊、大嶽を探し——もっと北、奥羽の地へ旅立つ。

午後の日差しに照らされて荻原を旅するあらごとの草鞋《わらじ》が止った。

あらごとは、面差しを、曇らす。

「どうした？」

と、乱菊。

あらごとは鏡の欠片が入った苧袋《おぶくろ》を懐から出す。

「何も……感じない？」

言いながら、あらごとは、袋から——五つめの宝と白鳥ノ姥が言った、古い青銅の、鏡の欠片を出した。

(——冷たい)

あらごとの思いがつたわったか。乱菊の面相も、険しくなっている。

風が、吹き、枯れた荻の原、さらに鹿角を思わせる枯れ木の梢《こずえ》が揺らぐ。

刹那——あらごとはひんやりしたものが背を走る気がした。

「おいでなすったようね」

呟いた乱菊の目は、鋭い。

助けを呼べるような人家もなく、他に、旅人もいない。

四囲をぐるりと見まわしたさすらいの女呪師は、

「かこまれたようよ」

(怪しい気配がする。これが……妖気？)

直後、あらごとは、複数の何かが枯れた深草の中、こちらに飛んでくるのを見た。

「あ——っ」

鎌鼬《かまいたち》より、全然、おそい。

ひらひら飛んでくる。

四方から数匹の小さな生き物が枯れた荻の茎を揺らして、変幻の曲線を描きながら、あらごとたちに襲いかかってきた――。

それは、毛皮におおわれた、平たく四角いもので、大きさは、円座《わろうだ》ほどか。

生温かくやわらかい感触があらごとの顔にかぶさってくる。小さな化け物が――顔をくるむように取り付いてきたのだ。

「野衾《のぶすま》！」

乱菊が、叫ぶ。この小妖の名らしい。

あらごとは、頰が強く引っ張られるのを感じた――。

「気を付けて！　血を吸うの！」

乱菊の叫びが聞こえる。

顔面蒼白《そうはく》となったあらごと、夢中で野衾を剝がそうとしている。

思い切り、引っ張る。

小さいながら野衾の力は、強い。

しかし渾身《こんしん》の力を込めると何とか剝がれた――。

頰がぬるぬるする。ぬぐった手が赤くなった。剝ぎ取った野衾を見れば四角い体の四か所に毛が生えていない処があり、そこには四つの黒い吸盤がある。吸盤は、血で汚れていた。

（こいつで……人にくっつき、血を吸うんだ）

まさに――空飛ぶ蛭《ひる》の如き魔であった。

一匹目の野衾を諸手《もろて》にもった、あらごとを狙い、次なる野衾どもが周囲をひらひら漂っている。

飛行の速度はおそいが……飛ぶ進路が読みにくいため、油断出来ない。

ひら、ひら、ひら。

数匹の野衾が隙を窺いつつ、あらごと、乱菊の周りを飛んでいる。

「このっ」

乱菊は罵りつつ護身用のみじかい剣を振りまわす。だが、野衾どもは、緩慢ながら、勘は鋭い。巧みにかわす。

乱菊が自分の顔に迫った野衾の体に真っ直ぐ短刀を突き刺す。

その野衾は、黒煙を発し、消えた。

「吸盤にはさまれた体の真ん中あたりが弱点よ！」

師匠の声を聞いたあらごとは両手にもった野衾を地面に打ち付けるように落とす。

で、鎌と、手鍬を、取り出す。

鋭い闘気が――あらごとからその野衾にくり出された。

鎌が突風となってまわりながら野衾に飛来。再び、飛び上がり、あらごとに襲いかかる構えを見せた野衾を、一刀両断する。

あらごとの血を啜《すす》った野衾も黒煙となって掻き消えた。

――――！

――如意念波である。

《切れっ！》

あらごとは、鎌を自分を守るようにぐるぐる旋回させる一方、乱菊を襲っている野衾に手鍬を――飛ばし、駆逐する。

あらごとが起こす高速の刃風《じんぷう》が傍を通りすぎる度、野衾どもは黒煙となり、消えうせた。

あらごとが六匹の野衾を退治すると残りは恐れをなしたか……風で飛ばされた袋のようにふわふわ漂いつつ、荻原の中に退散している。

「でかしたわっ！」

荒く息をつくあらごとに乱菊が手拭いを差し出した。

傷ついた顔をぬぐう。

ふと……誰かの突き刺すような視線を感じ、あらごとは辺りを睨み付ける。

「今、誰かに見られているような気がした……」

「……そう。急ぎましょう」

北に向かって歩き出すあらごとたちを丘の上の林からじっと見ていた女がある。

細く、切れ長の目。

肉置《ししお》き豊かな肢体。

白くやわらかそうな肌。

青衣をまとい、青き勾玉《まがたま》で首をかざった女——水鬼であった。

水鬼は香取海の死闘で青き衣をなくしていたが、海上を行く船を津波を起して沈め、その船がつんでいた陸奥《むつ》の黄金を入手。鹿島大明神前の市で似たような青衣を手に入れた。

水鬼の腕には黒い釧がはめられている。靡ノ釧《なびきのくしろ》——妖魔をあやつる腕輪である。

「野衾如きでは……無理か」

冷たく言う。

「ここまで海からはなれると我が水雷はつかえぬ」

藤原千方の命を受け——坂東にあらごとを討つべくやってきた水鬼。

仲間の風鬼《ふうき》は、あらごとの返り討ちにあい、都からつれてきた魔軍もほぼ壊滅した。

思わぬ敗北を喫した。千方からは急ぎ上方にもどるように下知があったが、それに抗《あらが》い、あらごとを討つべく東国にのこった水鬼は、切れ長の双眸《そうぼう》に殺意の火を灯し、

「もう……しくじりは許されぬ」

＊

荒野の一角で焚火《たきび》が火の粉、煙を立てている。

枯野である。

若草は広大な草原の底で、すくすく生育しているが、まだ、大人の身の丈ほどの旧世代の枯れ草たちが、幅をきかせている。

あらごとの浅黒い顔、はっきりと大きな二重の目、乱菊のかすかに痘痕ののこる白く小さな顔、やや左右にはなれた小ぶりな瞳が、赤々とした火に照らされていた。

二人は先ほど干し飯と塩という簡単な夕餉《ゆうげ》を食し火にあたって暖を取っている。

里が近いのか。

夜の彼方から——犬の遠吠えが聞こえた。

一瞬、乱菊の面を、警戒、そして、尖った鋭気が、走る。

あらごとは乱菊と共に半年以上すごす内に、乱菊が時折、犬の姿や声に、必要以上に強く鋭い眼差しを投げかけたりするのに気付いている。

やはりそれは乱菊の兄が犬神に殺められたという話と関わりあるのだろうか？

火をはさんで向かい側に座す師匠は、あまり、昔のことを話したがらない。あらごとが訊いても冗談めかしてはぐらかしてしまうことしばしばだった。

火にあたりつつ、あらごとは、

「乱菊に……力の使い方をおしえたのは、どんな人だったの？」

乱菊は長いこと、黙していた。

やがて、ぽつりと、

「……厳しい人だった」

「男の人？　女の人？」

「あら？　言っていなかった？」

「うん」

「女の人よ」

乱菊は、しばし無言で、火を眺めてから、

「笹虫という人だった。……ちょうどいい機会ね。話しておくわ」

長い物語をはじめている。呪師の異能を実の親に疎《うと》まれたこと、笹虫に引き取られ厳しい鍛錬を課せられたこと、春馬のこと、赤犬姫の悪夢の如き襲撃のこと。

初めて聞く話ばかりであった。

話を聞く内に、あらごとは――あまりに暗く苦しい過去だったから、この人は話したくなかったのだとわかった。

千方一味によって故郷を壊された、あらごと。

乱菊が自分と似たような過去を背負っていることに、大きく驚いたし、

(初めは行きがかりの上でのことだったんだろうけど……弟子を取らずに一人で旅してきた乱菊が、ここまであたしにいろいろおしえてくれるのは……あたしと、重なり合う処があるから……?)

「その　赤犬姫って奴……今、何処に、いるの?」

「……わからない……」

焚火の向うの師は力なく答えた。

別人のように思いつめた面差しになった乱菊は静かな声で、

「たとえ見つけたとしても……勝てるかどうか。正直な処、今のわたしでもあの女を倒す自信が全然ないの」

あらごとは、強い声で、

「一緒に、戦おうよ!　一緒にやろう、乱菊」

赤犬姫なる魔女の所行を許しがたく思うあらごとだった。

千方も、恐るべき妖術師だが、赤犬姫も寸時も差し置いてはいけない、妖賊である。

乱菊は、首を横に振り、

「ありがとう。だけど、これは、わたしの戦。あらごと、貴女は、貴女の戦いに――」

乱菊の言の葉を切るように、あらごとは、真剣な面差しで、

「貴女の戦いはあたしの戦いだよ。だって、乱菊、貴女は——あたしの戦いを自分の戦いにしてくれている」

乱菊は寂し気に、そしてかすかに嬉し気に、

「たのもしいこと、言ってくれるじゃない。けど……手をかしてくれた貴女を犬死にさせるほど、恐ろしい魔犬なのよ……。だから赤犬姫の名はわすれて。もう一つ、通力があればあの女を倒せるのじゃないかと、幾度も、思った。どかんと大きい奴ね。

貴女とわごとが探す蓬萊の玉の枝……もし可能なら、わたしに一つわけてほしい。そしたらあの女と一人で始末をつけられる気がするのよ」

細面を上げた師匠は、

「さ、もう、寝るべし！　明日も早いわよ。交替で眠りましょう」

人の名を覚えるのが苦手なあらごとだが、赤犬姫は忘れまいと強く胸にきざんでいる。

夜半……あらごとは、また、何者かにじっと見られている気がして、汗だくになって目を覚ました。番をしてくれているはずの乱菊の高鼾に苦笑いし、師匠が起きるまで自分が起きていようと思った。

夜明けと共に歩き出したあらごとと乱菊は半島を北上している。

今日、この鹿島灘と鹿島流海に、はさまれた地域を出たい。

なるべく二つの海に近付かぬよう細い陸地の中央部を歩いていた。

——人気《ひとけ》は、ない。

集落の多くは二つの海に面した漁村であったし、旅人の多くが二つの海のどちらかを舟で行き来したり、海沿いを歩いたり馬に乗ったりして動いているからだった。

あらごとの左側は小高いタブ林になっており、林床には篠竹、サンゴジュなどが茂っていた。

視界が開ける。

里に、出た。

やはり、人気がない。

——廃村のようであった。

高床式倉庫らしき建物が焼けた跡。潰れたり、もぬけの殻になったりした、竪穴住居。

茅葺《かやぶき》の小堂がある。

この建物だけが、西の方の家の造り——あらごとの記憶の地層の下の方、近江《おうみ》などの家と同じ造りだった。板戸がずり落ちかけている。

隣には小さな竪穴住居。こちらは、僧坊であったか。

恐らく遍歴の聖《ひじり》が住み着いていた堂であったようだが、むろん、無住であった。
古い井戸がくたびれながらすて置かれている。
「……気味悪い所ね」
乱菊が、言った。
刹那——何か得体の知れぬ気配が辺りに流れ、あらごとの肌を撫でている。
ボゴッ……。
水音が、した。
古井戸からだ。
(——来るっ)
あらごとは歯嚙みし、眦《まなじり》を決した瞬間、それは、来た。
水塊である。
毬《まり》状の水塊が二つ、井戸から浮上——あらごと、乱菊に向かって猛然と、飛来した。
「水鬼だわっ!」
乱菊が金切り声を上げる。
——青き妖女の姿は、見えぬ。だが、水鬼は何処ぞに隠れて井戸水をあやつっている。
あらごとは鎌と手鍬を出し、さっと自分たちの前に浮かせる。
鎌と、手鍬は、如意念波により、猛回転。

あらごとたちの前で浮遊する風車のようになった。

「水鬼！　何をこそこそしているのよ。出てきなさいよ！」

乱菊の挑発にもかかわらず相手は身を隠したまま。水毬二つがあらごと、乱菊の顔めがけて飛んできた――。

（――ふん！）

あらごとの念波が、水毬がくる方に、二つの風車を動かす。

水鬼が通力で結集させた水を、あらごとの力で高速回転する刃が、散らしてしまう。

「次が来るわ」

乱菊の手があらごとを引く。

あらごとは、刃を浮かせて後衛させたまま――さっきの廃堂の方に走った。

古井戸の方で……もう次の、水の、怪奇現象が起っている。

一抱えもある大蛇状の水が井戸の中から鎌首もたげ、宙をのたうち、追いかけてくる。

乱菊は走りながら慌てた声で、廃堂を指し、

「あの戸！　あれ、何とか念波で取れない？」

あらごとは鎌と手鍬を水毬にそなえて後ろでまわしつつ、前方にも念力を向けた。

こういう複数方面に別々の動きをさせる念波を放つ離れ業を香取までの旅で出来るようになっていた。

あらごとが放った強い念が元よりずり落ちそうになっていた板戸を建物から喰い千切る。

乱菊が、水の大蛇への備えとして件《くだん》の戸をつかおうとしているのは明らかだ——。

あらごとは、廃堂に向かって駆けつつ、念力で取りはずした戸を、次なる念波で高速でこっちに引き寄せんとした。

《あの戸、取れろっ！》

が、水蛇は、速い。

宙で鎌首もたげた水の大蛇は恐ろしい勢いでこちらに迫る高速の水流と化している。

水蛇の狙いは——あらごとの、後ろ首だ。

それがわかったあらごとは目を剝く。

（……間に合わない！）

「そりゃ」

とぼけた声が、した。乱菊だ。

と——あらごとがこっちに引っ張ろうとした板戸が、瞬時に、消失。

それはあらごとと水蛇の中点、水蛇の進路上に現れた。

物寄せ。

物体を瞬間移動させる乱菊の通力である。

——ッ！

鉾のように鋭くなった宙を走る水流と忽然《こつぜん》と現れた板戸が、激突する。

板戸のこちら側が、ボコッと隆起したくらいだから、まともにくらっていたら……。

考えるだけでぞっとするも固まっている暇はない。あらごとは、今度は板戸をも如意念波で浮かせて、後ろを守らせつつ、乱菊と物陰のある廃堂近くまで走った。

荒く息をつかせた乱菊は、一度は飛沫《しぶき》となって散った水蛇が再び滴を結集させ、一匹の透き通った体の蛇になろうとしている様を睨みつつ、

「今の水の勢いを見るに……あの女、相当、通力《ちから》をつかったはずよ」

あらごとは歯嚙みしながら、古びた板戸のみすぼらしさを見るに、いつまでも水鬼の鋭《えい》鋒《ほう》をかわし切れるものではないと危ぶんだ。

（あたしらと水鬼……どっちの渇えが先に来るだろ？）

と――板戸、鎌、手鍬、三つの物体を如意念波で、浮かせ、己らを守っているあらごとは、何となく嫌な予感がして、地面に視線を落とす。

（え？）

飲み込んだ唾の生温《なまぬる》さが、喉に引っかかっている。

じわり、じわり……。

足元の地表の幾か所かで、あるものが染み出ていた……。

水だ。

むろん……ただの湧き水であるまい。妖力による水の湧出だ。

乱菊も、気付き、

「……むう」

湧出する水量が、突然、ふくらむ。それは瞬時に湧出から噴出に変った——。

五つの泥色の噴水が二人をかこむように大地を突き破ってきた——。

乱菊が、めずらしく、口早に、

「地下に、湖があるのだわ！　あの女、その水を……」

右手に、鹿島灘、左手に、香取海の一部、鹿島流海が控える、ここの地形を鑑《かんが》みれば、

地下に湖があっても、何ら不思議でない。

何たることか……。

水鬼の水雷は、海や池沼、井戸水にくわえ、地下水まで引きずり出す力をもっていたのだ。

地下から噴出した夥しい水は二人の周りで強い渦を巻き、引きずり倒そうとする。

そうこうしている内に……宙に浮かぶ水蛇は、再び存分な闘気をため、第二波をくり出さんと鎌首もたげた。

「あらごと、あの力を」

乱菊が言い、あらごとはうなずいている。

《――飛べ！　あたしたち》

あらごとは乱菊と手をつなぎ己の中の十分なる火花をたしかめながら、念じた。

すると、どうだろう。

地下水により足が濡れたあらごと、乱菊師弟は――一気に、宙に、浮く。

あらごとのもう一つの力、天翔《あまがけ》だ。

水蛇がまっていましたとばかり今度は二頭の大蛇と化し、頭の一つはあらごとを、今一つは乱菊に襲いかかろうとするも、あらごとの鎌が回転しながら、ぶつかり、一頭を飛沫にする。しかし手鍬が追い付かぬ。

刹那――地表から大量の砂嵐が噴出、宙に浮きはじめた、二人をくるみながら隠す。

そのためのこる水蛇の頭は獲物を見うしない、戸惑った。

――この竜巻、むろん、乱菊の幻術である。

幻の竜巻に隠されたあらごとと乱菊は水鬼の波状攻撃をかわし空高く飛び上がった。

ある竪穴住居からゆったりと漂うように、青い衣の女が現れた。女は廃村の東、竹が茂った丘に降下してゆく、あらごと、乱菊を睨みながら、薄ら笑いを浮かべた。水鬼であった。

「……かかったか。あの男たちが上手くやれば、お前の出番よ」

水鬼の地下湖の白魚が如き手が靡ノ釧にかかる。

顧みた水鬼の背面の闇で――黄緑色の光が、二つ、灯っている。

……眼光のようであった。

荒れた竹藪に降り立ったあらごとは、

「こっちでよかったの?」

廃村の西に見えたタブ林ではなく、こっちでよかったのかと問うた。

乱菊は言った。

「向うの林だと、鹿島流海が近い。こっちの方がまだ、鹿島灘から若干の距離があるわけ」

あらごとの中にはもっと遠くまで空を飛んで逃げるべきという考えもあった。

むろん、空中で提案している。だが、

『空にも……罠《わな》があるかもしれない』

乱菊を危惧させたのは香取海で敵がつかった鎌鼬《かまいたち》、天狗《てんぐ》など、空飛ぶ妖だった。

特に、体を透明化できる鎌鼬の突然の斬撃は……恐るべきものがある。

そこで、長時間の飛行は危ういと考えたのだ。

竹藪に立った乱菊は、

「ここならばわたしたちの武器になるものがごろごろ転がっている」

見まわすと――おれて鋭い尖端《せんたん》をこちらに見せた竹、さらに、ごつごつした石が、沢山目に入った。

「ここならあの女は……追ってきやすい。追ってきたら、返り討ちにしてやる。あの女の奇襲は、恐ろしい」

「たしかに……。井戸水や、土の下の水まで味方につけるなんてね……」

「ええ。陸路も安心して歩けないじゃない？　こっちはもう水鬼どころじゃない。宝を見つけねば……。だから、今日――」

乱菊は決意の眼光を、閃《ひらめ》かす。今日決着《けり》をつけるということだった。

生温かい風が吹きはじめ……そこかしこで、関節が鳴るような音が、ひびきだした。あるいは硬いものと硬いものがぶつかる乾いた音が、数多ひびいている。

風によって、竹が軋《きし》んだり、ぶつかったりしているのだ。

「お！　おったぞっ」

突然、男の声が、北から、した。

あらごとたちは警戒心を尖らせる。

水鬼は――藤原玄明《はるあき》なる男とその徒党を走狗としてつかっていた。ただ、玄明らは香取海で溺れ、その後の消息は定かではない。もしかしたら玄明の残類がなおも水鬼に協力している可能性を考え、あらごとらは北を睨む。

刹那――、

「危ないっ」

乱菊が小さく叫び、あらごとを突き倒した――。

あらごとにおおいかぶさった乱菊のすぐ上を棒状の鋭気が、飛ぶ。

矢だ。

見れば、北の方から、弓をたずさえた男の影が三つ、こちらに駆けてくる。

正体不明の男どもは弓を構え――射ようとしている。

「あたしにまかせて」

あらごとが言いながら半身を起こすと、

「掟をわすれぬように」

乱菊は、言った。

呪師には鉄の掟がある。

呪師は、通力で人を殺めてはならない。

呪師は、通力で人を傷つけてはならない。ただし、自分の命、自分にとって極めて大切なものを不当な侵害から守るためなら、この限りではない。

呪師は、己の力で己の欲を満たしてはならない。

呪師が、通力で命を奪ってよいのは、人に仇《あだ》なす魔性だけである。ただし第一の掟を破った呪師、第二第三の掟をしきりに破り、人々を苦しめている呪師は――人に仇なす魔性と見なされる。


この掟の中で活動する通力の保持者こそ、正統の呪師で、この掟を破って暮らす通力の保持者は、妖術師と呼ばれる。

今、北から射てくる男ども――恐らく水鬼傘下だろう――は、妖術師と思えない。

なので二つ目の掟により、命を奪おうと射てくるこの男どもを通力で傷つけることはみとめられているが、殺めてはならない。

一方、もしここに水鬼がいる場合、水鬼は妖術師だから、魔性同然と、見なされる……。

あらごとは念力で手ごろな石を三つ浮かせた。

三つの石が――こちらに飛んでくる矢よりも速い、三つの弾丸となり、飛んで行く。

直後、あらごとは飛来する矢を如意念波で叩き落そうとするも、もうその時には三つの矢は、消えていた――。

乱菊が物寄せで別の所に動かしてしまったのだ。

「うっ」「がっ！」「あっ……」

三人の男を三つの石が――痛撃する。

二人は鳩尾《みぞおち》を、一人は股間を打たれ、蹲《うずくま》る。

同時に三本の矢があらぬ方に落ちる音がした。

あらごと、乱菊は用心しながら、三人の男に歩み寄る。

二人は昏倒《こんとう》していたが股間を打たれた男は苦し気な呻き声を上げながら蹲っている。

――見たこともない男どもである。

「見た処、この辺りの無頼といった様子だけど……」

呟いた乱菊は、

「名は？」

股間をおさえた髭面の男は、蛸《たこ》のように赤くなった丸顔を歪め、

「笛麻呂《ふえまろ》」

「いい名前じゃない、笛麻呂。誰に、やとわれたの？」

「鹿島様の門前で……。青い衣の女に」

あらごとたちは知る由もないが、この男たち、鹿島の門前を縄張りに、博打《ばくち》、盗み、国《こく》衙《が》や郡衙の仲間と共謀しての官物横領などに手を染める無頼であった。

藤原玄明とは別の集団で、むしろ玄明と対立していた。

浜辺にいた処、水鬼に黄金をちらつかされ、一仕事しないかと誘われ、水鬼を手籠めにして黄金を奪おうとするも――返り討ちに遭い、指図にしたがっている。

「やはりね」

乱菊がうなずいた瞬間――笛麻呂が動く。

隠しもっていた短刀を抜き、いきなり刺そうとした――。

「ほりゃ」

乱菊が、手を振ると、笛麻呂の手から……短刀がすっと、消えている。

だから、笛麻呂は空っぽの手を苦し気に突き出している。

「笛麻呂、これもらってくわよ」

元々、乱菊の右手には良文からもらった短刀がにぎられていたが、今度は左手に、笛麻呂の短剣がにぎられていた。

茫然とする笛麻呂をさらなる脅威が鋭く襲う。

笛麻呂後方で竹落ち葉をふるい落としながら、おれて地面に倒れていた、鋭い尖端の古竹が浮き上がり……疾風となって、笛麻呂の尻に突進したのだ――。

本気で動かせば笛麻呂の命を奪いかねないのでかなり手加減したあらごとの如意念波だった。

石で、股間を打たれ、竹で、肛門を刺された笛麻呂、

「あっ……あああぁぁ」

哀れな悲鳴をこぼしながら四肢をふるわし、白目を剝きぶっ倒れた。

乱菊は、あらごとに、

「やりすぎじゃない？」

「だって、危なかったから」

かすれ声で答える。

乱菊は、ひょいとしゃがみ、笛麻呂の懐からこぼれた黄金をつまんだ。

「これも、もらってくわよ。笛麻呂」

恐らく水鬼からもらったと思われる小ぶりな黄金が、竹の狭間《はざま》から差し込む陽光に、キラリと光りながら、乱菊の懐におさまる。あらごとは目角を立てて師匠に、

「それこそ、やりすぎじゃない？」

乱菊の行為が第三の掟に抵触するように思われたのだ。

師匠は指を唇に当てて、ニッと笑み、

「——内緒よ。これくらいの役得は許されていいと思うのよ。呪師に」

（……どんな師匠なんだよ。この人）

あらごとが思った時……竹林内に、男どもの怒号が、ひびいた。

「何処に行った？　笛麻呂殿はっ」

「あっちじゃ！　やられたようだぞ、いたぞぉっ！」

「かこめ、かこめい！」

何十人もの男が殺到してくる足音に乱菊は面差しを硬くし、

「……こんなに、いたの――？」

南、そして、東からの、足音の殺到が夥しい中、あらごとは、上を指し、

「また空へ逃げる？」

「わたしが水鬼だったらその空に、天狗か鎌鼬を待ち伏せさせる」

その時はその時だと言おうとしたあらごとを、乱菊の手が制した。

「――こうしましょう」

一気に霧が、竹林内に立ち込めはじめている。

乱菊の幻術だった。

「何処へ行った！」

「何じゃ、この霧っ」

荒くれ者どもの殺伐とした声が、すぐ傍でする。

あらごとは、乱菊に手を引かれ、濃霧の中、竹藪を北にすすんだ。忍び足ですすんだ。

途中、弓矢や毛抜形太刀などを手にした複数の人影が北から南に駆けてゆくのとすれ違

った時は、魂が潰れそうになった。

乱菊にうながされ、あらごとは気配を殺し幻の霧に隠されながら、北へ歩く。

霧の中、だいぶすすむと男どもの声はかなり遠くになった。

辺りは竹藪から、タブを中心とする高木が生い茂り、サンゴジュ、トベラなどの低い木が密生し、枯れた蔓《つる》が打ちすてられた網のように垂れ下がる密林になっていた。

霧の中の樹々が悪夢の中の樹木に思えて、気味悪く思うあらごとだった。

なおもすすんだ所で乱菊は人の気配がないのをたしかめてから、

「そろそろよいでしょう」

幻術の霧を徐々に薄くしている。

タブの林に風が吹き、梢たちが身を躍らせる。ザー、ザーという音が、起きる。

日輪の所在から方向をたしかめた乱菊は、

「北は、こっちね」

なおも、薄暗い密林を北へ歩いた。

あらごとは得体の知れぬ違和感を覚えた。

風音が盛んにして、見上げれば梢が揺らいでいるのに……木の葉が落ちてこないのだ。

瞬間――あらごと、乱菊の周りから――緑の密林が、すっと掻き消えている。

代りに壮大な、青が、網膜にぶつかってきた。

見渡す限りの青海原と真昼の太陽をいただく蒼天が眼前に広がっていた。

「何、これ……」

茫然と呟いたあらごとの足が踏んでいるのは、砂地であった。

二人は低い草が生えた砂地から、さらに先、波にあらわれ、草木は一本もなく、ただ、貝殻や流木が散らばっている砂浜へ、そう、大海原《わだつみ》のごく近くへ彷徨《さまよ》い出ようとしていたのだ――。

ザー、ザー、ザー！

風による樹の音と思っていたのは目の前の果てしない大海、香取海より、もっと圧倒的なる海、鹿島灘が奏でる波音だった。鮮烈な明るい青に叩かれた目がくらくらし、水鬼を思い出させる重厚な水音に、耳をふさぎたくなる。

「どういうこと？　これは、幻？」

狼狽《うろた》えたあらごとが呻くと、顔を真っ赤にした乱菊は青筋をうねらせながら物凄い声で、怒鳴った。

「違う！　今までの森が、幻！」

踵を返し、

「逃げるわよ！　陸《おか》の方へ」

あらごとも、海に背を向ける。

二人は大海とは逆に駆け出している——。小さなツワブキや、浜百合の芽など、砂浜に生える草を踏み散らし、走りながら、乱菊は、

「このわたしに幻術を仕掛けるとは——。恐らく、沢山の男の声や姿からが、幻！」

笛麻呂は現実の住人だったのだ。だが、その後から……。

「わたしたちが逃げてきた森も、途中からが幻。方角も狂わされた」

ごく低い草が生えた砂浜から見て、かなり奥に、膝くらいの草が生えた草地、その奥に、灌木《かんぼく》が帯状に生えている。

灌木の帯の向うに……真の林の緑が、ある。

「来るわよ、あの女が！」

乱菊の警告にあらごとは面相を引き攣らす。

瞬間、乱菊が何かにつまずき、転んだ。

「乱菊！」

駆け寄る。

砂浜を這い、版図を広げようとしていた菅《すげ》の類が、あらごとの草鞋に踏み散らされた。

間髪いれず、乱菊の顔の下の砂から、泥水が噴き出てきた。

砂浜の下に水が溜っていた。敵は、その水を、あやつっている。

泥水は——手の形となり、乱菊の顔を摑む。

目に泥が入ったらしい乱菊は小さく呻きながら顔を攻撃する水を振り払う。

振り払われた滴が、また宙で固まり、砂地から噴き出た新手の水と合わさり、毬状になって、乱菊の横面を叩いた。

よろめいた師匠をあらごとはささえようとしている。すると、

「わたしのことは、いい！　早く逃げなさいっ」

「嫌だ！」

あらごとは面貌を歪めて、怒鳴り返す。

怒濤が迫る音がして左を見れば——青き竜を思わせる物凄い濁流が海から突出、しぶきながら、あらごとらの真横を通り、前にまわろうとしている。

竜で言えば首の辺りにあの女、水鬼が乗っていた。

「あらごと、上に……」

天翔で上に逃げましょうと乱菊は言いかけたのだろう。

上空をあおいだあらごとは、頭を振った。

「キー！　キー！　キー！」

幾十匹もの鼬に似た化け物が鎌に似た手を日差しにきらめかせ、空中を旋回している。

(鎌鼬……まだ、あんなに沢山？)

水鬼、風鬼がしたがえていた鎌鼬は香取海で滅ぼしたと思っていた。

しかし、当地の鎌鼬をあらたにしたがえたのか、千方が新手をおくり込んだのか、定かでないが、まごうことなき鎌鼬が、数十匹、殺意の旋風を起して、空の上をまわっていた。

数日前、香取海で、数十匹の鎌鼬を平らげた時は、十分な支度をした上でのことだった。（稲敷《いなしき》で戦った時は良門が傍にいた）

今は、十分な支度もなく、良門も、いない。

空の上は絶望で溢《あふ》れている気がした。

そうこうしている内に竜を思わせる怒濤に乗った水鬼は笑みを浮かべて、あらごと、乱菊の前方、丈の高い草が茂る辺りに素早くまわり込んでいる――。

乃《すなわ》ち、それら津波の時くらいしか水につからぬ草どもを、海水で押し倒し、海を背負ったあらごと、乱菊の退路を飛沫を上げながら遮断した。乱菊の顔をしつこく襲おうとした泥水の塊に、念力で高速回転した、あらごとの、手鍬が、突っ込み、滅茶苦茶に掻き散らす。

顔をぬぐった乱菊は青き女を睨んだ。

「まさに、背水の陣ね。陣すら敷かせてくれぬのだろうけど」

鬼の形相になったあらごとは鎌と手鍬を水鬼に直進させるべく自分の前にすーっと動かした。

水鬼が、竜女のような麗しい微笑《ほほえ》みを浮かべ、

「背水の陣、に、なっていないわよ？　東《あずま》の呪師よ。それとも東国では、そのようなものを陣と？——なら、陣に失礼よ。だって貧相すぎるもの」

あらごとが浮かせた鎌、手鍬を可笑《おか》し気に見やる。

「蟷螂《とうろう》の斧《おの》というのよ、それ」

乱菊は溜息をつき、険しい顔に無理に笑みをつくり、

「相変らず、嫌みな女ね。あのね、水鬼……貴女ね、貴女の存在自体がこの世でこつこつはたらいているお百姓や杣人《そまびと》、浦人に失礼と考えたことはない？」

「ないわ。一度も」

「あら奇妙ね。今言った人たちが日夜、汗水垂らしてはたらいているから、この世は成り立っている訳よ。なのに貴女……その人々の命、暮し、安寧、こつこつためた糧や財を毎日毎日、壊そうとはたらいている。世の中自体を壊そうとしている。この世の恩恵を、十分受けながら……。こんな無礼千万な話ってなかなかないんじゃないの？」

さも可笑し気に青き袂《たもと》が面長の白い顔の方に漂い、鼻から下を隠す。

水鬼は細い目をさらに細くして言った。

「さすが、鶏が鳴く東の女。口だけは達者のようね。いや……口だけはさすがに失礼か。お前たちほどしぶとい敵、初めてだわ。——けれど、今日で、終りね」

最後は、乱菊から、あらごとに視線を動かし、釘《くぎ》を打ち付けるような目で言った。

乱菊は、水鬼に、

「その言葉、そっくりそのままお返しするわ」

水鬼は余裕の笑みを浮かべて青い衣を波打たせ、手を大きく横に振る。

同時に――あらごとは咆哮を上げて、二つの殺気を猛進させている。

鎌と、手鍬だ。

水鬼さえ仕留めれば海があらごとらを襲うことはない。

黒い腕輪を奪えば鎌鼬の攻撃も止められる。

即座に、決着をつけたい。

が、水鬼が乗っている竜の如き形をした大水塊から、鞭状の水が二つわかれ、あらごとが飛ばした得物をはたき落としている。さらに、水鞭《すいべん》二つは巧みに動き、手繰り寄せる動きで、鎌と手鍬を――水鬼が乗る竜状の大水塊の内に引きずり込む……。

あっという間にあらごとの得物二つは、こちらの念波の制御下から、水鬼があやつる水の下に隠され、たやすくくみ伏せられた。

乱菊は、あらごとに、

「お前は馬鹿ね」

「馬鹿って言うな！」

「何月、わたしと一緒にいるの？　わたしの物寄せでもっと傍に動かし、お前の念波でザクっと行けばいい。次は――」

短刀をぎゅっとにぎりしめながら言いかけた乱菊、たしかにそうだと思ったあらごとは後ろで起きた、
ドドドドドドド！

という轟きに思わずはっとし、振り返る。

海が……二人を襲おうとしていた。

海若《かいじゃく》、乃ち、竜神の逆鱗《げきりん》にふれた二人の人間を荒ぶる海そのものが罰そうとしている光景に思えた。

圧倒的な青い高波、白い大飛沫が、壁をなしていた。

――青く流動する長城のようだ。

さっきまで穏やかだった鹿島灘が大津波を起して二人を呑もうとしていた。

あらごとは、乱菊を引っ摑み、反射的に天翔しようとする。

だが、それも束の間、早くもぶつかってきた波壁により――宙に弾き飛ばされた。

咄嗟《とっさ》に乱菊の手をはなしてしまう。

飛ばされながらあらごとは、

(何で――鎌鼬は襲ってこないんだろ？)

あれだけ血に飢えた魔物が空にいたら、一匹か、二匹、自分か乱菊を襲おうとしてくる

奴がいるはず。

なのに、どの鎌鼬も襲ってこない。

その不思議を究明するより先にあらごとの体は高波の衝撃で砂浜にぶつけられている。

立ち直る間もなく、二つの濁流が、飛沫を上げ、海側、水鬼側から、あらごとを襲う。

とくに水鬼側から押し寄せた奔流は狡猾にも、あらごとの首にだけまとわりつき、ぐいぐいしめ上げて、鼻や口、耳から入ろうとしてきた。あらごとは夢中になって泡を吹きながら、顔にまとわりつく水を掻き毟《むし》るようにして押しのける。

濁流に呑み込まれたあらごとだが、天翔の力はまだ活きていた。

その力は——あらごとの体を何とか上へもち上げようとする。

しかし、体が完全に水に没してしまうと……天翔はつかえなくなり、水の制御下に置かれてしまう。

つまり、今、あらごとの体をめぐって二つの強い力——あらごとの天翔と、水鬼の水雷が、上昇しようとする力と妖力が籠った水圧が、世にも凄まじい綱引きをおこなっている。

波間から一瞬、体が浮き出て大気にふれたあらごと、天翔で脱出をはかるも、すかさず海水が引きずりもどす。物凄い力で波から逃れようとするあらごとの耳が、

「おーい！　何しておるっ！」

という男の声を聞き、目は、弓をたずさえて砂浜を駆けてくる男の姿を捉えた。

だが、あらごとは助けをもとめる間もなく殺意の怒濤にもみくちゃにされている。

遂に、あらごとも、乱菊も、師弟もろとも――海若の有に帰すかと思われた。

「おーい！　何しとるんだあっ！　そこぉ」

そののんびりした男の声は勝利の笑みを浮かべていた水鬼の耳にもとどく。

随喜にひたっていた水鬼、かんばせにかすかな不審を漂わせ、声の主を見やる。

浅縹色《あさはなだいろ》の水干をまとった小男が弓矢を引っさげ灌木の林の方からひょこひょこちらに駆けてくる処であった。

あらごと、乱菊への止めに専念したい、水鬼は黒い腕輪を撫で、

《幻でも見せて足止めせよ》

――幻を生み出せる何者かに、下知した。

灌木帯で緑の火が二つ、灯る。

――眼火だ。

この眼光が幻を生み出すのだ。

ところが、弓を持った男は……その緑の光に矢を射たではないか。灌木の中から、小さな悲鳴がとどく。

（何？）

で、男は、こっちに走って来る。かなり、速い。

水鬼は眉をきっとさせ、あらごと、乱菊はもう大丈夫だろうとの存念もあったから、

(――殺せ!)

白い手を振り鹿島灘の一部から幅三尺ほどの急速の激流を分岐させ、弓をもった男に突進させた――。これを見た男、ざっと立ち止り、水鬼に向かって弓を構え、厳しい声で、

「水を止めろ! さもなくば、射るっ」

この一言は、水鬼が水をあやつる通力の持ち主と看破したから出たのか?

果たして男は、暴れ水が止らぬと見るや、水鬼に向かってひょうと射ている。

で、これはたまらぬと思ったか、自分に迫る急流から逃れるように、灌木帯めがけて走る。

水鬼は、足下の大水塊から例の水鞭を一つつくり、男が射た矢をはたき落とすようにして払った。

これで……終りのはずだった。が、終ってくれない。何と、払いのけたはずの矢が、再び浮き上がり――水鬼の心臓めがけて猛速で突進した。

(如意念波?)

青き妖女は、さっきの水鞭で迫りくる矢を捕えつつ、足元から桃の実ほどの水弾を一つ、電光石火の速さで飛ばし、矢に、ぶつけ、柄の処でへしおった。

「ふう……」

息をもらした水鬼の面を驚きが走る。

何と、鏃《やじり》だけが……執拗に浮遊。恐るべき勢いでこっちに驀進《ばくしん》してきたではないか。

顔面蒼白となった水鬼は初めてこの恐ろしい通力の正体を知った。

（――物魂《ものだま》！）

あらごとがつかう如意念波は、ある物体に、「右に動け」とかその都度、指図せねばならない。渇えの時はもちろん、指図が一度でも止れば――物体は動かなくなる。宙に浮いていたならばらばら落下する。

物魂は、違う。

この通力《ちから》は文字通り、物体に魂を、吹き込む。

乃ち、「水鬼の心臓を突け」などの思念をそそぐ。

左様な魂を吹き込まれた物体は一時的な物《もの》の怪《け》と化し、呪師が渇えを起すまで目的をしつこく果たそうとする。

つまり、呪師の渇えが一日後なら……物体は一日間、水鬼の心臓を狙いつづける。

鏃は意表を衝かれて茫然とする水鬼の左胸を突風となって襲わんとした。

水鬼は、間一髪、身をひねり……右胸で鏃を受ける。

鏃が右胸に潜り、熱い痛みが体を走っている。

凶暴な鏃は今度は体の中で心臓の方に——動こうとした。

水鬼は死に物狂いで鏃を摑み、体から引っ張り出す。

突然のことによる、動揺、そして鏃があたえた深手で、冷たくも熱い火花が激減していた。

すると、どうだろう。

水鬼の制御下に置かれ大津波を起していた鹿島灘が俄かに、本来の穏やかな顔にもどろうとしはじめた。さらにひょこひょこ逃げる男を追って灌木帯に流れ込もうとしていた激流がさーっと海に向かって退《ひ》きはじめた。

水鬼が海にかけた通力、いや妖力が——男の一矢によって、縮小、後退している。

今や水鬼の制御下の水は足元の竜のような水塊くらい。

右胸から血を流した水鬼は、痛みにたえて、活きのよい魚の如く暴れる鏃を足元の水にひたす。

《遠くへ！》

まず、足元で水流を起し、恐るべき鏃を己の遠くへ押し流す。

次に水鬼は迫りくる渇えをひしひしと予感しつつ、鏃を流したのとは逆方向の水流を起し、それに乗って、海に向かって斜めに動き、鹿島灘へ逃れた。

渇え——通力の枯渇——が起れば、いくら海辺でも、あらごと、乱菊、謎の男に勝てぬ。

（もう少しだったのに……。また、命拾いしたな！）

水の魔女はあらごとがいる辺りをきっと睨んで海上へ退避している。

「大丈夫かっ。しっかりしろい！」

水が退いた砂浜にひっくり返ったあらごとは誰かに、頬を叩かれていた。

はっと目覚める。

「繁様？……良門？」

自分を心配そうにのぞき込んでいる男が初めは源《みなもとの》繁に、次に平良門に見えた。

「あいにく俺は繁でも良門でもないなあ」

顎がしゃくれた四十がらみの小男は、気さくな笑みを浮かべてのんびり言った。

くたびれた浅縹色の水干をまとい弓を傍に置いている。

そこはかとなく甘い、過去の感傷が退き、さっきまでの恐るべき現実《うつつ》が思い出された。

青空を鳥影がよぎる。

あらごとは、きっとなって起き、

「鎌鼬！」

「鎌鼬などおらん。大方、幻を見たんじゃ。幻術をつかう者が近くにおったのだ。今はもうつかえんようだが」

眉が太い赤ら顔の小男が、手を振りながら言った。あらごとは辺りを見まわす。

「水は？　水鬼は？」

「津波は幻ではなかったが、もう退いた。あの女が逃げたからな。あの女、水鬼というのか？……恐ろしい女よな。お前さん……誰だ？　あの女とどういう関わりが？」

顎がしゃくれた小男の声には、あらごとへの興味、そして、警戒がふくまれていた。

「あらごと！　無事だった？」

乱菊の声がしている。

疲労困憊《こんばい》した様子でふらふらと歩み寄ってきた乱菊はあらごとと一緒にいた男に、

「危ない処を助けていただいたようで……」

慇懃《いんぎん》に会釈した。

くたびれた水干の男は、のどかに、

「何、鹿島に詣でし帰りにここを通りがかったら通力と通力のぶつかり合いを感じてな……。それで来たみたら……」

乱菊に向かって顔を上げ、固まってしまった。ややあってから、

「乱菊……？」

乱菊も波を背にした氷の彫像のように固まっていたが、やがて、やや上に吊った円らな目を細めて、

「……秀郷《ひでさと》？　藤原秀郷？　何年ぶりかしら？」

弓を傍らに置いた浅縹色の水干の小男、秀郷と、さすらいの女呪師を交互に見比べた、あらごとは、

「知り合い？」


藤原秀郷――下野国の豪族である。

弓の名手で知られた。

秀郷には弓矢をつかった妖怪退治の勲《いさおし》があり、どうもただの豪族とは思えぬ。呪師の臭いがぷんぷん漂う男なのである。

型破りな男であった。

朝廷がもとめる重税の貢納を、拒絶。国府から逆賊と認定され、激しい討伐を受けるも、抗い、最終的に国司と和し、今日にいたっている。

流浪する乱菊を館に泊めたことのある秀郷だった。

物魂をつかう呪師で武人《もののふ》でもある秀郷は、二人をトベラが茂る灌木帯につれてゆく。

そこに……尾が二つにわかれた妖しい老狐《ろうこ》が胸を射られて倒れていた。まだ息があり、苦し気にふるえている。

「妖狐ね。年をへた狐《きつね》が妖と化したものよ」

乱菊が呟き、秀郷が、

「こ奴が幻を見せおったのだ」

緑に点滅していた妖狐の瞳から黒く小さな煙がもれ、目が閉じられる。

「今……死んだ。水鬼はあの深手だ。直《じき》、渇えを起し幾日か立ち直れぬ。場合によっては、命を落とすことも……。あまり、心配する恐れはあるまい」

とのどかに言うも水鬼の恐ろしさが骨身に染みている乱菊はその楽観論にきつく頭を振っている。

「いいえ。敵方に浄瑠璃の呪師がいたら?」

あらごとも夢中でうなずく。

だから、鹿島灘、鹿島流海、どちらの海の脅威もとどくまい、と、思われた丘の上まで動いた。

練達の兵《つわもの》たる秀郷、弓馬の道の守り神たる鹿島に幾年《いくとせ》に一度かは詣でるという。

この時も従類二人、伴類一人をつれ、旅していた。

従類とは先祖代々、秀郷の家に仕えている者で、弓馬の道にも通じた戦士。

後の世の旗本御家人だ。

伴類は百姓身分から何かの才をかわれて家来に取り立てられた者をいう。

また、他の里の兵で、何らかの事情で家来にくわわった者、つまり外様の家来も、伴類と呼ばれたらしい。

平将門の家では多治経明《たじのつねあきら》が従類、飯母呂石念や音羽が伴類の扱いである。

先ほど、異変を察した秀郷は、街道に、馬と、従類二人、若い伴類——百姓から取り立てた馬の口取りである——をのこし、自身は灌木帯にわけ入り、妖術が起こした津波を鎮め、あらごと、乱菊を救っている。

秀郷の従類の内、年輩の者が、この辺りに詳しく、

「丘の上に……昔、当地の長者が建てた寺があり今は打ちすてられ、荒れており申す」

と、言ったため、松が茂る丘に登り、濡れ縁や高欄が崩れかけた堂宇で宿を取っている。

松脂《まつやに》を入れた灯明皿の明りが、埃《ほこり》がつもり虫の骸《むくろ》が散らばった床に置かれ、あらごとの浅黒い顔とみじかい髪、乱菊の白い顔、秀郷の赤ら顔を照らしていた。

夕刻である。

秀郷の家来三人は堂の外、荒れた草地の一角を薙《な》ぎ払い、夕餉を取っていた。

堂内の三人も干し飯と秀郷がもっていた雉《きじ》の干し肉を口に入れ語らう。

乱菊の口からあらごとがかかえる強大な敵と今までのいきさつが語られた。

秀郷は乱菊と共に、下野で一年間、退魔した呪師であり、全て話しても差し支えないと判断した訳である。

話を聞き終え、飯も食い終えた小柄な呪師は、腕をくんでいる。

「藤原千方……とんでもない男がいたものよ。わしとも薄《うっす》ら血がつながっておるようだが」

一応、藤原氏の一員たる秀郷。ただその先祖は都をはなれ、遠く下野で開墾せねばならなかった訳だから、藤氏《とうし》内での扱いは推して知るべしである。

細いが逞しい腕を下ろした秀郷はぐっと、あらごとをのぞき、

「お前さんも――」

秀郷の細く下に垂れた目が、光る。

乱菊以上に緊張感のない話し方をする秀郷だが俄かに真剣な声音で、

「その歳で、大変な敵をかかえ込んだもんだな」

秀郷の声には深く温かい思いが籠っていた。あらごとはうつむき、大きな目で穴が開いた床を睨み、痩せた浅黒い腕をぽりぽり掻きながら、

「あたしは……何もしていない。わごとも。けれど、命を、狙われている。予言とかのせいで。これからそうなるかもしれないという千方の思い込みで……。鐘爺《かねじい》や、飯母呂の人や、良文様の郎党、船乗りが……千方の手下に殺された」

多くはあらごとの目の前で逝った。

「あたしが生れた里もあいつらに襲われ……あたしたちの二親も、里の人たちも、わごと

の育ての親も、わごとの仲間たちも、みんな、あいつらに……。これはひどく……、何て言ったらいいんだろう、ひどく――」

「理不尽だ」

秀郷が、言った。

「そう！　理不尽っ」

あらごとは、秀郷に、

「それにあいつら、わごとが聞いた千方の手下の言葉が正しければ、世の中を自分たちと魔物が治める形につくり変えようとしているって」

それをわごとに言ったのは隠形鬼《おんぎょうき》なる千方の子分で、隠形と空止《うつぼど》め、二重の術者という。

犬神の犠牲になった、青丸《あおまる》や美豆《みず》が心に浮かんでいる。

繁を思い出す。

繁は、犬神であったが……犬神の犠牲者とも言えよう。

千方の目論見が成就すれば、犬神、香取海で襲ってきた牛鬼《うしおに》……ああいう存在《もの》どもが人々を統べる世になる。

「誰も見たことがないほど……暗く、酷《ひど》い……闇の世。常闇《とこやみ》の世と言えるでしょう」

乱菊が、言った。

秀郷は深くうなずき、

「成し遂げさせてはならん。そ奴らに」

あらごとを見、呪師でもある武者《むさ》は、

「千方は、それが真かどうかも知れぬ予言とやらのせいで、お前ら姉妹の命を狙っている……。お前は千方に何か仕掛けた訳でもない。

千方と、お前、どちらが、罪人か？　千方だ。罪人の邪《よこしま》な目論見と、罪なきこの子たちの命……なあ、乱菊、我らはどちらを守るべきだ？」

「その答って……一つしかないのでは？　あらごと、わごとの命を守る方よ」

「全く同意する。我が通力、我が弓矢に賭けて、あらごとを袋田の滝まで守らん。少し、遠回りしながら下野にかえると思えばよい！　聞いていたか？」

「聞きましたぞ、殿！　いけませんぞ！　速やかに、矢の如く、野州《やしゅう》にかえらねば。袋田の滝など遠回りどころではありませぬぞ」

秀郷の家来、ここを知っていた老臣が慌てふためいて廃墟の堂に上がり込んでくる。

老いた家来は秀郷の前にひざまずき、

「殿は……国衙から呼び出しを受けております。お叱りを受けるやもしれませぬ。国衙とのあれこれが穏やかにすむようにとの鹿島詣でにござった。袋田の滝などに参ったら、国衙に行くのが幾日おくれます？　断じてなりませぬ！」

「貴方、また……国衙と揉《も》めているの？」

乱菊の声に呆《あき》れがまじる。

溜息《ためいき》をつき、秀郷は、

「……ろくでもない奴らなのだ。あらごと、乱菊、聞いての通りよ。この秀郷、袋田どころか奥州までお主らと旅したい。大嶽とやらを退治したい」

「なりませぬ」

諫止《かんし》せんとする老臣を手で止め、いかにも無念そうに、

「もっと言えばわしは畿内までお主らと参り千方とやらに一太刀くわえたいくらいだ。だが……袋田までなのだ。妻子、郎党を守るため、わしは下野の国衙に赴かねばならぬ。行かねば相当まずいことになる。……頼りない呪師で申し訳ない」

「とんでもないわ。袋田まででも十分ありがたい。ね、あらごと？」

うながされたあらごとは、元気よく、

「うん！　ありがとう、秀郷」

「そこは秀郷様でしょ？」

乱菊の腕が、素早く小突く。

「ありがとう！　秀郷様」

乱菊と秀郷はめくばせしてうなずき合った。二人の視線の交わりに、漂う何か温かいも

の、ほろ苦いものが、あらごとを気付かせる。

（この二人って……さ）

ただの友人ではなかったのではないかという疑いをいだく、あらごとだった……。

ふと、あらごとは誰かに見られている気がして、乱菊に耳打ちする。

乱菊がめくばせすると殺気立った秀郷が弓矢をもって荒れ堂の四囲をめぐったが、怪しい人影はなかった……。

秀郷の拠点は、下野の唐沢山《からさわやま》にある。

下野の国府はその東北にあった。

ここから、そこに行く場合、香取海の北から筑波山《つくばさん》の北、真壁《まかべ》の辺りに抜け、ひたすら西行するのが望ましい。だが秀郷は大幅に遠回りして袋田の滝まで警固すると受け合った。


その日の夜――。

鹿島灘が白く分厚い飛沫を幾重にも散らし暗い浜をあらっていた。

月明りが照らす砂浜に、ふさふさと長い毛の生えた毬のようなものが転がっていた。

遥か南の島から気が遠くなるような長旅をしてきた、椰子《やし》の実だった。

その椰子の実の傍に血塗《ちまみ》れの青衣の女がひざまずき紀州にいる主と念話していた。

言うまでもなく水鬼であり、念話の相手は千方である。

紀州において、わごとを追っている千方。
念を各方面につかっているのか、夜になってようやく水鬼の声がとどいている。
またの敗北を水鬼が報告するのを魔王はしばし黙って聞いた後、
《──あの戦いを見ていたが致し方なかった。あれは、藤原秀郷。なかなか手強《てごわ》い男よ》
《ご覧に……なっていたのですね？》
千里眼で鹿島灘の死闘を見ていたという千方は、
《うむ。お前との戦いで気が高ぶっていたのか、あの後、あらごと、乱菊の気を追いやすかった》
遠くを見ることが出来る千方の千里眼だが、遠ければ遠いほど精度は鈍る。
故に、常陸国で起きている事象を見ようとしても、詳《つまび》らかに見える訳ではない。全く見えぬ事象もあれば、大部分がぼやけて見えたりもする。
それが……高ぶった気を追うと、比較的鮮明に見えるというのだ。
《また当然、古の呪師が魂壁を張った聖地では彼奴《きゃつ》らの動きは見えなくなる。香取がそうであった。香取では……白鳥ノ姥と逢うているのはむろん、わかっていたが、何を語らったのかは摑めなんだ。
それが今日、摑めた。連中の今後の足取り、目論見もな……。そなたのおかげだ。礼を言うぞ》

魔王・藤原千方……千里眼により、先ほどの常陸の荒れ堂の、あらごと、乱菊、秀郷の話を、遠くはなれた紀伊にいながら、悉く見聞きしたというのだ……。

《あらごとは我が目に何となく勘付いたようだが……》

——あらごとが気にした視線は遥か彼方から寄せられた魔王のものであった。

《乱菊は、まるで、気付かなんだ。腕利きの呪師であるが……何処か、とぼけた女よ》

《たしかに》

言いながら水鬼は——己を恥じている。

敗北しながら賞賛されたことが、呪師として悔しい。

姉の火鬼のみならず、水鬼も幾度も抱いてきた、千方は、

《恥じておるのか？》

心と右胸の痛みにたえながら、

《……はい。して、あらごとらの目論見とは？》

四つの宝のことが水鬼に告げられる。

《わごともいずれ宝とやらを探して動き出す。あらごとはまず、袋田の滝に向かうはず》

水鬼の細い、切れ長の双眸が殺意の冷光をたたえた。

右胸の痛みが激しくなる。弱音を吐きそうになる。だが、たえて、

《わかりました。先回りし、そこであの者ども、悉く滝壺に沈めてご覧に——》

《無理するな。胸が痛むのであろう？》
今日の千方は……やけに気遣ってくれる。
しかし、
《いいえ。……これしきの、傷》
《嘘を申すな。お前の嘘などすぐわかる》
姉の火鬼は自分の本音を堂々と千方にぶつける。だが、水鬼は、本音を千方につたえるのが苦手であった。もっとも……傍にいれば、千方は、水鬼の本心など悉くのぞいてしまうのだが……。
また、火鬼は千方の傍にはべっていたいようだが水鬼は千方を慕いつつも遠くはなれることを厭《いと》わぬ。
むしろ、千方のために大手柄を立てることに喜びを感じている。
《そこから北へ二大里行った所に、老いた尼僧が住んでおる。この女が浄瑠璃の力をもつ呪師なのだ。その者に、傷をいやしてもらえ》
千方に、水鬼は、
《それではあらごとはどんどん目的を達成してしまいます》
《お前が落命する方が——あらごとは目的を達せられよう》
《……申し訳ありません》

に、討てる》

《焦るな。連中は、遥か、奥へ向かう》
天下の奥——広大な北の大地に広がる、陸奥、出羽《でわ》、両国ということである。
《傷を治したらお前は北へ行き、大嶽を見つけ、靡ノ釧で手なずけよ。奥羽の地に……もう一人、仲間にしたい女がおる。大嶽にくわえ、そ奴を手懐けられれば、あらごとは確実に、討てる》
《何という女でしょう?》
水鬼が問うと、この世を引っくり返さんとしている主は、
《赤い女の犬神……。赤犬姫。——少し前まで坂東で暴れておったが、今は奥羽に動いた。この女を我が傘下にくわえれば、あらごとは滅びよう》
《得心しました》
《わごとは本宮につき我が千里眼の埒外《らちがい》に入った》
かつて役 行者《えんのぎょうじゃ》が修行した熊野本宮、当然、この伝説の呪師の魂壁が張られている。
《故に我らは、蜘蛛《くも》になる。二匹の蝶《ちょう》をまつ蜘蛛に。あらごとも、わごとも、宝とやらの在り処に先回りすれば——必ず現れる。そこを万端の仕掛けでもって返り討ちにするのだ。四つの宝の所在はわしの方でもしらべる。蓬萊の玉の枝など今さらほしゅうないが……》
千方には他の呪師の力を吸い込む神偸《かむぬすみ》の力があり、既に十五の通力を有している。
もはや人体という器の方が限界に達しており、これ以上、通力を詰め込もうとしても、

詰められないかもしれない……。

《生大刀とそれを守る屍鬼には興味がある……。是非とも、我が手中におさめたい》

念話を終えた水鬼は右胸の傷に手を当て、夜の海の唸《うな》りをしばし聞いていた。やがて、ゆらりと、立つ。

あらごと、乱菊師弟を思い浮かべ、恐ろしい顔で、

「……首をあらってまっていよ」

わごと　二

なだらかな山々の連なりが烟嵐《えんらん》を吐き出している。

地《つち》が天《あめ》に、吐息を吹きかけているかのようだ。

山々が吐き出した靄《もや》が雲を形作り空を重たくおおっている。

近くに見える山は、樫《かし》、楠《くすのき》、杉などを中心とする豊かな森におおわれており、暗緑《くらみどり》の顔色をしていた。

その左奥にある山は曇天の下、墨色に見え、その奥に灰色の山がそびえ、さらに向う遥《はる》か遠くに息を吹きかければ消えてしまいそうな儚《はかな》い、薄墨に霞《かす》んだ山々が、つらなっている。

見ているだけで吸い込まれそうになるほど幾重にも重なった、果てしない山々だ。

（わたしが越えてきた……山）

気が遠くなるほど長く過酷に思えた数日間の山路を思い出しつつ、わごとは川に目を動かす。

その川は左奥、吉野《よしの》方面の大山岳地から流れ出、わごとの正面を南へ流れていた。熊野川。

あまりにも豊かな水量に――人々が気圧《けお》されるほどの川だった。

川向うにはやはり深い森におおわれた山が緑壁のようにそびえ、その壁を貫く靄の柱は天をおおう雲をささえている。

熊野三千六百峰。

この地の山々の連なりを言い表した言葉だ。

わごとは今――広やかな中洲にいる。

熊野川に、音無川《おとなしがわ》、岩田川《いわたがわ》がまじわる所に開けた、中洲だ。大斎原《おおゆのはら》という。

明治の頃の水害に押し流されるまで、熊野本宮が、ここに、あった。

役小角《おづぬ》によって開かれた吉野と並ぶ山岳修験道の聖地である。

後に新宮、那智と共に「熊野三山」と呼ばれる本宮。この頃はまだ熊野三山なる言葉はなかったかもしれぬが、この三所に社があり、修験の者がつどう聖地であったことに変りない。本宮（熊野坐《にいます》神社）、新宮（熊野速玉《はやたま》大社）は、延喜式《えんぎしき》に記載があるし、わごとから数十年時代は下るが、「いほぬし」なる世捨て人の記述によれば、本宮に――行者の庵室が、二、三百あったという。

那智にいたっては仁徳《にんとく》帝の頃に裸形《らぎょう》上人なる天竺《てんじく》の高僧が漂着、修行したという。

さらに那智の滝ではかの浄蔵が三年ほど修行したとつたわる……。

こうした熊野で修行する者の多くが日蔵の如《ごと》く、通力にあこがれつつ、それをもたぬ人々であったと思われるが、中には浄蔵のような「本物」が、いた。

熊野は行者にとっては大山岳地に隠された秘境の修行場であったが、わごとにとってはより切実な意味がある。

――魂壁《たまかべ》。

十五重の術者であった役行者こと役小角がほどこしてから綿々と多くの男や女の呪師《のろんじ》によって、この大斎原に魂壁がほどこされている。この川の中の聖なる島にいる限り、わごとは霊的な壁に守られていて、千方の呪的な攻撃、干渉、監視の一切を寄せ付けぬのだ。

笠《かさ》をかぶった女や烏帽子《えぼし》をかぶった男など参詣人を乗せた丸木舟が、練達の船頭の竿《さお》によって、わごとの眼前を左から右に通りすぎる。

幾艘《いくそう》も行く。

熊野川は、わごと右方、つまり川下に当たる南で、西に大きくおれまがり、大斎原の南に深く食い込む。

ここで参詣人は丸木舟から降りて杉並木の向う、回廊にかこまれた社殿に入るのだ。

わごとが、小声で、

「この川の源は……」

「天《てん》の川也《かわなり》」

すぐ傍で四囲を鋭い三白眼で見まわしていた潤羽が、呟く。

「あの小さな川が……信じられんな」

二人を守っていた石麻呂が言う。

わごとが初めて潤羽にあった日、小さな橋でわたった、大峰《おおみね》山脈から湧き出ていた幅の狭い渓谷、天の川こそ……この大いなる川の源流であった。

わごとの南で一度、西にまがった熊野川はくの字を描くように今度は東に向きを変え、山また山の中を勢いよく東行、新宮で大海原――熊野灘にそそぐのだ。

と、後方、杉並木の向うから為麻呂がきて、

「おい、良源さんが呼んでいるぞ」

「怪我の方はよいの？」

為麻呂は弟の石麻呂と同じく金剛身《こんごうしん》の術者だが、空止めと隠形、二重の術者である隠形鬼の矢により深手を負っていた。

石麻呂が兄を心配げに見やる。

大きく逞《たくま》しい肩をすくめ、為麻呂は、

「浄瑠璃の爺《じい》さんにじっくり看《み》てもらったからな。もう、すっかり、大丈夫だよ」

「よかったわ」

わごとは深い思いを込めて言い、額の処《ところ》で黒髪を切り揃《そろ》えた色白の乙女、潤羽も、

「近頃なり（大変よいわ）」

熊野本宮には幾人かの呪師が暮していた。

こうした人々を味方につけるのがわごとが浄蔵に下された使命であった。

その中の一人が、浄瑠璃の力をもつ翁《おきな》であったが、あまりに高齢で足腰も悪い。その足腰——もはや浄瑠璃の力でも如何《いかん》ともし難いため、同道を願い出ていない。

この人がもっと若ければという思いがわごと一行にはある。

兎《と》に角《かく》、この翁以外の本宮に暮す呪師と接触、千方側に寝返らぬかよく見極めた上で、味方にしなければならない。筑紫坊《つくしぼう》一件が尾を引き……わごと一行の誰もが、そこはかなりの用心をせねばなるまいと思っている。

本宮である程度、味方をふやしたら、新宮、那智方面に足をはこぶ。

熊野地方全体を千方と戦う牙城にするというのが浄蔵の思案であった。

「雷太、行くわよ」

わごとは河原の石の臭いを真剣に嗅いでいた柴犬、雷太に言う。

動物をあやつる通力・ことびきをつかわずとも雷太は舌を出し、白く丸い尾を振って、ついてきた。

わごと、潤羽、雷太は、為麻呂、石麻呂と、厳《いか》めしい杉並木を抜ける。

丹塗《にぬ》りの柱が眩《まぶ》しい大きなる楼門が行く手に立ちふさがった。

玉砂利をしいた中庭や社殿につながる楼門の前に、良源がいた。

良源の傍らには一人の巫女が立っている。

わごとが歩み寄ると、良源は、

「紹介しよう。千穂《ちほ》殿だ」

千穂という名が……養母《はは》、千鳥《ちどり》を思い出させ、わごとの胸に切なさが溢れる。

胸がぎゅーっと圧し潰されるような苦しさ、懐かしさを覚える。

名だけでなく千穂は何処《どこ》か千鳥に似ていた。何かに驚いたような丸い目が、そう思わせるのかもしれない。歳は四十がらみか。小柄な女性である。

「初めまして。千穂さん。わごとです」

わごとは笑みを浮かべて歩み寄った。

千穂は、少し怯《おび》えたような、だが、十分な親愛をおびた大きな目でじっとわごとを見詰めてきた。

良源が、言った。

「千穂殿は……己の里を妖術師の一群に滅ぼされた。恐らく千方たちだ」

（……わたしと同じ）

「以来……言葉を発することが出来ぬ。ただ、こちらの話はおわかりになる。音無川の向うにお住まいだ」

音無川は大斎原の西にある小川で、徒歩《かち》でわたれる。この小川の向う岸には商人《あきびと》や職人の家が立ち並び門前町の様相を呈していた。

森の中の信仰の町なのだ。

ちなみに、大斎原にわたる橋はない。熊野川を舟で漕《こ》ぎ寄せるか、音無川を歩いてわたるのだ。

楼門の外側にもいくつもの板屋がつらなり、僧や山伏、禰宜《ねぎ》、巫女《みこ》などが暮していた。

ここに祀られている熊野権現は仏であり、神でもある。だから、純色《どんじき》（白）の法衣に五《ご》条袈裟《じょうげさ》をかけた僧がいるかと思えば、巫女の一団とすれ違ったりする。

比叡の如く女性《にょしょう》をこばむことはない。

参拝客も、女性が多い。

良源はわごとが身を寄せている、楼門近く、日蔵の知り合いの山伏の家に歩きつつ、

「千穂殿には魂壁の力がある。後で言うが……あの男、浄蔵の魂壁よりたのもしい。また、織物の上手で……魂壁の力を織物に込め、邪《よこしま》な力を寄せ付けぬ衣をつくれるそうだ」

千穂が指を一つだけ立てる。

「一度だけつくったことがあるそうだ。……俺はそれをお前のために、つくってほしいと

思うている。ある程度、時がかかるがな。だが、ここは紀伊一国、いや、五畿内からも沢山の人や話があつまる所……。しかも、安全と、きた。ここにどんと腰を据えてだな、我らの味方となる呪師がどの辺りにおるか、これを摑《つか》んでから動く……その方がいいように思えてきたのだ。何、浄蔵の奴《やつ》が反対しても上手《うま》く言いくるめるよ」

「それは大変、ありがたいです」

わごとが言ったのはむろん、千穂がつくるという魂壁の衣のことだ。

「出来れば、あらごとの分も……」

つい、呟くと、

「そいつはむずかしいようだな」

良源は、頭を振り、

「千穂殿は面識があり、なおかつその者を心底、守りたい、かく思うた者のためにしか……魂壁の衣を織ることが出来ぬ」

宿所にもどった良源は、

「浄蔵殿の魂壁は……ある場所に念入りにかけねばならなかったろう？　千穂殿の魂壁は、違う。――動くのだ」

たとえば、千穂がわごとの周りに魂壁を張る。その魂壁、わごとが歩けば、その歩くわごとを軸にして……移動出来るというのだ。

「千穂殿が傍《そば》にいる限りな。さらにその壁も厚い」

驚いたわごとは千穂を見やる。もち上げられた千穂は、気まずげであった。

「こんな魂壁を張れる御仁はこの宇内《うだい》に一人か、二人しか、おらんだろう」

良源はその無双の魂壁をもつ千穂に、わごとを守ってほしいこと、もし可能なら今日からでもその任についてほしいと要請、千穂はしばし考えてから首を縦に振ってくれた。

日蔵がもどってくる。

浄蔵の年下の叔父、日蔵、良源と共に当地に住む呪師の情報収集にあたっている。

千穂について良源から聞くと、日蔵は……ギョロリとした目を細め、粘りつくような眼差しを千穂に向けている。

呪師というものへの日蔵の異様なあこがれが、この視線の粘度を生むのである。

千穂が当惑して視線をそらし、わごともたしなめようと思ったほどの日蔵の眼色である。

良源が、ややぞんざいに、

「で、あんたの方は？　何か、収穫があったか？」

「何や、そのぞんざいな言い方」

文句を垂れた日蔵は、大げさに板敷きを叩く。

「——ありましたがな！」

「ほ」

潤羽が笑うと、日蔵は真顔になり、大きな耳の後ろを掻《か》きながら、

「……一人、呪師を見つけたんや。呪師」

「どんな呪師です？」

わごとが問うと、日蔵の厚みのある掌《てのひら》は横に振られた。

「通力《ちから》は……弱い。犬丸《いぬまる》ゆう如意念波の持ち主なんやけど……」

（あらごとと同じ力だわ）

「銭を二、三尺浮かすのがやっと」

それでは即戦力になりえないという顔で腕組みする良源だった。

「ただな、その男、新宮の忌部《いんべ》一族いう一族の生れなんやけどこの忌部いう一族が呪師の家系のようや」

良源は、眼を鋭く光らせ、

「新宮の忌部一族……初めて聞きました」

「うむ。わしも……熊野に知己は多いが、初めて聞いた。強力な呪師の家なんやけど、そのことを固く秘しておるようや。如意念波か水雷《みかずち》の力をもつ者が多いとか……」

水雷の言葉が――良源の心に大きな波を起したようだ。

身を大きく乗り出した良源はわごとと目を合わせ、

「たのもしい一族のようですな」

この時点で——凄腕《すごうで》の水雷の術者、水鬼について、わごと一行は知らない。

水鬼による香取海での、あらごとへの襲撃以降、あらごと一行との連絡が全く途絶えているからである。

良源が水雷に大きく反応した理由は二つあり、一つは火鬼への備えになると思ったから。

二つには、熊野の地形であった。

土地の大半を山々がしめ、多くの山々が平野の展開を許さずに海岸線ぎりぎりまで突出している、熊野。この険しい土地は古くから水路が大切な交通手段をなしている。

水路を旅すれば、千方の攻撃の他にも、荒波、転覆、座礁《ざしょう》、海賊、古《いにしえ》より水の中に棲《す》む魔など、多くの危険がつきまとう。それらを考えた時、水雷の呪師は大変、心強いと良源は思ったのだった。

「是非、味方につけたいですね」

わごとが言うと、一同うなずき、日蔵は、

「何でも……忌部一族の男、忌部致足《むねたり》ゆう水雷の呪師が、幾日か後、こっちにくるらしい」

良源が、日蔵に、

「それも……弱い如意念波の持ち主、犬丸から？」

「せや」

「ずいぶん、口が軽いですな、そ奴。呪師であることを固く秘しておる一族の者にしては」

「犬丸は口の軽さと、力の弱さで……新宮を追われたようや。ただ、致足とは馬が合い、したしいようや」

数日後に本宮に現れるという忌部致足を何とか説得、仲間にくわえようということになった。

「もう一人……気になる呪師の噂《うわさ》を聞いた」

日蔵が言い足す。良源は、

「それも犬丸から？」

「犬丸からや。魔陀羅尼《まだらに》ゆう女で……二重の術者らしい」

良源が相槌《あいづち》を打ち、わごとは真剣に耳をかたむける。魔陀羅尼の名は千穂の面差しを曇らす。日蔵は言った。

「千里眼と……邪眼《じゃがん》の力をもつらしい」

良源の面差しが――硬化した。

わごとは白首をかしげ、

「邪眼とは？」

良源は、低い声で、

「――左道と相性のよい力よ」

左道――藤原千方や火鬼が歩む道、すなわち、妖術の道である。

「邪眼は……念じただけで人を病にする力だ。強い邪眼ともなれば、相手の心の臓を……一瞬で止めることが出来る」

冷たいものが背筋を撫《な》でた気がして、わごとは鳥肌を立てた。

「犬丸の話によれば魔陀羅尼は黄金《こがね》や銭、絹と引き換えに……人を病にすることで口に糊《のり》しておるとか」

良源が、厳しい顔で、

「憎むべき妖術師ですな」

「それ以上の依頼も……受けることがあるとか」

日蔵が言ったのは、つまり、心臓を止めてしまう……依頼だろう。

「――許されざる敵だ」

一刀両断するような良源の言い方だった。千穂もうなずいている。

「千穂さんは魔陀羅尼を知っているのね？」

わごとがたしかめるともの言わぬ魂壁の術者は再度、首肯、その者を味方にしてはいけませんと目で語りかけてきた。

良源が、眉間に濃い皺《しわ》を寄せ、

「その女は千方の味方になることはあっても、こちらの味方になることはない」

わごともそう思った。日蔵が、つるりと額を撫で、

「良源、ふと思うたんやけど……魔陀羅尼、黄金か銭で釣って味方にしたら千方や火鬼の心臓、一瞬で止めることが出来て、あいつら、たやすく退治出来るん違う？」

「何を、馬鹿なことを——。あんた、恥を知れっ！　呪師なら！」

「わしゃ、呪師と違う……」

興奮した良源は、拗《す》ねる日蔵を強く弾指《たんじ》する。

「呪師か否か、この際、関わりないわ！　あんた、坊主だろう！　出家だろう？　いや、坊主であるか否かもこの際、どうでもよい。良識ある者として……あんた、それは、ないだろう！」

「何で、ふと思いついたことぽろっと言うただけで、お前如き若僧にそこまで言われなあかんのや！」

「そんなこと、ふと思いつく方が悪いんだよ。あんたの考えは根元から汚れている！　腐っておる」

この二人、仲は悪くないが……時々、こうなってしまう。

わごとは見かねて、

「良源さん、日蔵さん、やめて下さい。千穂さんが驚いています」

二人の僧の激しいぶつかり合いに慄《おのの》いた素振りを見せた千穂に良源は、

「気にしないでくれ……。俺たちは、いつも、こんな様子だ。日蔵さんよ」

怒ったヒキガエルの親玉のような顔で、日蔵は、

「何や？」

「たとえ、千方がどれほど悪しき妖術師でもその女の妖力《ちから》をかりる訳にはいかん」

「何でや？　お前かて、紙兵か何かで千方の命、取るつもりなんやろ？　わごとは、ごとびきでどうにか……むずかしいかもしれんが、ごとびきで、千方と決着つけるつもりやろ！

ならーー同じことやないか！　その女の力をかりて千方の心の臓止めても……。毒をもって、毒を制すや」

良源は強く頭を振って、

「あんた、幾月、俺たちと共に動いているんだ？　俺やわごとは、通力によって、妖魔と、妖術師以外の者の命を、取ることはない。それが……掟《おきて》だ。その掟に反すれば、俺たちも妖術師になる」

「………」

「魔陀羅尼には……通力により、罪なき人の命を取っている、こういう噂がある訳だ。命までは取っていなくとも確実に、邪眼で人々を病にし、苦しめておる」

千穂が硬い面持ちでうなずく。

「黄金や絹のためにな。これは、明らかな掟破り。——妖術者の所行だ。この女の力が邪眼じゃなかったとしよう。水雷としよう。それでも、この女の水雷の力をかりて、千方を討つことまかりならん。俺が責めているのは、この女の力ではない。所行だ」

良源はそのように言ったが、わごとはやはり良源が魔陀羅尼の力を責めているような気になってしまう。良源は、邪眼を左道と相性のよい力と呼んだが……、

(本人が歩みたくなくても左道を歩まざるを得ない力では……？)

と、思ってしまうのだ。

(だとしたら……何て……悲しい力なの？)

良源は、言った。

「あんたは毒をもって毒を制すると言った。魔陀羅尼が毒と思っておるわけだ。その毒こそ——俺たちが戦っているものよ。何で、毒の力をかりることが出来よう？」

「まあ……正論はそうなんやろな。千方が強敵やさかい、どう倒したらええか、この日蔵なりにいろいろ考えた末にふと出てきた思案だったんや。わかった。もう二度と言うまい」

良源は溜息をつき、

「日蔵さん……本当にわかっているのかい？　あんたは呪師になりたいと言うが……そういう濁った考えが邪魔して、呪師になれぬ気がする」

「それは違うやろっ。たとえば、千方や火鬼などは、わしの十倍から二十倍、いや一万倍は濁っておろう？　それに……お前や、わごとが、そこまで清らな考えばかりしとるようには思えん！　つまり、お前ら生れ付いての呪師に、濁ってるも、濁ってないも、関わりないゆうことや！」

「たしかに。だが、今話しているのは生れ付いての呪師のことではない。あんたのように通力をもって生れなかったが呪師になりたいと願い、それを成し遂げた者、たとえば弘法《こうぼう》大師の話をしている。

弘法大師に……濁った心はなかった。己のためというより、世のため、人のために、通力を得たいと発願され、それをかなえられたはずだ」

「……どうなんかな？　弘法大師が？　そうなんかな？」

訝《いぶか》しむように言う日蔵だった。

「そういう濁った発想を変えなきゃ、あんたは呪師になれない。なってほしくもない」

日蔵は頭をかかえてしまった。

良源がわごとを、どうだ、これでしばらく妙なことは言わなくなるぞという顔で見る。

　さすがに日蔵が気の毒になったわごとは、懊悩《おうのう》する浄蔵の叔父に、

「呪師というものに……そこまでこだわらなくていいんじゃないでしょうか？　今のままでも十分、素敵な日蔵さんですから……」

「――それ、良源の言葉よりも酷《むご》たらしい言葉ということがわからんか！」

　日蔵の言に、潤羽、為麻呂、石麻呂兄弟が吹き出す。

　それに釣られてわごとと千穂も口元をほころばせている。

＊

　熊野本宮から同じ熊野の那智に出るには熊野川を水夫が棹《さお》さす丸木舟に乗って新宮まで下り、そこから南下するのが一般的である。

　だが、本宮と那智を直接つなぐ山路もあり、小雲取越《こぐもとりごえ》、大雲《おおぐも》取越と呼ばれる。

　今、常緑の密林がひしめく小雲取越の薄暗い山道を――本宮方面から歩いてきた三人組の山伏が、いた。

　靄を踏み、羊歯《しだ》に脛《すね》を撫でられながら、速足で歩む三人、いずれも恐ろしく険しい面持ちをしている。歩けば歩くほど身も心もあらわれそうな清浄な気におおわれた森であったが、三人の相好には不穏な気がまとわりついていた。

一人は初老、あと二人は、若い。

若山伏の一人が、

「勝手に持ち場をはなれて……あのお方はお怒りになるのでは？」

若山伏の声にはあのお方への恐怖がにじんでいる。

「大丈夫じゃ」

老練なる山伏が、凄気を漂わせて、

「あの女は……千方様のお命を狙った、仇。わしらが始末すればあのお方はお喜びになる」

若い山伏は、鋭い目をキョロキョロさせ、軽く唇を舐《な》め、

「されど……我ら、わごとの見張りを命じられております。わしらがおらん内にわごとが動いたら？」

「千方様がしかと見ておるよ。千方様が見過ごすようなら、我らも見過ごすよ。……わごとを討つとなれば、千方様御自ら仕掛けられる」

初老の山伏は斜めに倒れた熊野杉の倒木を跨《また》いだ。

「わごとにかかわっておる限り、わしらが手柄を立てる余地は、ない。さればあの女を討って、そっ首、千方様の披見に入れる方が……わしらへの覚えは確実にめでたくなる」

もう一人の若い山伏が初めて口を開いた。

「あの千方様を一人で狙うほどの術者。その呪師、我ら三人で仕留められましょうや？」

「何、我らの神通を結集させれば、あの女狐とて、手も足も、出まい」

大いなる自信が——初老の山伏には、ある。

この千方の手先たる三人、初老の山伏が、地獄耳——恐ろしく耳がよい——と、如意念波の二重の術者、のこり二人が、それぞれ常氷室《とこひむろ》と、韋駄天《いだてん》の通力をもつ妖術師であった。

常氷室とは——何らかの物体を瞬間的に凍らせてしまう通力である。

「あの女が何か仕掛ける前に我が刃《やいば》が——」

初老の山伏の結袈裟《ゆいげさ》や柿衣《かきそ》の内には隠し（ポケット）があり、そこには幾本もの細長い棒状の刃が仕込まれている。

「かの尼の心の臓をズタズタにするし、お主は常氷室で、心臓を凍らせてしまえばよい」

初老の山伏は、韋駄天の術者を見、

「お主の韋駄天はあの女を翻弄出来ようし、いざとなれば助けを呼びに行くことも可能。あの女は我らに勝てぬ。あの女の死を千方様がどれほどまちわびておられることか……。あの女を討てば、我らへの覚えは一気にめでたくなろう」

野心をふくらませる若者二人を見やりながら初老の山伏はほくそ笑む。

（たわけどもよ。お前らのどちらかは魔陀羅尼にやられるかもしれぬが、上手く盾につかえば……わしは大丈夫じゃろう。魔陀羅尼を討てば、一重の術者どもや……）

火鬼、水鬼、金鬼《きんき》らである。

（小童の——隠形鬼の……後塵《こうじん》など拝さずにすむ）

千方の古参の子分であるこの妖術師、自分の二重の力が千方に正しく評価されていないと思っていた。一重の術者どもや小童への対抗心が勝手な行動に走らせていた。

と、

「……ほほほ。相変らず、自信だけはあるのじゃなぁ」

揶揄《やゆ》するような声が、右手、斜面上方、極太の熊野杉の陰から、聞こえた。

はっとした三人、そちらを睨《にら》む。

太い熊野杉の陰から——一人の尼僧がゆっくり現れた。

鼠色《ねずみいろ》の法衣をまとい、同色の頭巾をかぶり、杖《つえ》を手にしている。

黒く大ぶりなイラタカ念珠を首に巻いていた。

歳の頃、四十ほどか。

細身である。天女のようにととのった顔から妖しい色香を漂わせた尼僧で左目が惨《むご》たらしく潰れていた。刀傷が左眉から左頬まで縦に走っているのだ。

「……魔陀羅尼」

茫然《ぼうぜん》と呟いた年かさの山伏は思わず、耳に手をやる。何ゆえ、地獄耳はこの女の活動音に気付かなかったか？

現れた魔陀羅尼は太古の羊歯・リュウビンタイが茂り、姥目樫《うばめがし》の木が乱立する斜面で、

「お主の耳を悪くするくらい、訳ない。いくら力をもつ耳とはいえ耳は所詮、耳」

（千里眼で先手を取り、邪眼で、耳の聞こえを悪くしたか――）

目を剝《む》いた初老の山伏から唖と大喝が飛ぶ。

「かかれぇいっ！　そ奴じゃっ！」

二人の若き山伏が臨戦態勢に入らんとした。一人は、山刀を構えて韋駄天で一気に駆け寄ろうとし、いま一人は武器を出さず、手を前に出し、魔陀羅尼を凍らせようとした――。

が、それより前に、魔陀羅尼が一睨みしただけで、

「かっ――」「ぐっ」

二人の若き妖術師が苦し気に呻《うめ》き、体を強張《こわば》らせながら斃《たお》れる。

リュウビンタイが何本も――押し倒される。

二人の息はすでに止っていた。魔陀羅尼の邪眼が二人の若き男の心臓に急激な発作を起こし……根の国におくってしまったのである。

根の国の女王こそは火の神を生んで陰《ほと》を焼かれ、この熊野に弔われたという大女神である。光差さぬ死の国を統べるその女神の庇護《ひご》を眼前の妖尼は受けているのでないか？　そんな夢想すら掻き起す恐れに、初老の山伏は襲われた。

脂汗を浮かべた初老の山伏は、

魔陀羅尼は余裕の笑みを浮かべリュウビンタイを踏んで寄ってくる。

「ひ、あのっ……」

「あの男が、千方が、ここに来ておるのか？」

一瞬、怨《うら》みが、魔陀羅尼の面を漂う。すぐにその念を隠し蕩《とろ》けるような笑みを浮かべて、

「面白し。津《つ》の国にあるとかいう待兼山《まちかねやま》が、紀の国にもあったとは……」

「何でも、お話ししますゆえ、どうか、命ばかりは……」

一睨みで心臓を止めてしまう灰色の尼の接近に恐慌をきたした初老の山伏は、

「元々、わしは千方のやり方に我慢ならなかったのです！　魔陀羅尼様も、そうであったのでしょう？」

魔陀羅尼は初老の山伏のすぐ前まで来てしまった……。

「——魔陀羅尼様の下ではたらこうと思い、ここに来たのです！」

「ほほ。心臓をズタズタにしたり凍らせたりする手筈《てはず》では？」

千里眼をもつ尼は笑む。

初老の山伏は、顔を真っ赤にし、引き攣《つ》ったような笑みを浮かべ、左目が潰れた尼に、

「……いや、それは……こいつらが、わしを疑ってついてくるゆえ上手く騙《だま》そうと思うて言うたまで。いわば言葉の綾《あや》の如きものにござるっ」

話している内に、千方の下では報われないな、本当に千方を裏切って魔陀羅尼のために

はたらいてもよいかなという思いが、湧いてくる。

「何ゆえ、千方が紀州に参ったか。ゆるりと聞かせてたもれ」

魔陀羅尼は微笑を崩さずに言うと一つ葉という葉が一つしかない羊歯がうっそり茂った倒木に腰かけて、うながした。倒木の前にかしこまった初老の山伏は、あらごと、わごとと、彼《か》の二少女および、その一味相手の千方の意外な苦戦についてくわしく物語った。

話を聞いた魔陀羅尼は刀傷が痛々しい面をほころばせている。

「あらごと、わごと……太郎坊《たろうぼう》が言うた宿命の子が、遂に現れたわけか」

その時だった。

少しはなれた所に森をうねりながら、横に這《は》う木、榊蔓《さかきかずら》が生えていたのだが、その硬い蔓の上にカラスが一羽、不意に止り、黒く丸い眼をこちらに向けた。

カラスをみとめた初老の山伏が発作のようにわななく。

カラスが、変形《へんぎょう》した、千方その人でないか……という懸念が、胸底に漂ったのだ。

（いや、違うのでござる！）

心の中でわびた山伏、如意念波で鈴掛《すずかけ》の中に仕込んだ短剣を飛ばしつつ、少しはなれた所に転がっていた大きな石を浮かせ、魔陀羅尼の後頭部を襲おうとした——。

が、いきなり激しい咳《せき》が、初老の山伏から、迸《ほとばし》る……。

面が赤黒くなり、眼がこぼれんばかりに大きくなる。青筋をうねらせた初老の山伏は幾本もの羊歯を倒して森の底に転がり、胸に手を当てて苦しんだ。

激しい咳の直後、気管が一気にすぼみ、呼吸出来なくなったのだ……。あまりの苦しみで火花は消え如意念波どころではない。

邪眼である。

異様な騒ぎに榊蔓に止っていたカラスが、飛び立つ――。

灰色の尼は苦しむ山伏を見下ろし、愉快気に、

「ほほほ。ただの鳥を……あの男と思い違いしたか」

尼が立ち去った後は三人の者の骸がのこされた。

＊

五日後――。

浄蔵からの念話が、わごと、良源に、入っている。

浄蔵の心の声は喜びに沸いていた。

《――先ほど、東国から、使いが参ったのだ。誰からと思う？　あらごと、乱菊だ》

言うまでもなく香取から都までたった七日で駆けた音羽だった。

《無事だったんですねっ》
わごとの念も弾んでいる。
海らしき所に沈むあらごとを見てから鏡の欠片《かけら》は一切光らなくなっていた。だから、あらごととの連絡は、完全に絶えたままだった。
《うむ。あらごとたちは香取海で水鬼なる水雷の妖術使いに襲われた。この際、わたしの爪は海に没したらしい。だが、何とか、切り抜け……香取大明神に辿《たど》りついた。そこで白鳥ノ姥から……》
四つの宝――蓬萊の玉の枝、火鼠の皮衣、鬼熊ノ胆、生大刀――の話がつたえられる。そして虹水により鏡の欠片を強化出来、その力を秘宝捜索に役立てられること、さらに、二人の導き手の話がつたえられた。
《炎のような赤い日差しの下、大きな樹の下で出会うそうだ。一人は、信頼できる導き手、いま一人は、信頼できぬ導き手とか……》
良源が浄蔵に、
《話は呑《の》み込めました。あらごと、乱菊は、袋田の滝に行った後、奥州に向かい、鬼熊ノ胆を探すんですな？　大変な旅路だな……。
俺たちは味方となる呪師をあつめつつ、那智の滝に足をのばし、虹水で鏡の欠片をあらう。で、紀州にあるという蓬萊の玉の枝を探せばよいのですな？》

《そういうことです。生大刀も紀州にあるやもしれぬ。そちらの方も、怠りなく》
《承知しました。そこまでさがしたら火鼠の皮衣を探しに富士に参ろうと思います。……ちょうど、皮衣を製するのにうってつけの人材がいる》
《千穂ですよね？　あってみたいな……》
《いや、いいよ。あんた、あわなくて》
にべもなく念話した良源の隣で、わごとが、浄蔵に、
《あらごとと……念話する術《すべ》はないんですか？》
《そのことだが、乱菊は袋田の滝に行った後、陸奥の多賀城《たがじょう》の方に行き、国分尼寺をたずねると言いおくって参った》
多賀城——神亀《じんき》元年（七二四）に大野東人《おおのあずまひと》により設置された城柵で、陸奥国府でもある。
朝廷の東北経営の要である。
良源が、無精髭《ぶしょうひげ》をこねつつ、
《なるほど。みちのくの国分尼寺にあんたの爪をおくるわけか》
《ええ。繁文《しげふみ》がいればよいのだが……》
わごとのかんばせに暗い蔭が差す。
《彼は……もういません》

大宅繁文《おおやけのしげふみ》――韋駄天の術者であった。繁文は、吉野山中で、艶れている。
浄蔵は、念話で、
《八瀬《やせ》の童子に……》
八瀬の童子とは童のことではない。
叡山の西、八瀬の里に住む童形の男たちであり、延暦寺の高僧の輿《こし》をかつぐのを勤めとする。普段、山仕事などおこなっている者たちで、大力、健脚の者が、多い。
《かなり速く駆けられる男がいます。この男を、使いに出そうと思う》
良源は、浄蔵に、
《音羽にたのめばいいじゃないですか？　その娘、足が速いんでしょ？》
《いや、音羽は下総に急ぎもどらねばならぬようだ。都まで来てくれただけでも、十分大役であるし、これ以上はたのめない》
遐域《かいき》から来た音羽をおもんぱかる浄蔵に、
《何か、やけに親切だな……。俺が音羽の立場なら、あんた、こきつかいそうだけどな》
《そんなことは……ありませんよ。その八瀬の者、恐らく十日少しで、多賀城にたどりつく。さすれば、乱菊とわたしが、念話出来るようになる。それまでの辛抱です。わごと》
あらごとたちは、袋田の滝で虹を多少はまつであろうこと、さらに、両者の歩みの速さをくらべるに、多賀城につくのはほぼ同時でないかというのが、浄蔵の見立てであった。

浄蔵は、生大刀を守る屍鬼なるものが気になると言い……洛中《らくちゅう》の寺などにのこされた古文書をあたってみると話し、
《そうだ。……大切なことをわすれていた。白鳥ノ姥が、何ゆえ千方がそなたとあらごとを狙うのか、その肝心な処を摑《つか》みました》
わごとは固唾《かたず》を呑《の》み居住いを正す。良源も緊張するのが、わかる。
都にいる浄蔵は、紀州にいるわごとに、
《……さる大きな力をもつ呪師が千方に預言したらしい。
……呪師の隠れ里にそだった二人の宿命の子が、汝《なんじ》を討つ、と》
最後に浄蔵は千方の過去について探るべく伊賀《いが》に赴くと語った。良源は危惧するも、浄蔵の意志は固かった。

わごと　三

檜皮葺《ひわだぶき》、丹塗りの柱の証誠殿《しょうじょうでん》の前に、一人の若い男が立っている。

烏帽子をかぶり、水干をまとった浅黒い男で、小兵だが、胸板あつい。

わごとは少しはなれた四柱の神の相殿《あいどの》の前に良源、潤羽、千穂、石麻呂と立っていた。

中央回廊（西側の社殿との仕切りをなす）で口を開けた門に為麻呂が、千穂と初めてその前であった、楼門に日蔵ゆかりの山伏が立ち、怪しい者がいないか目を光らせている。

本宮の社殿の後ろ、杉並木は赤茶にくたびれたように見える。

花粉をまとわりつかせているのだ。

（あの人が忌部致足殿……水雷の術者）

日蔵が、忌部致足らしき若者の隣でお参りをしていた。

犬丸が、船着き場で、致足と日蔵を引き合わせたのである。で、日蔵は、忌部致足の人物をよく見極め、これは大丈夫そうだと判断したら……紹介したい人がいると、この場でわごとと引き合わす流れになっている。

わごと一行としては何としても致足を味方にしたい。今の頭数では——敵の見えざる壁の外に出た時、魂壁があるから無事であるものの、この見えざる壁の外に出た時、今の頭数では——敵の猛襲を阻めるか、と言われれば甚だ心もとない。

味方となれば致足はわごとを守る壁に、いや、堀のようになってわごとを守るだろう。

だが、それでも致足が何か問題のある人なら……一旦、味方にしても、千方に心をからめとられ獅子身中《しししんちゅう》の虫となりかねない。日蔵の人物判定は、極めて重大であった。

(大丈夫かしら……日蔵さん)

わごとが漂わせた不安を嗅ぎ取ったのであろう。良源が、囁《ささや》く。

「大丈夫だよ。……あの人、人を見る目は確かだ」

潤羽がくすりと笑い、

「真《まこと》か？」

「真だよ。おい……来るぞ」

良源が、言った。

灰色の玉砂利を踏んで、致足、日蔵がにこにこと歩み寄ってくる。

——話が、ついたようだ。

やってきた忌部致足はわごとの前ではなく、何故か、潤羽の前に立ち、

「この娘か？　上人」

「いや、違う！　こちらや」

日蔵の手が、わごとを指す。頬に十字傷のある致足は細眉を大きく上げて驚く。浅黒い顔に意外なほどの愛嬌《あいきょう》を浮かべて、吹き出し、歩み寄ると、わごとに、

「あんたが……たちの悪い呪師に狙われとるゆう子か？」

「……はい」

「あんた一体、そいつに、何しよったん？」

「何も」

きょとんとする致足に、わごとは、

「何もしていません」

「この子の言っていることは真だ。この子は——これから起るかもしれぬことで、理不尽にも狙われておる。だから俺たちは、この子を助けている」

腕組みしながら言う良源だった。

「魔陀羅尼か？　その呪師は？」

致足の問いに、わごとはきっぱりと、

「いいえ。たぶん、もっと恐ろしい存在《もの》です」

「ほう！　面白そうや。よし」

致足は胸をポンと叩いた。

「わしが力かしちゃる！　くわしゅう話聞かせい」

半時後――わごとの宿所で水雷の呪師・忌部致足は頭をかかえこんでいる。

「それ……たちの悪い呪師どころの騒ぎやないやんけ……？」

削り取られたような声で呻《うめ》く致足だった。

日蔵が、致足に、

「むずかしいか？」

藤原千方についての詳《つまび》らかな話が、主に良源、そしてわごとの口からつたえられたのだった。その話のあまりの重さが、さっきは明るい意気込みを見せてくれた致足の心に、暗くのしかかっているようだ。

しばし思案していた致足は、溜息をつき、

「いや……一度、言うたことや。力をかそう。わしの母刀自《ははとじ》の里、熊野山中の、呪師の隠れ里やったんやが、何者かに襲われたのや。その時、母刀自はもう新宮に嫁いでいて、助かったんや」

「どれくらい前の話ですか？」

わごとが訊《き》くと、

「十年ほど前や」

わごと、良源は目を見合わせている。

「――間違いないかと思います。……千方かと……思います」

千穂がかんばせを硬くする横で、わごとは、言った。

「許せぬ野郎やな。藤原千方……」

そう呟いた熊野の若き呪師は、頬にきざまれた十字傷に手を当てて、

「わしなんぞどれほど役に立つかはわからんが、心得た、力添えしよう」

わごとは大きな目を輝かせ、良源は強く、

「あんたが味方になってくれて百人力だ」

あらごと　三

重畳たる山の中で、まだ枯れている落葉樹、一年中青い葉をつけた常緑樹が、せめぎ合っていた。左様な山中に山神の悪戯《いたずら》であろうか？　四段をなす大いなる岩場が、堂々たる滝を形づくっていた。

白糸を思わせる水が幾筋も遥か頭上から落ちてきて――あらごとの浅黒い面を冷たい霧が撫でる。

袋田の滝である。

ごうごうという水の轟《とどろ》きに一切ひるまず、崖のような岩肌をすいすい降りてゆくあらごとに、乱菊が怯えた声で、

「――一人で先に行かないでよ！　あの女が出たら、どうするのよ？」

ぎくりとなったあらごとは緩慢に降りてくる師匠をまつ。

滝壺《たきつぼ》近くにはすでに藤原秀郷がいて、乱菊の傍には秀郷の郎党たちが、いた。

二月二十八日。

袋田の滝について五日がすぎていた。

本来ならば、秀郷たちは下野国府に急行せねばならない。だが、秀郷は、

『虹水とやらをわしもおがみたい』

などと嘯《うそぶ》き、小言を言う老臣をいなしつつ、ここにのこっている。

水鬼の強襲を案じてくれているのは明らかだ。

あらごとは滝壺まで降りる。

山深くにある袋田の滝だが、少し先には役小角開基とつたわる日輪寺《にちりんじ》もあり、滝行の行者などがいることが多い。

乱菊がようやくあらごとの傍らまで降りている。

あらごとは滝壺近くに発生した小虹を指す。

「ねえ、あれって、虹じゃない？」

「何度も言うように虹水の虹って……もっと大きな虹の橋が袋田の滝全体にかかるのじゃないかしら？」

あらごとは、乱菊の答に、納得しかねるという顔で小さく舌を出し、

「そんなこと……白鳥ノ姥は一言も言ってなかったけどね」

ここに来てこういうやり取りを幾度も重ねているのだった。長さ数尺の小さな虹は何度も発生したが、乱菊が言うような大虹となると、まだ、一度も、お目にかかっていない。

「貴女《あなた》がやれると思うなら、やれば？　あの虹で。どうせ……意味がないと思いますけど」

「そこまで言われたらやりたくないけどね」

「いいじゃない。やりなさいよ。貴女がやりたいって言ったのよ、ねえ」

秀郷がやってきて、

「こんな子供相手に言い争いするな」

その時であった。

秀郷の老臣が、立ち込める雲をあおぎ、

「雨が……降って参りました」

袋田の滝が吹きかけてくる冷たい吐息の他に、もっと大粒のひんやりしたものが、天からこぼれ落ち——あらごとの短髪で弾《はじ》けた。つづけてバラバラと降ってきた滴に打たれ、岩のあわいから枝をのばしていた灌木《かんぼく》が物憂げにふるえる。

山の天気ゆえ、変りやすいのだ。

「滝が増水したら危ないわ。一旦、岩屋に退きましょう」

乱菊が言う。

「え、大丈夫だよ。これくらいの雨」

あらごとが意見するとみじかい髪に分厚い男の手が置かれた。

「乱菊の言う通りにしておけ。山の天気をあなどるな。いきなり、雨脚が強くなったりするものよ」

秀郷だった。

「……わかったよ」

さすらいの女呪師は瘖痕がかすかにのこる白き小顔を顰《しか》め、

「ふん、秀郷には、素直なのね」

あらごとたちはせっかく降りてきた険しい岩場を木の蔓などを頼りに雨に濡《ぬ》れながら這い登っている。

乱菊が恐れ、秀郷が言った通り、難所を登り切ったすぐ後に——雨脚が一気に強まった。

だがその時には隠れ家にしている岩屋が視界に入っていた。

あらごとは、ぶるぶる身をふるわしながら、岩屋に入り、

「ねえ……秀郷ってさ」

自分を守って一緒に岩屋に入った秀郷に、

「何で、国司ってのに……追われてるの？」

「いきなり何を言い出すのよ」

乱菊はたしなめるも、これはあらごとの中で突然飛び出した問いではなかった。

幾日か、気になっていたのである。

秀郷は子供心ながらに、頼もしい人である。武芸の達者であり、呪師でもある。国司にとっても頼もしさは変りなかろう。

秀郷は郎党が手わたした乾いた手拭いをまずあらごとにわたした後、苦笑いを浮かべて、

「……色々、あってな」

あらごとは手拭いをつかいながら、

「色々って？」

「おい、乱菊にも手拭いを」

と、言った秀郷の隣で老臣があらごとに、

「そなた、ずいぶん、色々踏みこんでくるのう。そういうのは嫌われるぞ」

「よいよい、あらごとも色々知りたいのだろうよ」

渋みの利いた顔をふっとほころばせた秀郷は、外の雨に視線をやっている。

「……わしは武技により国衙《こくが》で職を得ている者。故に、盗賊などの敵が下野一国を荒らしている、秀郷、退治してこいと、国司殿に言われれば、何処へなりとも馳《は》せ向かう。それがたとえ死と隣り合わせの場所であってもな。

そこで逃げ出すような男が……弓矢でもって、国衙に仕えるわけにもいくまい」

秀郷は百姓の家に生れたという乱菊、そして、呪師の隠れ里に生れ、下女として生きてきたあらごとを見、

「むろん、百姓や商人、鍛冶師《かじし》に同じことをせよとは言わぬ。百姓には、百姓の生業《なりわい》がある。それと同じように……兵《つわもの》の生業とは、つまりそういうことだ。かつて朝廷は、百姓だけしていいたい、商人だけしていいたいという者たちをな、無理矢理掻きあつめ、防人《さきもり》として九国におくったり、海の向うや、お前らがこれから行くみちのくの大戦に駆り出してきたのだ。だが——この制度は破綻した」

脱走兵が続出したし、兵の士気も低かったのである。

「……当然だろう。だから今の世では、俺たちのような武技に秀でたその土地その土地の豪族の子弟、あるいは国司その人の家人で武芸の心得ある者が、兵として、国衙を守っておる。百姓は百姓の、商人は商人の務めを果たし、世の中をまわしてゆけばよいのだ」

乱菊が膝をかかえた腕に顔を乗せながらぽつりと、

「呪師が……妖魔を倒す務めをしっかり果たすようにね」

秀郷は乱菊の横顔をじっと見詰めてから深い思いが籠った声で、

「左様」

あらごとは大きな目をキョロキョロ動かし、二人を交互に、見やる。

「故に、わしは……盗賊退治、これはわしら兵の大事な務めであるゆえ、どれほど危険な命であっても、喜んで引き受ける。また、国司が国のために道をつくる、その道作りに百姓を駆り出す、これにも、何の異存もない」

国司には左様な動員の権限がある。

「だが、わしは……その権限をこえた不当な要求には我慢ならん。たとえばな、百姓を駆り出し、荒地を開墾させ、己の私田をつくり、取り入れまで手伝わす。むろんただ働きで」

公の道路を百姓につくらせる権限はあるが、私の田畑を百姓に開墾させる権限は、国司にはなかった。

「これは、おかしな話だ」

秀郷が言うと乱菊が、

「だけど……結構、あるわよね？」

「ああ。さらには、わしら兵の妻女が見目麗しいゆえ、一晩かせ、好きにさせろなどと言うてくる国司がいるのだ」

「そんな男がいるの？」

乱菊が顔を顰めた。

「……ああ。いるよ。花の都から下ってきた顔を白塗りにしたお偉いさん方の中に、結構、いるのだ。そういう手合いが。そなたがわしと一緒にいた頃からだ、乱菊。昔からだ」

「…………」

乱菊が唾と一緒に色々な思いを呑み込んだ気がした。

あらごとが口を開く。

「都で一番偉い人……」

秀郷が、

「帝か？」

「そう、帝。帝がそれを知ったら……怒るんじゃないの？　そいつらに」

秀郷はニンマリと笑い、

「そうよなあ……。帝のお耳に入ったら、帝はお怒りになるかもしれぬ。だがな……」

声を潜めた秀郷は己の耳に手を当てて見せた。

「都という所は――そういう話が帝のお耳に入らぬように、出来ているのだ」

「どうして？　妖怪でも……住んでんの？　都には」

秀郷はいと愉快気に一笑し、膝を大きく叩いて、

「そうかもしれんなあ。わしら呪師の手に負えんような、強き妖《あやかし》が、京にはすくっておるのかもしれんなあ！」

老臣の指が心配そうに唇に当てられ、

「殿っ、我ら国司の方々のご面前に、出頭せねばならぬ立場なのですぞ」

「誰が聞いておろうか？　この山中で」

強い目をあらごとから、乱菊に動かした秀郷は、

「でな、左様な命を下されたわしは……言ってやったのだ」

いつの間にか居住いを正していた乱菊が深くうなずく。

「官道をつくるべく百姓を動かすのにも異存なく、わしや郎党が盗賊退治に向かうことも、何の異存もなし。ただ、私の田畑の開墾に、百姓を駆り出すは、百姓の務めの外にあるものゆえ反対する。さらに、わしやわしの身内、我が郎党の妻女を差し出すことは、兵の務めとはつゆ関わりのないものゆえ——反対する。こうお偉方に言ってやったのよ」

乱菊は、秀郷に、

「どう言ってきたの？　相手は」

秀郷は不敵に笑むと、

「国衙の命に逆らう謀反人と……。群盗どもの裏でわしが糸を引いておるなど、言い出したのだ。全く身に覚えのない罪状ゆえ唐沢山の砦《とりで》に籠り一歩も退《ひ》かぬ構えを見せたのだ。仲裁してくれるという郡司がおっての……国衙に出頭する形になった」

非常に苦しい感情が、乱菊のかんばせを走ったように見える。

「まさかとは思うけど……。信頼できる……人なのね？」

「——大丈夫だ」

石のように面差しを硬くしてうなずく秀郷だった。

秀郷が置かれている状況の厳しさがわかった、あらごとは、

「そんな大変な時なのに……ここまで付き合ってくれたんだね。ありがとう。ここからは

あたしらだけで大丈夫だよ。秀郷は、下野の国府って所にすぐ向かった方が……」

老臣も我が意を得たりという顔で、

「この子もこう言うておりますし、殿、速やかに出立した方が」

だが、秀郷の首はきっぱり横に振られた。

「いいや、わしはあらごとが虹水で鏡の欠片をすすぐのを見とどけたく思う」

秀郷はそう言ってくれたが、この武人の中には……乱菊といま少し一緒にいたいという思いもあるのでないかと、あらごとは思っている。

あらごとは、浅黒い鼻をピクリと動かし、

「ねえ、もう一つ、訊いていい？」

「ああ。何だ？」

「秀郷と乱菊って……昔、何があったの？」

「何よ。それ。何もないわよっ」

乱菊が慌てる。

が、秀郷は、

「何もない……ということはあるまい？」

「………」

秀郷は、唇をほころばせ、

「一年ほど、恋をしていたのだ」

あらごとは目を輝かせてぐいっと身を乗り出す。

ゴツン、と、拳で、頭を叩かれた。

乱菊であった。

「何で、そういう処ばかりに興味津々なのよ？　貴女、自分の置かれた状況とか、わかっているの？　針の山の細道を旅しているようなもんなのよ。何で、向うの山で昔咲いた花を、興味深げに観望しようとする訳よ？」

「何で、一年で、終ったの？」

あらごとはひるまずに、切り返す。

今度は秀郷が口ごもる番だった。乱菊が、溜息《ためいき》をつき、

「それはね……この人が、他の年若い乙女に……」

「今でもあれは間違いだったと思っている。くり返される喧嘩に疲れ……つい、呪師ではない乙女に目移りした」

秀郷と、乱菊の間に目に見えぬ電流が走るのが、わかる。

「今でも——悔いている。何故、そなたをあの時、追いかけなかったかと」

乱菊は秀郷をじっと見詰めた。

あらごとは、思わず手をぎゅっとにぎった。

「乱菊——」

秀郷が何か重大なことを言う気配がある。

が、乱菊は灰色に煙る外の雨に視線をそらし、

「……覆水盆にかえらずよ、秀郷」

あらごとはその言葉の意味はわからなかったが、たぶん乱菊はことわったのだと察した。

半時後、雨が止むと秀郷が腰を上げている。

「外の様子を見てくる」

秀郷はすぐもどってきて、声を弾ませ、

「虹だ！　虹が出ておるぞ！」


その日、大きな虹が差す袋田の滝で鏡の欠片をあらうと——鏡の欠片が、一瞬七色に光り、冷たくも熱い火花が、散った気がした。

乱菊は息を呑み、深くうなずき、

「うしなわれた力が、もどったようね」

滝壺近くの岩場で弓を手にして辺りを警戒していた秀郷が、相好を崩し、

「覆水盆に返ったようだな？」

くすりと笑った乱菊は、

「水ではなく火よ。消えたように見えて、灰の中に隠れていた火が、また燃えはじめたの」

秀郷は、滝から上がった二人に、

「出来ればわしも大嶽……そして千方とやらを仕留める狩りにくわわりたいものだが……。国府に行かねばならぬのでな。ここで、お別れのようだ。だが、そちらの用が落ち着けばいつでも力になりたく思うておる」

あらごとと乱菊は心から謝意をつたえた。

「そんなにかしこまらんでくれよ。窮鳥、懐に入れば猟師も殺さずと言おう？　それに乱菊とは、昔の誼《よしみ》もある」

乱菊、秀郷の間で——様々な思いが飛沫《しぶき》を立てるのがわかる。

「あらごと……そして乱菊……わしは、いつでもそなたらの力になりたいと思うておる」

最後に、秀郷は爽やかに笑い、

「下野に藤原秀郷あり。このことを、わすれんでもらいたい」

名残惜しかったが、その日、あらごと、乱菊は、秀郷たちとわかれた。

あらごと師弟は北に旅立ち、秀郷たちは西に向かった。

香取海の戦い以降、何の不思議も起さなかった鏡の欠片から青き光がこぼれたのは翌明け方だった。

わごと　四

三千六百とも言われる数多《あまた》の山々が重なる熊野は日本屈指の多雨地帯である。霧も、多い。

昨夜は雨で、今朝は霧だった。

（また、雨がぶり返したのかしら？）

頭や肩をバラバラと叩いた滴の冷たさが、わごとにそう思わせている。けど、辺りを見まわしても雨は降っていない。

わごとは天衝《つ》くような熊野杉の巨木を仰いだ。樹形の垂直さが清々しさを、幹の太さ、堂々たる枝ぶりが雄々しさを漂わせている。

（そうか）

苔《こけ》の衣をまとった神杉《かむすぎ》の梢《こずえ》にたまった昨夜の雨が、風に吹かれて、舞い降りてくるのだ。

「よし！　舟の支度はええぞ」

あらたな仲間、忌部致足が声をかけてくる。

わごとたちは――大斎原南岸の船着き場に立っていた。

良源が、潤羽に、

「異常は？」

「なし」

良源がわごとにうなずく。

わごとは、真新しい、白の浄衣を身につけている。千穂が織り上げた布で調製したものだった。千穂曰《いわ》く、その効果は限定的らしいが、魔や、通力による攻撃をふせぐ魂壁の力が込められている。

丸木舟は二艘《そう》あった。

先を行く一艘めには、致足ほどではないが、水雷の力をもつ船頭――忌部一族の者である――が舳先《へさき》に、もう一人、やはり忌部一族の如意念波の力がある船頭が船尾につき、日蔵、石麻呂、千穂が、乗る。

二艘目は致足が舳先に、只人《ただびと》の船頭が船尾につき、わごと、良源、為麻呂、潤羽、雷太が乗り込む。

万一、舟から落ちたことを考えて隠れ蓑《みの》は着ていない。

わごとたちは今日、新宮に旅立つのだ。

青く深かった暁闇がいつの間にか薄く明るい色に染め上げられている。

「では、参ろう」

良源の一声で二艘の丸木舟が白い霧がいくつも水面《みなも》を這う中、纜《ともづな》を切る。

見送りに出ていた日蔵の知己たちや犬丸が遠くなっていった。丸木舟二艘は熊野三千六百峰の水が溢れんばかりに流れる大いなる川・熊野川を、すすみ出した――。

その時であった。

青き光明が、鏡の欠片からこぼれたのは……。

潜るような所作で、顔を近づけ、わごとは、

「あらごと！　心配したのよっ」

顔全体から笑みがこぼれる。

鏡の欠片にうつった浅黒い少女からかすれ声がとどく。

「わごと、今、あたし、ずっと北の方に旅しているよ……」

朝日に赤々と照らされた碧山《へきざん》の連なりが広き川の両岸からわごとを眺めていた。

樫やタブ、楠などが、こんもりと茂った緑の山々に白く眩《まばゆ》い光を放つ木が一つある。

満開の山桜であった。

この日は二月二十九日であったが、当代の暦では四月初め頃だ。

先ほどのあらごととの会話がわごとの心を和ませていた。あらごとは、恐るべき敵、水

鬼にいま一度襲われたが……藤原秀郷なるすぐれた呪師に助けられたこと、虹水で鏡の欠片をあらったことを、つたえ、わごとをはげました。

わごとは雷太の首を撫でながら翡翠《ひすい》が溶けたような熊野川の緑の水面、両岸の山々に見惚《みと》れていたが、良源や潤羽は絶えず視線を四囲におくっていた。

と、

「――怪し気也」

巨細眼をもつ乙女が呻いている。その三白眼が、尖《とが》る。

潤羽の白い指が真《ま》っ直《す》ぐ差しているのは、左前方だ。

「怪し気なる尼すがらに（ずっと）此方《こなた》を見たり」

「怪しげな尼とな？」

良源が手をかざしながらそちらを睨む。わごとも凝視したが……ただ、常緑樹の青い密生があるばかり。

「あっちにもう少し舟を近づけてみてくれ。左岸の方だ」

良源が、言い、舟が潤羽が指す方に近付くと――たしかに、山の中腹、大きな樹の下に、尼とはわからぬものの人が立っており、こっちを見ている。

その大きな樹は灼熱《しゃくねつ》の炎に似た朝日に照らされていた。

わごとは、はっとして、良源に、

「あらごとが聞いた、白鳥ノ姥様の言葉に、大きな樹の下で炎のような日差しに照らされた、導き手に会う、というのがありましたよね？」

「……うむ」

「あの人が、そうなんじゃないでしょうか」

と、忌部致足が、

「……魔陀羅尼や！」

「何だと――」

人を通力で急死させることも出来るという尼の名が、良源の眉をうねらせている。

「魔陀羅尼が導き手とは俄《にわ》かに信じられんな。むしろ、千方の刺客なのでは……？」

しばし、思慮し、良源は、

「川をあやつり、この舟を止めておくことは出来るか？」

「むろん」

こともなげに言う致足だった。

「よし。もう一艘の船頭は……」

「水雷か、如意念波がつかえる」

「なるほどな。では、この良源、もう一艘の方にうつり、その船頭二人と石麻呂をつれ、魔陀羅尼の許《もと》に向かう。返答如何によっては退治する」

呪師は――掟を平気で破る呪師・妖術師の存在をみとめる訳にはいかない。

向うがこちらを見ているのは明らかに悪意あっての上と思われる。

だから、本来は粉砕せねばならぬ。

それは、魔陀羅尼が、千方の手先であっても、なくても、関わりない。

ところが今――魔陀羅尼こそが……東の大呪師・白鳥ノ姥が言う「宝への導き手」かもしれぬという若干の可能性が示唆されたため、良源の面にも迷いが、あった。

「日蔵殿、千穂殿はこっちにうつってくれ！　俺に代わって、わごとの守りをたのむ」

致足の水雷によって熊野川を駆け下っていた二艘の丸木舟が慌ただしく止る。正しくは、川の中に舟を浮かべた止水域が忽然《こつぜん》と誕生。川は左右にわかれ、止水域を迂回《うかい》する形で下流に向かっているのだ。

良源が、もう一艘にうつろうとすると、そこにいた日蔵が、

「わごとの守りより魔陀羅尼退治の方が面白そうや」

「退治と決った訳ではない。彼《か》の尼の真意をたしかめに行く」

「わしも、行く」

「いや、あんたが来ても……」

「足手まといなどと言うな！　わしの棒術は、お主も知っとろう？　魔陀羅尼がお前に術をかけた時、我が棒でバシンと打って、昏倒《こんとう》させてくれる。

呪師ではない坊さん、油断を誘えると思うんや」

「一理……あるか。よし、同道して下され」

その時であった。わごとの中を真っ白い光と共に駆け抜けた光景がある。

(千歳眼《せんざいがん》！)

その光景を見た、わごとは、

「まって下さい！　わたしも、行きます。尼僧と共に……旅している光景が目に浮かびました。その尼僧の千里眼で宝の在《あ》り処《か》がわかるんです……。魔陀羅尼が導き手であるのは間違いないかと」

苦悶《くもん》が、髭濃い良源の面をよぎる。妖術使いを仲間にくわえるのに相当な迷いがあるようだ。

良源は言う。

「宝への導き手が、あらごと、わごとの前に、それぞれ現れる。一人が、信頼できる導き手、いま一人が、信頼できぬ導き手。貧乏籤《くじ》をこっちが摑まされたか……」

「信頼できぬ導き手か。面白そうや」

何処か、胡散臭《うさんくさ》さ漂う日蔵がニンマリ笑った。

(あらごとの前ではなく、わたしの前に信頼出来ぬ導き手が現れてよかった。わたしには千歳眼があり、あらごとにそうした力はないもの)

結局、船頭三人を舟にのこし、残り全員で――魔陀羅尼の許に行く形になった。わごと、潤羽、千穂は隠れ蓑をまとった。

湿った腐葉土から、真っ白い生霊のようなギンリョウソウが数多、顔を出している。ギンリョウソウにかぶさるように、リュウビンタイといった羊歯植物がわさわさ茂っている。

絡み合い、食《は》み合う、二頭の大蛇のように、あるいは憎み合いながらもはなれられぬ男女のように、二本の木蔓《きづる》が互いを固く束縛しつつ、苔や粘菌の臭いでみちた森に、垂れ下がっている。左様な蔓がまるで血管のように、あるいは厳重な網のように、ぐるぐると幹に巻き付いた樹がある。

数知れぬ常緑の巨木が、わごとたちを見下ろしていた。

そんな森を歩いていくと朝日に照らされた――見上げるほど高い、梛《なぎ》の巨木があり、その樹下に一人の尼僧が佇《たたず》んでいた。

三人の船頭は舟にのこすも水が入った瓢簞《ひょうたん》を腰に下げた致足は同道していた。

相手が――近付いた者の心臓を一睨みで止めてしまう尼だけに歩み寄るわごとたちの面差しはひどく、硬い。目付きも自ずと鋭くなる。

だが、顔を硬くしようが、目を鋭くしようが、ふせげる魔陀羅尼の力ではなかった……。

（本当に……味方なの？　それとも……？）

「──魔陀羅尼か！」

良源が立ち止ったのをきっかけに皆、足を止めた。

「如何《いか》にも」

わごとの目が、彫刻的にととのった魔陀羅尼の顔の、ある処にそそがれる。

傷であった。縦に走った惨たらしい刀傷が片方の目を潰していた。

かすかな霧に逞しい足を撫でられながら、良源が、

「我らに何か用か！」

「用があるのはお前たちでは？」

「たしかにな……。お前は、妖術使いと聞いた。通力を悪用し、人を病にし、時には命を奪うと……。真か？　真であるならば──」

「戦うというの？　ほほほ」

灰色の袖が口元に動く。

「お前たちがそのつもりなら……相手しましょう。ただし、死ぬのは──その子」

魔陀羅尼の指が隠れ蓑で透明化しているわごとを真っ直ぐ差す。

「お主らが大切に守っている、隠れ蓑を着たその子」

瞬間、わごとの心臓を、震えが走っている。それが恐怖によるものか、通力のなせる業

か、わごとはわからなかった。

良源から途轍《とてつ》もない殺気が放出された。わごとは良源の袖を引き、囁く。

「止《や》めて下さい」

で、隠れ蓑を脱ぎ、木漏れ日にその体をさらすと、魔陀羅尼の方に踏み出た。

潤羽、千穂も姿をさらすと、妖しい尼はぞっとするような凄《すさ》まじい笑みを浮かべる。

わごとは、椰の樹の下にいる尼に、円《つぶ》らな目を細め、

「何でわたしたちが貴女に用があると、思ったんですか？」

「——千方を倒そうというのでしょう？」

意外な名が魔陀羅尼から出たので、わごとや良源は鋭く目を光らせながら、身構える。

「わたしも千方を敵として狙っている。故に……協力し合えると思うたまで。ほほほ」

「貴女と千方の間に何があったんですか？」

「かつては……仲間であった。けれど、色々あって、わたしはあの男を殺そうとし、あの男もわたしを殺そうとした。二十年以上、昔のことよ。あの男……常若《とこわか》の力で若く見えるけど、本当は年寄りゆえ」

魔陀羅尼は潰れた左目を指し、

「わたしの片方の目を潰したのも、千方。物魂で動かした刃で、目を抉《えぐ》り、わたしから力を奪おうとした。わたしはあの男の心臓を止めようとしたけど、彼奴《きゃつ》は縮地で逃げた。わ

たしは千里眼で千方の手下の動きを全て見切り、逃げおおせた」

　良源が、魔陀羅尼に、

「千方には他心通《たしんつう》がある。なのに何故……お前はそこまで千方と仲違《なかたが》いしたのか？　そして、仲違いし、憎み合ったとしても……他心通をかけられれば、お前に勝ち目はないように思うが」

「わたしに他心通は効かぬ。其《そ》は、通力とは関わりのない話。通力のない者でも他心通が効かぬ者はいる。要は心のもち様よ」

「対立のきっかけは？」

　畳みかける良源に、魔陀羅尼は、笑顔で、

「言う甲斐《かい》もないこと」

　わごとは眩暈《めまい》がしそうなほどの緑の氾濫の中、目を細めたまま少し歩み寄り、

「何で貴女は、わたしたちのことを知ったんですか？」

「千方の手先から聞いた。その者どもはもうこの世におらぬ」

　カラスが何処かで、鳴いた。

「そ奴らは通力により、此方を殺《あや》めんとした。むろん、掟の枠内」

「だが、お前、掟を常々破って人を病にしたり、命を奪ったりすることもあるようだな？」

良源は問うた。

掟という目に見えないものが自分たちと魔陀羅尼の間に線を引いている。

魔陀羅尼を味方にするということは、その見えざる線を跨ぐことを意味する。

果たしてそれを跨いでいいのか、悪いのかを良源は思案しているようだった。

魔陀羅尼は、悪びれもせず、

「掟を破ったことはないとは申さぬ。黄金や絹などつまれれば誰であろうが病にしてきた。ただ……命を奪う時は、わたしなりに線を引いていた」

「如何なる線か？」

良源が訊くと、魔陀羅尼は、

「悪人しか殺さぬ」

「悪人の定義は？」

「——わたしが悪人と思いし者」

良源は、バチーンと大きく弾指して、

「まず、銭金のために人を病にしている時点でお前は掟を破っているのだ。ましてや、お前が悪人と見做《みな》した者をいわば私刑の如く病死させる、勝手に死罪にするなど言語道断！」

「では、誰《たれ》なら、その裁きを下してよい？」

「……検非違使《けびいし》や、国司だ。人殺しは斬、強盗は絞（縛り首）、人を殺す目的の呪《まじな》い……お前がやっていることだが……斬。こう賊盗律にさだめられておる。その法にしたがい、彼らが、裁きを下す」

我が国で、嵯峨《さが》天皇の頃から保元《ほうげん》の乱の頃まで死刑が廃止されていたと言われることがあるが、これは正確ではない。嵯峨天皇が「停止《ちょうじ》」されたのは、盗みに対する死刑なのである。打ちつづく飢饉《ききん》と貧窮者の激増、盗みに走らざるを得ない者の事情に心を痛められた帝は、窃盗、強盗に対する死刑を止められたのである……。

だから、その停止措置の後も、人殺し、人を呪殺しようとした者などへの死刑はおこなわれていたし、帝の目がおよばぬ遠い国々では、国司の裁量で、盗人などへの死刑すらおこなわれていたのである。

「ほほほ。良源」

（どうして、良源さんの名を――？　そうか……千里眼）

千里眼と邪眼、二重の術者たる尼は、

「今もさる国の国司が嫌がる百姓娘に無理矢理伽《とぎ》させておる。また、ある国では……国司の不当に重い取り立てで飢えに飢えた百姓たちが官の倉から米を盗んだことで、縛り首になっている処じゃ。――知っておろう？　国司などという輩《やから》の中には、幾百人も殺めた盗賊の親玉などよりなお悪質の者がおることを」

「…………」

「何故、そ奴らが人を裁けて、わたしが裁いてはいけない？」

「──そんなことをみとめたら、世の中の秩序が無くなるからだ」

「今とて秩序などなかろう？」

「そうか？　だがよ、魔陀羅尼。お前の裁きが国司より正しいと、誰が保証してくれる？　わかった。お前が、正しいとしよう。だがな……それをみとめたら、世の中じゅうの男や女、爺さん婆《ばあ》さんや子供が、自分たちも人を裁いていい、こう思ってしまう……。すると、どうなるよ。

道を歩いてたら、お前、そこら辺の爺さんに、斬刑じゃ、と斬られて死んじまうかもしれぬ。里を歩いていたら、百姓男たちに取りかこまれ、縛り首にされちまうかもな。都大路で童どもに取っつかまり、杖刑《じょうけい》、杖刑、などと囃《はや》し立てられながら、棒で滅茶苦茶に叩かれ──死んでしまうかもしれん。

うかうか道も歩いていられんな？」

頭《かぶり》を振った良源は、

「──虎狼《ころう》の世、ぐちゃぐちゃの世の中だ。それがお前の、望みか？　魔陀羅尼」

「世の中には……殺さねばならぬほど邪な者どもがおる。そして、左様な者の中には並の者がもてぬほどの権勢をもち、固く守られておる者どもがおる」

「千方と気が合う訳だ」

「では、戦う訳じゃな？」

魔陀羅尼の視線、語調が、尖る。恐ろしい目がわごとを睨む……。わごとは目に見えない刃を心臓に突き付けられた気がした。嫌な汗が体じゅうから出てくる。

良源がわごとを隠すような位置に立つ。

「わたしは、千方と戦う一助となるようなものについて……存じておるのじゃが、それも、聞かぬでよいな？」

（やはり、この人が……白鳥ノ姥の言う信頼出来ない導き手？）

だが、相手は千里眼の呪師。四つの宝について話すわごとらを通力で見ていて知ったふりをしている恐れがある。

わごとは、良源の陰から出るようにして、梛の樹の下にいる灰色の尼に、

「それは、何ですか？」

「この紀の国にあるという宝の木、補陀落樹《ふだらくじゅ》。それ以上は申せぬ」

（蓬萊の玉の枝ではなく……補陀落樹？）

……非常に興味深い、話だった。

もし、ここで、魔陀羅尼から「蓬萊の玉の枝」なる言葉が出てきたら、わごとは千里眼を懸念していたかもしれない。だがここで補陀落樹なる新奇の名が出たことで、宝の木に

ついて知っているという魔陀羅尼の話に――俄然《がぜん》、説得力が出てきた。

もしかしたら、白鳥ノ姥が言う蓬莱の玉の枝と、魔陀羅尼が言う補陀落樹は、同一の木であるまいか？

ちなみに蓬莱山とは中国の神仙思想の中に出てくる島で、遥か東の洋上にあるという。これは一説には日本の富士山や熊野という。

補陀落とは天竺南方の海にある観世音菩薩《かんぜおんぼさつ》の浄土で、一説にはスリランカのことという。

「さて――如何する？」

良源が囁く。

わごとは、非常に強力な通力、邪眼と、千里眼をもち、本人曰く何らかの事情で千方と対立、しかも千方に心をあやつられることもない魔陀羅尼を、味方にすべきか否かで、悩んだ。何しろこの尼は千方を倒す力をもつのみならず四つの宝のうち一つについての何かしらの手がかりをもつかもしれぬのである。

（白鳥ノ姥の讖緯も、わたしの千歳眼も、この人を味方にすべきと……）

だが一方で、この尼は、掟を破っている。通力により人を病にしたり殺めたりしている……。殺めている対象は魔陀羅尼曰く悪人にかぎられるようだが、信じてもよいのか……。

呪師の掟は、わごとに、彼女と戦うように命じている。

（それにこの人は全て嘘をついている恐れも……。千方の回し者かもしれない。本当？

回し者だったら、妖術師として、わたしたちの前に現れないのでは……？）

目の前の一線をこえたら、大切なものをうしなう気がする……。一方で、この一線をこえねば大妖術師・藤原千方を倒せぬ気がした。

逡巡《しゅんじゅん》の果てに一歩、前に、踏み出したわごとの足が猛毒の蝮草《まむしぐさ》を踏み散らす。

「魔陀羅尼さん……力をかしてくれませんか？　貴女が知っている宝の木のことを、おしえてもらえませんか？」

灰色の尼は満悦げに笑んだ。

「よかろう。その代り、お主らの知っていることも、悉《ことごと》く、おしえることじゃ」


わごと一行と魔陀羅尼は情報交換をおこなった。

下手な不信は、破局をまねく。それに千方の力を考えれば……わごと一行の動きや、四つの宝のことも、既に知っている恐れがある。だから魔陀羅尼が千方の回し者という可能性は否定できぬものの……隠し事はさして意味がないと、わごとたちは思案している。

故に四つの宝のことを話した上で魔陀羅尼から補陀落樹について聞いている。

結論は、補陀落樹こそ蓬萊の玉の枝であろうというものだった。

魔陀羅尼は、彼の霊木の話を……古ノ眼をもつ重病の呪師から聞いたという。

その余命いくばくもない男は、古ノ眼によって、幼い時に生きわかれたと思っていた両親や兄たちが、凶悪な盗賊に殺められ、その賊が長者となっていることを知った。過去視の力だけでは長者に立ち向かえぬ。揉《も》み消されるだけだ。

――魔陀羅尼をたのんだ。

「掟破りになるのは百も承知の上でな。その長者がどうなったかは……言うまい。その男はわたしに払えるような黄金、銭をもたなんだ。そこで、宝の木の話をしてくれたのじゃ。その実を得れば、通力をふやせる補陀落樹の木……この紀州の何処かに芽吹くようじゃ」

良源が切り込むように、

「隠されたのではなく、芽吹く?」

「左様」

浄蔵経由でつたわった、白鳥ノ姥の話からわごとたちは、何となく、徐福によって「蓬萊の玉の枝」は紀伊の何処かに秘匿されたと思っていた。

だが、魔陀羅尼が言う「補陀落樹」は……芽吹くという。

「何百年かに一度、その木が真に必要とされている時に、天地の気の交流が旺盛な南の地に芽吹くと、仙人の如き風貌の翁が弟子たちに言いながら、補陀落樹を、ここ熊野の森で探している光景を……彼の男は、古ノ眼で見たのじゃ」

「仙人の如き風貌の翁……」

呟いた良源は心当りがあるような面持ちだった。

「――役行者ではないかと、古ノ眼の男は言うておった。千方をこれ以上、野放しにしておく訳にはゆかぬ。あの男がどれほど危険か、そなたらも存じておろう?」

首肯したわごとの頭に梛の葉が落ちてくる。見れば、自分の周りに、全ての葉脈が縦に、平行に走っている、梛の葉が、沢山落ちていた。

「わたしは補陀落樹の実を手に入れれば勢力を拡大した千方を倒せると思うた。真に必要とされる時、芽吹くというなら……」

強い思いが、尼僧の語気に籠る。

「今、芽吹いていておかしゅうないと思うた。彼の実を三年の間、千里眼を駆使して、熊野山中で探し、四国も、怪しいと思い、彼の地に動き……三年、探したが見つからぬ。そしてまた熊野にもどってきたのじゃ」

ここまで聞けば、大昔、徐福が徐禍を退治するのにつかった蓬萊の玉の枝と、役小角と魔陀羅尼が必死に探しもとめた補陀落樹は、同木であるのは明らかだった。

良源が魔陀羅尼に、

「もし見つかり、実が一つか、二つしかなければ、どうする? 俺たちは、わごと、あらごとにつかわせたく思うている」

その言葉を聞いた日蔵はぎろりと目を剝き、魔陀羅尼は袂《たもと》を口元に当てて、

「ほほほ。見つかるなどさもたやす気に……。それを見つけるのに、我が千里眼をもちい

ぬ手はあるまい？　そこまで貢献しても、妖術使いに実をやらぬと？　二つ、じゃ。実が一つならその実は、わごとのもの。そこは同意する。ただし二つ以上、実があるなら、二つ目の実はわたしのもの。あらごとなど知らぬ。よいな？」

「——いいえ。魔陀羅尼」

わごとはきっぱりと告げた。

「三つです。一つ目の実と、二つ目の実は、わたしとあらごとのもの。貴女は三つ目です」

「たわけたことを。二つ目じゃ」

魔陀羅尼は恐ろしい目で、わごとを睨んだ。

「いいえ。貴女が二つ目にこだわるなら……協力するという話は水に流して下さい」

「ここまで貴重な話を聞いて、わたしと袂をわかつ？　左様な真似をしたら、わたしがお前に何をするか、わかっていような？」

魔陀羅尼の隻眼《せきがん》から殺意の塊が突出——飛んできたそれが、首の皮膚すれすれで止った気がする。

低く凶暴な唸りが、わごとの足元から聞こえている。雷太であった。今まで大人しくしていた柴犬は、牙を剝き、前半身を低くして、魔陀羅尼を威嚇《いかく》している。

通力の作用ではなく雷太の意志だった。

魔陀羅尼の通力が微弱な力で――頸動脈《けいどうみゃく》にふれているのを、わごとは、感じる。汗が一筋、わごとの面を流れた。良源ら仲間の呪師はいずれも魔陀羅尼をかこみ、わごとに仇なしたらおのおの通力を一気にぶつける構えを取っていた――。日蔵は杖を構え、潤羽は一挙手一投足も見逃すまいという目で魔陀羅尼を睨み、千穂は歯を食いしばって、わごとの方に手をかざしている。わごとの衣にかけてくれた魂壁を強化してくれている。

わごとは灰色の尼の目をじっと見詰め、

「貴女は……それを、しない」

「何ゆえ?」

魔陀羅尼は面白そうに問う。

硬い面持ちで、わごとは、

「さっきの話と矛盾します」

「そなたは、悪い子よ。わごと」

梛の樹の下の二人は――しばし無言で、睨み合った。

「…………」

やがて魔陀羅尼が力を解くのがわかった。

「わたしたち姉妹には宿命があります。その宿命に、したがわねばなりません」

「宿命とやらに賭けてみよう。ただし、三つ目の実は我がものぞ」

「……はい」

——こうして邪眼と千里眼の妖術師・魔陀羅尼が、仲間にくわわった……。

その夜。

熊野川に舟を止めたわごとたちは森に入って野営していた。

姥目樫の森である。

良源は胡坐《あぐら》を掻いている。

眉根を寄せた叡山屈指の頭脳をもつ青年僧は、

(魔陀羅尼……どう判断すればよい?)

味方になってくれた魔陀羅尼。千方のかつての仲間にして今は敵ならば、わごとらが知りたい、千方の弱点、拠点、過去など、有益な情報をもたらしてくれてもよさそうである。

それが、

『あの男の弱点などわたしが知ろうか? 唯一、あるとすれば、わたしであろう。千方を討てる呪師は恐らくこの地上に——わたししか、おらぬ。わたしならあの男の心の臓を刹那で止められる。拠点? わたしが仕えていた頃と、変っておろうなあ。昔のこと? 今思えば憎らしいほどに、あの男、昔のことなどほとんど語ろうとせなんだわ……』

……などと、煙に巻くばかりなのである。

（魔陀羅尼……敵か、味方か……）

魔陀羅尼から得た新規の情報は、千方が数か国に貴賤を問わず、その勢力をつくり上げていること、靡ノ釧《なびきのくしろ》なる黒い腕輪でもって、魔の物を手懐け、魔軍を編成しつつあるということくらいであった。

と、潤羽が寄ってきて、

「——怪し」

耳打ちしている。良源は一瞬、魔陀羅尼が怪しい策動をしているのではと疑う。

「誰もおらず、風もなし。されど、下草動きたり」

橘潤羽の巨細眼は夜になると、昼よりは、鈍る。だが常人を遥かに超える夜目をもつ。かなりはなれた所の下草が、人も風もないのに蠢いているというのだ。

生温かい春の山気に掻き立てられた眠気が散じてゆく。

良源は立ち上がり、潤羽にわごとを起すようにつたえ、大鼾《おおいびき》をかいて寝ていたある男を軽く蹴り起す。蹴られた相手——日蔵は寝たふりをしながら金剛杖を摑み、ごろごろ転がりながらわごとに近付いてゆく。

今、接近している敵が良源が思う者ならば、日蔵ほど心強い味方はいない。というのも日蔵には通力を拠《よ》り所とせぬ武力がある。そして、耳で敵の動きを判じ、迎え撃つことも出来た。

良源は紙兵を出し、強い念を込めるや、念のために、自らの金剛杖ももち――問題の場所近くに一思いに縮地した。

下草が動いていたという所に紙兵を放とうとした。

が――思わぬ通力の一撃が、良源の胸底、冷たくも熱い火花が散っていた辺りを襲う。

通力を起す火花が何らかの力によりあっという間に消えうせる。

（空止《うつほど》め、やはりお前か――）

「隠形鬼！」

良源は相手の正体を、隠形と空止め、二重の術者たる隠形鬼と看破した。

隠形、つまり、透明化した敵が、ガサガサと下草を踏みながら走り寄ってきた――。

身につけた棒術の心得が空止めにより異能をつかえなくなった良源に余裕をあたえていた。

金剛杖を構える。

音で見切り、打ち据えようとした。

後ろから駆け寄ってくる他の呪師の気配に、良源は、

「わごとの守りも気を抜くなっ！」

怒鳴りつつ振りかぶり――見えざる敵を、叩かんとした。

刹那、熱い痛みが良源の眼を襲っている。

「くう」

火を噴きかけられたかと思いきや違う。目潰しだ。透明化した隠形鬼、駆けながら目潰しを良源に放った。

(卑怯《ひきょう》なっ)

一時的に視力をうしない痛みにひるんだ良源に凄まじい殺意が迫った——。

直後、

「あっ!」

叫び声がして、誰かが良源のすぐ前に転がった。

涙を垂らしながら辛くも目を開けると一人の少年が良源のすぐ前に転がっている。その手には蕨手刀《わらびでとう》がにぎられている。

「ほほほ。未熟よのう、足がつっただけで転び、火花も消えるとは」

魔陀羅尼の声が横でした。

少年——姿を現した隠形鬼は起き上がり、蕨手刀を構え、通力をつかおうとした。

刹那、刀を落とし、呻き声をこぼしながら、腹をおさえて蹲《うずくま》ってしまう。

激烈な腹痛が襲いかかっているらしい……。むろん、邪眼の仕業である。

魔陀羅尼は、たとえ目視していなくても、その辺りにいるだろう者の身にも異変を起こせるのだ。

「良源はん!」「大丈夫ですかっ」

男たちが駆け寄ってくる気配がして、致足、為麻呂の声が、した。

黒い葦手《あしで》の蛇に荒縄が食い込んでいた。蛇の模様がある灰色の水干をまとった、年若き術者が、姿を晒《さら》してわごとの前に引き据えられていた。

日蔵がもつ松明《たいまつ》が、姿なき鬼の異名をとる少年の横顔を、照らしていた。

魔陀羅尼の邪眼で倒れた処を、致足、為麻呂にふんじばられたという。

良源は致足が差し出した水で目をすすいでいた。

潤羽、千穂に左右を守られたわごとは、他の呪師の力を無効化する力をもつ少年に、

「ここで何をしていたの?」

「………」

「答えろ」

屈強な為麻呂に後ろから揺すられた隠形鬼は皮肉っぽい笑みを浮かべ、

「――わかるだろ?」

「我らの動きを探っていたのだろう」

良源からこぼれた声に、若干の苦さがにじむ。

「隠形鬼……千方の側近の一人か」

魔陀羅尼が呟く。しばられた隠形鬼は、魔陀羅尼をきっと睨む。

(千穂さんが味方にくわわったことで千方は……)

——千里眼でわごとを追えなくなった。

(だから、隠形鬼に探らせようとした。魔陀羅尼さんが味方にくわわったことも……)

隠形鬼が斥候を命じられた理由かもしれぬ。

「お前が、魔陀羅尼か？　千方様を裏切り——ただですむと思うなよ」

隠形鬼の中で冷たくも熱い火花が散りはじめたのがわごとにはわかる。

魔陀羅尼が、隠形鬼を刺すように睨む。

「うわぁぁぁあっ」

腸がねじれ、胃袋が吐き出されそうな声で——隠形鬼は絶叫した。魔陀羅尼が隠形鬼の体の何処かに激痛を走らせている。七転八倒する少年の中から火花は一瞬で消えてしまう。

「やめて下さい、魔陀羅尼」

わごとは言うも、魔陀羅尼は、止めない。

「やめて下さい」

重ねて言うと隠形鬼を睨むのを止めた魔陀羅尼はぞっとするほどひんやりした声で、

「この者の手は、当然、血塗られておる」

隠形鬼が呟き込む声が、する。

「この者は先ほど通力をつかって良源を殺めんとした。当然、掟により――死をもってつぐなわせるのであろう？　わたしがしてやろう。お前たちは、苦手そうゆえ……」

魔陀羅尼の提案に、わごとは、黙った。

大いに暴れる闇の王の下僕を大力で大地に押さえつけた為麻呂が、

「――わごと」

うながした。為麻呂は先に隠形鬼により瀕死の深手を負っている。隠形鬼の恐ろしさをもっとも知る呪師と言える。

「何を迷う？」

その冷えた声は、橘潤羽から放たれている。

「凶事《まがごと》の芽は疾《と》うつむべし」

「――だってよ。早く、殺せよ！　俺がお前の立場ならとうに殺している」

隠形鬼は皮肉っぽく言うと、ケラケラと笑った。

「……行って」

振りしぼるようにわごとは言った。

「何だと！」

仲間たちが、どよめく。特に隠形鬼に痛い目にあわされている為麻呂、その弟、石麻呂は尖った気を放つ。

「わたしの気が変らぬ内に早く！」

隠形鬼は自分と歳が近い、まだ……ほんの子供である。異能をかかえた自分とて、初めに良源ではなく、妖術師と行動を共にしていたら、今の自分になっていたろうか？　そんな思いが、わごとの言葉につながっている。さらには、隠形鬼が自分にかつて言った「俺は命じられているだけ」という言葉が、わごとの中に濃く漂っていた。

戒めを解かれた隠形鬼の足が数歩行った所で、止る。八部衆の如くたのもしい仲間に守られたわごとを顧み、

「――後で悔いるなよ。今夜のこと、俺は恩だとは思わない！　俺は容赦なく、お前を仕留める」

「わかっています」

隠形鬼の姿が――すっと消える。

「あいつ……今夜にも逆襲してこんか？」

石麻呂が案じると、

「それはない。これから数時、腹を下すようにしてある。それどころではあるまい」

邪眼の尼が笑みながら囁いた。

（何であいつは俺を逃がした？）

腹痛にたえつつ暗い密林をさまよう隠形鬼はよろめき、つまずく。浜棗《はまなつめ》の茂みに倒れ込みながら、今まで情けというものをかけられたことがあったかと、考える。

記憶の底から物心ついた場所、平安京のスラム街・西の京の情景が浮き上がる。

そんな経験はほとんどないという答が隠形鬼の胸を揺さぶった。

と、

《隠形鬼。わしだ。千方だ》

闇の王から、念話がとどいた。

翌早暁、わごとたちが乗った二艘の舟は——両岸につらなる山々に見下ろされながら、豊かなる水をたたえた緑の川をすべるように下った。

昼前には熊野川の河口、新宮についた。

わごとは原始林におおわれた急斜面を息を切らし這うように登って、ごとびき岩なる巨岩に詣でた。

ごとびきの術をつかう、わごと。当地の呪師である致足が強く参拝をすすめ、千穂も盛んにうなずいたのである。むろん千穂も同道し動く魂壁をわごとの周りに張っている。

海を見下ろす高台の岩場に小さな社がつくられていた。

その社にのしかかり、圧し潰しそうな姿で、ごとびき、つまりヒキガエルを思わせる巨岩が、太めの注連縄《しめなわ》に巻かれて鎮座していた。

これがごとびき岩で古から神聖な岩としてこの地の人々の崇敬をあつめているという。

ごとびき岩との対面を終え、崖と言っていい、急斜面を降りる途中、わごとは、己の中で、冷たくも熱い火花が静かに、小さく、だがかなりの数……瞬いた気がしている。

何かの前触れであるのかもしれなかったが、それが何なのかはわからなかった。

神やどると信じられている岩山を降りたわごとらは新宮こと熊野速玉大社に参拝。

その後、致足の父で、新宮の有力な船頭、忌部海人主《あまぬし》とあい、千方の脅威を説き、味方にくわえている。

そのまた翌日、わごと一行は——那智の滝に向かった。

あらごとが袋田の滝ですごしたのと同じく、わごともまた、虹が滝に差す、その刹那に立ち会うべく、しばし、那智の原生林に待機する形となった。

一方で新宮の忌部海人主は昵懇《じっこん》の僧などを動かし、徐福の宝の内、蓬莱の玉の枝と生大刀について、何らかの文献が熊野にないか、調査《しらべ》を開始した。むろん、良源の依頼による。

あらごと　四

三月一日、あらごと、乱菊は陸奥の玄関口というべき――白河《しらかわ》の関《せき》にたどりついている。

袋田の滝からは奥州三関のうちの二つ、東海道の勿来関《なこそのせき》か、東山道《とうさんどう》の白河の関に、出やすい。

海沿いの道は、あらごと、乱菊の中で、あの女の影を漂わす。

故に、東海道は選択肢からはずされた。二人は途中、東山道に出、白河の関に、出た。

二人の懐には香取大明神で発給してもらった過所《かしょ》がある。

その過所を出す。

空堀の向うに丘の地形を利用した土塁があり、土塁の上に釘貫《くぎぬき》（柵）が整然と並んでいる。釘貫の間に厳《いか》めしい木戸が口を開けていた。

傀儡子《くぐつ》の一団、老女に傘を差しかけられた若い遊女、遍歴の聖《ひじり》らしき男、毛抜形太刀を佩《は》き、従者を引きつれた騎馬の男、商人、遠く平安京からみちのくにかえるのか、かなりくたびれ、やつれ果てた百姓たち……そうした旅人が、皆、その口に吸い込まれるか、同じ口から出てくる。

あらごとは大きく鋭い眼で木戸を睨む。

「あの兵たちは？」

木戸の左右を目付きが鋭い男どもが弓、矛を手に、守っていた。

「関守たち。……三十人いるの。近隣の豪族や、その子弟で弓矢が得意な男たちね」

「将門様や秀郷、良門とかが守ってるってこと？」

「そういうこと」

さすがに昔、蝦夷《えみし》の南下をふせぐためにつくられた関だけに、守りは固い。豪族やその子弟は家来をつれて関の守りにきているため、百人を超す武装した男が守っていると思われた。

過所を見せ、木戸を潜《くぐ》ると、

「——井戸はこっちよ！　水を飲むでしょう？」

潑剌《はつらつ》たる声をあらごとらにかけてきた者がいる。傀儡子の少女であった。

あらごとたちが井戸に近付くと、人懐っこい笑みを浮かべ、

「わたしは、魚子《いをこ》！」

歳はあらごとと同じくらいか。色の白い子であらごとより頭一つ高い。細い目は一重で下に垂れていた。身なりはあらごとよりよほどよい。

魚子と名乗った傀儡子の少女が柄杓《ひしゃく》で差し出した水をあらごとと乱菊は飲む。

「貴女たちは……」

魚子が言うと、乱菊は長い髪を掻きながら、

「一応、巫女をしているの。これはわたしの弟子ね」

「偽呪師じゃろ？　それは縁起がよいな」

鼠のような顔をした小柄な翁がひょこひょこ近付いてきた。傀儡子一座の長らしい。

「わしの爺さんがな……偽呪師と旅したらあらたな仕事が次々舞い込んだと話しておった」

乱菊は否定も肯定もしない。褐色の烏帽子をかぶった翁は、

「どこまで行かれる？」

「国分尼寺まで」

乱菊が、言うと、翁は、

「おお。我ら多賀城まで行く。同じ方角じゃな。どうじゃ？　一緒に旅して下さらぬか？」

ことわる理由はなかったため、あらごとたちは魚子が属する傀儡子一座十数人と北に旅することになった。

二日後――。一行は、寂しい、荒野に差しかかっている。

この時点であらごとは魚子たちとだいぶ打ちとけている。

人を隠すほど深い、枯れ荻《おぎ》が一面をおおい、膝から下を今年そだった若い荻が撫でる。

所々にある丘陵は暗い杉林、松林におおわれていた。

「ここ……寂しい所だね。何て所？」

あらごとが言うと、すぐ前を歩いていた魚子が振り返る。

「安達ケ原《あだちがはら》よ」

刹那——ギエエエという血の塊を吐き出すような鳥の叫びが、大気をふるわした。だが、鳥の姿は何処にも見えなかった……。

杉林におおわれた丘の上から一人の女があらごとを睨んでいる。

「……あらごと……乱菊……」

深い淵《ふち》のような青き衣から——殺意が、溢れる。

浄瑠璃の呪師の力で快復した水の妖術師・水鬼であった。療養していた里で、水鬼が盗賊ではないかという噂が広まり……郡衙の兵がやってくると、手当してくれた老呪師や、官兵、里の人々を津波を起して皆沈めてしまったのが、この女の凄まじい処であった。

「——せいぜい楽しむがいい。消えかけた蠟燭《ろうそく》のように、のこりすくなき日々を」

水鬼は笑む。唐輪《からわ》に結い、黒い腕輪をはめた青の魔女は、溢れ出しそうな殺意の奔流を凄艶な笑みに閉じ込めている。

陸奥国分尼寺は陸奥国府をかねる大城塞・多賀城の西南にある。

田植え前の水田の畔《あぜ》に坂東よりおそい花をこぼれんばかりに咲かせた山桜があった。田に水をおくる小さな溝の上を、花筏《はないかだ》が流れていて、その水の中では沢山のメダカやタナゴが泳ぎ、黒々とした田螺《たにし》が幾匹も転がっていた。盛んに雀《すずめ》の囀《さえず》りが聞こえた。

広大な田畑の向うで青き山々が堂々たる雪の冠をかぶってつらなっている。

奥羽山脈である。

その桜の木の下で、名残惜しかったが、魚子たちとわかれ、あらごとと乱菊は陸奥国分尼寺に入っている。魚子たちはまず多賀城、次に鎮守府・胆沢城《いさわじょう》に行くと話していた。

陸奥の国分尼寺は他国の国分尼寺と同じく聖武《しょうむ》天皇の頃に開基された寺で、正観世音菩薩を本尊とする。

後に曹洞宗《そうとうしゅう》となるが、この頃は天台宗《てんだいしゅう》であったと思われる。

ここの尼僧たちは当地の豪族、あるいは奥州に土着した中央貴族の子女であったが、乱菊が浄蔵の名を出すと訝しみつつも受け入れてくれた。

二人は旅の疲れを取っている。

国分尼寺入りして二日後、浄蔵の使いを名乗る童形の男が、たずねてきた。

ここは尼寺ゆえ力仕事をおこなう老僕以外、男の出入りは禁じられているが、浄蔵の急使ということで、特別に入寺を許されている。

「あらごと殿、乱菊殿ですね？」

浄蔵の使いから――二人に黒漆塗りの木箱がわたされる。

中には浄蔵の文と、奥羽の地図、黄金、浄蔵が彫ったと思われる木彫りの不動明王《ふどうみょうおう》、さらに最も大切な浄蔵の爪が、入っていた。

文を一読した乱菊は久方ぶりに、浄蔵の爪をにぎり、

「……浄蔵様？」

声に出して念話をこころみる。

《はい。……乱菊ですか？　浄蔵です。わたしの使いがそちらまで行ったということですね？　苦労をねぎらってやって下さい。久しぶりだねえ》

「それはもう」

《今は陸奥国分尼寺だね？》

「はい」

《わたしは今……伊賀にいる》

「え？……あの男について、探りに？」

あの男とはむろん、藤原千方のことだ。千方は過去に伊賀に住していた可能性が、濃い。

《良源には止められたんですが……》

浄蔵は千方の関心は今、熊野で動いているわごとにあると、判断。千方についてしらべるべく乳牛院《にゅうぎゅういん》の呪師たちをつれて伊賀の名張《なばり》に入ったという。

奥州国分尼寺にいる乱菊は遥か西、伊賀にいる浄蔵に、

「何か、わかりましたか？」

《……ええ。千方に千船《ちふね》なる姉がいたらしいことは前に、話しましたね？　この千船にまつわる古記録が伊賀の寺にのこされていた。それによると千船は――いざり機《ばた》に命じ、人がいないのに半日以上もその機を動かしたりすることが出来、近隣の女たちに大層喜ばれていたようだ……。敬われていたらしい》

女たちは、自家でつかわれる布の全てを織り上げるのにくわえ、国家に税として納める布まで血がにじむような努力で織らねばならぬ……。その作業が妙《たえ》に不思議な力をもつ乙女により大幅に軽くなるなら、大いなる喜びと尊敬をもたらすのは想像に難くない。

《……ところがある時期を境に千船は不思議な力をうしなってしまったようだ》

「――力をうしなう？」

乱菊の言葉尻が、尖る。

あらごとに聞かせるために声を出していた乱菊だが思わず口を動かさず、心だけで、

《そんなことって……あります？　浄蔵様》
《稀《まれ》に、あるという。……何か大きな衝撃を受けた後などにな》
　あらごとの食い入るような視線を感じつつ、
「千方に関する記録などは？」
《……ない。残念ながら》
　落胆したような念が数か国をまたいでおくられる。
「ありそうな気がしますが……」
《そのことは追ってしらべてみるつもりです。わごとについては、熊野の那智で、虹をまっている。多くの呪師を仲間にしたようだ》
「なるほど、それは羨ましい……」
　平将門とその一族や、白鳥ノ姥、藤原秀郷らに助けられてここまで来たあらごとたちだったが、わごとと違い、旅の仲間になる呪師にめぐまれていない。
　わごとはすでに導き手・魔陀羅尼とあうも彼女がいま一つ信頼できない旨が告げられる。
《他国にくらべ、紀州、取りわけ熊野には多くの呪師が暮すという話はわたしも知っていたが奥羽となると……》
　奥両国と呼ばれる陸奥、出羽はかつて朝廷と激しく戦った蝦夷が暮す土地であり、この地の呪師となると、蝦夷の呪師、さらにかつて朝廷の激しい弾圧を逃れて北に走った用心深い呪師の末裔《まつえい》ということになる。
浄蔵も没交渉というのだ。
《北の呪師でたのもしき味方となりそうな者あらば、是非、こちら側に引き込んでほしい》
「わかりました。やってみます。ただ……何処から手を付けてよいものやら」
あらごとが、深くうなずく。
浄蔵は、念話で、
《そのことはわたしも気になり讖緯をおこなった処、国府の市に参り、熊の翁と逢うべし。……吉凶混濁の道開かん……という結果が出た》
そのように目にしていた書物の文字が浮き上がって見えたというのだ。
「熊の翁？」
乱菊が訝しむと、
《……熊野と関わりある者か、老いた熊に類する者なのか……。わたしにも判然とせぬ》
「とにかく国府の市に行ってみます」
《あらごとにつたえて下さい。四つの宝をあつめたら我ら一堂に会し、あの男と戦わん。過酷な宿命だが——投げ出してはならぬ。全ては、そなたと、わごとに、かかっておる。そなたらが宿命に背を向けたら、恐ろしい時代になる。

あの男の野望が実現し、この世は……常闇《とこやみ》と化す。

何としても其《そ》を止めねばならぬ。こう、つたえて下さい》

乱菊はあらごとの目を見、

《しかとつたえておきます》

《まずは、鬼熊ノ胆ですね？　健闘を祈る。……そうだ。一つ言いわすれていました。陸奥の方で……赤い大犬の化け物が暴れているとか……。気を付けて下さい》

その言葉を聞いた瞬間――乱菊の眼で、恐れと、怒りが、滾《たぎ》った。

乱菊は浄蔵の話をほぼ正確にあらごとにつたえるも最後の処だけは削って、つたえた。

陸奥の国府、多賀城は丘の先端を中心とし、内郭は、東西一町、南北二町弱で、築地《ついじ》にかこまれ、外郭は――ほぼ方八町というかなりの規模で築地、柵木にかこまれる。

内郭内は瓦葺《かわらぶき》の国衙正殿など主要な建物が、外郭内には他官舎や、駐屯する兵の竪穴《たてあな》住居などが立ち並ぶ。

多賀城外郭の丹塗りの南門を出て南に行くと、そこには運河をめぐらした碁盤目状の町が、広がり、その町には国司や官人が私邸を構えた他、様々な階層の人々が暮していた。

浄蔵と念話した翌日、あらごと、乱菊は尼僧たちに暇乞《いとまご》いして東山道を歩き――多賀城下の町にやってきた。

「凄い数の、人だね」

驚きが――あらごとの目を大きく広げている。白くゆったりした衣を着た乱菊も、言葉をうしなっていた。

二人はわごとと違って平安京《へいあんきょう》や南都（平城京《へいじょうきょう》）を見た覚えがない。故に、大宰府《だざいふ》と並ぶ遠《とお》の朝廷《みかど》の膝元につくられた町のあまりの大きさ、賑《にぎ》やかさが、坂東から旅してきた二人を打ちのめしている。

町を貫く埃っぽい大路に立ち尽くしていた二人に、後ろから、

「おし！　おし！」

乱菊の手が、あらごとを築地の方に引く。

溝に足を突っ込みそうになるあらごと。たたらを踏んだ。

乱菊に文句を言いそうになると、さすらいの女呪師は指を口に当てている。

――貴人の行列が後ろからやってきた。

白張《しらはり》をまとい黒い烏帽子をかぶった雑色《ぞうしき》二人が、杖を激しく振りつつ、

「おし！　おし！」

警蹕《けいひつ》の声をかける。

先駆の二人の後ろに二列になって幾人かの白張の雑色がすすみ、その後ろから長い髪を垂らした牛飼童と、主の雨衣《あまぎぬ》らしきものをかついだ赤い水干の男に付き添われ、牛車がゆ

ったり、やってくる。よい香りのするその車の後ろはそれなりの身分の家来だろう。黄金造の太刀を佩いた騎馬の男と、その従者たちが守っていた。

行列がすぎ去ってから、乱菊は、

「国司の行列かしら？」

あらごとははっとして、鼻に小皺を寄せ、

「ああ……。秀郷やその身内に、変なこと言って困らせてる奴！」

「それは下野の国司ね。陸奥の国司様がどんなお方かは、わたしも知らないわ」

乱菊は、蝦夷の血を引くと見られる狩人らしき男を捕まえ、市に行く道を尋ねた。

若い狩人は片言の言葉で親切におしえてくれた。

あらごとは市の方に歩きながら、この大きな町には大きくわけて二種類の人々が暮しているのに気付いている。

一つが、古くからこの地に住んでいた蝦夷の血を引く人々。いま一つが、柵戸《きのへ》（多賀城建造の時にはたらいた人々）の子孫など、坂東以南の国々からうつってきた植民者と言える人々である。

ここは自ずと発生した町ではなくて、北方の征服を目論んだ朝廷によって人為的につくられた、植民都市なのだ。

ただ、蝦夷が阿弖流為《あてるい》という稀有《けう》の英雄に率いられ、朝廷側が初代征夷《せいい》大将軍・坂上《さかのうえの》田村麻呂《たむらまろ》に統率され、北の大地で血みどろの戦に明け暮れたのは、あらごとから見て百数十年前。

今、表面上は……二つの系統の住民は対立をせず、穏やかに暮らしているように見えた。

時の流れが様々な対立を地ならししたのかもしれなかった。

貴人の邸をつくっているのか？

大路の右手で五日月のような形をした鋸《のこぎり》を振り上げた大工が、片肌を脱ぎ、手斧《ちょうな》を入れていた男や、大きな角材に跨って鑿《のみ》を突っ込み、穴をうがとうとしていた男たちを、怒鳴りつけている。

その作事の現場に――運河の方から、恐ろしく大きな板が引き込まれようとしていた。

幾人もの半裸の男が汗を散らし綱で分厚く長大な板を引っ張っている。

板の上では烏帽子をかぶった小男が扇を振って音頭を取り、板の下には何本もの丸太が横に並んで転がっていた。で、板後方には長い棒をもった男が三人いて、棒で板を押し、板の下にある丸太がずれたりしないように上手くあやつっていた。

夥《おびただ》しい埃《ほこり》を噴き上げ、汗の滴を散らすこのにぎやかな一団とすれ違った二人は、運河の近く、市に、入った。

壁のない萱葺《かやぶき》の小屋が立ち並び、色々なものが売られている。数多の男女が行きかう。

「ここで熊の翁をさがさなきゃいけない」

乱菊が呟いた。

しばらく市を歩いた処で、あらごとが、

「……あの人じゃない？」

あらごとが気付いたのは塩を売る店の隣にカモシカの皮らしきものをしき、胡坐をかいた翁である。

蝦夷の血を引くらしい翁で白く長い髪を垂らし、黒い熊皮をまとっていた。

翁の前には幾人かの人が並んでいる。話を聞きに来た人のようだ。

「まさに……」

乱菊は首肯し、二人は最後尾に並んだ。

二人の番がやってきた。

あらごと、乱菊が前に立つと、熊皮をまとった翁は浅黒く広い額にきざまれた幾本もの皺と太眉を動かし、見上げる仕草をした。

翁の双眼は――灰色に濁っている。

あらごとが息を呑むと、

「如何にもわしは……盲目じゃ」

あらごとたちがつかうのと同じ大和《やまと》言葉で流暢《りゅうちょう》に話し、

「して、何用で参った？」

乱菊は、逆に、

「貴方《あなた》はここで何を商っておられるのですか？」

盲目の老人は唇をほころばせる。

「わしには少々……先のことを見る力がある。故に、先のことを知りたく思う者のために、ここにおる」

（――呪師）

あらごとは熊皮をまとった老人の内側で瞬いた冷たくも熱い火花を察した。

「――そなたらは先のことを知りたくて、ここに参ったのでは？」

乱菊は、静かな声で、

「如何にも。我らはすすむべき道について迷っています……。何らかの教えを、いただけないでしょうか？」

蝦夷の血を引くと思われる盲目の老人は答える代りに分厚い手を無言でかざす。二人から何かを読み取るような仕草をしている。

やがて、言った。

「松が茂る……近頃、大和の言葉がどうにも出てこなくなってのう……。何と言うたか？」

「松が茂る、どんな所です？」

乱菊が問う。

「モ・イワ……小高き地」

「丘？」

「そう。丘じゃ。西日が差す中、大いなる松が茂る丘に行くとよい。そこで……よき出会いがある」

冷たくも熱い興奮が——ざわりと、あらごとの背を、撫でる。灼熱《しゃくねつ》のような日差しが照らす中、大きな樹の下で導き手と出会うという白鳥ノ姥の話と、ピタリと一致したからだ。

（先が見えるって……何の力？　讖緯？　違う気がする。もしかして——）

ある通力の名が、あらごとの中でくっきり思い出された。

千歳眼。——わごとがもつ異能である。

（だとしたら、わごとより強い千歳眼？　わごとは目の前に立った人の将来のことを、見ようとして見ることは出来ない）

乱菊も同じ印象をもったようだ。乱菊は極めて丁重に、尋ねている。

「いま一つうかがっても？」

「——いいや。一組に、一つ。ここは、まげられん。今のことを見ようとして……かなりつかった。わしの中の、アペを」

「アペ？」

あらごとがかすれ声を発すると、

「汝らの言葉では……火、か」

——冷たくも熱い火花のことを言ったのだった。

「汝らなら、わかるであろう？」

熊皮をまとった老人は不敵な笑みを浮かべ、

「汝らが——ツスクルであるならば」

——もはやツスクルが何を意味するか明らかだった。老人は、あらごと、乱菊が如何なる者であるか、知っていたのである……。

盲目の老人は不意に激しく咳き込んだ。ただの、咳ではなく、しつこい病が体の内にこびりついていることをしめす咳だった。

「次のお人」

乱菊は深く一礼すると銭貨しか入れられていなかった椀《わん》に浄蔵から贈られた黄金を置き、あらごとを引っ張って立ち去った。

あらごと、乱菊の後姿を見えぬはずの二つの目が追うように見ていた……。

「大きな松が茂る丘って何処だろうね？」

あらごとの問いに乱菊は、

「それは貴女、多賀城近くで松が茂る丘と言ったら、あの山しかないでしょう？」

「ん？」

「末《すえ》の松山《まつやま》、歌枕よ」

末の松山は海の傍にあり、大津波の時でもこの山には波が達しないことで知られていた。古今集《こきんしゅう》にはこの山を詠んだ和歌《うた》が二首ある。

浦近く　降りくる雪は　白波の　末の松山　こすかとぞ見る（海辺近くで降っている雪の様子は、波が達するはずもない末の松山を白波がこえようとしているかのように見える）

君をおきて　あだし心を　わが持たば　末の松山　波も越えなむ（貴方をわすれて、わたしが浮気心などもとうものなら、決して波が越えるはずもない、末の松山を波が越えるでしょう）

あらごと、乱菊は町から出ると野中の一本道を南に向かう。

竪穴住居が並んだ里に差しかかっている。柵戸の末裔の村と思われた。

垣根をめぐらした畑で蕪《かぶ》をつんでいる媼《おうな》がいたので、乱菊が道を訊くと、

「末の松山? あちらじゃよ」

媼の指は、木々が生えた丘と言ってよい小山を指す。

なるほど近付くと——大きな松が林をなした、丘であった。

なだらかな斜面に、枯れたススキ、くるくると輪を描いたワラビの芽、そして、いささかそだちすぎて若葉を茂らせたワラビが、生えていた。すでに日は西に大きくかしぎ斜面に落ちる二人の影は長くなっている。

あらごとは夕餉《ゆうげ》の種にワラビをつみたい欲求に駆られた。

登りながらあらごとの腹が大きく鳴る。

(腹、へったよ)

「何、考えてんのよ」

と、言った直後、乱菊は、何かに、気付いた。

「あそこに人がいるわね」

末の松山の上、燃えるような西日が当った大きな松の樹の下に、人影がある。こちらをじっと見ているようだ。まさに——白鳥ノ姥が予言し、市であった蝦夷のツスクル、すなわち呪師も示唆した光景でないか……。

(あれが……導き手?)

二人の足がいそぐ。

あらごとの足が、先に、出る。

わごとの前にすでに現れたという導き手が自分の前にも遂に現れるのか？

大きな松の樹の下で二人を見下ろしていたのは——一人の少年であった。

眉が太い少年で髪を肩までのばしている。緑、および褐色の勾玉《まがたま》を首飾りにしていて、薄茶の衣をまとっていた。

蝦夷の子であるらしい。

燃えるような真っ赤な西日に照らされた少年はあらごと、乱菊に思慮深き眼差しをそそぎ、あらごとが話すのと同じ言葉で、

「貴女たちは南の方から来た、旅人ですか？」

「うん、そうだよ」

あらごとは強く答え、

「あんたは？」

「ユワレと言います」

「あたしは、あらごと。こっちは乱菊。あたしの……師匠」

少し息を弾ませ、あらごとの横に立った乱菊は、

「初めまして、ユワレ」

「いきなりだけどさ……あんたは、ここで何をしていたの？」

あらごとがぞんざいな口調でユワレに尋ねた時——塩気をふくんだ風がどっと吹き寄せている。

その強い風は、あらごとの心の中に、波を掻き立てる。あの女への恐怖が引き起す波を。

乱菊も強張ったかんばせを風上に向けた。あらごとは、己を落ち着かせる。ここは末の松山、波がとどかぬことで天下に名を知られた所だった。

（だけど、水鬼の波は……。いや、今、それを考えちゃ駄目）

あらごとと乱菊はうなずき合い、ユワレに相対す。

ユワレは思慮深げな眼差しを二人にそそいだまま、

「まっていました」

乱菊が言うと、

「誰を？」

「——貴女たちを。南からの二人の旅人をまっていたのです。お告げがあったものですから」

乱菊は、かすかに痘痕《あばた》がのこる白く小さな顔をかしげると、やや横にはなれた目でじっとユワレを見詰め、ふっと、微笑した。

「奇遇ね。わたしたちもまた、お告げにみちびかれてここに来たの。座って話しましょう」

ちょうど松の切り株が一つと、平たい石が二つあったため、切り株にあらごとが、平たい石に乱菊とユワレが腰を下ろす。

ユワレの話は——こういうことであった。

ユワレの村はここからはなれている。そこは、出羽の北部であり、五十年ほど前には元《がん》慶《ぎょう》の乱という大規模な反乱を朝廷に起こした地域である。

「今でも大和のやり方に納得しかねるという者と、大和と上手くやっていこうという者、両方が村の中には……います」

ユワレが言う大和とは大和国一国を指すのではない。かつて、大和に軸を置き、今は山城《やましろ》にうつった朝廷、およびこの朝廷が治める全ての国を指していた。

「和人の村と、わたしたちの村の諍《いさか》いも、色々あります。たとえば水をめぐる争い。そして、山の柴木《しばき》や、沼の萱の取り分をめぐる争いなども……」

何かことあれば、五十年前に鎮火したはずの紛争の火種が——再び燻《くすぶ》る。そんなむずかしい事情を孕《はら》んだ村々であるらしかった。

「そんな村々に……ウエン・カムイが、やってきた」

「ウエン・カムイ？」

乱菊は、問うた。

「――悪い神。貴女方の言葉で言えば……魔、とでも申しましょうか」

あらごとは、ユワレに、

「どんな奴なの？」

「人や馬を襲って、喰う。熊の姿をしているという人が多いです。古老は、歳を経た人喰い熊と」

乱菊の面貌を――鋭気が、走る。

「ただ、わたしには歳を経た熊にどうしても思えない……」

少年の肩までのびた髪が、横に振られる。乱菊が顎に手を添えて、

「貴方は何に似ていると思う？　その……ウエン・カムイを」

「熊と、虫が合わさったような、大きな化け物……。角もあるのです。馬を一突きで殺してしまう大角が」

あらごとはウエン・カムイをどうにか頭の中で組み立てようとするも、それはなかなか形状化してくれなかった……。

乱菊が、呟いた。

「間違いない。……鬼熊よ」

目を丸《まろ》げたあらごとに、

「大嶽かもしれないわ」

「わたしは村の長《おさ》から陸奥国府の南、大きな松のあるモ・イワでまっていると、南の方から二人の偉大な女ツスクルが旅してくる。この者たちと、我らの里のツスクルの力を合わせれば、ウエン・カムイを倒せると聞き……ここで三日、貴女方をまっていたのです」

わごとの前に現れた導き手・魔陀羅尼がかなり信頼出来ぬ人物であるらしいという浄蔵の話、そして眼前のユワレの真摯《しんし》な様子が、あらごとに、この少年は信じられると思わせた。

乱菊も同じように感じたらしい。

乱菊は、自分たちはある強大な敵を倒すために鬼熊ことウエン・カムイの胆石を必要としていること、喜んで同道したい旨をつたえた。

ユワレは鬼熊ノ胆について、

「ウエン・カムイを退治して下されば……その体中の石など喜んで、差し上げましょう」

かくして――あらごと、乱菊は、まだ王化に服さぬ化外の民が活動する出羽北部に、ユワレと共に向かう形となった。

浄蔵　一

伊賀国において藤原千方についてしらべていた浄蔵。わごとの仲間になった元千方党・魔陀羅尼からあまり有益な情報が得られぬとすれば、やはり浄蔵本人が伊賀に乗り込み、いろいろしらべる他なかったのである。ちなみに、京において屍鬼についての文献調べを浄蔵の弟子たちがつづけていたが……まだ、成果は上がっていない。

伊賀入りした、浄蔵と同道の呪師たちは千方による凶襲を覚悟。出来うる限りの備えはしていたが……千方勢力による攻撃はなかった。

(五十年ほど前に、伊賀にいた、千船の弟、千方こそが……我らが追う千方なのはもはや間違いない)

浄蔵は彫刻的にととのった顔をうつむかせて思案する。前に、伊賀におくり込んだ弟子の僧は、二親をうしなった千船、千方が盗賊に襲われたという話を突き止めている。浄蔵は、その件について名張でしらべ、古老などから、千船は盗賊により惨たらしい最期を遂げたが、千方は奇跡的に生き延び——その後、行方知れずとなったことを摑んでいる。

（千船が物魂をつかえなくなったのは事実のようだな。物魂がつかえれば……盗賊を退けられたのでは？）

伊賀にいた千方なる童があの千方であるのは間違いない気がしているが、通力の噂もなく……盗賊に襲われる姉を守ることも出来なかった、非力な少年と、十五の通力を有する魔王の姿がどうにもつながってくれない。何かが腑《ふ》に落ちない。

浄蔵は昨日までに——千船殺しの賊らしき、近郷の男、六人がいずれも怪死したことを突き止めた。

ある者は、いきなり、山道で飛んできた大石に、顔を幾度も叩かれ、頓死した。

ある者は、家にあったいざり機の傍で、幾本もの糸に首をしめられ、こと切れていた。

ある者は、伊賀の国分寺に夜、忍び込み、深い便所の穴に頭から落ち——糞尿《ふんにょう》の中に顔を突っ込んで逆さになって死んでいるのが、暁闇、見つかった。家を駆け出る時、「お許しを、お許しを！」と宙に向かって叫んでいたというから——前世の罪を悔いての自死ではないかと噂された。

盗賊の頭と思しき男は……ある朝、妻子に今までの罪を泣き笑いしながら全て自白した後、短刀を取り出し——筆舌に尽くしがたいほど惨たらしい方法で、自害した。

（盗賊が起きてから数年後のこと……。通力を強めた、あるいは寝覚めをむかえた、千方の報復だろう）

盗賊は恐らく顔を隠していたと思われる。だが、千方には人の心の中を見てしまう眼力がある。その力をつかい、村から村へ歩き、人々の心の闇をのぞいてゆく内、六人の男たちに行きついたと思われる……。

(藤原千方……何が非力な少年を、魔王にした?)

伊賀のなだらかな山々が思案しながら歩む浄蔵を遠くから眺めている。

左側は早苗をまつ泥田。右手で、桃の花が咲き乱れ、蜜蜂の羽音がする。

桃の木の向うは韮《にら》などの畑になっていて、畑の奥に幾棟かの百姓家が炊煙を上げており、百姓家の後背は竹藪《たけやぶ》、こんもりした木立におおわれた小山になっていた。

風光る田舎道の前方で——馬煙が立つ。

供の呪師たち、協力してくれている伊賀の僧たちに、警戒が、走る。

が、浄蔵、穏やかに、

「この前言葉をかわした百姓どもではないか」

浄蔵の言葉通り、馬を飼っている近隣の百姓四人が、その痩せ馬に、粗末な藁鞍《わらぐら》を置き、馬煙を起しながらやってくる。そもそも武士という階級がはっきり誕生していない頃だから……馬を乗りまわす百姓が、そここの里にいるのだ。

「この前の坊様ではありませぬかっ!」

百姓たちは巧みな手綱捌《さば》きで——馬を止めた。百姓たちの手には、沼で獲ったのか、大きな鯉《こい》を串刺しにした棒、数羽の鷺《さぎ》をくりつけた棒が、にぎられていた。

鼻が赤い百姓がふと思い出したように、

「あ！　千船、千方というのを覚えている婆《ばあ》さんがいましたよ！」

浄蔵の顔から、穏やかさが、消えていた。

「――その老女の許《もと》に案内《あない》してもらえませんか？　馬を、一頭、かりたい」

別の百姓から有無を言わさぬ声調で馬をかりた浄蔵、馬上の人となるや、鼻が赤い百姓を道案内に、馬に鞭《むち》打ち、疾走しはじめた――。供の者たちは慌てて追いかけてゆく。


「千船様に千方様……ずいぶん、昔の話じゃなあ」

その媼は床にしいた薦《こも》から起き上がれぬほど弱っていた。

浄蔵は、媼に対面するや、まず痛む処を聞き、そこに手をかざして癒している。

浄瑠璃の力だった。

その後で、千船、千方について尋ねている。細切れに思い出される媼の話を聞く内に浄蔵の中で落胆が大きくなっていった。大抵、知っていることだったのである。

これ以上の収穫はないかと浄蔵が思った時、老婆は思い出したように、

「そう言えば……盗賊のことが起きる少し前だったか、後だったかのう……、一人の山伏が名張の里をたずねてきたのじゃ」

「たしか、その山伏が、一人きりになった千方様を何処ぞにつれ去ったのじゃ」

「ほう」

稲妻に——打たれたような気が、した。浄蔵は老婆に向かって身を乗り出し、

「どんな山伏でした？　どんな小さなことでもよいっ！」

媼は、浄蔵の勢いに驚いたか、咳き込む。

「水をっ」

土間の方に、浄蔵は叫ぶ。竈《かまど》の前で作業していたその家の女が慌てて水甕《みずがめ》に動く。突き上げ窓から差す光の矢が竈から上る青い煙を、海の中で光りながら揺らぐ芥《あくた》のように照らしていた。

水を飲んで少し落ち着いた老婆は、

「昔のことゆえ……覚えていないのう。恐ろしく鋭い目をした山伏じゃった。今の貴方も怖い目をしておるがその貴方よりずっと恐ろしい目付きの男じゃった」

（間違いない）

浄蔵は相好をやわらげながら納得する。腑に落ちなかったことが、すとんと胸に落ちた。

（その山伏が、千方誕生の鍵をにぎる。……恐らくその男……呪師）

それもまっとうな呪師ではない。この世の闇を蠢《うごめ》き、その闇をより濃くする妖術使いの輩《ともがら》でなかったか？

「最後に一つだけ。その山伏、千方をつれて、どちらの方に去りました？」

「西へ」

老女の家を後にして馬を百姓にかえした浄蔵はもう伊賀でこれ以上の収穫はあるまいと思っている。と、後ろから——数名の騎馬の者がやってきて、浄蔵一行を追い越してゆく。

きちんと烏帽子をかぶり、あざやかな色に染めた水干や、直垂《ひたたれ》をまとい、毛抜形太刀《けぬきがたたち》を引っさげ、幾名かは弓をもっていた。

目付きが鋭く屈強な体付きをしていた。

明らかに訓練を受けた兵《つわもの》である。

浄蔵は何となく気になり、

「あの者たちは……？」

伊賀の僧が、躊躇《ためら》いがちに、

「……はっ。二条《にじょう》の御所のご家来衆と思われます」

「元の上の侍《さぶらい》と申すか？」

元の上——上皇ということである。

平安京二条大路にある仙洞《せんとう》御所には当年、六十七歳になる上皇が暮していた。

——後に陽成《ようぜい》天皇の名をおくられる上皇である。

今の帝から、実に四代前に天下を治めた人物で、その退位が正常の形でなかったこと、「院が二条に住む院の血を引いておられぬことは、諸国の民草も周知のことであった。「院が伊賀国にご関心をもたれたようで……。この地の庄園を、盛んに、広げておられるのです」

「……………」

「院のご家来衆は……乱暴者が多いとのことで、当地の百姓たちも何か起こらねばよいがと、胸を痛めておるのでございます」

「院ご自身も……かなり、御気性が荒いお方と聞く」

筑波嶺《つくばね》の　嶺《みね》よりおつる　みなのがわ　恋ぞつもりて　淵となりぬる

百人一首のこの歌で知られる陽成院は清和《せいわ》天皇と二条后《にじょうのきさき》こと藤原高子《たかいこ》の間に生れた。

高子の入内《じゅだい》は高子二十五歳、清和天皇十七歳という当時としては異例の年齢差がある中、時の太政《だじょう》大臣・藤原良房《よしふさ》、高子の兄、藤原基経《もとつね》の剛腕ですすめられた。

良房は基経、高子兄妹の叔父であり、育ての親だった。

この入内には色々の困難があったが……最大のものは、高子本人が八歳下の帝との結婚につゆ乗り気ではなかったことである。

高子には身を焼き焦がしそうなほど強く恋した男がいたのだ……。

その恋人こそ、平安朝屈指の色好みで、稀代《きだい》の美男子であった。

――在原業平《ありわらのなりひら》である。

業平も高子のことは本気だったらしい。

二人は、駆け落ちしようとした――。

だが、雷の夜、芥川《あくたがわ》なる川まで逃げた処で……高子は藤原氏の追っ手につれもどされてしまう。この辺りのことを昔男（業平と思われる）を主人公とする伊勢《いせ》物語は、男がつれて逃げた女が、雷が盛んに落ちる中、あなや、と叫びながら鬼に喰われた、と描写する。

業平は高子が帝の后となってもあきらめられず、高子の部屋を強引におとずれ、厳罰を恐れる高子に次のような和歌をおくっている。

思ふには　忍ぶることぞ　負けにける　逢ふにしかへば　さもあらばあれ（貴女を思う気持ちを前に、我慢する気持ちは負けてしまった。こうやってあえるならば、この身がどうなろうとかまわない）

高子は真の恋を引き裂いて己を禁裏に押し込んだ叔父と兄を心から憎んでいた。

高子が清和天皇との間にもうけたのが陽成天皇である。

この母子は、自らを束縛しようと、禁中に閉じ込めようとする藤原摂関家に全身全霊をかけて嚙み付き、その頸木《くびき》を食い千切ろうとした処がよく、似ている。

高子は高僧と密通するなど奔放な行動に出て実家を、藤原摂関家を散々悩ませた。さらに、息子の陽成天皇に、摂関家より、在原氏を重んじるようにと囁いた。

八歳で即位された陽成帝も荒ぶる御気性をしめされた。

馬術に興味をしめされ、宮中で馬を飼おうとするなど異色の行動に出られた。

帝の関心が向かう先は——武芸、軍事であった。

帝が兵権をにぎれば、その矛先が向かう先は……。帝以上の政治的実力、財力をもつ藤原摂関家は、この時点で、藤原高子、陽成帝母子を憎むようになっていた。

破局は、陽成帝十七歳の時に起きた。

陽成帝の近臣で、幼馴染《おさななじみ》、源益《まさる》という者が、突如、帝の逆鱗《げきりん》にふれ、帝御自らの手で——打ち殺されたのである。

この異常な事件に、藤原摂関家の長で、陽成帝の伯父、藤原基経は素早く、動いた。

群臣のほぼ全てに今上帝が帝にふさわしくない旨、根回しし、退位を迫ったのである。

高子、陽成帝は抵抗するも、摂関家相手になす術もなく……陽成帝は弱冠十七歳にして涙を吞んで退位に追い込まれている。

あらたに即位したのは陽成帝から見て大叔父にあたる五十五歳の時康《ときやす》親王だった。

光孝《こうこう》天皇という。

光孝天皇の後は、その息子、宇多《うだ》天皇が継いだ。

宇多天皇について陽成上皇は……、

「今の帝はかつては我が臣下でないか」

強い不満をしめした。

宇多天皇の孫が御年十三歳になられた今の帝（後に朱雀《すざく》天皇と呼ばれる）である。

十七歳で退位に追い込まれてから実に半世紀――完全に皇統の流れから排除されている陽成上皇は、今なお意気軒高。如何なる心胆であるのか……素行が悪い家来を大勢あつめ、その家来どもは都の内外でしきりに乱闘騒ぎなど不穏な騒擾《そうじょう》を巻き起していた。

ただ、帝も摂関家も、陽成院にはかなり遠慮があり……なかなか強く出られぬのである。

（院の御所には……不遇の皇族、藤原氏に不満をいだく他の氏族、そして、藤原の傍流の溜り場になっておるとか。如何なる御存念で院は、伊賀で庄園の拡大を？）

一抹の不安をいだいた浄蔵であったが……この時点で、陽成院と千方をむすびつけて考えることはせず、伊賀国を後にした。

わごと　五

森の胎内に――たゆたっている気がした。

溢《あふ》れんばかりの緑の氾濫が、湿り気をおびた苔《こけ》や朽ち木の臭い、静かに足元を漂う靄《もや》によって、身体深くに入ってくる。ただ、立っているだけで森が吹きかけてくる吐息が、肌からしみ込み、体の中で芽が、吹き、蔓《つる》をのばし、口から花や実がこぼれる――そんな錯覚が五感をふるわすほど、深い森なのである。

熊野那智山。

原生林。

樹の海の中に、わごとはいた。

『この樹はな、わごと。――歩いとる。何百年、何千年もかけてな……あそこから歩いて来たのや』

昨日、日蔵が言った言葉がわすれられない。

それは並の大木であれば太幹《みき》といっていい極太の枝を十何本も、竜の兄弟の如くうねらせた、スダ椎《じい》の巨木であった。村社にあれば神木と呼ばれるような樹だ。

『この樹の親はほれ隣にある、あの樹の残骸や。親の樹が崩れ去った後、ひこばえがな……気が遠くなるような長い年月をへてここまで大きゅうなった。親の樹のそのまた親は、あれや』

少しはなれた所を日蔵の杖《つえ》が指している。わごとは、訊《き》く。

『羊歯《しだ》の海に溺れそうになっている……あれ？』

巨大な樹が朽ちた後の残骸を見据えながら、日蔵は、

『せや。あれは、この樹からしたら爺《じい》さんか、婆《ばあ》さんや。そうやってここの樹はな森の中を歩いとるんや』

左様な樹がスダ椎だけではない、イチイ樫や、裏白樫、イスノキや、招霊木《おがたまのき》、梛《なぎ》、あたたかい気候を好む博打《ばくち》の木、かと思えば平安京の北山など、涼しい所を好む桂《かつら》の樹……星の数ほど沢山の巨樹が、大いなる腕をうねらせ雄々しき姿を誇示し、ゆっくりと森を歩む下で、カクレミノや八つ手といった小ぶりな木も生い茂り、蔓性の木、各種蔓草、里芋の仲間の草や、数多《あまた》の羊歯植物が密生する、深い森であった。

魂壁《たまかべ》の衣をまとったわごとは日蔵が言った椎の樹の爺さんか婆さんの方に歩いてみる。

直径三歩ほどの別の魂壁を張りつつ、千穂が付き添い、橘潤羽もまた、油断なき瞳を四囲にそそぎ、供している。他に、為麻呂、致足《むねたり》の家来の如意念波をつかう男と、雷太が同

道していた。良源は致足、石麻呂と共に那智の滝の様子を見に行っており、日蔵は魔陀羅尼と一緒に野営地で煮炊きしている。

日蔵が言った椎の樹の爺さんか婆さんは羊歯や苔がつくる、緑の洪水にまさに埋もれようとしていた。

わごとは火の神を生んで陰《ほと》を焼かれ息絶えながらも……その尿、糞、嘔吐物《おうとぶつ》から数知れぬ神を生んで黄泉《よみ》に行った女神を思い出した。

わごとを守る潤羽らの面差しは硬い。

他にも新宮の呪師の頭領格で致足の父、忌部海人主がつけてくれた呪師や只人の山伏十名が、森のそこかしこに隠れ、千方の奇襲に警戒している。

この辺りは役行者やかつてここで修行した浄蔵の魂壁の内だが、念には念を入れていた。

大樹の残骸から視線を上げたわごと——気の糸を張る。

すぐに、その糸が、ふるえる。

少しはなれた姥目樫《うばめがし》の木立の中を駆ける数羽の野兎《のうさぎ》、すぐ傍《そば》、苔むした樹洞で眠るモモンガやミミズク、ヘゴという羊歯の木の落ち葉の中を這《は》いまわっていた蛇や無数の小虫を感知したのである。

ごとびき岩に詣でた時——わごとの中で不思議な火花が散った。

その正体がこれである。

わごとはあの日、己の感覚がやけに研ぎ澄まされた気がした。その感覚は那智原生林においていよいよ研ぎ澄まされ、二日前、遂に、正体を現した。

気の糸を張ると、自分の傍にどのような動物がどういう状態でいるか、感知出来るようになったのだ。

『ことびきの術にいよいよ磨きがかかったのだな』

良源は、嬉し気に話している。

わごとは様々な獣の動きを読みつつ、

《太郎丸《たろうまる》、次郎丸《じろうまる》》

森の奥に、手をかざし、念を飛ばす。すると、二羽の鷹《たか》が勢いよく飛んできて、一羽はわごとの右手首に、もう一羽は左肩にとまっている。

雷太が羨まし気に鳴いた。

この二羽の雄鷹は那智の森で見つけ、手懐けた鳥たちで、わごとは今後の道行きにもつれていこうと思っているのだが、雷太には、異存があるらしい……。わごとが太郎丸、次郎丸と名付けた二羽の鷹と遊んでいると、わざと邪魔するように吠《ほ》えたりする雷太だった。

と、

《聞こえますか？》

浄蔵から念がとどく。浄蔵とは——昨日、念話したばかり。昨日の念話で浄蔵は、伊賀において、摑《つか》んだことを詳《つまび》らかにつたえ、明日、都の方へもどると話している。
——何か、異変が、あったのか？
わごとは緊張の面持ちで、
《はい。どうしました？》
《いや、わたしの方は伊賀からもどっている処なのだ。良源からです。——那智の滝に虹が出たようだ。全く……遠くはなれているわたしをそなたへの中継ぎにつかう、あの男の料簡、どうにかしてほしい。虹が消えたら、大変だ！　急ぎ、滝に向かうように》
《はい。心得ました》
《滝の傍ではくれぐれも——》
那智での修行経験がある浄蔵はまだ何かつたえようとしたが、わごとは念話を打ち切り、
「那智の滝へ！」
ヘゴの茂みを突き破り——樫類の森から、森厳たる杉木立の中に入る。
遥か高みからこぼれ落ちる光の斑《まだら》を浴びながら、わごとたちは薄暗く苔むした杉林を駆ける。
——水の轟《とどろ》きが近づいてきた。
視界が開ける。

叩き付ける水の轟音《ごうおん》が鼓膜を揺るがし、滝壺《たきつぼ》から吹き上がった冷たい霧が、顔を冷やす。首が痛むほど仰ぐ。巨神の屏風を思わせる大岩壁を、滝が真っ直ぐ駆け下っていた。

荘厳で清らな滝である。

太く、長い、白絹の帯を思わせる滝であった。

那智の滝だ。

その滝の中ほどに食い込むように大きな虹がかかっていた。

良源が、岩場をこっちに登りながら、

「見よ！」

虹を指している。

わごとが幾重もの霧にくるまれ、岩場を降りながらうなずくと、

「滝行しておった行者たちには、よんどころなき事情があると話し、どいてもらった」

わごとは鏡の欠片《かけら》を出す。

《まて》

雷太に指図し、良源、致足に付き添われ慎重に岩場を、降りる。太郎丸、次郎丸は滝が起こす上昇気流に乗りつつ、ついてきた。滝壺近くまで降りたわごとは草鞋《わらじ》をぬぐと澄み切った水に足をつける。冷たさが足から脳《なずき》へ駆け抜け、足の裏に石の固い感触が、ぶつかる。

「転ぶなよっ」

　良源に言われながら慎重に水の中を歩いた。水をあやつる致足だが、今は力の発動を止めている。己の通力で虹水がもつ霊的な何かがそこなわれるのをはばかっているのだ。

わごとはおぼつかない足取りでどうにか……白く激しい飛沫《しぶき》と轟きの前まで、来る。

虹の橋がまだ滝と中天をつないでいるのをたしかめてから、鏡の欠片を白い怒濤《どとう》の中に入れた。

刹那——体の中で冷たくも熱い火花が強く瞬いた気がしている。

那智の滝で鏡の欠片をすすぐ。

すると、どうだろう。鏡の欠片が——七色にきらめきだした。

慎重に滝壺から上がる。

あらごとが袋田の滝ですすいだ時はすぐ七色光が消えたという話が、浄蔵からつたわっているが、まだ、わごとの鏡の七色光は消えていない。この時にはもう、為麻呂に呼ばれて日蔵や魔陀羅尼も滝壺近くに来ていた。

「……何でしょう、この光？」

わごとが言うと、良源ははっと手を打ち、

「——宝の在り処《あか》を差ししめしているのでないか？」

無表情に七色の光を睨んでいた潤羽が、

「汝《なれ》が彼方《あなた》にかざすと七色の光、強まりけり。さては……」

潤羽の白い顔は壮大なる岩屛風の上方を仰いでいる。

灰色の尼僧の隻眼《せきがん》が、高さ四十数丈の那智の滝の上に向けられる。魔陀羅尼の右目の奥で、飛沫のように迸《ほとばし》る気を、わごとは、感じる。

(千里眼をつかうというの？)

魔陀羅尼の唇が片端だけ吊り上がるように笑んだ。

「……もっと、小さな滝……。その滝の傍の茂みに金色の草が見えた」

それこそ――蓬萊の玉の枝でないか？

真に必要とされる時、それは天と地の気の交流が盛んな地に、芽吹くという。わごとらがこの森に籠り心から発現を願ったからこそ、そのいとめずらかな木は現れたのでないか？

日蔵が、真剣に、

「小さいってどれくらいや？　滝壺はどないな様子や？」

「滝壺は狭い」

千里眼で見たその滝の様子を魔陀羅尼が詳らかに語る。

「三の滝や！　この大滝の上に、二の滝、三の滝があるんや」

興奮した様子で言う日蔵だった。

わごとたちは三の滝を目指し原始林の急斜面を登りだす――。不測の事態にそなえた為麻呂、石麻呂は隠れ蓑を着て左右を警固、わごとの隠れ蓑は石麻呂がもっている。

ヘゴやイノデという大型羊歯が、海のようになった場所を、手で漕《こ》ぎながら登る。

激しくうねる樫の下を潜り、天衝《つ》くような熊野杉の逞《たくま》しい幹をつかみながら、登る――。

わごとの息は切れ白い顔は玉の汗を滴らせていたが、すぐ傍を行く、良源、日蔵、魔陀羅尼の呼吸は乱れていない。しかし、わごとと同じく山登りになれていない潤羽などはかなり息を荒くしている。そのような状態にありながら、潤羽は巨細眼を千穂は魂壁をはたらかせ、わごとを必死に守ろうとしていた。太郎丸、次郎丸は森の中を巧みに飛び、雷太も呼吸を荒げながらどうにかついてきた。

森に住む鹿の群れや栗鼠《りす》が、人と犬、鷹の一群に驚き逃げてゆく。

わごとたちは何とか一の滝の上までたどりつき、そこから原生林のさらに奥にわけ入り、二の滝の傍を通り、目指す三の滝まで到達した。

太古の森の中で人知れずしぶく、高さ五丈ほどの滝で、如何《いか》にも修験者好みの奥深い霊気をたたえている。滝壺は狭い。翡翠《ひすい》を溶かしたような色をしていた。

わごとが顔を向けると、

「この滝じゃ。あの辺りかのう」

灰色の尼は杖で滝の左上を指している。そちらに鏡の欠片を向けると七色の光が強まる。

「――もう一息だっ」

良源が言い、そこまで、汗の滴を散らして、登る。

左手で鏡の欠片を固くにぎりつつ右手一つで男の腕ほど太い榊蔓《さかきかずら》を摑み、急傾斜にいどむ、わごと。右手から虹を思わせる七色光が極めて眩《まばゆ》くこぼれ出た――。

(近い)

右手にある熊竹蘭《くまたけらん》なる草の密生に汗をにじませながらかざすと虹色の光は強まる。

わごとはどうにか鏡の欠片を懐にしまうと、今度は左手で榊蔓を、摑みつつ、右手を熊竹蘭の茂みに突っ込ませた。熊竹蘭がつくる下闇の中――わごとの指と何か固いものが、ふれ合う。わごとの手が原生林の、聖域の滝の傍、誰も踏み込まぬであろう叢《くさむら》を払う。

眩い光が――草が払われた所からこぼれている。その光をあびると鏡の欠片の七色光は一度輝きを大きくしてから、急速に、消えていった。

わごとは円《つぶ》らな目をさらに丸げていた。

(――あった。……これが……)

大きな草の傘の下に隠れるようにして生えていたそれは丈半尺ほどの小さな木だった。

枝は金色、万両の実ほどの、白い光沢のある果実がついている。

引き抜いたそれには銀色の根っこがついていた。また、言い伝えにはなかったが、金属的な緑、さらに銅色に輝く葉も幾枚かついている。わごとはその不思議な葉の裏にいたるまで念入りにしらべた。

「実は、いくつあった?」

魔陀羅尼が問う。

三の滝の下、竜宮の入り口を思わせる翡翠色の謎めいた滝壺の畔《ほとり》、玉のような石を踏みながら、わごとたちは立っていた。為麻呂、石麻呂は隠れ蓑《みの》を脱ぎすてており、三つの隠れ蓑が傍らに置かれていた。

「……二つでした」

わごとの答を聞いた魔陀羅尼から——あらゆる表情が消えていた。邪眼の力を放つ目がじっとわごとを見据える。良源が殺気立ちながらわごとと尼僧の間に立ち、鉄の兄弟は筋骨を鋼に変える。千穂はわごとに寄り添うように立ち、潤羽は魔陀羅尼の仲間もしくは千方勢力の奇襲を警戒したか、四囲を恐ろしく厳しい目で睨みまわし、致足は水に念をおくりながら魔陀羅尼を見据えた。

日蔵は、

「二つかあ」

と言いながら腕組みして目を閉じ、雷太は何か感じたか、魔陀羅尼に鋭く吠える。

「やめなさい」

雷太に告げたわごとは仲間たちの懸念を振り払うように人の命を一睨みで盗《と》れる尼に歩み寄った。

「三つ目の実があれば、貴女《あなた》に差し上げたく思っていたのですが……二つでした」

ここに来るには鏡の欠片の七色光はもちろん、魔陀羅尼の千里眼、日蔵の土地勘あってのことだった。魔陀羅尼は三つ目の実をもらえるくらいの功績は立てている。

魔陀羅尼は、表情を消したまま、

「……致し方あるまい」

不承不承の納得をしめしてくれた刹那、誰よりも鋭き眼力をもつ乙女が、

「――怪しっ！」

皆の注意の矛先が一斉に、魔陀羅尼を、刺す。

だが橘潤羽に叫ばせたのは、別の方向に起きた、現象だ――。

滝壺の上。風か何かが滝壺上にはこんできた、幾粒もの埃《ほこり》が木漏れ日に光りながら合体……一匹の小さな妖《あやかし》となり、すーっと宙を浮きつつ、わごとに向かって突進したのだ――。

「ギヂギヂギヂッ……」

奇怪な音が、空飛ぶ妖魔から、する。

ほぼ全ての呪師の用心が魔陀羅尼に向いていたため妖魔への対応がおくれてしまう。

さらに、わごとの傍にいた千穂が――小さく叫ぶ。

わごとは……千穂の中から俄《にわ》かに内なる火花が消えてゆくのを感じた。

（え？　空止め――？）

わごとを守っていた見えざる壁、妖魔をふせぐ壁が、はずされた刹那――滝壺上の怪奇音に誰よりも疾《と》く反応した呪師が、念を、放った。

すると電閃《でんせん》した刃《やいば》のように光りながら滝壺から躍り上がったものがある。

水。

滝壺から躍り上がった水が――わごとに向かって驀進《ばくしん》していた赤っぽい小妖を下からくるみ、滝壺に、引きずり落とす。

水の力によって滝壺に垂直降下した小さな化け物は、水面《みなも》で飛沫を上げた。

――致足であった。

水雷の呪師・忌部致足が滝壺に向かって、手をかざし、わごとを救ったのだ。

同時に少しはなれた所にある姥目樫の茂みが揺らぎ、誰の姿もないのに、駆け去るような音がする。わごとは何者だかわかった気がした。

良源も気付いていたらしく、そっちを睨みながら、

「隠形鬼。小賢《こざか》しい奴め」

「何や、こいつ……」

致足が自らの通力によって滝壺の中に閉じ込められた小妖を見下ろしていた。

盛んに飛沫、泡を立てながら、水から逃れ出ようとしているそれは、伊勢海老ほどの体長で、細長い。

体は赤茶。

海老と同じく殻におおわれているが、沢山の足はなく、二つの長い手の先が——鋭利な鋏《はさみ》になっている。頭部は鳥の嘴《くちばし》に似た形で長細く、二つの黒い眼球がついていた。

良源が、言う。

「初めて見る妖だ。……恐らくこの鋏で、わごとを襲おうとしたのだ」

小妖が飛んでいた高さを考えるに、首を狙っていたと思われる。

考えるだに恐ろしい。

「網切《あみきり》じゃな」

魔陀羅尼がつまらなそうに呟《つぶや》いた。

良源が、はっとして、

「網切って……人がやすんでいる時などにすーっと飛んできて、蚊帳《かや》、網を切るなど、無用の悪戯《いたずら》をするという……あの網切か？」

実見は初めてとしても良源の頭の中にある膨大な妖怪目録に網切の名はあったらしい。

魔陀羅尼、涼しい顔で、

「いかにも」

「しかし……網切は人体に危害をくわえるなどの凶暴な真似をせぬ、大人しき妖のはず。吾《われ》ら呪師も退治するのをはばかるほど害の少ない妖怪なのだ。なのに、何ゆえ……」

「あの男の手にかかれば無害なはずの網切もまた、標的を討つ刺客になり得る」

「しかしここも役行者の魂壁の内なんやろ？　大峰と同じく」

その疑問は、日蔵から出た。

「左様」

良源が言う。

「何でこんなちっぽけな化け物が……魂壁を越えてきたんや？」

「小さいからこそだ。そうだな？　千穂殿」

良源の言にまだ力をうしなっている千穂が首肯している。

「大きな妖魔や、強い魔、強い悪意をいだく男や女を、魂壁は弾《はじ》こうとする。されど、小さくて弱い妖魔、仄《ほの》かな悪意しかいだかぬ男や女は……魂壁を潜《くぐ》り抜ける。ちょうど稚魚や小海老が浦人の網の目を潜り抜けるように」

網切はその弱小さゆえ魂壁の網の目をすーっと潜り抜けてきたというのだ……。

「隠形鬼が近くにいたようだが……俺は、奴が那智の魂壁を潜り抜けたのが不思議だ」

わごとに対し相当な邪心をいだく隠形鬼、魂壁を潜ろうとすれば……体の不調などが起

きるはずである。良源は、首をひねり、

「……野郎、心を空《くう》にしたり出来るのかもな……」

「魔陀羅尼はん、何でこいつを一睨みでやっつけんかったん？」

日蔵の問いに妖尼は、

「我が術はこの世の人や獣に効くが、この世の外から来た存在《もの》には効かぬ」

「呪師の癖に……つくづく化け物退治には向かん力なんやなあ」

日蔵の皮肉に魔陀羅尼はふっと笑む。

「我が力とて化け物退治につかえよう？　たとえば、妖をあやつる術者の心の臓を一思いに止めることが出来るのだから……」

滝壺に沈んだ網切から——墨汁の如き黒水が盛んに水に溶け出、その体が黒煙につつまれたようになってちぢんでゆく。命が尽きようとしているのだ。皆、そちらに注意を向け、潤羽の巨細眼も網切の復活はないかに神経をくばっていた。

その時だった。

「ああっあー！」

千穂から強い叫びが迸ったのは——。千穂は通力を一時的にうしないながら、懸命にわごとを守ろうと……辺りに用心してくれていたのだ。

千穂が注意をそそいでいる上方に黒瞳を向けたわごと、はっとする。

わごとの真上をたゆたっていた塵《ちり》が一つに合わさり赤茶色い網切となるや、鋏を鳴らし真っ直ぐ急降下してきた――。

（二匹目？）

二匹目の網切の素早い奇襲に、わごとを守る呪師たちは……即応出来ぬ。

と――次郎丸が素早く動き、網切を攻撃している。

が、網切も、速い。変幻の動きで――爪を突き立てようとする鷹をかわし、鋏で攻撃。

次郎丸の片足を――はさみ切った。

次郎丸から、鋭い悲鳴、羽毛が、散る。

何者かに使嗾《しそう》され凶暴化している網切は次郎丸の首を鋏で摑み――切った。

次郎丸が墜落する。

わごとは、悲鳴を上げた。

同刹那、

「さらなる網切也！」

潤羽が見切ったのは――少しはなれた所に置かれていた三着の隠れ蓑に襲いかかった二匹の網切だ。そちらの網切には、拳を鉄にした石麻呂が向かう。

一方、怒りの流星と化した太郎丸が次郎丸を切った網切に突進、網切の後ろ首に足の爪を突き立てた。太郎丸は――網切を玉石が転がった地面に足でおさえたまま、叩き付けた。

そのまま嘴《くちばし》で殻をつつくが上手《うま》く仕留められない。

激しく暴れる網切に驚き、太郎丸が羽毛を散らして飛び上がる。

網切はそこからわごとに襲いかかろうとしている――。

低空飛行をはじめた網切に、柴色の影が猛進、飛びかかった。

雷太だ。雷太は網切をおさえ込み――激しく噛《か》み付いた。一連の動物たちの行動はわごとの指示によるものではない。わごとは茫然《ぼうぜん》としてしまい、ごとびきの術をつかっていない。雷太や鷹たちは自らの意志でわごとを守るために戦ってくれた。

網切が奇声を上げ、黒い煙に早変りしながら消えてしまう。

雷太は「キャン」と叫んで跳んで逃げた。

「こっちもやっつけた！」

石麻呂が叫ぶ。

わごとは、次郎丸の許に走った。

目を閉じた次郎丸は全身を力なくふるわし、嘴を、痙攣《けいれん》させていた。

わごとは悲しみにかんばせを歪《ゆが》め無言で傷付いた鷹をだき上げる。

太郎丸はわごとの肩に降り立ち、雷太はわごとの傍に来て、やがて次郎丸の臭いをかぎ、ぺろぺろと舐めだした。

次郎丸の命はわごとの腕の中でうしなわれている。

「駄目だ！……隠れ蓑が、どれもつかえなくなっている」

石麻呂が呻《うめ》く。

二匹の網切によって裂かれた隠れ蓑が……隠形の力をなくしてしまったというのだ。

第五の網切を警戒するも次なる敵襲はなかった。

「……千方め……」

そう呟いた良源は、魔陀羅尼に怪しむような一瞥《いちべつ》をおくった後、

「だが、我らは……蓬萊の玉の枝を手に入れた。一歩、前進だ」

＊

「わごとは討ち損じたが——隠れ蓑は切り裂いたとな？　ようやった。引き上げてよい」

紫の立涌《たてわく》模様が入った、黒衣、垂髪の男が、呟く。

千方であった。隠形鬼との念話を終えたのだ
魔王の腕にも傍らにいる火鬼の腕にも、魔をあやつる黒い腕輪、靡ノ釧《なびきのくしろ》ははめられていない。今それは、隠形鬼の腕にはめられている。

役行者や浄蔵の魂壁が活きている那智の滝近くに千方当人が立ち入るのはむずかしい。見えざる壁にぶつかり、相当な熱量の——通力による攻撃を受ける。多くの人間にとっ

てその壁はないにひとしいが……千方にとっては高圧電流が流れる壁に素手でふれるようなものなのだ。命までは落とさぬにしても、苦しんでいる処を、敵に見つかりかねない。

また、魂壁の内を千里眼でのぞくのも至難の業だ。だが、魂壁に開いた穴を巧みに潜れる網切などの小妖が意外につかえること、心が、空っぽの時が多い隠形鬼が、魂壁を思いの外すんなりすり抜けられることに、千方は気付いている。

「――言うたろう？　隠形鬼には使い道が、多い。……蓬萊の玉の枝をわごとは得たが……魔陀羅尼を引き入れたことで、連中の中に、罅《ひび》が入りつつあるようだ」

千方の端整な顔に歪んだ笑みが浮かぶ。

火鬼が、横から、

「隠形鬼はともかく魔陀羅尼はたまには役立つこともあるようですね。この件が終ったら、わごともろとも――焼かせて下さいよ。あの万病の元のような忌々《いまいま》しい女を」

熱い語気が、千方の頰に、かかる。赤い妖女は意地悪く、

「おや、よもや未練が……？」

二人は――眩く輝く青海原越しに那智山に相対している。

熊野灘に浮かぶ小島の暗い常緑の密林を背にして、わごとがいる山を睨んでいるのだ。

二人の後ろでは雄々しき大樹を、蛇を思わせる木蔓が異常の執着でぐるぐる巻きにしていたり、太い木蔓と細い木蔓、二本の木蔓が憎み合っているのに、はなれられぬ男女のよう

りしている。空間を斜《はす》に走ったに、何度も何度も身をねじらせて、互いをきつく、しばり合いながら、空間を斜に走ったりしている。

「未練などあろうか。新宮の方で、わごと、良源の意を受けた者どもが生大刀《いくたち》の在り処についてしらべておる……。だが、先に生大刀にたどりつくのは我らだ」

火鬼が千方に、

「だけど、屍鬼は……生大刀を封印から解こうとすると蘇《よみがえ》り、間髪いれず死の息を吹きかけるんでしょう？……靡ノ釧があっても間に合わないのでは？」

「それについては考えがある。――屍鬼のいま一つの蘇らせ方をかつて太郎坊が話しておった。その法をつかえば……」

千方は光が氾濫する海に背を向け、薄暗い森に踏み込む。

「生大刀を探しにきたあ奴らだけを滅ぼし我らは、生大刀、屍鬼の二兎《にと》を得られよう」

すっと、足を止め、海越しに那智山を顧み、

「――せいぜい糠喜《ぬかよろこ》びしておけ」

＊

墨をたっぷり流したような黒き川が夜の海にそそいでいた。

熊野川の河口であった。

浜棗の茂みに、僧が一人、倒れていた。

首を短刀で斬られ――傍らに、千方、火鬼、隠形鬼が、佇《たたず》んでいる。

三人と僧の遺骸を火鬼がたゆたわせた火の玉が照らし、千方の手には古い文書がにぎられている。この僧はここからほど近き新宮の社僧で、忌部海人主にたのまれ、当地の古文書を渉猟、徐福の宝についてしらべていた者である。

それがどういう訳か……千方に惨殺されて倒れている。

「――生大刀は神野々《このの》にあるようだ」

魔王の唇が、ほころぶ。

都の金鬼に、

《金鬼。召鬼ノ者二人をつれ紀州神野々に向かえ。百鬼陣より……》

二種の妖の名が告げられ、

《……をつれて参れ》

念話を終えると、千方は、

「火鬼。急ぎ神野々に発《た》つぞ。屍鬼を恙《つつが》なく蘇らすのに……色々仕込みがいる」

火鬼がうなずくと、隠形鬼に、

「お前は熊野にのこり、わごとを見張れ。わごとに隙あらばわしは急ぎこちらにもどり、あれを討つであろう」

「……はい」

火鬼が、すかさず、

「どうしたの？　煮え切らないねえ」

「別に」

冷ややかに答える隠形鬼だった。

「——では、まかせたぞ」

魔王の手が、火をあやつる魔女の手をにぎり、二人は掻き消える。一人取りのこされた隠形鬼は茂みの中から星空をあおいだ。

あらごと　五

おそい春が北の大地をゆっくり歩むのに合わせて、あらごと、乱菊も北上している。

鬼熊に悩まされているユワレの山村は出羽の米代川《よねしろがわ》沿いにあるという。

その村に行くにはまず、奥州国府から北上、北上川《きたかみがわ》の流域に出、このみちのく屈指の大河沿いに北上する。

多賀城から、鎮守府がうつされた胆沢城に、出る。つまり東北の政《まつりごと》の中心から軍の中心に旅する。ちなみに、鎮守府が胆沢にうつったのは坂上田村麻呂と阿弖流為が激しく戦った頃、つまり平安京を開いた桓武《かんむ》天皇の頃である。

胆沢から少し北上。

今度は北上川の支流、和賀川《わがかわ》沿いに西に向かい、険しい奥羽山脈をこえる。

奥羽の背骨というべき雪のこる山脈を越えて出羽に出、雄物川《おものがわ》沿いに西北に旅し、秋田《あきた》城に出る。

秋田城は出羽国司の次官・介《すけ》が、精鋭の兵と常駐する軍事拠点であった。

出羽国司の一等官・守《かみ》がどこにいるかと言えば、秋田から見て、ずっと南、庄内《しょうない》平野の国府にいるのだ。

そして、秋田城からは、北上。米代川の河口に出、今度は川沿いに東にむかって、山々にわけ入ればユワレの里があるという……。

「とんでもなく遠くから来たんだね、あんた」

あらごとが言うとユワレは、

「わたしの里の者は皆、足が丈夫なんです」

謙遜しながら言う。乱菊は、あらごとに、

「ま、とんでもなく遠くからきたという点ではあんたも人のこと言えない」

「ところでさ、あんた、何であたしたちの言葉をそんなに流暢《りゅうちょう》にしゃべれるの?」

あらごとはユワレに問うた。

「わたしの村を秋田城の人たちは、俘囚《ふしゅう》の村と言います」

俘囚とは朝廷の勢力圏にくみ込まれた蝦夷を言う。

この時点で蝦夷ヶ千島《えぞがちしま》(北海道)はもちろん、下北《しもきた》半島にも、朝廷に服さぬ蝦夷が暮していた。この人々のことを朝廷は、蝦夷、荒夷《あらえびす》、荒狄《こうてき》、などと呼んでいた。

あらごとは多くの俘囚が坂東以南の国に強制的にうつされたことを音羽から聞いている。

音羽は俘囚の娘だった。

（自分の生まれそだった所から無理矢理、はなされるって……どんなに辛《つら》かったろう）

考えてみれば、藤原千方によって生れ故郷を壊されたあらごと、わごとも同じような境涯にあると言えなくもなかった。

さて、奥羽にのこった俘囚もいて、そのような人々が暮しているのがユワレの里だった。

「わたしの村には秋田城と上手くやっていこうという人と……いや、秋田城のことを信じては駄目だという人の両方がいました。父は族長の家系にある者で、上手くやっていかねばならぬと考える人でした。秋田城に出……秋田介の下ではたらいたのです」

――秋田城としても、京からやってきた役人だけでは、まわらない。

何しろ都から出羽入りした官人の多くがその地の実情をよくわからないし、夷語《いご》すら話せない。どうしても現地採用の人材が必要だった。

こうして、帰順した蝦夷の族長や、その子弟などが官人として登用されている。

「母は秋田城下の生れで……」

ユワレの母は俘囚と柵戸の血を引いているため、二つの言葉、夷語とあらごとたちの言葉が話せたという。

「父は母におそわって大和の言葉を覚えたんです。わたしも、二親におそわり、二つの言葉がわかるようになりました」

あらごとは感嘆を込めて、

「へえ……。ユワレの父様と母様は、元気？」

何気ないあらごどの問いが——ユワレの眉太く彫り深い、色白の顔を硬くしていた。

ユワレの眼の奥で何かが燃える。

あらごとは、息を呑んでいる。

（……憎しみ？）

「死にました。二人とも」

ユワレは、ぽつりと言った。

あらごとはどう言葉をつないでよいかわからない。

末の松山を出て、二日目の朝、三人は北上川に向けて旅していた。

乱菊が口を開こうとした時、ユワレが厳しい顔のまま、

「……血の臭いがするな」

ユワレはあらごとたちにくらべて鼻がよい。

「こっちです」

血の臭いがするという方に、急ぐ。

シオジという木の林の中だった。

落葉樹のシオジはまだ、北国の長い冬のまどろみを引きずっているのか。一つの若葉も萌《も》え出でさせていない。落としそこねた枯れ葉の残りだけがちらほらと裸の梢《こずえ》についてい

る寂し気な林で、日差しが明るく降りそそいだ地面には落ち葉がしきつめられている。

だが、この北国の林にも春の息吹は着実にとどいており……落ち葉の中からフキノトウの他に沢山の片栗《かたくり》が顔を出し、赤紫の花を咲かせていた。

あらごとたちは、片栗、フキノトウ、落ち葉を踏みながら、落葉樹の林を疾駆する――。

朝霧《きり》がたゆたう小川の畔に出た――。

水の畔で十人を超す人が斃れていた。幾人かは、刀や矢で殺されていたが、幾人かは猛獣か何かに体を喰い千切られている。腕や足を根元からごっそり捥《も》ぎ取られた者もいる。

（盗賊に襲われた後に、狼《おおかみ》の群れに、喰われたの？）

ユワレは茫然と突っ立っていた。瞠目した乱菊が、声をふるわし、

「何てひどい……。ああ、これは……可哀そうに――魚子の一座じゃないっ」

（――嘘……）

血と臓物の臭いで吐きそうになったあらごとの頭の中はくらくらした。

たしかに魚子たちは多賀城から胆沢城に行くと言っていた。国府の市であえなかったから、胆沢ではあえないかという期待が、あらごとにはあったのだ。

「……お前さんは……ほら、わしじゃ。覚えておるか？」

血だらけになって倒れた翁があらごとの足元から、声をかけてきた。

傀儡子一座の座長である。

「お爺さん、何があったの、ねぇ——」

大きな目で魚子を探しながらあらごとが勢いよく訊くと、

「……賊に襲われたのじゃ。ただの賊ではない。——妖賊じゃ。牙を剝き、目《む》を赤く光らせ、恐ろしい力持ちなのじゃ。女でもこちらのもっとも力のある男を投げ飛ばしたりした。幾人かは、山犬の如く高く吠えた」

乱菊は、世にも険しい表情で、

「犬神かっ」

あらごとは、座長に、

「魚子は？」

悲しみと苦しみがまじった相貌で力なく頭を振った座長はぼろぼろに喰い千切られた誰の者ともわからぬ骸《むくろ》を指す。胴から引き抜かれた足を、指す。

「……この娘の肉が一番旨《うま》いと、あの外道どもは言いおって」

老人は涙を流し面を歪めながら、

「姫様に捧げるんじゃと首をもっていきおった——」

ユワレがうっと呻き掌《てのひら》で口をおさえるもこらえ切れず、胃の内容物を吐く。

あらごとは火花が出るほど強く歯を嚙み合わせ片栗が咲く地面を拳でぶん殴った。

「姫神に捧げるんじゃと……」

「――姫――。神などと、名乗る資格もない連中はたしかに、そう、言ったのね？」

乱菊が切るように問う。

「左様。赤い犬の姫に捧げるんじゃと……」

「赤犬姫かっ――！」

乱菊が、稲妻のように激しい声で叫び身をふるわした。

老人はあらごとの方に手を差しのべ、宙を掻き毟《むし》るような所作をしている。

「約束してくれ。あんたら……偽物の呪師じゃろう？……本物の呪師を一人、二人、知っておろう？　本物の呪師にあったらつたえてくれ！　あの犬神どもを退治してくれと。さもなければ、恐ろしい災いが次々……」

「その仕事たしかに引き受けたよ。あたしら――本物の呪師なんだ」

あらごとは老人の手を強くにぎっている。

老人はその言葉を聞いたか、聞かないかくらいで、こと切れている。

と、

「何じゃ、あれは！」「賊かっ」「汝《なんじ》ら、何をしておる！」

後ろから、弓矢、太刀で武装した男数名がバラバラと駆けてくる。あらごとたちを盗賊と勘違いしているようだ。

乱菊は溜息《ためいき》をついて手を林床にかざす。

いきなり——凄《すさ》まじい竜巻の幻が現れ、男たちに襲いかかった。あらごとは説得力をもたせるべくいくつかの石に念波をかけ、男たちに飛ばした。

「うわあ」「何じゃ、この竜巻！」「妖術をつかう盗賊じゃぁ……」

男たちの声が、遠ざかっていった……。


数日後、あらごと、乱菊、ユワレはまだ、頂に雪のこす奥羽山脈の峠を枯れた林を横目に眺めながら、越えた。

蝦夷の人々がつかっていた古道を利用し、胆沢城から秋田城へ抜けるための間道が、陸奥出羽両国府によってととのえられていたのである。

ここまでの道中であらごとたちは非常に強力な妖術師の一味に狙われていることをユワレに話していた。

『その中に水をあやつるたちが悪い女がいてね……。川には近付けないのよ』

と、乱菊は話し、北上川、和賀川に沿って旅しようとするユワレを説得。川から見て遠からず近からずという経路をえらんで旅している。

陸奥側から出羽側に枯れた山脈を降りた所にある里で、また血腥《ちなまぐさ》い妖獣の爪痕を見ねばならなかった。

——目指す鬼熊でなく、赤犬姫一党の爪痕だった。

そして魚子たちの屍《しかばね》を見てから実に十日後、秋田城をへたあらごとたちは遂に……出羽の最奥、白髪ヶ岳《しらがだけ》（白神山地《しらかみ》）の南にあるユワレの里にたどりついている。

山中に隠れるようにいくつもの竪穴住居が並び、いくつかの家から煮炊きの煙が立ち上っているのを見た時、あらごとの胸の中で温かい懐かしさが湧き出ている。

（ここは……もちろん、あたしが生れた里じゃない。だけど、凄《すご》く、よく似ている！）

＊

青き笹《ささ》がわさわさと茂る中、稚児百合の白花《はな》が負けじと咲き乱れていた。梢という梢をいろどる明るい若緑がおそい春の到来を告げている。

けれど——林の日陰に蹲《うずくま》った白い残雪が北国の冬の長さをおしえていた。

あらごとは足を撫《な》でる笹を見やりつつ、ぼそりと、

「この森は……食い物には困らないね」

笹の子というべき根曲がり竹のえぐみの少ない美味を思い出したのだ。

（あの里では……散々、食べたなあ。だけど、故郷《あそこ》を出てから一度も食ってない）

腹が、鳴った。

先導するユワレがぺんぺんと罅割れた木の幹を叩く。

「ええ。この木もご馳走《ちそう》ですよ！」

「え？　木を食べるの？」

「蜜を舐めるんです。春の初め頃、おれた枝などから、甘い蜜が取れるんですよ」

蜂の巣を齧《かじ》った時の味を思い出し、そこはかとなく甘い満足感を味わったあらごとは、

「何て木？」

「トペニと言います」

イタヤカエデの木である。

「トペニの木は、ようやく若葉をつけたわけね？」

乱菊が、香取海の傍の森よりずっと明るい透明感のある林の上方、若緑の梢を見上げる。

「いいえ。あれは葉ではありません。花です。緑の花が咲くんです。花の後に、若葉をつけます。……笹やトペニの他にも、栗の木なども沢山ありますし、山に登ればブナの実などいくらでも。さらに川では鮭《さけ》が獲《と》れ、野原では鶴が獲れる。カモシカや兎も沢山、います」

御馳走にかこまれている気がするあらごとだった。

「何て豊かな……」

——山々であろうか。

「だけど……その暮しが、変りつつある」

ユワレは深刻な相貌で語った。

「大和から来た人々によって」

坂東以南から来た植民者たちは初めは米をつくろうとして失敗したという。

「稲は、寒すぎて上手くそだたないのです」

つづいて、麦の生産をはじめ、これには成功した。

麦畑を広げようとする植民者たちの開墾、さらに塩を焼くための、夥《おびただ》しい木の伐採により、元々この地にいたユワレたちの暮しが大きく変ってしまったというのだ……。

「そこに……ウエン・カムイが現れた」

鬼熊である。

「ウエン・カムイは山で人を襲ったりします。さらに、夜、山から降りてきて、厩《うまや》を襲ったり、森の中や荒れ野にぽつんと暮している家族を襲ったりする……。わたしたちは山の恵みで生かされてきたのに山を恐れる童や年寄りが出てきてしまった」

老成した面差しでユワレは言った。ユワレも十分、子供と言っていい齢《とし》だが、この恵み豊かである一方、相当な厳しさも併せもつ北国の山里では大人と子供の中間くらいの位置づけにあるのかもしれない。

「ウエン・カムイを……何としても倒さなければなりません」

——そんな場所に、赤犬姫の脅威まで迫りつつあるのだ。

「さて——つきました」

視界が、開けた。

トペニの木が円形に伐《き》り払われた広場の如き所に出ている。稚児百合や笹もそこだけ綺《き》麗《れい》に刈り払われており、広場の中央には何かを燃やした跡があった。

儀式などにつかう場所なのかもしれない。

その広場の向うの端に男が二人、腕組みして、立っていた。

男たちの後ろには丸太が何本か転がっている。

あらごとがかすれ声で、

「あれが、あたしらをためしたいって人たち？」

ユワレの里についてから三日。ウエン・カムイを探しに山に入っていたという、この里のツスクル、乃《すなわ》ち、呪師二人の呼び出しを、あらごと、乱菊は受けている。

「あんたらが、あらごと、乱菊か？」

流暢な大和言葉を発しながら若く屈強な男が歩み出た。二十歳前後か。

頭に一つ団子状の髷《まげ》をゆった男で、中肉中背。眉太く彫りの深い顔で二重の目は大きくきりっとしている。立派な口髭《くちひげ》をたくわえていた。

「俺は、アヒト。こっちは、オヤシベ。オヤシベはあんたらの言葉はわからん。俺かユワレが間に入る他ない」

オヤシベという男は身の丈六尺。でっぷりと太っていた。体重、三十五貫（約百三十キロ）ほどか。やはり丸髷を一つゆい、赤ら顔で温和な目をしている。

ユワレが言った。

「ここは若いツスクルを熟練のツスクルがためす試練の広場です」

「若いツスクル……誉め言葉と受け取ってよいのかしら？」

「で、ためすって、どうやんの？」

あらごとの疑問にアヒトという若い呪師は、不敵な笑みを浮かべ、

「――簡単だ。殺さぬ程度に、術を、ぶつけ合う」

「あたしは、いいけど……。師匠、どうすんの？」

あらごとも不敵な笑みで返す。

「呪師同士の術比べは坂東では禁じられているけど鎮西《ちんぜい》ではおこなう。ここも鎮西と同じということね。郷に入ったら郷にしたがえかしら？」

アヒトの眼の奥に――不穏な炎が灯《とも》った。

「鎮西という言葉は聞きたくないな。俺の伯父は里ごと、鎮西とやらにつれて行かれたもんでね……」

まず、あらごと、アヒトが力をぶつけ合う形になっている。

蝦夷の里の若き呪師は、獣骨でつくられているらしい自らの首飾りを指し、

「これは俺の宝だ。ただの首飾りではない。危険が迫ると冷たくなっておしえてくれる」

（鏡の欠片と同じ）

「これを俺から奪ったら、お前の勝ち。お前の宝は？」

あらごとは懐から鏡の欠片を取り出し、アヒトに見せてから、大切にしまう。

「そいつを俺が取ったら俺の勝ち。また、この広場から先に出た方は負け。はじめよう」

言った途端――アヒトは疾風《はやて》と化した。

アヒトの力は神速通であった。耳では、神速通を知っていたあらごと。目は、初めて見た神速の人間に、驚く。だが、妖や闇の呪師たちと死闘を重ねてきたあらごとの反射神経は、鋭い。如意念波が作動、アヒトに礫《つぶて》の雨をぶつけんとする。

アヒトは神速の体捌《たいさば》きであらごとの攻撃をかわし、あっという間にあらごと直前まで迫った。が、その時には、あらごとは元の所にいない。

空中の人となっている。

天翔である。

地上三丈ほどをニヤニヤ笑いながら漂うあらごと、これにはアヒト、オヤシベ、ユワレは驚き、対戦者、アヒトは「降りて来い！」と叫ぶことしか出来ぬ。

あらごとは時折、急降下してアヒトの隙を衝《つ》かんとするが、アヒトはその度に神速通で

身構え、あらごとを捕えようとしている。

無意味に見える降下と飛翔をくり返しながらあらごとは相手の渇《かっ》えをまっていた。

神速通は、早く渇えを起すので評判の通力《ちから》だ。

何度か一見無意味な降下と、ぎりぎりの退避をくり返したあらごと、相手の火花が俄《にわ》かに弱まってゆく気がした。

（――今だ！）

あらごとは急降下し一挙に首飾りを取ろうとしている。が、アヒトがあらごとの手を捕まえた。

刹那、体じゅうで――電流に似たものが走り、衝撃を受けたあらごとは、目をまわし、一瞬、火花を喪失。大地に身を打ち付けるように、落下している。

懐からこぼれた鏡の欠片をアヒトがひろう。

「俺の勝ちだ」

「今、あたしに、何をしたっ！」

あらごとは起き上がり、火の粉が噴きそうな声で叫んだ。

不敵な笑みを浮かべたアヒトの右手の指先から小さく青白い稲妻がいくつも走る。

「アヒトのもう一つの力は――神雷《かむいかずち》。ただし、指先から稲妻を放ったりすることは出来ず、手でふれたものに稲妻を流すことしか出来ない」

ユワレが、言った。勝者の誇りをにじませたアヒトはこちらにゆっくり歩み寄り、

「だいぶ、加減したぞ。俺は渇えを起したように見せかけ、お前を誘ったのだ」

差し出された鏡の欠片をふんだくるように取り返したあらごとは、

「……んな、卑怯《ひきょう》なっ」

アヒトは、作戦勝ちだとでもいうように、己の蟀谷《こめかみ》を指で打つ。

次に——乱菊とオヤシベが術比べをすることになった。

オヤシベは蕨手刀《わらびでとう》を、乱菊は良文からおくられた短刀を互いの宝として見せ合う。

オヤシベはまず、おもむろに歩いて後方につんであった、かなり大きな丸太を、利き腕ではない左手一つで造作なくもち上げ、まるで竹竿《たけざお》でも振りまわすかのように軽々と頭上でまわしはじめた。

丸太の回転運動は一気に加速、茶色い突風の輪となる。

驚異の膂力《りょりょく》を目にした乱菊は、

「……手力男《たぢからお》……」

常人の何十倍、場合によったら何百倍もの腕力を発揮させる通力の名であった。

勝負は……一瞬にしてついた。

——乱菊が、勝ったのである。

乱菊は突風の輪と化した丸太に手をかざし、

「ほりゃ！」

　すると、どうだろう。

　オヤシベがまわしていた丸太がいきなり激しく燃えはじめている――。オヤシベの体にも燃えうつり、大男は悲鳴を上げ、丸太を放り、広場から出てしまう。

「――何をするっ！」

　その怒号はアヒトから乱菊に叩き付けられた。

　眼を滾《たぎ》らせ、青筋をうねらせたアヒトは、一気に乱菊に詰め寄り、唾を飛ばし、

「殺さぬ程度と言ったはずだ！　これだから、南の呪師は……」

「燃えてなどいないわ」

　乱菊は冷静に答えて広場を指す。アヒトは狐《きつね》につままれたような面差しになった。

　火など、何処にも、ない……。さっきまで大いに燃えていた丸太は嘘のように大人しく広場に転がっていた。体や髪が燃えていたオヤシベも広場の外できょとんとした顔で蹲りながら、後ろ首をさすったりしている。

「幻……それがあんたの力か？」

「ええ」

「……あんたの勝ちだ。いやはや、愉快だ！　一瞬ひやっとしたがな。さすがは、長が予言しただけのことはある」

アヒトは天を仰いで高らかに笑った。

トペニの林を里の方にもどりつつ、乱菊は、アヒトに、

「それで……長という人とまだ、あえていないのだけど」

アヒトはユワレと目を見合わせてから、

「……長は、ウエン・カムイのこと、それに……和人との……」

坂東以南から朝廷の政策により移民してきた人々のことを言っていた。

「いざこざなど、話し合うために、他の里に行っているのだ」

数多の小鳥が幸せそうに歌うトペニの林を抜けて里に出る。

女たちが、段々畑に種蒔《ま》きをしていた。

ユワレの里では、女たちの手により農業もおこなわれている。稗《ひえ》、粟《あわ》、蕎麦《そば》、大豆などをそだてているらしく、今、撒いているのは蕎麦の種だろう。男たちは畑起し、収穫などは手伝うが、後は狩りと漁労に専念しているとのことだった。

宿としているユワレの家、正しくはユワレが引き取られた家に入る。

そこで初めて、あらごとたちは――この栗林を背にした家の主がアヒトだったのを知った。天涯孤独になったユワレは血のつながりがあるアヒトと、その妻、夫妻の小さな子二人と暮しているのだった。

ユワレが引き取られたアヒトの家で五人はウエン・カムイこと鬼熊について語らう。

のかもしれぬ。

アヒトがめくばせするより先に赤子に乳をふくませていたアヒトの妻はさっと立ち、二人の子をつれて表に出てしまう。ウエン・カムイの話の不吉さが彼女を他の家に行かせたのかもしれぬ。

丈夫な柱でささえられた竪穴住居の真ん中に石でかこまれた炉があり、火が焚《た》かれていた。炉の赤い火が、山にあった鬼熊の痕跡、今まで出没した所、そこから類推される鬼熊の移動経路を語るアヒトとオヤシベ、夷語を訳するユワレを照らしていた。

壁には弓が立てかけられ、あらごとの傍らには石臼《いしうす》が置かれていて、その中には砕かれたドングリの欠片がのこっていた。

炉では今、アヒトの手で、脂がたっぷり乗ったマスの塩漬けが串焼きにされている。銀色の皮が次第に焦げ、脂の滴がしたたるとあらごとの腹は大きく鳴った。

「奴を見て生きているのはユワレだけ。奴は時として猛然と大勢の人間を襲い、皆殺しにする。だが痕跡から判ずるに、時には……誰にも姿を見せず、そっと逃げたりする」

マスを焼きながら話すアヒトは憂いを込めた声で、

「異様な動きだよ。わかるだろ？　並みの熊なら……男たちが大声を上げて追い立てれば逃げる。逃げた先に、弓の名手やオプ……これは……」

ユワレが静かな声で、

「長い鉾《ほこ》のような武器です。大きな獣を狩る時につかう」

オプ——乃ち、後の世の槍《やり》であった。

「弓矢やオプをもった男たちが待ち構えていれば、狩れる」

乱菊は火の向うにいるアヒトに、

「だけど鬼熊は、ウエン・カムイは戦うと決めたら、逃げないでしょ？　逆に大声を上げる男たちの方に嬉々として襲いかかり、鬼神の如く喰い散らし、滅ぼす」

「……そうだ」

アヒトの声が胸につかえた恐れか緊張で、硬くなった気がする。

「——だが、ツスクルがいると、巧みに身を隠す。臆病なほど徹底している」

(呪師に痛い目にあわされたのかな？)

「ツスクルがおらぬ方に憎いほど静かに逃げてゆく。ただ……不思議なのはツスクルでもない者の大声を聞いた、ウエン・カムイが逃げていった時もあるということだ……」

乱菊が口を開く。

「それはね——天地の気の量が影響しているのよ。ここのように太古の昔から姿が変わらぬ豊かな森や、深い山、清らな谷川などのある所は、天地の気の交流が盛んなの。そういう土地は呪師が多いと聞いたことがない？」

話を振られたあらごとは、

「熊野とかだよね」

「ええ。まさにそうね」

わごとはまさに熊野の森が育んだ呪師たちをあつめるべく旅している。

「左様な土地は只人《ただびと》であっても呪師に近しいという者が、多い。そういう者が大きな危険と同時に呪師としての寝覚めをむかえる時もある。たとえば……火事の時、女子が普段からは考えられぬほどの力を出して米俵や重い唐櫃《からびつ》などはこんで逃げたという話、聞くでしょう？　これなどはその人が隠しもつ手力男の力が一時寝覚めた……とは、考えられないかしら？」

ユワレが、乱菊に、

「奴はそういったことを敏感に察する？」

「ええ。隠れ呪師というべき者がいる場合、さらに、呪師の寝覚めを誘発する、天地の良き気が盛んに交流している時、そういう時は巧みに身を退《ひ》くのよ」

ユワレが乱菊の話を訳してオヤシベにつたえる。

アヒトと、オヤシベの相貌に乱菊への尊敬が、漂う。

「……大したツスクルだな。あんた」

アヒトが感嘆を込めて言う。乱菊は、垂髪を振り、

「大したことないわ」

「あんたがいればウエン・カムイを退治出来るかもな」

その時であった。

アヒトの妻が赤子を抱き、ようやく歩きはじめたくらいのもう一人の幼児をつれ、家の中にもどってきた。で、何かをアヒトに話す。

それを聞いたアヒト、オヤシベ、ユワレは一瞬――硬く押し黙った。

その沈黙のあまりの重さが何かひどくまずい事態になったことをおしえてくれた。

アヒトは蕨手刀を摑むや、俄かに立ち――あらごと、乱菊がひるむような、鋭い視線を投げかけると、やはり蕨手刀を手にしたオヤシベと共に、勢いよく表に駆け出ている。

アヒトの眼差しの意味を考える。

敵意である気がした。せっかく打ち解けかけたのに、尖った視線で、何かに穴が開いた気がする。あらごとの心は痛んだ。

「何事なの？」

ユワレに訊く乱菊だった。ユワレは、沈んだ面持ちで、言った。

「……和人の里が、近くにあるんです」

朝廷は、反抗的な蝦夷の多くを坂東以南の国々……時には全く気候の違う、鎮西や四国に強制的に移住させると共に、坂東以南の国々から多くの人を奥羽に入植させた。

入植者の主体はまず、浮浪人――つまり己の故郷を出て、さすらっていた男女。次に、犯罪者、そして若干の希望者だった。

浮浪人と犯罪者は本人の意志にかかわらずつれて来られた者が多かったと思われる。そして希望者の中には、己の里に希望をもてず……北の大地にうつらざるを得なかった者が多かったと思われる。

斯様《かよう》な人々の入植地が、奥羽のそこかしこに生れていた。

「昨夜……その村の衆が幾人か、殺されたようです。盗賊と思《おぼ》しき者に。それで、うちの村の者がやったと言いがかりをつけ、大勢で押し寄せてきたようなんです」

ユワレの口ぶりは、この里と入植地の住民の間に、前から多くのいざこざが燻《くすぶ》っていたことをうかがわせた。

乱菊は眉に皺《しわ》を寄せ、厳しい声で、

「……気になるわね。わたしたちも行くわよ！　ユワレ、案内して」

乱菊と、あらごとは、ユワレを道案内に、急いで、表に出る。

——大きい。

蕗《ふき》が、青くそだっている。

あらごとが見たこともないくらい、大きな、蕗だ。

何と、あらごとの身の丈より少し大きく、葉も傘になるほど、広い。

ユワレ曰く夏の日差しを浴びればもっとそだち大人の身の丈をこえるという化け物のよ

うな蕗であった。

そんな巨大蕗をうえた畑がアヒトの家の前にある。あらごとたちは今、その大蕗が両側に茂った、まがりくねった小径《こみち》を走っている——。自分が鼠《ねずみ》くらいの大きさになってしまったような錯覚に浸される。

蕗畑をこえると、畑起しはされているもののまだ何も蒔かれていない畑があり、その畑をこえると膝くらいの高さまで草がそだった青い原っぱに出る。

米代川沿いに広がる原っぱだ。

青き草地や、川の浅瀬で村の男たちが弓矢や、蕨手刀、オプと呼ばれる長い鉾のような武器、棍棒などをもっていきり立ち——中洲や、そのさらに奥の向う岸に怒号をぶつけていた。

そして中洲や向う岸にはやはり弓矢や、毛抜形太刀、鍬《くわ》、斧《おの》などで武装した男たちが幾十人も固まり、こちら側に激しい怒号を、浴びせていた。

それらの怒号はあらごとの耳に馴染《なじ》んだ坂東の言葉であったり、もっと西の国の言葉であったりした。中には蝦夷の人々を侮る聞くにたえない暴言もある。こちら側から飛ぶ怒号のほとんどが夷語だったが、アヒトの如く大和言葉を解する者は、あらごとの言葉で叫び返していた。

あらごと、乱菊、ユワレは——怒りと不信、嘲りが渦巻く中にわけ入る。

逞しい蝦夷の男数人が、あらごと、乱菊に突き刺すような視線をおくっている。

ユワレが、あらごとたちに敵意はなく、ウエン・カムイを倒すために族長の予言により呼んだ者たちだといくら言って聞かせた処で……彼らの中には、南から来た、あらごと、乱菊に懸念があるようだった。あらごとは言葉、習慣が違うだけで、この人々とわかり合えず、ともすれば対立する側と認識されてしまう状況が悲しかった。

中洲に立った烏帽子《えぼし》をかぶった男が、

「賊をこちらに、わたせ！　わ主らがかくまっておるのはわかっておるんじゃっ」

中洲の一団から、一斉に罵声が飛ぶ。

「盗賊など、知らん！　我らは何もしておらん！」

アヒトが叫び返す。乱菊が、飛沫《しぶき》を上げて、浅瀬に足を入れ、中洲に向かって、

「どんな盗賊だったの！　くわしく聞かせて」

あらごとも乱菊の傍に立つ。

乱菊とあらごとを蝦夷の女とは違うと思ったのだろう、訝しむように烏帽子の男は、

「何じゃ、お前らは……？」

「わたしは東国《あずま》の呪師・乱菊！　この子は、わたしの弟子よっ」

坂東訛《なま》りの大和言葉に中洲の入植者たちは静まる。

「何故、坂東の呪師がそちらに？」

「わたしたちはある熊のような妖に苦しむこの人たちにたのまれて、ここまで旅してきたの。昨夜、盗賊があったとのことだけど……」

対立の最前線に立ったさすらいの女呪師はアヒトたちをゆっくりと見まわし、

「わたしは、三日前からこの人たちの里にいるけど怪しい動きなど何もなかったわ」

「……そう言わされておるだけでは？」

烏帽子の男が、怪しむ。

「乱菊は本当のことを言っているよ！」

あらごとは腹の底から叫んだ。

「どのような賊だったかおしえてほしい！」

乱菊の言にゆっくりうなずいた烏帽子の男は、後ろに首をまわし、

「おしえてやれ」

童が、一人、すすみ出る。

「お主の名は？　生国は？」

烏帽子の男が言うと、

「近江から来た、石黒丸《いしぐろまる》！」

（――近江……？）

近江の長者の大炊殿《おおいどの》で一年間はたらいた経験があらごとにはある。熱い記憶が、こみ上

げる。

（あたしの故郷とこの子が住んでた所は、近いのかもしれない）

遐域《かいき》から来た石黒丸はあらごとより幼げな子で骨と皮ばかり。まるで、餓鬼のように痩せた子だが、目は危険を察知した野良猫のように鋭い。

烏帽子の男は言った。

「この子の二親は、わしらの村一の働き者でな。少しはなれた野山に、あたらしい田畑を開墾しておったのじゃ。そこに幾戸かの者が住んでおった」

いわば新開地だろう。

「そこに……何があったのじゃ？」

うながされた石黒丸が口を開いた。

「昨日の夜更け、盗賊が、襲ってきた。鬼のように恐ろしい奴らだった。目が赤く光り、牙を剝いていた」

あらごと、乱菊の眉が、うねる。あの者たちと直覚したのだ。

「父様も、母様も、おら以外のみんなが――」

石黒丸の面貌が悲しみで歪んだ。

「やられた。そいつらは……あいつらの村の方に行った！」

石黒丸の指が怒りでふるえながらこちらを指した。

あらごとは、身も心も引き裂かれそうな気がしている。

二親を妖賊に殺されたという石黒丸の境涯は、千方に故郷を壊された自分と驚くほど似ていた。

さらに、乱菊から道中、聞いた柵戸の身の上も……自分と重なる処が多かった。

柵戸のかなりの割合が元、浮浪人か、その子弟という。

浮浪人とは下人や下女、貧農の暮しに耐えかねて、己の里を飛び出した男や女だ。

あらごとは浮浪児だったこともある。地獄と言ってよい館で下女をしていたこともある。

だから、彼ら彼女らが故郷にいた頃……どういう境涯にあったか容易に想像がついた。

乱菊によれば、多くの犯罪者もまた、この列島の北奥、雪深き地に、おくり込まれたという。

(あたしも……大根を盗もうとして百姓たちに取っつかまって……)

あらごとの人生には官憲に捕まり奥羽に追われた可能性すらあるのだ。

一方で、官軍に侵攻され、多くの命を奪われ、家々を焼かれ、今も圧迫を受け、昔からの暮しを根元から揺さぶられている蝦夷の人々の悲しみ、苦しみ、怒りもよくわかる。

むろん全てではないが、あの男の一味に多くを壊され、今も絶え間ない脅威を受けている自分と多くが重なり合う気がするのだ。あらごとには川をはさんで睨み合う人々がいずれも悲しみ、苦しみをかかえている気がした。なのに何故、憎み合い、疑い合わなければならないのか……。何故、互いに力や知恵を出し合い、睦《むつ》み合って生きてゆけないのだろう。

「お主らはわしらと違い官への租税が免除されていながら、何故……わしらを襲う？　何故わしらの貯《たくわ》えを奪ってゆく！」

烏帽子の男が、怒気の炎を燃やした。

青筋をうねらせたアヒトが片言で言い返す。

「税をおさめておらぬと言うがわしらは秋田城に沢山の貢物《みつぎもの》をおさめておるんじゃ！　熊の毛皮、熊の胆、カモシカの皮、貂《てん》の毛皮、鷲《わし》の羽、鮭……おさめねば叱られる。それらはほとんど、税と変りないものじゃっ！　そして、盗賊のこと……気の毒なことではあったが、何度も申すようにわしらは知らん」

盗賊事案で殺気立っている中洲の男たちは、

「嘘を申すな！」

「早く、賊を引きわたせっ！」

などと喚《わめ》き、蝦夷の人々を侮るような罵声まで浴びせてきた。蝦夷側もいきり立ち、激しく言い返し、罵り返している。

二つの言葉の、怒声、罵声が、川をはさんで飛び交い——耳をおおいたくなるほどの騒ぎとなった。双方の荒くれ者が武器を激しく振って威嚇《いかく》する。

「——恥を知りなさい！」

乱菊は初めに罵声を浴びせた中洲の男たちに叫んだ。

「正当な怒りは、相手にぶつけるべきものよ。けれど、嘲りと不当な怒りは——恥ずべきものよ！」

乱菊は川に一歩踏み込み、飛沫を立てる。

中洲の男たちも蝦夷側もやや静かになった。

「何故なら正当な怒りを納得できる日は来るけれど嘲りを納得できる日は永久《とわ》に来ない。嘲りは——憎しみにつながる。憎しみは……血をもとめる。

……そんなに血を流したいの？」

乱菊の言葉をユワレが自分たちの言葉にして川のこちら側にいる男たちに聞かせていた。

いつしか両岸共に静まり、皆が乱菊の話に耳をかたむけていた。

「だがな——」

烏帽子の男が何か言おうとした矢先、その横から、

「ぐだぐだ言ってるんじゃねえぞ、和女《わおんな》」

見るからに無頼という男がすすみ出た。顔に傷のある半裸の男で、細身だが逞しい。目の周りが黒ずみ、歯がかけている。右手に振り瓢石《ずんばい》という投石機を引っさげ、左手は木刀を肩に乗せていた。

その目の周りの黒ずんだ、野犬の獰猛《どうもう》さを漂わせた男をかなり太い腕でぐいっと引きもどした烏帽子の男は、低い声で、乱菊に、

「そ奴らが賊を匿っているゆえ引きわたしてくれという我らの申し出、正統なものであろうが？」

「いいえ。正統ではない。何故なら、この人たちは盗賊をしていない」

「その証《あかし》は？」

「わたしとこの子の証言。さらに、わたしは賊の名を知っている」

「ほう、言うてみぃ」

「——赤犬姫！」

乱菊が叫ぶと、石黒丸が、弾かれたように体を動かし、

「何とか姫様って、昨日のあいつら、言っていた！」

あらごとは蝦夷の男たちと村の方にもどりながら乱菊に、

「本当に、十日の内に赤犬姫のねぐらがわかるの……？」

「わからないわ。出来るかどうか。だけど……そうでも言わなきゃ、あの男たちを退かせられなかったでしょう？」

乱菊は川向うに引き上げてゆく男たちを見やる。

乱菊は、真の敵を見うしなってはならない、赤犬姫は恐ろしい魔物であり、和人だろうが、蝦夷だろうが、容赦なく襲う、十日の内に赤犬姫の隠れ家を見つけるゆえ、協力をしてほしい、と双方の里の男たちに説き、争いを仲裁したのだった。

オヤシベが何か言い、ユワレが、訳す。

「赤犬姫という魔物と……ウエン・カムイつまり鬼熊は関わりあるかと」

「それも、わからない」

乱菊は答えた。

「あんたは真の敵は赤犬姫と言いたいようだが……俺は違うと思う」

アヒトが向う岸に去ってゆく男たちの方に首をまわし、

「たしかに、赤犬姫は恐るべき脅威だが」

乱菊は悲し気に、

「あの男たちやその父祖の多くが……ここに無理矢理つれて来られたか……ここに来ざるを得ない何かがあって来た者であることもわかってほしい」

あらごとは浮浪や犯罪、貧苦により、ここにつれて来られた、もしくは来ざるを得なかった移民たちとその子らを見やる。

「俺の祖父は五十年ほど前に秋田城を攻めたのだが……その時、捕虜にした秋田城の若い兵は、お前らが来た土地、坂東から無理矢理駆り出されたと、話しておったそうだ。骨と皮ばかりに痩せた百姓だったと……。敵ながら哀れに思ったとな……」

　アヒトは、語った。

「少なくとも、俺はな、無理矢理駆り出されたという兵たち全員や、あいつらみんなを」

　川向うを睨み、

「……憎いとは思わぬ。憎いと思う者もおろうが、俺は、違う。特にあんたらとあった今では……。だが俺は——其《そ》を命じた者を憎む。赤犬姫など昨日降って湧いた災いにすぎん。ウエン・カムイも然《しか》り。俺たちにとって真の脅威は他にある」

　苦しみが、アヒトの声に、にじんだ。

「何ゆえ、あんたらの朝廷は、あいつらをおくり込んでくる？　どうして、俺たちの昔からの暮しを壊す？　何故、俺たちの家族や仲間を、遠い土地につれて行く？」

　あんたらの朝廷という言葉が秋田城からは帰順した蝦夷・俘囚と見なされているアヒトが心の底からしたがっている訳ではないことをしめしている。

「そもそもどうして俺たちの土地に攻めてきた？　おしえてくれ」

「……わからない。わたしには……。雲の上人の考えることなど」

　頭を振る乱菊に、アヒトもまた頭を振っている。

「いいや、乱菊。あんたは賢い人だ。——わかっているはず。おしえてくれ」

「………」

アヒトは、途方に暮れたような顔で、

「どうして朝廷は……お前たちが蝦夷と呼ぶ、俺たちを、憎む？」

「……朝廷は、蝦夷を憎んでいるのではないわ」

「――では何を、憎んでいるんですか！」

その感情的な声は意外にもずっと黙って聞いていた思慮深き少年、ユワレから迸った。

「……酷《むご》い答になる」

「聞こう」

と、アヒト。

「朝家を牛耳る上つ方は……」

乱菊は、苦し気に、つたえた。

「まつろわぬ者、抗う者を憎んでいるの」

その答に、アヒトとユワレは胸を不可視の矢で貫かれたような顔をした……。

「貴方たち蝦夷はこの土地を治めようとする朝廷に対して、剣《つるぎ》をもって果敢にも抗う」

「――だから、へらそうとする、と？」

アヒトの言に、乱菊は首肯した。

「許されることじゃない……」

ユワレの声は、怒りで、ふるえていた。

「……そう思う。わたしも、あらごとも……。そして、坂東の国々でもそう思う者は多いはず」

蝦夷制圧の負担がもっとも重くのしかかり、そこかしこの里が悲鳴を上げていた地域こそ、坂東であった。

「けどわたしたちに、都の上つ方が決めたことをくつがえす力などない」

アヒトは、乱菊に、

「では、坂東より南の人々は……朝廷が決めたどんなことにもしたがうというのか？　それが、どんなに横暴な指図でも？　それでは、奴婢《ぬひ》と一緒ではないか！」

「坂東以南の民草のほとんどは朝家に抗えるような武器をもたぬし、それを掻きあつめ得る富もない。その思いもない。反乱を起こすとなれば……ある程度の学がある者がいなければ、指導出来ぬと思うけど、そのような者も少ない」

本当にそうだろうか？　坂東より南は、反乱を起こせるような武器、財、思い、学がない者ばかりであろうか？

ある男たちの影があらごとの胸をよぎっている。

平将門、平良文、藤原秀郷……豪族たちである。とくに秀郷にいたっては横暴な国衙《こくが》相手に幾度となく紛争を起していた。これなどは、反乱の狼煙《のろし》を上げて、すぐ消す、これをくり返していると言えた……。

乱菊もまた同じことを思ったらしい。

「真に、それが出来る者はおらんのか？　たとえば坂東などに」

アヒトが鋭い目で問うと、一瞬、何かに突き当たったような顔を見せた乱菊は、

「……一人いるかもしれない」

乱菊が言うその一人をあらごとはわかる気がした……。

（……秀郷……乱菊の、かつての恋人）

もし秀郷が左様な反乱を下野で起したら、坂東屈指の武勇と寛大さを併せもつ、あの武人、あらごとの恩人でもある平将門はどのような反応を示すだろう……？

良門はどう動くだろう？

あらごとは、はかりかねた。

「だけど、それは起らないでしょう……」

乱菊はゆっくりと頭を振っている。

坂東での反乱に何らかの期待を寄せているらしい……アヒト、ユワレが真剣に耳をかたむける横で、乱菊は、

「まだ、追いついていない。時代がその男に……まだ追いついていないから」

＊

「――お目にかかれて光栄です。赤犬姫様」

青き衣の妖女は犬神の女首領に嫣然《えんぜん》と微笑《ほほえ》みかけている。

白髪ヶ岳――。人里はなれた渓谷近くの岩屋である。……赤犬姫一党の巣であった。

たっぷりの獣臭、血腥《ちなまぐさ》さ、腐臭が、水鬼の柳眉を顰《ひそ》めさせていた。

「水鬼と言ったねえ」

岩屋の奥、何処かから盗《と》ってきたらしい畳が一つだけしかれ、燭台《しょくだい》が二つ、その畳を照らしている。朱色の鏡箱が畳の隅に置かれている。

畳の上に胡坐《あぐら》をかいた赤犬姫が白磁の器に手をのばす。器には……人間の眼球が山のように盛られていた。赤犬姫は一つつまみ、実に旨そうに長い舌先で転がしてから、ぶちっと嚙み千切り、嚥下《えんげ》する。

「お前も、一つどう?」

「……遠慮しておきます」

漂うような笑みを浮かべ、やんわりとことわる。

赤犬姫は丸眉の下の目を丸《まろ》げ、赤い眼を光らせ、鋭い牙を剝き、ケタケタ笑って、

「こんな美味《おい》しいもの、この人いらないってよっ」

ゲラゲラ、くすくすくす。不快な笑いが両側から水鬼をはさんだ。

左右にしかれた獣皮や人の皮で出来た薄気味悪い敷物の上に居並んだ獣の姫の手下ども――いずれも赤色眼光を灯し、牙を剥いている――が、水鬼を笑ったのだ。

物おじせずに要件を話す水鬼の左腕には黒い腕輪がはめられていた……。

話を聞いた赤犬姫は水鬼に、

「あらごと、乱菊って少し厄介な呪師が、麓に来ている訳だね？　一人は心当りがあるけどね……。そいつら倒すために、あたしらと、あんた、鬼熊の大嶽で力を合わせようって？」

水鬼がうなずくと、

「大嶽については無理。だよねえ、広耳？」

広耳という赤犬姫の手下、瘤《こぶ》のような筋骨を、肩、腕に発達させ、やけに耳が広く、上と下から圧迫され潰れたような顔をした、無精髭の男が、

「……左様ですなあ。あいつはぁ、こっちの話が通じそうもねえです」

広耳の粘り気をおびた嫌らしい視線が水鬼の豊満な肉体を舐めまわすように窺《うかが》う。

水鬼は、先ほどからまとわりつく広耳の眼差しが相当不愉快であった。

「しかし乱菊がこっちに来ているとは奇遇ですなあ」

広耳が言う。

乱菊の兄弟子・広耳……あの惨劇の夜を生き延びた広耳は犬神憑《つ》きとなり、赤犬姫の一の子分におさまっていたのだった――。

「乱菊めと何か因縁が？」

赤犬姫は、水鬼の問いに答えず、

「世の中、引っくり返そうというあんたの主《あるじ》、千方？……ずいぶん、面白いことを考えるんだねえ」

「……そうお思いになるならば是非。赤犬姫様ならばあたらしき世でかなりの位が約束されるでしょう」

「姫様なんて言われているけれどさ、あたしは元々、駿河の百姓娘よ。ちょっとした念波と、霊眼の力をもっていて、気味の悪い子と噂されていてね……。口をきいてくれる子も少なかった。そんなあたしと口をきいてくれる真の姫様がいてね。長者の、一人娘だった。姫様はあたしと一緒に鏡を見てね、お前は愛らしい子などと言うてくれた」

赤犬姫の昔語りに水鬼は耳をかたむける。

「で……姫様は、あたしにお前の力をわけてって、言ったんだ。無理って答えた。そうだろ？　呪師の力は、もって生れしもの。それをもたぬ者があがいた処で手に入らない」

「例外はありますが、おおむねそうですね」

「姫様は微笑みながら聞いていたけど目は笑っていなかった……。あたしの村にはね、山の犬神に毎年秋、生贄《いけにえ》を捧《ささ》げる習わしがあってね。その年の秋、あたしが、えらばれた。あたしの親や兄たちもあたしを気味悪がっていたから……誰も反対なんかしない。あたしの親が反対した処で決ったことは変らないけどね」

赤犬姫の双眼にぞっとするほど強い光が灯る。

「あたしは山の中の社に置き去りにされ……熊のように大きな犬が、あたしの前に、現れた。あたしは犬神に嚙まれた。その直後、寝覚めたもう一つの力とより強くなった念波であたしはその老いぼれ犬を斃した」

赤犬姫のもう一つの力についての知識が水鬼にはない。赤犬姫に襲われた者の多くが死に絶えていたし千方の千里眼も赤犬姫についてそこまで詳らかに摑めていない。

「あたしは三昼夜、山中で苦しみ……この有様と、なった」

熱病をへて犬神憑きに化したということである。

「夜中、里に下ると、今までよりずっとよくなった耳に色々なことが入ってきた。誰が、あたしを生贄にさせたか、とかね……。あたしは自分の家の連中を手始めに、村の奴、みんなを殺し、最後にそいつの家に行ったの。――そう。友達面してあたしを生贄にした、長者の姫の屋敷に行ったのね。で、下人どもも皆、あの世におくり、長者夫妻を喰い殺し、その目玉、四つの目玉をくり抜いてあいつに差し出した。『これを喰ったら命を助けてやる』ってね。あいつは、泣きながら言った。『そんな犬畜生に劣る真似は出来ない』って。あたしは命乞いするあいつの喉を嚙み千切って殺し、あいつの口に――。わかるでしょ？何を詰めたか。

で、あいつの鏡を見た。そこにある鏡」

赤茶色い髪をした魔性の姫の指が、朱色の鏡箱を差す。

「血で真っ赤になったあたしの顔が映ってたよ。その夜からあたしは、赤犬姫と名乗った。気に食わないんだよ……その夜から」

赤犬姫の眼光の赤色が――危険なほどに強まり、ある色になっている。溶岩の色に。

赤犬姫、低い声で、

「あの姫様と同じような顔した女、噓つき女、みんながね。――お前のことだよ、水鬼」

(どうも、こ奴、我らの思惑の埒外《らちがい》にある気がします)

水鬼は靡ノ釧にさっと手を置く。

《――大人しゅう、我らが主にしたがえ》

が、鮫《さめ》のような猛悪な牙を剝いた姫はニタニタ笑ったまま……。

(効かぬだと――靡ノ釧が？)

水鬼は、すかさず、広耳たち赤犬姫の子分を睨み、

《そ奴を喰い殺せ！》

赤犬姫退治を赤犬姫の手下たちに靡ノ釧をつかって命じようとするも何か凶暴な力に手首を摑まれ、水鬼の右腕は悲鳴を上げた——。瞬間移動した姫に手首を捩《ね》じられたのだ。

(——縮地——?)

あっという間に殺到した赤犬姫の子分に水鬼は取り押さえられ、頼みの釧も、赤犬姫の恐ろしく敏捷《びんしょう》な手に奪われてしまう。水鬼から奪った黒き腕輪を瞬く間に己の腕にはめてしまった魔犬の姫は、血色の眼を細め、舌なめずりして、

「この黒く可愛い玩具《おもちゃ》に何を命じようとしたよ?」

「赤犬姫様、此《こ》は……何事でしょう? 友好を望む使いに、あまりのなされ様」

鼓膜が破れんばかりの声で、相手は、

「——嘘つきが嫌いなんだよ、あたしは! お前が望むのは友好ではなく——屈従だろ?」

水鬼を強い力で取りおさえている広耳が、

「そうですぜえ。赤犬姫様」

「水鬼、もう一度、訊く。この黒い釧には、どんな力が?」

広耳たちに取りおさえられた水の妖術使いはふーっと息を吐き、くすくすと笑って、

「——犬にわかる使い道はないかと」

「そう? 化けの皮が剝がれて、らしくなってきたねえ! いいよ、お前。凄く、いい。

うふふふ」

赤犬姫が――水鬼の白く尖った顎を鷲摑みにする。長い爪が柔肌に食い込み血が流れた。

「世の中、引っくり返す？　人の世を終らせるだぁ？　興味が――ないねえっ！」

赤犬姫は、水鬼に、

「だって、あたしら魔性やお前たちが人を治める世になったら、人はあたしらに怯《おび》えなくなるよ」

「どうして？　最大の恐怖をいだくと思うけど」

湖のように静かな声で返すと赤犬姫は頭を振った。

「違う。何も、感じなくなる。――麻痺《まひ》する。空っぽになる。そんなのを殺しても、人形を壊しているような感覚しかない」

赤犬姫は大きな口を広げ真っ赤な口腔《こうこう》を見せ、生臭い息を水鬼にかけ、世にも酷たらしい笑みを浮かべ、

「あたしはあたしを恐れ逃げ惑う者を喰らうから、楽しいんだ。それにあたしは――」

広耳が、濁声《だみごえ》で、

「秩序ですかい？」

「そう。秩序を掻き乱し、ぶっ壊すのが楽しい。千方とやらの目論見通りに動いたら……この世は、千方を戴《いただ》くあらたな秩序に塗り替えられるだけ。そんなの、つまんないよ！」

腰の竹筒から水を放ち赤犬姫の目を潰そうとするも、姫の拳が——水鬼の脾腹《ひばら》にめり込む。あまりの力に胃がひっくり返り、腸《はらわた》が暴れる気がした。火花が消えるのを感じながら水鬼は胃の中身を吐いた。

「牢《ろう》に入れておけ。あたしの獲物だ。傷一つつけるんじゃない」

下知しながら、霊眼で水鬼の力を見抜いたと思われる猛犬の姫は、水鬼の腰から二つの竹筒を捥《も》ぎ取り、掌に力を入れ、軽々と粉砕した。中の水は当然、こぼれている。

水鬼は——荒縄でしばられ、広耳たちに、牢に引っ立てられた。

牢には既に蝦夷の女が二人入れられていた。一人は盛んに泣きわめき、もう一人は膝の中に頭を埋め一切、動こうとしない。牢番をしていた男の犬神憑きの一人が水鬼をみとめるや鼻をひくひくさせ、長い舌を出してゆっくり舌なめずりする。

「いい女じゃねえですか、広耳様ぁ」

牢番の犬神憑きが牙を剝きつつ、いきなり水鬼の乳房を衣の上から鷲摑みにし、つづいて捥ぎ取れるのではないかというくらい乱暴に、つまんでいる。

広耳はニヤニヤ笑っていた。

その広耳から、いきなり、突風が、吹く。手刀だ。

広耳の猛速の手刀は水鬼の乳を摑んだ男の喉から後ろ首までを刀のような鋭さで貫いた。

真っ赤になった腕が抜かれると、首に穴が開いた牢番は痙攣《けいれん》しながら斃れている。

もう一人の牢番は身を竦《すく》ませてたじろいでいた。広耳は、その奴に、

「この女に、乱暴するんじゃねえ。あのお方が召し上がる馳走だ」

「……へえ」

水鬼を牢内に突き飛ばすと広耳は、頑丈な格子戸をしめた。水鬼は格子を摑み、豊かな胸をすりつけるようにして、妖艶な匂いを漂わす。

「赤犬姫にこきつかわれているんでしょう。わたしとくんで……」

広耳や牢番を靡ノ釧無しであやつらんとする。広耳は唾を呑んでしばし黙っていたが、

「あのお方の悪口を言うんじゃねえ。それを言われちゃ、おめえ、俺だってこいつらの乱暴を何も止めやしねえぜ」

「………」

「だが、おめえには感謝している。懐かしい名を聞かせてもらったからなあ……。その礼が、こいつよ」

赤くべとついた指が首に穴が開いた牢番の屍を指している。

広耳は、片手で椀をつくり、その屍からこぼれる血を一掬《ひとすく》いし、実に旨そうに、啜《すす》る。

それから真っ赤に染まった牙を剝き、ニタニタ笑うと去って行った……。

身から出た錆《さび》とはいえ……途轍《とてつ》もない凶獣の巣に閉じ込められてしまった水鬼であった。

わごと　六

蓬萊の玉の枝が眩く輝いている。

実は白く、茎は金色に、根は白銀色に、輝いている。

――玉の枝が光るのは発見の時以来だ。

「これが光っている間に、通力の継承が出来るのでないか？」

良源が、興奮した様子で言った。

熊野新宮。

忌部《いんべ》家の屋敷だった。

蓬萊の玉の枝を得たわごとたちは、安全な新宮に、水雷の術者たる、忌部海人主、致足の海沿いの屋敷に、もどっていたのである。

玉の枝を潤羽や千穂に近付けると光が弱まり、良源に近付けると目を射貫《いぬ》くくらい光が強まる。

「俺の通力が……よいということなんだろうな？　どっちにする？　縮地か、紙兵か。すぐ考えろ。この光が消えぬ内に」

日蔵が粘っこく、魔陀羅尼が鋭く見やる中……わごとは深く考えて、強く、

「――紙兵をお願いします」

わごとが、実を、良源が、根を、にぎる。良源が冷たくも熱い火花を発するのがわかる。

すると、その火花が蓬萊の玉の枝を通じて自分に入って来る気がした。

「よし。まずは、簡単なのからやってみよう。蝶《ちょう》を描いてみよ」

良源が短冊を出す。

わごとは強い念を込めて蝶を描いたが――十枚描いた内、一枚、つまり一匹しか、蝶に変化して飛び立ってくれなかった……。

それでも日蔵や為麻呂は手を叩いてわごとをほめ、良源は、

「まがりなりにも紙兵の力を得たようだな……。後はもう、鍛錬だ」

わごとは、千歳眼、ことびき、紙兵――三重の術者となっている。

これは打ち沈んだ気持ちになっていたわごと一行を、久方ぶりに元気づけた。

というのも、那智において虹水で、鏡の欠片をすすぎ、蓬萊の玉の枝を見つけた翌日、驚くべき事件が……新宮で起きている。

社僧が一人、殺されたのだ。

新宮の社にも大きな影響力をもつ海人主は社人や社僧などで学識豊かな者を動員、彼の

社の書庫において——徐福の霊宝にまつわる古文書などがないか調べをおこなっていた。

同社は魂壁の内に、ある。

この見えざる壁の中であれば……千方の魔手はとどかぬはずであった。

だから、海人主は調査にあたる者たちに、しらべ終るまで社の書庫から出ぬように厳しくつたえていた。だが、古記録にあたっていた僧の一人が忽然《こつぜん》と消えるという不測の事態が……起きている。

この僧は夜半、古文書の一部をもち去り——新宮の社を抜け出し、姿を消した。

で、翌朝、熊野川河口で屍となって見つかり、その近くにもち去られた古文書はなかった……。

それを聞いた、わごと、良源は、絶望の大穴が胸に開いた気がした。

わごとにより蓬萊の玉の枝が見つかった以上、紀州に隠されたのこる霊宝は、生大刀をおいて他にない。

その生大刀について書いてあると思われる古文書が奪われてしまったのだ。

良源は、悲壮な面差しで、頭を振った。

『千方一味の凶行に違いない……』

つまり、その僧が強靱《きょうじん》な魂壁の内、新宮の書庫に籠る以前に……その心に、千方によって、妖術の紐《ひも》がつけられた。

『――他心通により、宝の所在が書かれた古文書が見つかった途端、外にもち出すように強力な暗示がかけられたに相違ない』

件《くだん》の情報が書かれた古文書を見つけた僧は、海人主に報告する以前に、妖術の見えざる紐に手繰り寄せられ……古文書を小脇にかかえて出奔。

敵に古文書をわたし――口封じのために殺されたというのである。

良源の見立て――限りなく真相に近いと思われた――が、事実なら、わごとたちが知るより先に、他の呪師の通力をはね返し、使い様によっては死者を蘇らす禁じられた力・反《はん》魂《ごん》の力までもつという生大刀の在り処が、あの男、千方に知られてしまった形になる。

（……許せない。千方、いったい、どれほどの数の人を殺《あや》めれば気が済むの）

――自分たちよりも先に千方が、生大刀を得てしまうのでないか？

一時は深い絶望に突き落とされたわごとであった。

これが十数日前のことである。

だが、今日、三月二十五日、わごとは三重の術者となり……打ち沈んでいた仲間たちを力付けている。さらに興奮した様子の忌部致足が部屋に入って来て、

「いそいで、親父の所に来てくれ！　古文書がいま一つ見つかったんや！」

海の匂いがする板の間には、わごとと、良源、海人主、致足親子、千穂と日蔵が、いた。

顔が角張り、胸板あつき忌部海人主が、

「特別の許しを得てもって参った」

海人主によると――二つ目の古文書は薄汚れた木箱から見つかったという。その箱は書庫の片隅で埃をかぶっていて、これを見つけた僧によれば、判読はむずかしいが、霊剣の隠し場所らしきものが書かれているという。

重く硬い筆致でびっしり書かれた漢文、数多の汚れが、わごとの息を、呑ませる。

傍らの良源がぐっとのぞき、解読してゆく。

「件の霊剣を……和歌《わか》の浦《うら》から十大里、川上、神の野に埋めけり。鬼が此を守る……」

良源の双眸《そうぼう》が輝き、

「――生大刀のことだ。千方に奪い取られた文書の写しか、はたまたこちらが原本で向うが写しであったか……。生大刀についてしるされた文書が二つ、あったのだ！」

「和歌の浦から川上ゆうのは紀《き》の川《かわ》流域に隠されたゆうことかと思います」

海人主が、言う。

今、紀州の東南にいるわごとだが、吉野川の下流たる紀の川は紀州の西北を流れる川だ。

「川上に十大里……ちょうどその辺りに神野々ゆう里がある。高野山《こうやさん》の向う岸辺りや」

日蔵の言に、良源は、

「神の野と、神野々……そこに相違ない！　紀州の神野々といえば……白鳳《はくほう》の頃に寺があったはず。今は廃寺となっておるが。白鳳の頃の寺も生大刀を守るためにもうけられた仏法以前の聖地が前身であったのかもしれぬ……。また、弘法大師も何処ぞで生大刀のことをお聞きになり、これを守るような意味で高野山を開かれたのかもしれぬな……」

海人主は深くうなずき、

「船路で行かれるがよろしい。舟はかし申す。致足、船頭は汝じゃ！」

「おうよ」

明るい一声が、弾みながら、致足から出る。致足は膝を強く打って腰を上げ、わごとにうなずきかけた。


青く広々とした熊野灘を沖に出れば——そこには黒潮が流れている。

東に向かおうとする強力な海流だ。なので、新宮湊《みなと》を海人主たちに見送られて解纜《かいらん》した丸木舟は、岸近くを行く。

水雷の術者がおらねば風や、黒潮とは逆の方に向かう潮などを利用するのだが、わごとの一団には致足他二名の水雷の呪師がいる。いずれも忌部一族の者だ。

なので彼らが交代で水をあやつり——舟の進行方向と同じ向きの海流を生起させ、船路をつくる。

新宮を出、青海原を奥深い緑の山々を右手に眺めつつ、白い飛沫を上げてすすんだ、わごと一行。那智の傍らも通りすぎ、海の彼方の西日が、波という波を熱鉄の色に染めた頃、潮岬《しおのみさき》近くにたどりついている。

——本州最南端の岬である。

大国主命の国造りを手伝った少彦名命《すくなひこなのみこと》がこの岬から常世《とこよ》に旅立ったとの言い伝えがある。古来、この岬が……死の世界の入り口の如く見られていたことを意味すると思われる。

新宮を出てからずっと水陸に異変がないか、巨細眼を駆使してきた潤羽が、溜息をついて目を揉《も》む仕草を見せる。

「ひねもすわたの原眺めしゆえに、さすがに……」

さすがに、目が疲れたのか。

「渇え、近し」

疲労しているのは潤羽だけではない。

二重の魂壁——内壁はわごとをかこみ、外壁は舟全体をかこむ——を一日中、張りつづけていた千穂の額にも玉の汗が浮かび、頬には、疲れがこびりついていた。

つまり、わごとは前に千穂が魂壁の力を込めてととのえてくれた衣と、今張ってくれている壁、三重の防壁に守られている。

わごとは仲間たちの奮闘をたのもしく、そして申し訳なく思う。

(千穂さんも渇えが近いかもしれない)

「ふう、今日はここまでやな」

致足が、言った。彼が動かしているのは二本の巨木をつかった、かなり縦に長い丸木舟だ。

わごと、良源、日蔵、致足、潤羽、千穂、為麻呂、石麻呂、魔陀羅尼、そして他に忌部一族の水雷の呪師二人、やはり忌部の如意念波の呪師一人、雷太と太郎丸が、乗っていた。

交代制とはいえ、長時間海水をあやつりつづけている致足ら水雷の呪師三人もかなりくたびれている。

致足が水流を起す。舟は波を白く砕いて岩石がつくり上げた屏風に向かう。

——その時であった。

潤羽の三白眼から、鋭気が、迸る。

ぎりぎり、渇えをむかえていなかった潤羽、岬を指し、

「……怪し！」

見れば——潮岬の上に、ぽつんと小さな人影が二つ、あった。一つは長身の男の如く見え、いま一つは少年のように見える。目を凝らした潤羽は刀で斬るような声で、

「千方と、隠形鬼也《なり》っ！」

千里眼を潮岬上にそそいだらしい魔陀羅尼も、

「たしかに——千方たちじゃ！……あの遠さでは邪眼はとどかぬ」

千方の攻撃を予想しわごとは、面を引き攣《っ》らせている。

岬上の千方らしき人影は、こちらに指を向け、青白い閃光を放っている。

――神雷だ。

妖術の稲妻が肉迫、丸木舟のすぐ傍、海上で青白い稲光が目に見えない壁にぶつかる。

壁に走った数多の罅の如き形に電光が走った――。

(千方の神雷と、千穂さんの魂壁が――戦っている！)

たとえば、千方が念をつかわず矢を射た場合、その矢は魂壁に入って来るし、念で矢を飛ばせば、その矢は千方の念をうしなった状態で、魂壁内に侵入する。だが、この稲光、全てが念の炸裂《さくれつ》がエネルギー化したものなので、魂壁は悉《ことごと》く弾こうとしている。

良源が紙兵を飛ばさんとし、わごとも自信がなかったが短冊を、出す。が……潮岬の千方と隠形鬼らしき影は消えていた。

(……縮地)

「……全く……すばしこき男よ」

苦みと楽しみが複雑にまじった声を出す魔陀羅尼だった。

千方の稲妻が走らせた閃光は、消えている。唇をきゅっとしめた千穂が指を一つ立て、わごとと良源に向かって、頭を振る。あと、一度、神雷を放たれたら魂壁を破られると言いたいようだ。渇えが千穂に近付いている以上、修復もまた、むずかしかろう……。

（みんなの渇えが近い時に襲ってきたということ？）

青筋を額に立てた良源、額に手を当てて思案し、

「陸にうかうか近付くのは……かなり危うい」

神出鬼没の千方から、索敵にすぐれた潤羽、防御にすぐれた千穂の渇えが近い頃合いに、稲妻を放たれるほど、危ういことはない。

「恐らく千方に水雷の力はないと思われる……。水雷をつかう彼奴《きやつ》の手下もあらごとを追っておるようだし。と、すれば……奴が海の上に来るには、舟をつかうか……」

「変形《へんぎょう》」

わごとは、呟いた。

――魚か鳥に化けてくるということだ。良源は、ニンマリと笑い、わごとに、

「うむ。しかし、変形してくるなら……戦い様はあろう？」

太郎丸を肩に乗せたわごとは目を光らせてうなずいた。ごとびきは、大地の支配者・多邇具久《たにぐく》とかかわる力、つまり、大地の気を吸い込む通力ゆえ、海岸からあまりはなれるとつかえない。

（だけど、この近さならつかえそうだわ）

「――もう少し舟を西にすすませ、千方がこれそうもない島の如き所、沿岸から数町はなれた島などあったら、そこにつけてくれ」

良源が言うと、致足は、

「ほな……横島《よこしま》につけるわ。二大里ほど西にある小さな島や。岩だらけの。岸からの距離も申し分ない」

丸木舟は少し沖に出てから——西に舵《かじ》を切った。

青き黄昏《たそがれ》がほぼ去りかけ、代わって漆黒の夜闇が、南、島影一つだに見えぬ大海原を席捲《せっけん》しつつある。

ただ、月光に照らされた白波が、黒き海のそこかしこに見える。

良源の袖が、千穂に引かれた。

千穂は何かを必死につたえんとしている。だが、良源に、上手くつたわらない。

もの言わぬ呪師の様子をじっと見ていた魔陀羅尼が、

「渇えが近く、魂壁がほころびると言いたいのでは？」

千穂は悔し気な面持ちでうなずく。良源は、千穂に、

「……よく今まで頑張って下さった。だが、内なる魂壁の方はいま少しだけ、踏ん張れぬか……？　そして、千方の攻撃ある時、外の方の魂壁も盾の如き形でその攻撃の方に張ってもらえまいか？　無理なことを言うておるのは百も承知だ」

「良源、人使いの荒い男よ」

おかしげに毒づく魔陀羅尼だった。

千穂は、魔陀羅尼の言にくすりと笑い、良源に強い面差しでうなずいた。

良源は、灰色の尼に、

「ほら。千穂殿は出来るのだ。だから、俺はたのんでおる」

いよいよ暗くなってきた前方に目を凝らしていた日蔵が、

「ん。島や」

日蔵は潤羽に大きな顔を向け、何故気付かぬというふうに首をかしげる。

「……渇え也」

三白眼を伏せ、貴族的な優雅さでゆったり頭を振るも、心なしか悔し気な潤羽だった。

千穂が張っていた外の壁が取りはずされ、橘潤羽の巨細眼が渇えによりつかえなくなった時……丸木舟はその島・横島に着岸した。

岩がちな小島で大波がくれば波の下に沈みそうだ。

「何か、妙やなあ……」

「……妙？」

致足の言葉が引っかかって、わごとは問うている。

「ここはたしかに横島なんやけど、何か少し違う気もするんや」

上陸したわごとは眉を顰《ひそ》める。踏んだ岩が……何だか、やわらかい。

潮気にまじり仄《ほの》かな妖気すら……漂っている気がする。わごとは良源に、

「この島でやすむのは止《や》めませんか？——何だか、怪しいです」

「いや……。このまま先に行って海の上でやすらうのも危険だ。潤羽が渇え、千穂殿や致足も渇えかけておる……」

良源の声は何だかとても眠そうだった。そう言えば、日蔵や、致足など他の呪師も大あくびをしている。雷太も白い足をのばして蹲り、大きくあくびし、熊野の鷹、太郎丸はあらごとの肩で目を閉じていた……。

（——わたしは眠くないのに、何で、みんな？）

ぞわり。冷たい予感が背を撫でる。

だが、致足がつれてきた水雷の術者二名をのこし、皆上陸してしまう……。

わごとは近くでやはり眠そうな顔をしていた潤羽を揺すり、

「何だか、この島、ひどくおかしいわっ！」

潤羽の白い眉間に険が、きざまれる。眠りの淵に入らんとしていた処を揺すられた不快感か、異常の眠気への不審であったか？　唇を嚙んだ潤羽の中で小さな火花がひらめくのをわごとは感じた。

——渇えを起したかに見えた潤羽だが最後の火花を掻きあつめた形だ。

潤羽は濡《ぬ》れ岩に手をつき、

「――この島の岩が根より、いとあやしき雲気、しきりに、生ずっ」

わごとの目には何も見えぬ。が、潤羽が疲れ、眠気と戦い最後の力を振りしぼって発揮した巨細眼は島の岩から発せられるいとあやしき雲気――不穏なガスの如きものをみとめたのだ。

踉蹌《ろうそう》たる足取りとなっていた良源が潤羽の叫びに反応、腕を嚙んで、眠気を散じさせ、

「誰かこの眠気を散じる通力の持ち主はおらんかっ！」

――一人の女呪師が、青年僧の吠え声に反応する。その女性はわごと一行を恐ろしい目で睨みまわした。すると、どうだろう。元より眠気を感じていなかったわごとはやけに目が冴《さ》える気がする一方、突然の睡魔に襲われていたらしい、わごと以外の全員が、急に崩れかけていた体勢を直したり、目をこすって正気にもどったりした……。

「……ふう。危ない処であったわ」

その声は灰色の尼、魔陀羅尼から、出ている。

……邪眼による、不眠症……。

多くの呪師に忌み嫌われている邪眼が多くの人に疎《うと》まれている病によって、皆を救ったのだ。乃ち、魔陀羅尼は全員を一時的に強力な不眠症にして泥のような眠気の牢獄から解き放っている。

「――助かったぞ！　あんたのおかげで。大手柄だっ！」

皮肉っぽい笑みを浮かべる魔陀羅尼をたたえた良源は、眉を顰め、

「……しかし、この島は一体、何なのじゃ？」

やはり眠気が散じた忌部致足がはっとする。

「ここは、横島やない！　全く、違う！　横島は……あれや」

西方、暗闇に沈んだ海を指す。島らしき影が見えなくもなかったが、よく、わからない。

すると残り少ない火花を一気に巨細眼につかった潤羽が、

「たしかに島也！」

致足が言う方を強く指す。良源が、強張《こわば》った声で、

「あっちが、横島？　じゃあ、ここは？　そう言えば、さっきと様子が違うようだぞ」

良源や致足がさっきまで見ていた光景とわごとが見ていた光景は……違うようだ。

致足が、必死に考え込み、

「……イ、イクチゆう化け物が……おる」

「……あの大魚か？　鰻《うなぎ》の如き姿で何百丈もの体長があり、船上を乗りこえて体から油を垂らし、船を沈めるという？」

良源が言うと、致足は、

「せや。あまり知られておらんがイクチにはもう一つ、力が……。……人を眠くする毒気を放つんや」

わごとは絶望的な笑みを浮かべる。

「つまり、ここって……」

「――イクチの背やぁ！　逃げろぉぉぉっ」

舟に向かって急いで逃げながらわごとは千方の幻術の楼閣がここを、致足ら紀州の船乗りに横島のように思い込ませたこと、自分が幻術、イクチの毒の影響外に置かれたのは……千穂の二重の魂壁、つまり、魂壁の衣と、内壁の方の魂壁のおかげと知った。

――その時であった。

横島と思われた島自体が激震、わごとらを慄《おのの》かせると同時に、漆黒の海上から猛速の殺意が二つ吹き、二人の呪師が朱《あけ》に染っている。

如意念波の呪師と、舟にいた水雷の呪師一人、つまり致足の同族の男二人が首に大穴を開けて斃れたのだ――。

海上に怪しい人影がある……。そ奴から、殺意の突風は吹いたらしい。

巨大魚の背から下り、一刻も早く舟にもどりたい、わごとたちだが……舟の向うにいる怪しい人影も気になり、足を止めてしまう。

――良源が念を込めながら短冊を一つ、放る。

すると、その短冊、世にも眩い閃光を放って海の上や、わごとたちを照らしつつ宙を漂った。

閃光が照らしたのは怪しい素っ裸の男、二人だった。

ひょろりと背が高い男が猿のように小柄なもう一人の男を肩車して海に突っ立っている。

二人とも、目と鼻が、ない。で、横に裂けた大口だけがあり、その口には釘《くぎ》のような物凄い牙がずらりと並んでいた。その口以外はのっぺら坊という牙をもつ妖人二人の後頭部は異様なほど後ろに長く発達。白瓜《しろうり》に似た形をしていた。――人に近い、異形だ。

「あいつらが立っとる所……えらい深い」

致足が呻いている。

背が高い方の肩に乗った小柄な奴の、物干し竿より長くなっていた手が急速にちぢみ、常の長さに、なる。つまり下にいる方は異様に足が長く、上にいる方は……手の長さを自在に変えられる。で、急速にのばした手には人体をぶち抜くほどの、鋭い、突破力がある。

「……手長《てなが》、足長《あしなが》か」

良源は眼前の妖魔の名を呟いた。

そしてさっと、剣の衣をまとった童子が描かれた短冊を出す。

――護法童子《ごほうどうじ》である。

わごとが知る限り良源の紙兵の中で最強の存在だ。宙に放られた紙片が、眩く輝く童子に変ろうとした刹那――細い突風が吹き、それは穴が開いた紙切れになり、海に落ちている。

左腕を長くのばした手長が舌なめずりしている。手長は、護法童子が来ると気付くや、すかさず、左腕を急伸長、急突出——良源の紙兵を突き破った。

わごともまた良源の見よう見真似で描いた護法童子を放つ。が、紙のまま落ちてしまう。

「……ぬう。奴は、後ろ頭が弱点！　誰か、そこに痛撃を！」

良源が言い、

「おらがやりますっ」

その呪師は金属化した逞しい胸を張って吠えた。固く重厚な自信を漂わせたのは、鉄の兄弟の弟、石麻呂であった——。水辺に立つ石麻呂と、左腕を縮小しこちらを窺うように首をひねった手長、足長は十歩ほどはなれており、間には——暗い海がある。

「石麻呂をおくる波を！」

良源が叫ぶと、致足が、

「承知！」

石麻呂が海に足を入れるや足元の海水がまるで舟のように石麻呂を乗せて急進。石麻呂は水上をすべる形で——手長、足長に、突進した。

猛速度で急成長する手長の右手が——波に乗った石麻呂の喉を狙う。金剛身の術者・石麻呂は咆哮《ほうこう》を上げ、肉迫してきた手長の手を、己の右手で殴っている。

手長が悲鳴を、上げた。

全身鋼鉄化させた石麻呂はそのまま波に乗り、手長、足長を退治せんとする。

刹那、わごとは得体の知れぬ力が海中から石麻呂に向けて放たれ、石麻呂の内で散っていた火花が俄かに小さくなってゆく気がした。

（まさか――）

あの少年が近くにいないか見まわすも何処にもいない。だが、隠形鬼について言えば、いないように見えて実はいることが出来る強敵だった。

わごとが警告しようとした時には、猛烈な力が、波の下から、石麻呂を襲っている。

飛沫を上げ、海面を真っ二つにわる形で……長い足が現れ、金剛身が解け、肉体がやわらかくなった石麻呂を下から蹴上げたのである。

足長であった――。

為麻呂が弟の方を見ながら、悲痛な声で、叫ぶ。

（わたしが、あの時、見逃していなければ――）

石麻呂の体が――物凄い勢いで、わごとらがいる島、つまり大怪魚・イクチの背に墜落する。後頭部を強く打ち付けた石麻呂は首をぐにゃりとさせ、血を吐きながらこと切れた。

絶望の矢がわごとの胸を射貫き、為麻呂は空を掻き毟《むし》る所作をした後、石麻呂の近くに蹲って嗚咽《おえつ》する。

面貌を歪めたわごとは、

「隠形鬼が海の中にいますっ！」

致足が——海に向かって手をかざし、

「あの糞餓鬼《くそがき》かっ」

海水と意識をつなげられる致足、海に向かって瞑目《めいもく》しながら気を放ち、

「——そこやな。捕まえたわ！　覚悟せいっ」

致足の水雷は大渦を夜の海に起す。渦で、隠形鬼を巻き込み、海底に沈め、息の根を止めようとしている。

立ち上がった為麻呂の鋼鉄化した筋骨から凄まじい怒気が放たれる。

辺りにあるものを圧《お》し潰しそうなほど……荒々しい気であった。

「致足、手長、足長の方に波でおくってくれるか？」

致足は海に手をかざし隠形鬼を追い詰めつつ、

「お前、やってやれ！　わし、今、こっちに夢中やっ」

もう一人の水雷の術者、つまり忌部一族の者に下知する。いま一人の水雷の呪師が飛沫を上げて夜の海に飛び込んだ為麻呂を手長、足長の方に波でおくる——。

手長は、凄まじい速さで右手をのばし、為麻呂の顔を打つも、逆に悲鳴を上げた。

為麻呂の顔は鋼と同じ状態になっていたため岩壁を思い切り殴って……拳の骨が砕けた人と同じ有様になったのだ。痛みに呻く手長、凄まじい牙で威嚇《いかく》しつつ棒立ちとなった足

長のすぐ前まで来た為麻呂、波をあやつる忌部の者に、

「後ろへ！」

為麻呂を乗せた波は右から素早く手長、足長の後ろにまわり込む――。

為麻呂は目まぐるしい動きに対応できていない足長の後頭部を鋼の拳でぶん殴った。

足長は、凄まじい絶叫を上げ夥しい黒煙を噴き上げて掻き消える。

足長に肩車されていた手長は――足場をうしない、波間に転げ落ちる。

その慌てふためく手長の後頭部めがけて一陣の風を切りながら手刀が打ち下ろされ、手長もまた黒煙と化し――退治された。

むろん、為麻呂の手刀であった。

波に乗ってもどってきた為麻呂は石麻呂の遺骸に一度、手を合わせると、わごとの方を悲しみと、怒り、どうしようもない苦しみにみちた目で、睨んだ。

……為麻呂が言いたいことがわごとには痛いほどにわかった。

「手長、足長にすっかり気を取られておったがここは化け物の背だ！　早う舟に」

良源が言った瞬間、わごとたちがいる島、いや島のような大怪魚の背は震動。

――いきなり降下しだした。

大怪魚・イクチは、否、正確にはイクチをあやつる何者かは、イクチに乗ったわごとたちを海に沈めようとしている。

渇えが近いらしい致足、苦し気に、

「くう、取り逃がしたわっ」

――隠形鬼のことだろう。

致足は、イクチが沈下したために四方からこちらに流れ込もうとしている海水を止めるべく、渾身《こんしん》の水雷をぶつける。通力による水壁がわごとたちの四囲に生れた。

「早う舟に！」

水壁によって上に押し上げられつつある舟にどうにか全員、乗った時、致足は、一瞬、水をあやつる力をほどいた。

――バシャーンッ！

大音声《だいおんじょう》上げて不自然に隆起していた水があるべき姿、自然の法則にのっとった様子になり、夥しい飛沫をわごとたちは浴びるも、総員、無事である。

わごとは舟縁《ふなべり》を摑んで歯を食いしばり、その傍らの潤羽は白い手でつむった目に蓋《ふた》をしている。渇えを起した巨細眼を回復させようとしている。

致足ともう一人の水雷の呪師が波を動かし、イクチの真上から丸木舟を逃がさんとする。つまりイクチにかぶさる波の上を舟は行こうとした。下手にイクチからはなれるより、今はそうする方が安全という致足の判断だろう。

瞬間、わごとは――瞠目した。

舟の近くに大きく白い水柱が立ったかと思うと……幅二丈半（約七・五メートル）、長さ数町という黒くぬるぬるした様子の巨大鰻の胴部というべきものが、出現。それが陸近くまでとどく高さ四丈（約十二メートル）ほどの大反橋《そりばし》の如き形態《かたち》をとったのだ。

（あれが――イクチの胴？）

驚きに、胸をぶち抜かれた顔になる、わごとたちだった。

巨大な脅威に向かって雷太が激しく吠える中、巨細眼などないが、単に目のよい日蔵が、

「あそこに、人がっ！」

見ればたしかに大怪魚の橋がもっとも高くなっている所に忽然《こつぜん》と一人の男が立っていた。

「――千方じゃ」

魔陀羅尼が、殺意をにじませて、呻く。

「神雷が来るっ！」

魔陀羅尼の警告と同時に千穂がわごとをかばうように舟縁に身を動かし、手をかざす。

千穂が声帯が焼けそうなほど激しい叫びを上げながら――最後の火花をありったけそそぎ、強靱な魂壁を張る。

その不可視の壁に青白き稲妻――妖術の雷電――が、激突した。

バチバチバチ！

凄まじい閃光が、走る。魔王の神雷が千穂の魂壁を崩そうとしている。

魔王の方が優勢で激烈な閃光がどんどん近づいてくる。魂壁が、押されている……。

良源が咆哮を上げつつ護法童子をくり出した。わごとも駄目もとで護法童子を放つ。

剣の衣をまとい、剣を引っさげた二人の童子が、閃光に向かって突っ込み、剣を振るう。

（やった）

すると、ひと際、眩い閃光が起き、光がおさまると共に焼け焦げた二枚の短冊がひらりと海に落ちた。

――千方の稲妻も消えている。

強力な紙兵・護法童子が、その身を焦がしながら、魂壁の力もかりて魔王の雷撃を受け切ったのだ。

肩で息するわごとに、良源は、

「めずらしく様になってたぜ」

もっとも千方を知る女、魔陀羅尼が、かつての仲間たる敵の総帥を睨み、

「恐らくもう神雷はつかえぬ……」

千方としても相当な気を込めた一撃であったのだろう。

「じゃが、別の手で来よう。良源、わたしを千方の傍につれてゆけ。邪眼で仕留める」

わごとは邪眼で決着がつくのに何とも言えぬ抵抗を感じるも……良源は複雑な面持ちで首肯、魔陀羅尼の手をにぎった。

「他のみんなは、わごとを守ってくれ！」

その叫びをのこし、良源と魔陀羅尼は——掻き消えた。

良源は一枚の短冊を取り出しつつ、敵の総帥から数歩、はなれた所に、灰色の尼と、縮地している。

丸木舟と千方の間、イクチの背に縮地した、良源、魔陀羅尼。

良源から見て黒くぬるぬるした坂を登った所に吸い込まれそうなほど美しい星空を背負い、長い垂髪を潮風に靡《なび》かせて、男が一人、悠然と、立っていた。

その男の手から——火の玉が一つ、ふわりと、漂う。火雷だ。

良源の厳《いか》つい眉がピクリと動いた。

火の玉に照らされた魔王の顔は、白く、彫刻を思わせる麗しさであった。

「千方ぁ、そろそろ決着をつけようぜ！」

良源の手には剣と炎が描かれた新作の紙兵がにぎられている。すぐ隣で魔陀羅尼が歯と歯を強く噛み合わせる硬い音がした。人の命を一睨みで止めてしまう恐るべき尼僧の手は、意外なほど温かった。

「良源と魔陀羅尼、意外な取り合わせよな」

魔王から凄まじい妖気が爆発するように放たれる。その禍々《まがまが》しい妖気の圧だけで良源は体じゅうの毛がざわめき毛穴という毛穴から汗が噴き出す心地がした。

魔陀羅尼が、良源から手をはなし、一瞬、実に悲し気《げ》な目で千方を見詰めて、

「まだ途方もない企《たくら》みに、その胸を、焼いておるのかっ！」

「途方もないこととは思わぬ。造作なきことのように、思う。二人の子が、消えれば」

魔陀羅尼は、千方に、

「人の世の安寧、全てを薙《な》ぎ払い、あらゆる人の幸せを砕き——浜の真砂《まさご》ほど多くの者の命を奪おうとしておるのか！」

「わしがなそうとしておることはあの頃とつゆ変らぬ。何一つ変らぬ。そなたと幾度も添い臥《ふ》したあの頃から」

斯様《かよう》なことにうとい良源は魔陀羅尼と千方が昔どういう間柄だったか……初めて知った。

「ならば宿命の子の力などかりずともわたしがお前の命と企みを止めて見せる」

隻眼の尼は悲痛な形相で、かつての恋人に、

「出来るのか？　汝《なれ》に？」

「我が力は存じておろう？」

千方は、皮肉っぽい笑みを浮かべ、魔陀羅尼の心をのぞく目で、

「——力の話ではないよ」

面貌を歪めた魔陀羅尼は邪眼を、良源の手は炎の霊剣が描かれた短冊を放とうとした。

瞬間——藤原千方は消えている。

縮地だ。

良源ははっと目を剝く。

「後ろっ！」

わごとの叫び声がずっと後ろでした。良源、魔陀羅尼は、きっと、振り向く。

少し後ろに縮地していた千方は薄ら笑いを浮かべてこちらに振り向いていた。

紙兵をぶつけんとした良源の心の臓に、釘を打ち込まれたような激痛が走る。

何か凄まじい力に左胸の奥を摑まれ、千切られそうになった良源、紙兵を放つどころでなくなり、倒れ伏す——。

（邪眼……裏切り？　初めから——？）

ある可能性が良源の胸底で首をもたげた。魔陀羅尼は初めから千方に気脈を通じており、ここに誘い込む役割をになったという可能性が——。

魔陀羅尼の邪眼が良源を苦しめていることは、舟にいる呪師たちもわかったようだ。

舟の方が——激しくどよめく。

良源は渾身の力で魔陀羅尼を睨む。魔陀羅尼の面貌は……実に苦し気《げ》であった。魔陀羅尼がにじませる苦しみが良源を気付かせた。

（……あやつられておるのか！　そなたは……）

魔王は、魔陀羅尼の胸の中には囲炉裏の中で消えのこった熾火《おきび》の如く千方への愛がある。恐らくその愛情の火を焚きつけて——魔陀羅尼の心を鷲掴みにし、己に向けられるはずだった邪眼を、良源にそそがせている。

(千方を憎みつつも慕う。何と……哀れな女よ)

それに気付いた処で邪眼は消えてくれぬ。

良源の体はべとべとで、良源の足元、イクチの皮膚が次々黒く粘っこい液体を噴出……良源の体はべとべとに汚れている。舟を沈めるのにもちいるというイクチの油を、思い出す。心臓を激痛に襲《く》われ、黒い油まみれになった良源はずるずると魔王がいる方にずり落ちる——。千方の沓と良源の体がぶつかる。

口をぱくぱくさせた油まみれの良源は絶望に沈みながら黒衣の魔王を見上げた。

傍らを漂う火の玉に、千方は刃のように鋭い目と、高い鼻を照らされていた。

「死せ!」

垂髪の魔王は酷薄な笑みを浮かべ油だらけの良源に火をぶつけようとする。

良源が、死を覚悟した、その時——、

「ヒエーッ!」

甲高い声がひびき、何か疾風のようなものが千方の後ろ首めがけて飛来した——。

(鷹、太郎丸っ!)

千方はそちらを振り向く。

瞬間、良源は、心臓を攻め立てる魔陀羅尼の邪眼が一気に消えうせた気がした。

——わごとのごとびきで猛速で突進した太郎丸が魔王の気を一瞬、そらしたため、魔陀羅尼の心をあやつっていた他心通がゆるみ、魔陀羅尼が、良源にかけていた邪眼が止ったのである。

良源は凄まじい殺気の矢が鷹に反応した千方の心臓に向かうのを感じた。

邪眼だ。

「——くっ」

千方の手が、己の左胸を、押さえる。同時に、良源を焼こうとしていた火の玉に、飛んできた毬《まり》状の水弾が、ぶつかり、鎮火する。

(致足！)

黒衣にその水がかかった千方の後ろ首を太郎丸が攻撃しようとしている。

が、魔陀羅尼の殺意も、突風同然となった太郎丸も、対象を、見うしなった……。

千方はすんでの処で縮地、鷹と邪眼の挟み撃ちを逃れている。

「……すまぬ」

ひどく悔し気に歯を食いしばった魔陀羅尼が良源の所に降りてきた。

「あんたのせいじゃない」

良源は、隻眼の尼の目を真っ直ぐ見て、頭を、振った。

「しかし、野郎、何処に？」

魔陀羅尼は良源を助け起して、

「――あそこじゃ」

舟の向う、大飛沫を立てつつ……長大な怪魚の黒々とした頭の影が現れている。鰻かアナゴが東寺《とうじ》の五重塔よりも大きく成長したような物凄い雄姿であった。

身をくねらせてわごとの舟の方を見下ろそうとしている大怪魚・イクチの頭近くに人が乗っていた。縮地した藤原千方その人だった。

舟の向う、つまり、大海側で頭部を現したイクチは、陸側、反橋状の形になっていた胴を――海面に急降下させる。良源、魔陀羅尼を海の藻屑《もくず》にせんとしている。

「俺の手を」

良源は再び灰色の尼の手を固くにぎりしめ、

《舟の上へっ》

縮地した。

良源を間一髪、ごとびきで救ったわごとはイクチの反橋が崩落したのを見て、目を丸げた。良源、魔陀羅尼も海に呑み込まれたかに見えた。

叫びかけた、わごとの前に、当の良源と灰色の尼が手をつないで現れる。

「無事だったんですねっ」

わごとは面を引き攣らせて叫ぶ。

「喜ぶのはまだ、早い……」

良源が言うと同時に、太郎丸ももどってくる。

魔陀羅尼の手をはなした良源、厳しい顔で、致足に、

「奴は焼き殺しに来る！　海水で天蓋《てんがい》をつくり、舟をおおえぬか！」

「わしら……もう少しで渇えや！　全く、人使いが荒い坊さんやっ」

悪態をつきながら致足ともう一人の忌部の者が海水をあやつり、まさに海水の屋根というべきものをつくって……丸木舟を上からおおった。直後、千方を乗せたイクチの頭が丸木舟上方、三丈ほどの宙を通りつつ——夥しい黒汁を滴らせている。

「油だっ」

良源が、叫ぶ。

イクチが降らせた大量の黒油を致足たちがつくった水の天蓋が弾く。隙間ない水の屋根の上に、油の層が出来たため……わごとの髪に一滴の油もこぼれてこない。

「でかした！」

良源が言い、日蔵が、

「イクチの弱点とかないんかっ」

と、水の屋根の上に……火の雨が降ってきて大炎上がはじまった。

イクチの頭上にいる魔王が火雷を仕掛けてきたのだ――。

しかし、致足ともう一人の呪師がつくり上げた海水の天蓋が、つまり、水雷が、火と油を寄せ付けぬため、わごとらは何とか無事である。もしこの光景を岸などで見ている浦人がいたら海面上に異常な様子の火焔《かえん》の半球を見たことであろう……。

水雷の力がほころばぬよう汗を垂らしながら両手を頭上にかざしている致足が、

「喉の下の方に、緑の疣《いぼ》がいくつかある。そこが、弱点と聞いたことがっ」

わごとは頭上をあおぎ、緑の疣をさがそうとするも激しい炎が邪魔して見つけられない。

その時、わごとはこの大騒ぎに驚いて逃げようとする、ある魚の群れを感取した。

頭上で、千方の声が、した。

「――隠形鬼！　空止めを。止《とど》めを！」

今、空止めで水雷を止められたら海水の屋根は崩落、猛火を頭から浴びる。

元々、千穂の魂壁は渇えかかっているが……仮に万全の魂壁が張りめぐらされても、炎相手にははなはだ心もとない。通力による炎が魂壁内に入った場合、火雷による制御は利かなくなるが……火の侵入自体は止らぬのだ。

致足らの水の防壁が隠形鬼にはずされれば焼死する他ない。

だが、千方の下知がとどかぬ所にいるのか……隠形鬼による干渉はなかった。

それでも……致足たちは苦し気だ。

――水雷の二人の、渇えが近い。それはつまり――。

(駄目だ！　何とかしなければ)

わごとがごとびきをつかってある念を飛ばした刹那、一人の乙女の掌が瞼《まぶた》からはなれた。

――冷たくも熱い火花を散らし炎上する天蓋をあおいだその娘、橘潤羽は、

「緑なる疣、見ゆ！　あの辺り也っ！」

復活した巨細眼が隙間なく燃えているように見えた、炎の間隙をつぶさに見切り、その隙間越しに緑の疣をみとめたのだ。

「今、大海《わだつみ》に、沈む！」

潤羽が、言う。

わごとは内なる火花を迸らせながら念じている。

《――嚙み付け！》

ついさっきこちらにもどるよう念をおくった、ある魚の群れに、イクチを下から襲い、潤羽が指示する辺りに嚙み付けと、わごとは、念じた。

わごとがあやつっているのは最速の泳力を有する鮫の仲間、青鮫の一群だった。あらん限りの勢いで数匹の青鮫がイクチの喉に近付く。水中から、かぶり付く。

瞬間——物凄い衝撃波が辺りを揺さぶった。

イクチが、大暴れしたのだ。それはまさに神がつくった大鞭《おおむち》が海原を強く打ち据えたような光景であった。

（急所を、青鮫が、嚙んだ！）

海面のいたる所で、水柱、大飛沫が上がり、辺り一面の海が煮えくり返ったように騒ぐ——。怒濤が次々押し寄せ炎を消してゆくも、水の屋根の上にもイクチの胴が倒れ込み、体重で、通力がつくる水の天蓋が切り裂かれそうになる。

と、突然、のしかかっていたイクチの体が水の膜越しに黒く蕩《とろ》けたように見える。

間髪いれず——長大な怪魚は、大量の黒煙に早変り。

嘘の如く消失した。

「……あかん、渇えや……」

致足が呻き二人の呪師がかけていた水雷が無になる。

途端に、夥しい潮水、僅かな残り火が、わごとたちの頭に、降って来た——。

「助かったっ。助かったんや！」

日蔵が雄叫《おたけ》びを上げ、良源が拳を星空に突き上げて、咆哮する。わごとと潤羽は抱き合って喜んでいる。

「千方は？」

魔陀羅尼が言ったため、わごと以下、皆は周囲を見回すも——魔王らしき人影はない。

何とか死地を脱したわごとの前に為麻呂が極めて厳しい面差しで立つ。

「……乳牛院にいた頃より……成長したな」

たたえつつもいつも穏やかな為麻呂がそそいでくる視線がいつになく尖っている。わごとの胸に、穴が開きそうなほどに。その視線の意味がわかるわごとは、項垂れた。

為麻呂はじっとわごとを見詰めてくる。

遥か向うの海原に流れ星が落ちた。

「神野々までは一緒に行く。それまでは、お前を、守る。だけどおらは、神野々より先には行けん」

「……為麻呂……」

「何処にでもいる普通の百姓だった……。浄蔵様に、呼ばれるまでは」

体を鋼にできる為麻呂のごつごつした逞しい腕が、小刻みにふるえていた。

「その暮しに、もどる。弟の菩提《ぼだい》を弔う」

「…………」

一歩詰め寄った為麻呂は険しい表情でわごとの華奢《きゃしゃ》な肩を揺すり、

「だから——もう、間違うな！　あいつのせいで、弟は死んだっ。あいつらに、敵に……情けなど無用だ。あいつらが俺たちに何してくれた？　いつも、殺しに来るだけだ。わごと、お前があそこであいつを助けなければ弟は——。次に、隠形鬼を捕まえたらおらの好きにさせろ！」

石麻呂、そして忌部の者二人の死による悲しみに打ちひしがれた、わごとを為麻呂の言葉はさらに打つ。

「あの夜、奴に情けをかけねばこんなことにはっ……」

燃えるような為麻呂の怒気に焙《あぶ》られた、わごとは、唇を噛みしめ、小刻みにふるえながらうつむく。

日蔵が為麻呂の肩に手を置き、

「石麻呂のこと……真に残念やった。けど、もうやめるんや為麻呂。わごとがお前の弟を殺したんやない」

為麻呂が、涙をこぼしながら、日蔵の手を振り払い、船底を踏み貫きそうな勢いで、

「——あいつは、弟は死んだんだ！　何で、あんたらは、さっきのように平気で喜べるっ」

「平気で喜んだわけではない」

良源が、静かに言った。

「石麻呂のこと……心から悼む」

良源は忌部の二人の名も挙げ、数珠を取り出して彼らが沈んだ海に向かって硬い面持ちで合掌して懇ろに祈ってから、

「だがな為麻呂、敵には、将と兵があり……ここはわけねばならん。指図されて動いてい

るだけの兵全てを憎んではならん」

「隠形鬼は——将だ！」

「そうかもしれん。だが、まだ……子供だ……」

「じゃあ——さっきのような戦いの最中も隠形鬼を殺しちゃいけないと、あんたは言うの

か！　あの火をあやつる危険な女、火鬼の命も取ってはいけないと？」

「さっきのような死闘の最中……妖術師相手に情けをかけることは俺たちの死につながる。

それは出来ぬことだ。だが、隠形鬼は——生け捕りにされた。捕虜にされた。恐らく千方

は、俺たちの誰かを捕えても、情け容赦なく、抹殺するだろう。だが、俺たちは……その

男を敵とし戦う身……。——千方と同じ道を歩んではならん」

日蔵が、深くうなずいた。

「お前の敵は、わごとではない。隠形鬼でもない。隠形鬼にそれを命じ、させた男、千方

なのだ。敵は恐らく恐怖により、統制されている。俺たちのやり方、俺たちの歩む道を見

て、敵が迷い、驚く……。千方のやり方を疑う者も出てくるはず。そのことが千方一味の

瓦解につながると、俺は信じているのだ」

　為麻呂は身をふるわし、夢中で、

「……甘《あめ》えよ。その前に、おらたちみんな、やられちまうよっ！　さっきだって、そうだ。舟の上が燃えた時、あいつが空止めをかけてきたらおらたちみんな……焼け死んだんだっ！　たまたま奴が空止めをかけなかったから首の皮一枚でつながったんだ」

（……どうして、あの時……隠形鬼は空止めをかけなかったんだろう？）

　わごとが思った時、

「――それに、どうして、そいつが、ここに、いる！」

　為麻呂の怒りの矛先が俄かにある呪師に向いた。

「そいつはさっきあんたを殺そうとした！　どうして、あんた……平気なんだ？」

　為麻呂が指差しているのは灰色の尼であった。

「……たしかに、そうや」

　紀州――魔陀羅尼が、沢山の人を病にしてきた地の住人で、元より魔陀羅尼に否定的な致足が、屈強な腕をくみ、

「何で……あんた、良源はんに、邪眼を？」

「千方にあやつられたのだ。俺が、許している。その話は止めにしよう」

　良源が、言うも、致足は目を細め、疫病神を見るような目で魔陀羅尼を睨んでいる。

「……ほんまに、そうか？」

　致足が呈した疑念にもう一人の忌部の呪師も首肯する。

　毒矢の如く鋭い目で致足を睨み返し、灰色の尼は、

「──如何なる意味じゃ」

「そのまんまの、意味や」

「致足、魔陀羅尼……」

　日蔵が取りなそうとしても二人の睨み合いは止らぬ。

　わごとは、頭を振って、

「魔陀羅尼さんはみんながイクチのせいで眠くなった時、通力で助けてくれました」

　魔陀羅尼は、致足に、

「わたしが、お前たちを内側から破滅させるために千方がおくり込んだ者だと？」

　致足は一歩、退き、

「そうは言うてへん。──その恐れもあると言いたいだけや」

「同じことぞ」

　苦笑した魔陀羅尼は、

「では、どう証を立てよと？」

「……せやな。あんたは千方のことを知る癖に、千方の通力を言いたがらん。あんたが、

ほんまに味方ならわしらに千方の通力、全ておしえてもええはずや」

十五重の術者たる千方の通力でわごとらが把握しているのは――。

神雷、他心通、如意念波、物魂、魂壁、縮地、火雷、変形、幻術、常若《とこわか》……。

のこる、千方の通力は、五つ。

わごと一行のみんな、あらごとと、乱菊、そして、浄蔵もそれが何なのか知りたがっていた。

「そこは、致足に同感や。それについては魔陀羅尼、わしらに言ってもええん違う？」

と、日蔵。魔陀羅尼は横を向き沈思黙考していたが、やがて、

「……言いとうない」

「何っ――」

詰め寄ろうとする致足を良源が止めた。

「もし魔陀羅尼が千方の回し者なら、適当なことを申し、我らを攪乱《かくらん》するはず。……言いたくないという言葉は敵方でないとしめしておる」

良源の言葉の筋が一応通っている気がしたわごとは、魔陀羅尼には何かそれを語りたくない事情があるのだろうと思い、

「そうですよ、致足さん。……もうこの話は止めましょう。あの男はわたしたちの内輪もめを望んでいる。みんな、疑り合うのは止めましょう」

潤羽も口を開く。

「わごとの申す通りぞ。藤原の者は、余の氏族の不和、疑心など煽《あふ》りて禁中および天下の権柄をにぎりけり。ゆめ油断すまじ」

少し角度の違う発想ではあったが……潤羽もまた、皆をいさめようとしていた。

その時、

「キギャッ！」

わごとの上、夜空の何処かで鳥の声が張り裂けた。甲高いが、濁った声であった。

（……青鷺《あおさぎ》？）

その青鷺は……笑みを浮かべたような不穏な面持ちで、夜の海上を飛んでいる。

松が生えた崖の上に舞い降りるや長い髪を垂らした裸の男の本性を現している。

鳥に化けて、わごとらの様子を偵察、幾人かの呪師の胸に不和の種を撒《ま》いてきた藤原千方であった。イクチが斃れる寸前、縮地をつかって陸に逃げ、ここで鳥に化けた千方は、脱ぎすててあった黒衣に袖を通す。

すると水褌《すいこん》姿の少年が海から上がってきて千方の傍にひざまずいた。隠形鬼であった。

千方の長い髪が――逆立つ。

不意に、千方の足元からいくつもの石、松の枯れ枝が――突風となって裸に近い隠形鬼に吹き付け、その顔や体を傷つけた。

千方に通力をつかう気はなかったが怒りのあまり如意念波が作動、少年を襲ったのだ。

隠形鬼はうなだれていた。

千方は歩み寄り、冷厳なる面差しで見下ろし、

「――何ゆえ、あ奴らを助けた？」

「…………」

千方は、隠形鬼の心の中をのぞく。普段は空っぽなことが多い隠形鬼の心だがこの夜はいろいろな思いが渦巻いている。

千方は、剣のように鋭い声で、

「わごとへの借りをかえしたかったのか？」

隠形鬼は答えぬ。

「もう、借りはかえした。そうだな？」

「……はい」

細い目で魔王を見上げ、隠形鬼はきっぱり答える。

「ならば次はしくじらぬな？」

隠形鬼が強くうなずくと、

「――二度、同じ失敗をすることは許さぬ。得心したか？」

隠形鬼は不敵な顔様で、

「二度、同じ失敗をしないって……あんたならわかるだろ？　俺の中をのぞいたなら」

いきなり隠形鬼の頭が――畑に振り下ろされた鍬のように勢いよく、地面に向かって動く。額が硬い大地と激突。額の肉が裂け、血が流れた。

魔王が、他心通で隠形鬼の心を鷲掴みにし、無理矢理動かしていた。

隠形鬼の頭が本人の意志を突き破って素早く振り上げられ――また、地面に向かって、風を切り、振り降ろされる。再び固い土に頭をぶつけた隠形鬼から呻きと唾がこぼれた。

身をかがめた黒衣の魔王はその隠形鬼の血だらけになった額を強く掴み、引き上げて、

「――つけ上がるな」

隠形鬼は額からダラダラ血をこぼしながら、ニッと笑い、

「……つけ上がっていないよ。これが俺さ」

千方は鋭い眼差しでじっと隠形鬼を見据えていたが、やがてかすかに笑んで、

「生意気な小僧め。他の者なら、殺しておるぞ」

真綿のようにやわらかい声で、酷《むご》いことを言った。

千方が隠形鬼から手を放す。

隠形鬼から、声がこぼれた。

「どうして……許してくれたの？」

（許されないと、思っていた）

その心の声を千方は聞く。千方は長い垂髪と黒衣をひるがえして隠形鬼に背を向け、

「……に似ているからだ」

「誰に？」

隠形鬼は訊き返した。

「お前はわしの幼い頃に……似ておる」

千方は崖の際まで行くと黒い海の中の動く一点を探す。わごとや、良源、そして、魔陀羅尼が乗る舟だった。

（何故、お前は黙っておる？　お前の仲間に……。我が力を）

後ろから、

「……千方様、もう一つ、生意気を言っていい？」

「駄目だ」

隠形鬼は黙り込むも……、

（俺はわごとを助けたことで叱られたけど……あんたも、魔陀羅尼を、助けた。良源に邪眼をかけさせるなどせずとも、千方様なら魔陀羅尼の息の根を即座に止め、邪眼をかわせたはず。なのに……。どうしてだろうね？）

普段は聞こえぬ隠形鬼の心の声が今宵はやけに千方にとどく。小生意な小童《こわっぱ》は、意図的に聞かせているのかもしれぬ。

千方は……あの日見た魔陀羅尼の心を思い出している。

あの日とは——魔陀羅尼が千方に反逆し、邪眼で千方の心の臓を止めようとし、千方は如意念波で動かした刃で魔陀羅尼の顔を切り、強い通力を放つ魔陀羅尼の目を一つ、潰した日のことである。

——それまで千方が見た心の中で一、二を争うくらい複雑な、密林のように凄まじい心であった。怒りを根にする殺意と、愛情を根にする未練が、二つの絡み合う蔓のように、密着し合いながら生育していた……。

千方は魔陀羅尼に止《とど》めを刺さんとしたが一瞬の躊躇《ためら》いで攻撃がおくれ、そこにのこる一つの眼から放たれた邪眼の力が襲いかかり、千方の心の臓は悲鳴を上げた。

千方は間一髪、縮地で逃れ、魔陀羅尼は千方の前から姿を消している。

千方はさらに前……魔陀羅尼と出会った頃を思い出す。

汗まみれになって初めて添い臥した夏の一日のことが脳裏をよぎった。

二十数年前のその日、今と些《いささ》かも変らぬ顔をした、千方は、まだ娘であった魔陀羅尼に、

『呪師には、大切な心構えがある。わかるか？』

『過信せぬこと？』

『其も大事であるが、もそっと、大事なことがある。……秘密だ』

己の力の忌まわしさに悩む娘は、唾と共に千方の言葉を飲み、聞き耳を立てる。

『――呪師は、己の力についてかぎられた者にしか明かしてはならぬ』

相手は夏の鈴のように澄んだ声で、

『それは、誰？』

『真の、仲間。そして仲間以上の者。故に、わしは、我が十五の力全てをそなたに話さん』

初々しい指が千方の唇に蓋をした。

『……本当に、わたしで、よいの？』

『よい』

魔陀羅尼は、真剣に、

『ならばわたしは貴方様の十五の力について決して余人に話しますまい』

『わしの一つ目の力は……』

千方の人差し指から、青白い電光がジリジリと放たれた。

崖の上に立つ千方は魔陀羅尼が乗る小さな舟の影を睨み、

「水鬼と念話が途絶えておる……。我が千里眼をもってしても、まだ何が起きたか摑めぬ」

ここから出羽はあまりに遠く念を飛ばすだけで一苦労なのだ。

「わごとのことが片付いたら――出羽に行き、あらごと退治、水鬼探索をおこなう。火鬼か、お前をつれてゆくつもりだ」

「はい」

「だが、まずは――わごと。神野々に参り、火鬼や、金鬼と合流する。彼の地で決着をつける。次はしくじるな」

「元々、神野々にいた処を……俺が海で襲いましょうと言ったばかり……」

千方は神野々である仕込みをおこなっていたのである。

「よい。そなたの策に乗ったのは、わしだ。参るぞ」

千方は隠形鬼に手を差し出し、少年はその手をにぎっている。

――二人はあっという間に掻き消えた。

*

忌部の二人の水雷の力は渇えたものの……先ほどの所から少しでもはなれたいという判断が、わごとらの舟をまだすすませていた。折しも吹きはじめた東風に乗って、忌部の二人と、琵琶湖《びわこ》の畔でそだった良源が、交替で舵、竿をにぎっている。

右側に黒々と紀伊半島の山並みが見え、左手は……見渡す限りの黒い大海原《わだつみ》。

上を仰げば雄大なる天の川が光の飛沫を上げて、流れていた。

致足に舵をわたした良源、南、夜の大海原を見る。

日の本の北には蝦夷ヶ千島があり、西北には海を跨いで新羅《しらぎ》があり、西の海の彼方に唐土、唐土の向うには天竺があるということは、多くの人が知っていた。

良源ほどの僧ともなれば天竺の遥か西に、胡《こ》（ペルシャ）や大秦《だいしん》（東ローマ帝国）という国があるらしいことは、頭の片隅に入っている。

（だが……この南の海の彼方に何があるかは……誰も、知らん。何処まで行っても、海がつづくのか、仏法で言う処の南の浄土——補陀落が存在するのか……）

あるいは良源の想像もつかぬような島や国が遥か彼方にあるのであろうか？

良源は己と同じく南の大洋を眺めているある呪師の影が気になり、その者に近付いた。

わごとと潤羽は身を寄せ合い星空に向かってすやすや寝息を立てており、休息により通力を取りもどした千穂が慈愛の籠った眼差しで二人を見下ろし、魂壁を張っている。

良源は海に魅入られている尼僧の傍に腰を下ろす。

「観音でも見えたか？」

南方補陀落浄土は観世音菩薩の浄土である。

魔陀羅尼が頭を振ると同時に眩暈《めまい》がするほど沢山の小さな光が瞬く星空から、流れ星が二つ、落ちた。

「あんたのおかげで、今日は死にかけ……そして、命拾いもしたよ」

良源の言に、魔陀羅尼はかすかに相好を崩す。わごと、潤羽の寝息を突き崩すような日蔵の大鼾《おおいびき》が聞こえた。

「初めはあんたを疑いもしたが今はたのもしい味方と思っている」

良源は押し殺した小声で、

「――千方の十五の力のことおしえてくれる訳にはいかんか？」

「…………」

「それをおしえてくれれば皆、あんたを、信じる」

「……言えぬ」

囁《ささや》いた。

「そうか。ならば、もう訊くまい」

灰色の尼の影が、少し驚いたように良源に首をまわす。

「あんたは何故……千方の仲間になった？　そして、何故、袂《たもと》をわかった？　ここはおしえてもらえぬだろうか？」

魔陀羅尼は長いこと考えていた。やがて、口を開いた。

小さな声で、

「わたしは吉備《きび》の生れであった。わたしの家は、さる社家の庶流でな……。代々呪師の家系であったらしい。父と私には、千里眼があった。されど本家の方は通力をなくしていた。父と私は本家の者に疎まれ、呪詛《じゅそ》をしたなどとあらぬ疑いをかけられ……我が一家は国を追われたのじゃ。あてどなくさすらう中、母はこと切れ、わたしと父は……京の都にたどりついた。わたしと父は乞食になり果てていた。わたしは父に、千里眼の力をつかって身を立てましょうと言うたが……父は思う処あったのか、なかなか、首を縦に振らなんだ。

その頃のわたしは……毎日、飢えていた。日々、公卿《くぎょう》の屋敷の門前で、物乞いをし、雑色《ぞうしき》どもに棒や鞭で叩かれ、悪罵されて、追い払われていた。わたしは貴族どもを見ていて思うた。

公家《くげ》も乞食も同じ人であるのに……何故、片方は、はたらきもせずに、毎日遊び暮し、日々山海の珍味を食らって豪奢《ごうしゃ》に着飾り、何故、片方は、ろくな仕事もなく、はたらいてもはたらいても銭もたまらず、日々、飢え苦しみ、冬でもぼろをまとい凍えねばならぬのかと？

京の辻には……様々な物乞いがおった。百姓の出の者は、重い貢租と出挙《すいこ》（借籾《かりもみ》）の取り立てで、里におっても暮してゆけぬゆえ、都に出てきたと話していた。

寺社の門前に行けば学のある乞食もおる。乞食坊主などじゃ。左様なお人の中に、わたしにこう語って聞かせた老人がいてな……。『天下は一人の天下にあらず、天下の天下也、という古の賢者の言葉がある。天下を治めるほどの人は己の私欲をみたすためでなく、天下万民の幸を考え、多くの者の暮しが成り立つようにはからう、これが務めである』と……。

故に、百姓を故意に貧しくしたり、万民を奴婢同然の境涯にしたり、多くの者を死に追いやったりするのは、許されざること。『なのに今の政は、逆の道を歩んでおる……。民を貧しくし、官の奴婢は全て解放されたと嘯《うそぶ》きながら……多くの者を奴婢同然の境涯に貶《おとし》め、沢山の者を飢え死にに追いやっている。政をおこなう者が、己の私欲をみたすためだけに、権力を振るっている。此は許されざること』と、その老人は言うた」

「全くその通りだな」

深い思いが良源の声に籠り、

「たとえば、毒米、というもんがあったとしよう。この毒米ばかりそだてて沢山の人を中毒で殺しておる百姓がいたとする。その百姓は、袋叩きにされよう？　下手すりゃ殺されるだろう？　弁舌爽やかで麗しい口上で、ものを売りつけるが、売るもの全てすぐ壊れる商人が、京の東市《ひがしのいち》か何かにいたとする。この商人、よくて追放、下手すりゃ袋叩きだろ？」

「まさに」

「倒壊する家ばかり建てる大工が、いた。……悪意はない。ただ、腕が悪い。建てる家、建てる家、必ず崩れ、夥しい犠牲者が出ておる。そんな大工がいたら激しく罵られよう?」

魔陀羅尼はおかしげに、

「左様」

「みんな、百姓や、商人、大工の不始末にはうるさい。目角を立てて——罵る。だが、ここに……不思議なことがある。政をおこなう公卿連中の不始末には、皆、驚くほど大人しいのだ。公卿の仕事は、天下万民が安らかに暮せるようはからうことなのに、天下万民の暮しを壊し、死に追いやり、一握りの己らだけが贅沢《ぜいたく》しておるのに……この不始末に対する世間の声は、やけに甘い」

「その老人も同じようなことを言うておった。父はわたしが飢えるのを見かね、黄金や絹と引き換えに千里眼でものを見、暮しのたつきにしようとした。その矢先……父は刺し殺された」

魔陀羅尼の相貌からどす黒い気が漂う。

「——父を妬む者が、おった。西の京の我らの住いの近くに暮し、やはり千里眼があると嘯いておった偽呪師じゃ。その男が人をやって父を刺させたとわたしは思う。父が刺された夜、我が先祖がもち、我らがうしなっていたもう一つの力がわたしの中で寝覚めた」

「邪眼……か」

良源の声が、冷えた。魔陀羅尼は長いこと黙してから、

「……わたしが初めて邪眼をつかったのは、その偽呪師じゃ。わたしは偽呪師というものが嫌いではない。西の京で生きてゆくには、偽呪師や、盗人などになる他ない……。されど、あの男だけは許さぬ」

魔陀羅尼は、つづける。

「髪を下ろしたわたしは、千里眼ではなく、邪眼で金銀をかせぐ呪師となった。京の都の裏面で生きるにはその方がずっと実入りがよかった」

——妖術師・魔陀羅尼の誕生であった。

「そんな頃じゃ。十七のわたしは、あの男に出会った。千方はわたしに今の世の中を根元から引っくり返す、と言うた。わたしは千方が朝廷、公卿の支配を終らせるために立ち上がるのだと思い、ひどく共鳴し……あの男の言葉に魅せられていった。だが深い仲になり、あの男の存念をよく知る内に……違うのだと気付いた。

あの男は貴族の世を終らせるのではなく人の世そのものを壊し尽そうとしている。魔と妖術が、全ての人を統べ、闇が光を押しのける世を、到来させようとしておる。

……それはわたしの望みとは全く違う。

わたしは乞食をしていた頃、洛中の他の乞食、善良なる庶人、慈悲深き有徳人などに助

けられてきた。——千方の望みが叶《かな》えば、その恩人というべき男や女、その子や孫の多くが……死に絶えてしまうではないか？　わたしが憎むのは、公卿と豪族。むろんその中によき人はいたが、数は少なかった。数少ないよき人のために数多い悪《あ》しき者を見逃す気は、わたしにはない。故に、千方が公家の世を滅ぼす気ならわたしは協力する、人の世を滅ぼす気なら賛同できぬとつたえ、何とか説得しようとした。

だが、叶わなんだ。逆に千方はわたしをあやつろうとしてきた。

わたしは千方に心を読まれぬよう、あやつられぬよう、懸命に防壁を張りつつ、考えた。誰かがあの男を止めねばならぬのでないかと。並の男ならば、人の世を滅ぼすなどと言うても、悪い戯言《ざれごと》にしかならぬ。

されど、あの男にかぎって……其は戯言にならぬ。あの男にはその目論見を真にする、絶大な力があるのじゃ」

千方が持つ圧倒的な力については良源も異存はない。

「止めるとすれば、千方の目論見を知り、止める力もあるわたしにしか出来ぬ務めではないかと思うようになった。……悩んだ。恋しておったゆえ」

灰色の尼僧は胸に手を当てて、

「この身を焦がすほど、若きわたしは、恋しておったのじゃ。あの男に——。されど同時に、わたしには愛《いと》おしいものがあった」

魔陀羅尼の面貌から古い、いや……今も引きずる苦しみが、にじむ。

「酷くもあり、恵深くもある。邪な者が蠢《うごめ》くも、よき者もいる。暗くて明るくもある人の世。この人の世はわたしにとって愛おしきものであり守るべきものでもあったのじゃ。だから……許せなかった。それを壊そうとする者が」

魔陀羅尼は一拍置いて、

「わたしはあの男の命を狙い、あの男はわたしの片目を潰し、辛くも逃げおおせたわたしは、今も、追われておる。斯様な次第じゃ」

良源は悲しみをたたえた目で魔陀羅尼を見詰め、

「逃げる中で……多くの手方の手先を殺めた？」

妖しい笑みを浮かべた尼僧から、答《いらえ》は、なかった。

と、船縁に乗った魔陀羅尼の手に目をやった良源は、

「その手……傷を負っておるのか？」

なにぶん、夜のことで、明りもつけずに航海しているので、月明りに照らされた手傷にやっと気付いたのである。魔陀羅尼は微笑を浮かべて、頭を振る。

「大事ない。先ほど、火が落ちて参ったろう？　その時の火傷《やけど》じゃ」

良源は貝殻に入った膏薬《こうやく》を取り出している。

「色々悪い噂は耳にしておろうが浄蔵なる男が練った膏薬だ」

その悪い噂はもっぱら良源が流していたが……、

「膏薬など練らせるとなかなかよい仕事をする男でな。火傷に、よく効くはず」

浄蔵の膏薬が魔陀羅尼にわたされる。

「では、俺はもう寝ることにする。あんたも、やすむといい」

良源は、魔陀羅尼からはなれようとした。

その良源に、

「……良源……かたじけない」

魔陀羅尼はそっと小声でつたえた。

あらごと　六

春おそき北国の山が、やわらかい新緑の衣をまとい、装いをあらたにしている。森の底では様々な花が咲き乱れ、梢《こずえ》という梢であらゆる小鳥たちの歌が、聞こえた……。

——白髪ヶ岳。

白っぽい幹のブナやトペニことイタヤカエデを中心とする何処か気高き森である。

あらごとは明るい若葉にいろどられ、光をふくんだ爽やかな風が吹き、上を仰げば葉群《はむら》のあわいから透き通った日差しが降りそそぐ、この北の森で笹たちに手や脛《すね》を撫《な》でられながら、故郷の森を思い出している。

(あたしが生れた里の森に、似てんだよね)

あらごとが生れた隠れ里は、常緑樹もあったが、落葉樹も多かった。

だから、大炊殿《おおいどの》ではたらいた南近江の里や、常陸、下総の森と、趣が、違った。

南近江や常総の森は、常緑樹を中心とした。

それらの森は冬でも——薄暗い。噎《む》せ返りそうな青き生命力が始終横溢《おういつ》する。

その最たるものこそわごとが旅した熊野なのであろう。

ここは、違った。あらごとの故郷も。

冬ともなればほぼ全ての木が裸になる。骨のような枯れ木になる。

そして、辺り一面を――雪がおおう。

雪が解けた後、あるいは雪をむかえる前の森は、透明感のある明るさが、漂っている。

夏も、常緑の森ほど暗くならない。常緑の森は、いつ入ってもその中は薄暗い物陰だが、落葉樹の森の梢たちはある種の謙虚さをもっており……沢山の葉を茂らせても必ず隙間をもうけてくれる。その隙間から日差しがこぼれ落ち、光と影が織りなす斑《まだら》模様を森のいたる所に現出させるのだ。

ここは、そんな、森であった。

あらごとはアヒトが突き止めた鬼熊の通り道近くに蹲《うずくま》っている。傍には、乱菊、アヒト、オヤシベ、ユワレ、さらに蝦夷の射手数名がいる。

葉の一部を白く変色させたマタタビの木陰、笹の中に潜んだ、あらごとは、浅黒い手で虫を振り払い、

「本当に……鬼熊は来る？」

ガマズミの木陰からオヤシベが何か言う。

「そろそろ飢えが近いって」

ユワレが、思慮深き面差しで青き森の奥を見据えながら、訳した。

風が吹き――笹藪《ささやぶ》のすぐ向う、弓なりの体からいくつもの釣鐘形の白花《はな》を垂らした一群の大鳴子百合が瞑想《めいそう》的な静けさで揺らぐ。

斑の光が降りそそぐ森の中、あらごとたちは……それを、まった。

早く遭遇して退治し鬼熊ノ胆を取りたいという気持ちと、多くの人々を喰い殺してきた魔物と見《まみ》えるのは恐ろしいという気持ち、二つの思いがあらごとの中でせめぎ合っている。

軽やかに跳ねる野兎、のんびり闊歩《かっぽ》するカモシカを眺めながら――数時、たつ。

森の中に西日がそそいでいた。

と、右手、低木の茂みで、何か小さな気配があった。

……カサコソ音がする。

あらごとはユワレや乱菊に手振り。二重の大きな目から鋭気を放ち――その茂みを睨《にら》む。

一匹の小獣が――茂みから、出てきた。皆、ほっと胸を撫で下ろす。

その首より下が茶色い獣は柿色の斑模様が揺れる下草の中、とことこ走り、大鳴子百合の傍で野兎の糞《ふん》の臭いを丹念に嗅ぎ、控えめに舌を出してその汚物を舐《な》めた後――すっとこっちに真っ黒い顔と円《つぶ》らな瞳を向けた。

貂《てん》だった。

直後、貂はびくんと体をふるわせ――あらごととは逆方向に勢いよく体を向けている。

貂は悲鳴を上げて、元来たのとは違う方に素早く逃げてゆく。

同時に、あらごとの懐で鏡の欠片《かけら》がひどく冷たくなっている。

（——化け物）

「……来るよ、たぶん」

あらごとは低く言った。総員に、緊張が、走る。

——生温かい風が前方から吹いてきてさっき貂がいた辺りが、つまり大鳴子百合の釣鐘状の花が、ざわざわ、揺れた。

己の中の火花をたしかめつつ氷のように冷たくなった鏡の欠片を出す。

あの後、鏡の欠片を通してやり取りしたわごとの言葉、そして浄蔵からの伝達によれば、鏡の欠片は霊宝近くになると七色に光るというが——そういった光は見られない。

（……鬼熊じゃない？　別の、何かってこと？）

「化け物なのはたしかなんだけど鬼熊じゃないかもしれない」

あらごとの言葉を聞いた乱菊は、笹藪に潜みつつ、

「あら？　まねかれざる客？　けど、妖気を放つ客人《まろうと》であるのはたしかゆえ、我ら呪師がなすべきことは、一つね」

前方——ブナの木立の下、貂が出てきたのとは別の灌木《かんぼく》の帯の先から、何か荒々しく、大きな音が迫ってくる。

あらごとの眉が、強張《こわば》る。

(――来る!)

ゴゥシャァ――――ッ!

凄《すご》い破壊音を、ひびかせて、それは、枝や、葉の、破片を、吹っ飛ばしながら、灌木の帯を引き裂き、現れた。

「ウエン・カムイ……」

ユワレの呻《うめ》きには……畏怖が籠っていた。

月輪熊より、一回り、大きい。黒い体毛におおわれた獣だが、熊とは別物だ。

熊の父と巨大蜘蛛《ぐも》の母の間に生れたような異形であった。

足が……八つ、ある。

四本ずつ大きな黒胴から横にのびたそれら八本足は、蜘蛛の足と同じく途中に節をもち、その足の先には毛抜形太刀《けぬきがたたち》を思わせるいかにも強靱《きょうじん》な爪が一つずつついている。

頭部は熊というより、爬虫類《はちゅうるい》を思わせる形状だが、黒毛がびっしり生えていた。

目は、ない。

口は大きく、横に裂けていた。

鋸《のこぎり》を思わせる牙がずらりと並び、牙と牙の間は粘っこい唾の糸を何本も引いている。

頭のてっぺんにあらごとの体など突き破れそうな太く長い一角がある。黒い角だ。頭の側面から二つの黒い触角がのびている。この触覚でいろいろ探知し森の中を走る熊より疾《と》く……這《は》うようだ。

「間違いない。鬼熊よ」

乱菊が、言った。

（てことは……こいつが大嶽？）

「前に見たのよりも……小さい気が……」

ユワレが首をかしげる。

だが、人の記憶、とりわけ自分もふくめて年少の者の記憶は意外とあてにならぬ。

だから、鏡の欠片が虹色に光らぬことと、ユワレの言葉が若干、引っかかるも、あらごとは、これこそ蝦夷の村々はもちろん、坂東以南の多くの村を恐怖に陥れてきた、鬼熊・大嶽と思った。退治して腹を裂けば鏡の欠片は七色に光るかもしれない。

「みんな、火花を消してね」

乱菊が囁《ささや》く。

灌木の帯を突き破った所で鬼熊は静止し口を開けたままこちらを窺《うかが》っていた。

触角がひくひくと蠢《うごめ》く。黒き妖獣、いや……妖虫と呼んだ方がふさわしいのか、黒毛にふさふさおおわれた魔は――明らかに、人を感知していた。

鬼熊の用心深さには定評がある。当方に、呪師がいないか、吟味しているようだ。

「――来るわ」

その警告は百戦錬磨の乱菊から放たれている。

言葉通り、来た――。

物凄い咆哮《ほうこう》を轟《とどろ》かせて。

鬼熊は八本足を巧みにつかい驚くべき高速で這い寄って来た――。

乱菊が、すっと笹の中から立ち不敵な笑みを浮かべ、

「いらっしゃい」

白き手をかざす。

……すると、どうだろう。

四歩ほどまで迫った鬼熊の手前、斑の西日に照らされた笹が憤然と炎の壁を噴き上げた。

むろん、幻火だ。だが黒き獣虫《じゅうちゅう》にはわからず、きょとんと口を開け、竦《すく》んだような動きを見せ、毛深い八本足を止めている。

「今よっ！」

乱菊が叫んだ。

アヒト以下、蝦夷の射手が弓矢を構えて立つ。

あらごとは立つ間も惜しんだ。蹲ったまま、傍に置いたあるものに、念を込める。

《飛べ！》

あらごとの横から——鉄と木の突風が吹く。

蝦夷の長い矛・オプだ。

あらごとの両脇には数本のオプが並べられていたのだ。

笹や大鳴子百合の中を目にも留らぬ速さで、飛んだオプがぐわんと重力に抗って弧を描き——大きく開かれた鬼熊の口を狙う。が、鬼熊は、素早く顔を振り、あらごとが飛ばした鉄の殺気は、アヒトたちの矢と共に、鬼熊の肩というべき処に、当る。

数本の矢と一本のオプが刺さった鬼熊から咆哮が迸《ほとばし》った。

鬼熊は、前脚の一つを巧みに動かし、あらごとのオプを、薙《な》ぎ払う——。

《もう一つ》

あらごとは猛速のオプをさらにもう一本、飛ばすも、そのオプを鬼熊は異様に素早い前脚で叩き払った。

手強《てごわ》い敵と判じたか。

鬼熊は素早く横に向き、林床を疾駆——。さっき貂が現れた藪を、壊しながら逃げ去った。

「追いかけるよっ！」

あらごとは言うが早いかオプを一本右手に摑《つか》み、もう一本、如意念波で浮けと命じ、

《飛べ！　あたし》

同時に、瞬く間に、弓をすて、オプを手に取ったアヒトも疾風となって駆け出す——。

——天翔《あまがけ》で己を浮かせた。

神速通だ。

アヒトが先頭、少しおくれて、オプを右手にもち、もう一本を左側に浮かせ、視界に次々立ちはだかる樹にぶつからぬよう気をくばりながら猛速で地上一丈を飛ぶあらごと、かなりおくれて……乱菊や蝦夷の射手たちが、ドドドと駆け、逃げる魔物を追っかけた。

あらごとは——トペニの大木をさっと左に身をくねらせてかわした処で、今度は……月輪熊の爪痕が目立つブナに顔をぶつけそうになり、胆を、冷やす。

瞬時に——体を右下に飛ばし、ブナの枝をかすめて、激突を、回避している。

少し下に降りたあらごとの眼前に今度は青々と葉を茂らせた灌木どもが立ちふさがる。

その灌木を右手のオプを振るって薙ぎ払い、歯を食いしばったあらごとは勢いを殺さず前へ飛んだ——。

神速通で追いついたアヒトが鬼熊の尻にオプを突き込む。

鬼熊が、悲鳴を、上げる。

あらごともまた自らの左を飛ばせていたオプを念波で飛ばしにかかる。

アヒトは、掌から青白い電光を迸らせ、彼らがウエン・カムイ、悪い神と呼ぶ者の後ろ脚にふれようとした。

——電撃で止《とど》めを刺そうというのだ。

その時、アヒトがいきなり、蹲り……噎《む》せる。

あらごとも思わぬものに襲われた。

——異臭。

凄《すさ》まじい、汚臭だ——。肥溜《こえだ》めに、カメムシを二百匹ほど入れ、腐った牛馬も放り、ぐちゃぐちゃにかき混ぜたような臭いだった。

さらに、この悪臭、火傷に似た痛みを目に走らせる。

涙で視界が歪んだあらごとの左でオプが落ちる。火花が消え、念波も消えたのだ。

「うわっ……」

驚いた時には、もう、おそい。

あらごとの体は笹原に墜落している。天翔の力もなくなったのだ……。

「——痛《い》っ」

二本のオプと共に転がり落ちた、あらごと、掌と膝に、痛みが、心に恐れが走る。

喰い殺されるという恐怖が。

はっと前方を睨むも——鬼熊は襲ってこない。

十文字羊歯《じゅうもんじしだ》の茂みを派手に薙ぎ倒し蝦夷紫陽花《えぞあじさい》の木立を破壊して逃げてゆく。

鬼熊もまた、あらごと、アヒトを恐れ、逃げるのに精一杯だったのだ。

まだ、悪臭は漂っていた。

あらごとは汚臭の風に顔を叩かれ、まだ蹲り、目をこすっているアヒトに、

「大丈夫？」

「何とかな……。奴はっ……？」

「逃げてったよ」

息を切らせてやってきた乱菊は袖を激しく払い、

「何……この臭い」

「あいつが逃げる時にぶっかけてったんだ」

あらごとが、おしえる。ユワレは高僧を思わせる思慮深げな顔を曇らせ、

「……貂と、似た習性ですね……。貂や鼬《いたち》は、人に追いかけられると尻からひどく悪い臭いを出すんです」

「鬼熊にそういう習性があったとは……。鬼熊があそこまで追い詰められたことがなかったからその習性、人に知られていなかったのね。……にしても、今のが大嶽なのかしら？」

首をかしげた乱菊は、あらごとに歩み寄り、きりっとした口調で、

「貴女ね、何か不慮の事態が起きても——火花を絶やしちゃ駄目！　危なかったわ」

「だって……」

あらごとは、アヒトを見る。アヒトだって同じ目に遭ったと言いたい。

乱菊は頭を振って、

「アヒトは仕方なかったとしても、貴女はアヒトが倒れるのを見ているんだから、さっと対応しないと。もっと高くから落ちたら……。わかるでしょう？」

あらごとが不貞腐れた顔を見せると、乱菊はあらごとをのぞき込み、少し外にはなれ、やや上に吊った目を細めて、

「……意地悪で言っているんじゃないのよ」

「…………」

乱菊はあらごとを抱き寄せて、あらごとの肩にそっと顎を乗せる。

「あらごと。わたしの……可愛い、弟子。わたしは、命にかかわることだから言っている」

あらごとを抱きしめる乱菊の手が、ぎゅっと力を込める。

あらごとは少し嬉しく、だが、あえて拗《す》ねたように、

「……可愛いなんて、思ってくれてんの？」

乱菊はあらごとの体をはなし、

「……な訳ないでしょ。嘘よ、嘘」

あらごとは二人の話に聞き耳を立てていたユワレに向かって顰《しか》め面を向け、

「——へ！　やっぱり、意地悪な師匠だよ！」

「あらごと……貴女って、見事なほど、可愛気ないわね」

乱菊は、溜息をつく。立ち直ったアヒトが、膝から埃《ほこり》を払い、

「ウエン・カムイが逃げた方に行ってみよう。何かわかるかもしれぬ」

突き破られた蝦夷紫陽花の残骸を踏んでいくと……森閑たる沢胡桃《さわぐるみ》の林があり、桃色の谷空木《たにうつぎ》が咲き乱れた斜面に出た。

斜面を慎重に下る。

沢に、出た。

細小《いさら》な水が流れており、仏の光背に似た白く不思議な花を咲かせた水芭蕉《みずばしょう》や、金色の花を咲かせた蝦夷立金花《えぞのりゅうきんか》が見られた。

踏み荒らされた蝦夷立金花をアヒトがいち早く見つける。

「……沢を登ったようだ」

沢の上方は厳《いか》めしい高峰がそびえ立ち、あらごとたちを見下ろしていた。

斜面の少し上で年輩の狩人と話し込んでいたオヤシベが何か叫ぶ。

ユワレが、あらごと、乱菊に、

「もう遅いから、ここらで切り上げようと。深追いは危ういと」

気が付けば青き夕闇が——立ち込めつつある。

白髪ヶ岳の早い夜がもうそこまで迫っていた。人の刻限は終りに近づき、獣どもが盛んに蠢き、妖しの者どもが勢い付く時に入ろうとしている……。

アヒトは振り向いた。

「……無念だが、今日の捜索はここまでだ」

わごと　七

三月二十九日。

わごと一行は和歌の浦に無事、上陸。

熊野新宮を発って四日かけ途中、石麻呂と忌部の者二人をうしなうという大きな犠牲を払うも、どうにか同じ紀州の西北の地にたどりついている。

日蔵の提案で、わごとらは今、和歌の浦を望む名草山《なぐさやま》に登ろうとしていた。

奈良の昔に建てられた名草山の紀三井寺《きみいでら》に詣で、これから起きるであろう過酷な戦いへの加護を祈ろうとしていた。

落日が差す名草山を背に丹《に》塗《ぬ》りの楼門がある。

その大きな門の左右、あるいは、その門に上る数段の石段の手前に、やはり左右にわかれるようにして、数多《あまた》の人が蹲っていた。

浮浪人たちである。

骨と皮ばかりに痩せさらばえた者、薦《こも》の上に横になり起き上がれぬほど弱った者、体じゆうひどく汚れ沢山の蠅《はえ》をこびり付かせた者。

白癩《しらはたけ》という顔に重い病状の出る病の者だろうか、白い布を顔に巻いた男女、足が何倍もの太さになってしまう病にかかった人々。目の見えない人々。

男も、女も、老いも、若きも、子供も、何百という家のない人々がそこに座っており、名草山を登ろうとするわごとたちに、いくつもの椀《わん》がさし出される。

異様な臭いも漂ってくる。

貧しさにより、ここに来ざるを得ない人々がいる、貧しい家の生れでなくても、病により、家を出され、ここに来ざるを得なかった人々がいる、むろん、貧と病が重なる者たちもいる——そういう現実があるのだった。

良源、日蔵、魔陀羅尼は、己らの糒《ほしいい》を差し出された椀に入れるなどしていたが、焼け石に水、とても足りるものではない。

と——ぼろぼろの衣をまとい、垢《あか》じみた肌をした、童三人が、裸足《はだし》でぺたぺた走ってきて、わごとが腰に下げた糒袋をひったくろうとした。

この時、潤羽は巨細眼《こさいがん》をつかいすぎ、瞼《まぶた》を揉《も》みながら歩いている処であったから、子供らの突進に気付かなかったのである。

わごとは仏を祀《まつ》る場所の真ん前でこのようなことが起きたことに驚き、糒を守ろうとする。異臭を漂わせながら、必死に米の袋を盗もうとする自分より小さい男の子三人を追っ払おうと――雷太に命じて威嚇《いかく》させた。

それまで適当に歩いていた雷太はいきなり童らに突進、牙を剝《む》いて吠《ほ》えている。

三人の童は犬の吠え声に驚き逃げ散った。

その様子を見ていた魔陀羅尼は、子供たちを追いかけ、

「気付かんですまなかったのう」

と言いながら、糒をわけあたえていた。

「――親もない子が多い」

魔陀羅尼の一つの目がわごとを見やる。

「悲しいことに、施しを受けるか、盗むかしか、あの子らが米を得る術《すべ》がない……。施しを受けられなかった。だから、盗む。これを責められるか？」

わごとが唇を嚙《か》んで俯《うつむ》くと、魔陀羅尼は千穂の横を通って前に出、そこで足を止める。

灰色の尼は微笑《ほほえ》みを浮かべて振り返り、

「ここの本尊は観世音菩薩。慈悲の仏じゃ。そなたが、広い心をもつか、狭い心をもつか、観世音菩薩は今の子たちの姿をかりて……ためしたのかもしれぬ」

白い矢で胸を射貫《いぬ》かれたような気がしたわごとは門の向うを顧みる。

そこに、童らの姿は、なかった……。

魔陀羅尼は、悪戯《いたずら》っぽくほほほと笑う。

少し先に行っていたはずなのに、いつの間にか降りてきて話を聞いていた良源が、

「仮に菩薩の化身でなかったにせよ、菩薩はお前の行いをじっと御覧になっているものよ……。菩薩はな、この門前にいる者、皆を大いなる慈悲をもって御覧になっているのだ」

魔陀羅尼と良源が、うなずき合う。

で、二人はわごとに背を向け、何か言葉をかわしながら、並んで石段を上ってゆく。

何だろう。

ここ数日の間に、魔陀羅尼と良源の間に、固い信頼が通い合っている気がする……。

(二人が言うこともわかるのだけど……泥棒はいけないと思うのよ)

千鳥の言葉を思い出す。

『盗みは、人を傷つける行いにつながり、傷つける行いは——人を殺《あや》める行いにつながる。人のものを盗むのは、人とのつながりをおろそかにしているからよ。人とのつながりをおろそかにする者は、人をおろそかにする。……人をおろそかに出来るから……傷つけることが出来る。傷がもとで……命を落としてしまうかもしれない。人を傷つける行いは、命をおろそかにしている。だからそれは、人殺しにつながってゆく』

(それに……)

今のような泥棒が大勢あつまり武装した者こそ、群盗ではないだろうか？

京の都に暮す、わごとの元主《あるじ》、右近《うこん》は……恐らく今日も、群盗に頭を悩ませている。

右近がかかえる群盗への危機感はわごとにもうつっている。

群盗は、諸国の庄園から京におくられ、都の公家たちの暮しをささえている物資の流れを断ち切り、大きな社会問題を起していた。

（だから、やっぱり……いけないわよ。就中《なかんずく》、仏前での泥棒は）

わごとは並んで歩く良源、魔陀羅尼の背中を見ながら、心中で己に言い聞かせる。

と、

「――どうも、接近しとるなあ」

わごとと、隣にいた、潤羽の間を通り、後ろから、でかい顔がぬっと突き出て、わごとを驚かせた。

日蔵であった。

「あの二人……妙に、近頃、近付いとる気がするなあ」

わごとが首をかしげると、低い声が、後ろから、

「出来とるんや。あの二人ぃ……」

致足《むねたり》であった。

後ろから石段を上って来た致足は、眉間に皺《しわ》を寄せつつ、唇の片端でだけ、笑みを浮かべ、何故か、二本の小指を絡み合わせ、はなし、また絡み合わせて、はなすという仕草をしている。

わごとがますます首を大きくかしげ、

「……何が、出来るんですか？　あの二人の間に」

ぶふっと吹き出した忌部致足は、

「何が出来るってぇ？　お前……何か出来よったらさすがにあかん違うか？」

わごとの肩を叩き、むずかしい顔で囁く。

日蔵がゲラゲラ笑った。

よく意味のわからなかったわごとが益々《ますます》大きく首をかしげて、左を見ると、眉を寄せて苦笑していた千穂もゆっくり首をかしげた。

最後尾を歩く屈強な男の影が西日により長くなっている。

為麻呂であった。

石麻呂の死により、わごとと、為麻呂の間には溝が出来ていた……。

わごとが話しかけても為麻呂は何処かつれない。わごとは、為麻呂にずっと仲間でいてほしかったが……為麻呂の気持ちは変らぬかもしれない。

わごとは為麻呂との間にきざまれた溝に心を痛めていた。

翌日、紀の川を致足の舟で遡ったわごと一行は、生大刀が隠されているという神野《この》々の里についた。

途中、致足は紀の川の水量が少ないと盛んに首をかしげていた。

神野々は、役行者をはぐくんだ葛城《かつらぎ》の山々に北から見下ろされている。南には吉野川を源流とする紀の川が流れ、紀の川の南には弘法大師・空海《くうかい》によって開かれた高野山を初め、紀州の山々が岐嶷《いこよか》につらなる。

役行者は十五重、弘法大師は十重の術者であった。

紀の川から神野々に近付いた時、鏡の欠片はかすかに七色に光り、わごと一行を一時、喜ばせた。

だが……千方は、神野々に生大刀が秘匿されている事実をわごとよりだいぶ先に摑んでいる。生大刀捜索に着手していると、考えられるし、最悪の場合、伝説の宝刀を、すでに魔王が、その手ににぎっている恐れすらあった。

わごと一行は千方一味による凶襲を十分予期している。

しかし紀の川の旅路にも上陸時にも左様なことは起きなかった……。

その代り、予期せぬものがわごと一行を打ちのめしている。

弥生《やよい》の末、今の暦では五月頃とは思えぬほどの、酷暑だ。

神野々一帯は得体の知れぬ熱波に襲われていたのである……。

「これが……川の水が少ない原因やったか……」

致足が呟く。

日蔵が亀の甲のように罅割《ひびわ》れた大地、枯れた草原を見まわし、

「元々、雨の少ない土地柄なんや」

「……紀州なのにですか？」

わごとには天下屈指の多雨地帯であった熊野の印象が強い。その熊野と同じ、紀伊国ならば、ここも沢山雨が降るのではという思いが、漠然とあった。

「ここは熊野と同じ紀州言うても……気候が違う。雨が少なく乾きやすい土地なんや。せやから……」

だから、溜池などをつくってきたのだと日蔵は語った。

紀の川の水をたよればいいというのは安直な考えだ。まず、紀の川の水は――飲用には適さない。上流の多くの里の汚物が流れ込んでいるからである。

だから、飲み水は井戸水、泉水、この地の裏山から出る小さな流れの水をあてる他ないが……この水の量が少ないのだった。

稲作にもちいる水全てを紀の川にたよれるかというとそうでもない。

神野々以外にも、紀の川流域の多くの里で水が不足気味である以上、里ごとに恵みの川から取水出来る水量には昔からの取り決めがあり、一つの里がその取り決めを破って水を多く引けば、他の里との諍い、争いの元になる。

恐らくは、本来、水田なのであろう。土になる一歩手前まで干からびた泥が深く罅割れ

ながら細道の左右に広がっている。

（これから、田植えなんだろうけど……）

絶望が左右に広がっている気がするわごとだった。

乾き切った道の先には逃げ水が見え、陽炎《かげろう》が、立ち上っている。

見上げれば黄色い炎陽がぎらぎら燃え滾《たぎ》り凄まじく熱い日差しの雨を降りそそがせていた。

熱波に揉まれ、全身から汗を噴き出させたわごとたちは、乾燥した大地を歩む。枯草の帯のようになった畦道《あぜみち》に一人の翁《おきな》が蒲葵扇《ほきせん》片手にしゃがみ、打ちひしがれた顔で田を眺めていたため、日蔵が話を聞いた。

「……十幾日か前からや。真夏より暑うなって……雨は一滴も降らん。井戸水も次々、涸《か》れだした。山の水もいつになく少ないんや。長者様が他の里にかけ合って紀の川から取る水をふやしてくれんことには、田植えが出来るかもわからん」

幾日か前には乾いた林で……山火事まであったという。

老人は頭をかかえながら力なく語っている。

翁の小袴《こばかま》に染められた黒い葵《あおい》すら、萎《しお》れそうな熱波であった。

北の山の方に、砦のような広い屋敷が見えた。

巨大な二本杉が、目を、引く。

話に出た長者の屋敷と思われた。

枯草を踏みながら翁からはなれた良源は、険しい顔様で、わごとに、

「十数日前と言ったな……」

「はい。新宮の社僧が熊野川河口で見つかり千方が神野々について知ったすぐ後です」

「――何かある。この旱《ひでり》と、山火事には……」

良源の言に魔陀羅尼が首肯した。

千方一味の凶襲がないか、用心しつつ……さらに先に、すすむ。

旱に打ちひしがれた里に、入る。

大きな栃の樹が、見すてられた井戸の傍で黄ばんだ葉を力なく垂らしている。

里の者たちの力ない眼差しが旅の一行――わごとらに向けられる。

わごとは、右手に乗せた鏡の欠片の七色光を左手で隠しながら、たしかめた。

さらにすすむと七色光は弱まる。少しもどったわごとは仲間たちに、小声で、

「……どうもこの辺りが一番、強いようです」

（……千方はまだ生大刀を手に入れていないのかしら？）

辺りには小柴垣《こしばがき》にかこまれた、野菜の枯れた畑、板葺《いたぶき》、板壁の侘《わび》し気な民屋がいくつかある。

と、やや力なく、だが友好的な様子で、

「お前さん方、何処から来はったん？」

蒲葵扇を手にした壮年の男が板屋の戸口にかかった筵《むしろ》をめくりながら、声をかけてきた。

日蔵が答える。

「熊野の方から。これから、南都に参って、都に上る処や。しかし……大変な旱やな」

すると男はひどく眩し気な顔をして表に出てきた。

くたびれた烏帽子をかぶり袴には茶色く大きな檜扇《ひおうぎ》模様が染められている。

「紀楠彦《きのくすひこ》言います」

細身の男で、細く垂れた穏やかな目をしている。わごと一行を興味深げに眺め、

「お坊様方、初めてお会いしたのに、恐れ多い話やけど……少し相談にのってくれへん？」

「相談？」

日蔵が言うと、

「見たらわかりますやろ？　旱で……困っとるんや」

「雨乞いなど出来ぬぞ、誰も」

良源の言に、楠彦は蒲葵扇を持っていない方の手をゆらゆら振って、

「それとは別の相談や。雨乞いなら……」

蒲葵扇が、北を指す。

「お屋敷で……やっとる。有岡ノ板《ありおかのいた》ゆう巫女《みこ》が……。全然、駄目や。雨などこれっぽっちも降らん」

良源は、集落の中では大きい楠彦の家を見ながら、

「よかろう。だが、その代り、お前の家を宿としてかしてくれんか？」

楠彦は願いを聞いてくれたら、自分の家と隣の親戚の家を宿として提供すると申し出た。

これは、千方の罠《わな》でないか……という警戒が、むろん、皆の気持ちの中にある。

なので、良源は羽虫を描いた紙兵を楠彦に見えぬように放り、己の念を込めた羽虫に素早く家の中を探させ、潤羽もまた三白眼を大きく見開いて厳戒した。千穂も、固く魂壁をめぐらし、為麻呂も筋骨を鋼にする。

だが何ら怪しい処はなかった。

わごと一行は楠彦の家に請《しょう》じ入れられ、そこで彼の話を聞いた。

「うちの親父は昔、長者様の政所《まんどころ》ではたらいとって、読み書きが出来ます。せやから、わしも拙いんやけど、読み書きは出来ます。あ……親父がかえってきよった」

親父というのはさっき枯れた田んぼで話を聞いた老人だった。

「少々、読み書きが出来るさかい……」

長者への嘆願書の如きものを、村の者にたのまれてつくっているという。

「せやけど、どうにも……文が拙い。そこでお坊様方のお力をかりたいと思うた訳や」

良源、日蔵、魔陀羅尼を見まわして、楠彦は語っている。

「訳ないことだ。だが、どういう嘆願書なのか?」

良源が、言った。

楠彦によると——旱がはじまり神野々の里の井戸という井戸が涸《か》れると、長者は門を開いた。

長者——伴乙滝麻呂《とものおとたきまろ》という名らしい——の屋敷には、大旱でも涸れることのない泉と大きな池があるという。

「この池の水をつかわせてくれました」

「よい心がけだな」

楠彦の手が、とんでもないというふうに、素早く横に振られ、

「前の長者様は大旱の時、池の水を無償でつかわせてくれました。どんどんもってってええと言わはりました。せやけど、当代の長者様は……」

水の代金をもとめるという。

ほとんどの百姓がすぐに払えないので、それは米に置き換えられて、計算され、来年の出挙の利息に加算される。

「この仕組みを考えたんが……」

長者の一族で、その信任厚き巫女、有岡ノ板という。

「ろくでもない巫女だな」

良源は、太い腕をくんだ。

有岡ノ板が雨乞いをくり返し、ほとんど効果がないという話が、わごとの頭をかすめる。

「そもそも雨を降らせる力ってあるんですかね……？」

わごとが呟くと、魔陀羅尼が、わごとの耳に唇を近付け、

「龍神通《りゅうじんつう》という。弘法大師は、その通力をもっていたようじゃ。ただ、有岡？」

さも可笑《おか》しげにニヤリと笑い、

「その者は騙《かた》りよなあ。ほほ」

魔陀羅尼は、偽呪師と妖術師に……ある種の寛容性を見せることがあり、わごとは時折、その感性についていけないことがある。

「そこまでは、百歩ゆずってええんです。長者様の池なんや」

良源が、楠彦に、

「料簡《りょうけん》がせまいという気はするがな……。お前たちとて、長者のためにいろいろはたらいたりしておろう？」

「まあ、先代様とは違う考え方のお人なんやゆうことです。ほんで……」

出挙の加算にたえられないという一部百姓が山に入り、あらたな水源を探しはじめた。

「すると、入会地《いりあいち》（共有地）であたらしい泉が、見つかったんや」

「――良かったではないか」

「問題はここからや……」

長者、伴乙滝麻呂は弓や太刀をもった従類を派遣、そこで水汲《みずく》みしていた男女を追っ払い、己の田に水を引きはじめたというのだ……。さらに、泉と水路を柵でかこい、番人まで置いて厳しく見張っているという。それも、有岡ノ板が唆《そそのか》したらしい。

「それは許されざる所行だ。その泉は、長者の持山ではなく、入会地から出たのだろう？　里の者皆の水のはず。横暴な所行だ」

良源から憤りが漂う。楠彦は、旱にやられた草のように項垂《うなだ》れ、

「ほんまに……その通りです。せやから、明日、話があると長者様に渡りをつけまして、そのことに抗議する文を書いとるんですが……上手く書けず……」

良源は、腕まくりしている。

「喜んで協力する」

わごと、良源、日蔵、潤羽、千穂、魔陀羅尼が、楠彦の家に泊り、目と鼻の先のもう一軒に為麻呂と忌部の二人が泊る形となる。

わごとは奥の間で書状をしたためる良源の傍に座って、

「何か……全てのことの背後に、千方がいる気がするのですが」

筆が止った。

「……俺も、それを考えている」

「山火事って……火鬼が起しているんじゃないでしょうか？」

「十分あり得よう。ただ、霊宝が恐らく……」

板敷きを指し、

「この辺りの土中にある以上、里の者たちの協力がかかせぬ」

「……はい」

「屍鬼をどうするかの妙策も……まだ、思いつかぬ。浄蔵様が都でしらべているが、まだ返答はない……」

生大刀を守る屍鬼は――誰かが宝を盗《と》ろうとすると、眠りから、覚める。

そして、些《いささ》かでも欲や濁った憎しみがある者に死の息を吹きかける。

わごとに欲はなかったが千方への憎しみをかかえていた。これを屍鬼は、どう判じるか？

「とにかく本腰を据え……じっくりと仕度してからでないと探せぬ宝だ。千方にとっても、そうなんだろう。千方一味が先に当地に入り、何事か企《たくら》んでおるならば、まずその目論見を打ち砕き、万難を排してから宝探しに入るのが物事の順序に思える。

まずは、明日……有岡ノ板なる女にあえば、いろいろ見えてくるだろう」

わごとは、驚き、

「明日、行かれるつもりですか？」

「ああ。お前は、ここにおれ。どんな狸《たぬき》が、乙滝麻呂や板の後ろにおるか、俺が見て参る」

翌日、良源、その従者に扮した為麻呂、致足が、楠彦と、長者屋敷に交渉に向かった。

他の呪師と日蔵が楠彦宅にのこり、わごとを死守している。

乃《すなわ》ち、千穂がわごとの傍らにあり、強靱な魂壁を張り、妖魔や邪心をもった者の侵入を防ぐ堅陣をしいた。

棒をもった日蔵、侵入者が人であれば一目で卒倒させられる灰色の尼も、わごとの傍らにあり、忌部の呪師は少量の水が入った水甕《みずがめ》近くに陣取る。巨細眼の乙女は——戸口や窓の傍に控え、外から何者かが迫っていないか、通力をつかって見張った。

良源は、若干の不安もあったが、潤羽や魔陀羅尼に、わごとをまかせ、為麻呂と、致足、楠彦ら数名の百姓と砂埃漂う熱い道を歩き、長者屋敷に向かっている。

向かって左奥から山容巍々《ぎぎ》たる葛城の山々が、後ろの方から高野山など紀州の山々が、良源を見守っている。

伴乙滝麻呂の屋敷は小山を背にしていた。

神野々の里は、全体的に枯れた草や萎《しお》れた木が目立ったが、滾々《こんこん》と湧く泉を擁し、大池があるという乙滝麻呂邸の樹、たとえば二本の大杉とその裏山だけは青々としていた。

高さ一丈ほどの板塀でかこまれた屋敷にどんどん近付く。

深い空堀に、板の橋がもうけられ——橋の先で門が口を開けていた。

門前、そして門の上、櫓《やぐら》に、弓矢や毛抜形太刀で武装した男が、六人、張り付いている。

板塀の向うには竹が一列にうえられているようだ。

上端がのぞいた青竹の列から、雀《すずめ》の声が聞こえる。

橋の手前までくると太刀を引っさげ、烏帽子をかぶった屈強な小兵が、橋の中ほどに立ちはだかった。

「先の政所の下部、紀蟹彦《かにひこ》の子、楠彦！　長者様にお願いの儀あって参りました！」

橋の手前で立ち止った楠彦が叫ぶ。小柄な兵は、怪しむように、

「その坊主どもは？」

「叡山西塔《さいとう》の良源！　書状を書く手伝いをした者！」

良源は、胸を張って告げている。

「しばし、またれよ」

小兵は門の傍にいた童に何事か耳打ちし、屋敷の内に走らす。

しばらくすると童はもどってきて小柄な兵に耳打ちした。

「入ってよい」

小兵が言い、良源たちは……厳めしい門を潜った。

良源と、楠彦だけが広い板間に通され、他の者は庭でまたされている。

吊り上げられた蔀《しとみ》の向うに青々と水をたたえた大きな池と前栽《せんざい》、青い実を下げた桃の木などが見える。

庭先からここまで案内してくれた狩衣《かりぎぬ》姿の目付きの鋭い翁——たぶん、政所の預《あずかり》だろう——が、濡《ぬ》れ縁に腰を下ろしてじっとこちらを見据えている。

がらんとした板間の奥に青畳が一つ。その右手前にもう一つの畳が据えられていた。

板間の片隅に二階棚があり双六盤《すごろくばん》や文箱《ふばこ》が置かれていた。

ややあってから、鼠色《ねずみいろ》の品のよい狩衣をまとった、かなり肥えた男が、現れた。見事な口髭《くちひげ》をたくわえ、黒い烏帽子をかぶり、一人の老女をしたがえている。

長者らしきその男は奥の畳に座り、老女が右手前の畳に座す。

——その女を一瞬、睨んだ良源の眼が鋭く光った。

（……有岡ノ板か）

梅干しのような顔をした小柄な媼《おうな》だった。白衣をまとい、黒く長い髪を後ろで一つにたばね、眉は丸く、肌は浅黒い。墨汁で髪を染めているのだろうか。

ちょこんと座った有岡ノ板らしき老女は澄ました顔で瞑目した。

（狸め。貴様の後ろに、何がおる？）

正面奥に座った男は肥えた相好をゆるませ、

「神野々の里長をつとめておる伴乙滝麻呂じゃ。……何でも、叡山で学ばれたとか？」

「はい」

良源が答えると、

「わしも彼《か》の山の方には、二度、登ったことがあり、多くの知人がおるのじゃ」

あくまでも鷹揚《おうよう》に切り出してくる乙滝麻呂だった。

「左様にござったか。拙僧は、西塔の理仙《りせん》について学び、声聞《しょうもん》は浄蔵の手ほどきを受けました」

「おお……。理仙殿は薄《うっす》ら存じておるな。浄蔵殿とは、面識が、ないのじゃ。貴僧、名は何と言われた？　取り次いでもらったのじゃが……失念してのう」

良源は、にこやかに、

「良源です。この者たちに宿をかりまして、旱のことなど色々聞きました。長者殿に願い事があるとのことゆえ、拙僧が代筆し、同道して参りました」

乙滝麻呂はふっくらした顔をほころばせたまま、

「……ほう。早速、その書状を見せてもらおうかのう」

楠彦が文箱を恭しく差し出すと、濡れ縁にいた目付きの鋭い家僕が素早く動き、それを主の許まではこんでいる。

歎願状《たんがんじょう》には、皆の土地である入会地に出た湧き水を乙滝麻呂が独占するのは、道理に合わぬこと、また、先代の長者は旱の時など、邸内の大池を無償で開放していたこと、今の旱は季節外れの異様な熱波で真《まこと》に厳しいものであるから、出来ればその先例にならってほしいこと、それがむずかしいなら、出挙の利率を下げてほしいという百姓たちの願いが、切々たる文章で書かれていた。

乙滝麻呂はふむふむと言いながら一読した。

しばし考えていたが、やがて、

「……いろいろと、むつかしいな」

良源は、言った。

「それはどうしてでしょう？」

「まず……わしの家から水を好きなだけ汲み出したいという話じゃが、泉から湧き出る量が年々へっておってのう。当家も厳しいのじゃ」

良源は池を眺めて、

（十分水がある気がするがな……）

楠彦の険しい顔様からも、湧き水の量はへっていないのでないかという思いが、迸る。

乙滝麻呂はとぼけた顔で、

「そして新たなる湧き水をつかわせよという話じゃが、これまたむつかしい」

「それは筋が通りませぬな。その泉は、入会地に出たもの。つまり、皆のもの。貴方の私領から出た水ではない」

読経するような強い声が良源から出る。

「――それを貴方が独り占めされる権利はないはず。そもそも誰のものでもない、森の中に泉があったとします。この泉を柄杓《ひしゃく》で汲んで桶《おけ》にうつした女がいる。この桶にうつされた水は、誰の水でしょうか？　柄杓で汲んだ女の水。ここに異存はありますか？」

「……異存は、ない」

乙滝麻呂は、言った。

良源は、乙滝麻呂に、

「隣家の者の水でもなければ、里長の水でもない。汲んだ女の水です。何故なら、水を柄杓で汲むという働きを女はしたのであって、その働きに対する報いが、汲んだ分の水なのです」

「全くその通りじゃ」

「聞けば……入会地で新たな泉を見つけたのは、里の百姓たちとのこと。百姓たちにくわえ、貴方や貴方の家人も……この里の皆がその水を得る権利があります。そして、むろん、拙僧の如き旅の者も、己の手で汲み、渇きを癒すくらいは、その水を得る権利があるでしょう。だがそれはあくまでも柄杓で桶に入れた分、手で汲めるくらいで、全ての水を他の者にあたえず、誰かが独り占めするような権利は——誰にもあたえられておらぬはず」

厳しい目で、抉《えぐ》るように言う良源だった。

するとと乙滝麻呂、深く首肯し、

「御坊の御説、いちいちもっともじゃ。理にかなっておる」

(何だ？　存外、話が通じる相手でないか……)

相好をゆるめた良源は、

「おお。ご納得下さったか！　ならば是非——」

手を横に振った伴乙滝麻呂は俄《にわ》かにむずかしい顔を見せ、

「——じゃが、そもそもの前提が間違っておる心地がするのじゃ」

良源の太い眉が寄せられる。

乙滝麻呂は有岡ノ板にめくばせした。

すると、いつの間にか目を開けていた白衣、丸眉の梅干し顔の老女はとことこ動き二階棚に向かった。そこにあった文箱を開け、一通の書状を取り出した有岡ノ板は、良源の許にやってきて、鉄漿《かね》を塗った歯を剝いて、やけに高い声で、

「——見るがよい！」

叫びながらばっと書状を開いている。

漢語が、びっしり書かれていた。

「乙滝麻呂様の四代前の御先祖がちょうど泉の出た辺りを開墾され己の土地とされたが、あまり出来の良い畑でなかったため、放棄され、林となったとしるされておるのじゃ」

「そんな話、初めて聞いた！」

思わず楠彦が、叫ぶ。

良源は、有岡ノ板に、

「この書状、やけにあたらしいな。近頃、書かれたものでは……」

「——無礼者！」

老いた巫女の黒い歯が、怒りと共に剝かれた。

「長者様が偽文書をつくったと、お前は言うのかねっ」

「良源殿、由々しき言葉ぞ！　わしにどうして偽文書などこしらえる必要があろうか」

上座から、打って変った険しい声がとどく。

「お前、良源と言ったね？」

鉄漿を塗った皺くちゃの巫女は良源をきっと指した。

胸糞が悪くなる所作だった。

浅黒い顔を、ニカァと笑ませた有岡ノ板は、良源に面を近付け、臭い息を吐きかけて、

「お前……良源って名じゃないね？　本当は叡山の坊さんでもない。――わしには見えたぞ！　お前の過去が」

良源は、青筋をうねらせ、怒りで面を赤くして、

「――口から出まかせ申すな！」

何とかそれ以上の怒りの奔出をおさえるも有岡ノ板は皺くちゃの顔と黒い歯をますます近づけてきて、

「お前は丹波《たんば》の生れで、本当の名は夜叉麻呂《やしゃまろ》というごろつきだろう？　北嶺の僧を騙って、いろんな里を騙《だま》してきたんだろう！」

「よくもまあ、ぺらぺらと……。この偽呪師め」

良源が言うと乙滝麻呂は荒々しく立ち、

「そうであったか！　偽坊主であったかっ。こんな男の話を聞いて損したわ」

有岡ノ板の出まかせを信じているのか、嘘とわかりながら芝居しているのか知れぬが、良源を罵ると、

「それにお主……わしが重んじておる巫女をさも騙りであるかのように罵ったな？」

「俺が西塔の良源だと高野山の方に問い合わせてもらえばわかる！」

鋭く、良源は、叫ぶも、腹も、歯も黒い巫女は、首を上に向けてゲラゲラ笑って、

「そんな問い合わせ無意味じゃっ！　このわしの目は、胡麻化《ごまか》せぬ。わしの目は真実を見るのじゃ」

「――ええい！　この無礼者、狼藉者《ろうぜきもの》どもを、つまみ出せ！」

乙滝麻呂が命じるや濡れ縁にいた老いた家僕が両手を激しく叩く。するとすぐに――太刀を引っさげた屈強な従類六人が現れ、良源、楠彦を取りおさえている。

庭に出た処で、為麻呂、致足らが戦おうとめくばせしてくるも、良源は、強く頭を振る。

良源たちは乙滝麻呂邸からほとんど叩き出された――。


その光景を同じ屋敷の奥の一室で千里眼で見ていた藤原千方は深い笑みを浮かべ……、

「良源がかえって行った。これで、そなたらが焚《た》き付けた炎が、さらに大きゅうなる」

「あの良源すら、大きな策の手駒につかわれるとは……。恐れ入りました」

千方の傍にはべっていた赤い衣の女が嫣然《えんぜん》と笑む。

火鬼こと、化野《あだしの》であった。

同じ部屋に隠形鬼もいた。

「蔀を開けてくれ。暑うてかなわぬ」

良源がいる間、閉じられていた蔀が——隠形鬼の手で上げられる。

開いた戸がつくった四角形が青緑の水をたたえた池や緑の影を落とす木々を切り取っていた。

千方たちは——ここに、有岡ノ板の客人《まろうと》として逗留《とうりゅう》している。

有岡ノ板と乙滝麻呂は、他心通により……千方に心を掌握《にぎら》れている。

この屋敷の使用人も千方たちがここに滞在していることを不思議に思わぬ。

それもまた、他心通の影響である。

神野々に生大刀が秘匿されている事実を、わごとより先に知った千方たち。

まず、千方は、火鬼と共にこの地に急行。

都から金鬼と共に呼び寄せた召鬼ノ者ども、および、魔軍の一部により、この地に旱を起させた。

一方、自らは他心通により乙滝麻呂、有岡ノ板他、この里の数名の者の心を掌握、意のままに動かしだした……。

左様な仕込みを終えてから黒衣の魔王当人は、縮地に縮地を重ねて熊野にもどり、隠形鬼と合流、イクチらをつかい、わごとを襲った訳である。

「召鬼ノ者どもに命じ旱神《ひでりがみ》をそろそろやすめ雷獣をくり出す。仕上げにかかるぞ」

「千方様、そんな手の込んだことをする必要ってあるの……？」

千方の話を硬い面持ちで聞いていた灰色の水干の少年から、意見が出た。

「ここには火鬼と俺、金鬼がいる。魔軍の一部も。その力を結集すれば、わごとなど一日で片付けられるはず。早くわごとを倒して……水鬼を探した方が……」

千方は表情を崩さなかったが、妹の名で怒気を焚き付けられた火鬼が、

「お前が妹を引き合いに出すな。——ここまでととのえてきたんだよ、あたしらが。何を今さら……」

ずっと神野々での工作をになない、山火事などを起してきた火鬼の口から熱気が迸り、室内に陽炎《かげろう》が生れた。

赤い妖女を手で制し、魔王は、

「わごとだけを片付けるならそうしよう。だが、我が狙いは……わごとだけにあらず。太郎坊が語っていた伝説の妖魔、屍鬼を我が手下《てか》にくわえたいし、生大刀もまたつがなく手に入れたい。それにはこの手数がいる」

千方は——神野々全体にさる通力をかけようとしている。それをなすには、これだけの仕込みがいるのだ。

小首をかしげた隠形鬼の心を、千方は読もうとする。

——読めない。

空っぽであった。

西の京の貧民窟でそだったこの少年、よほど無惨な目に遭ってきたらしく、心が空虚な時が多い。一瞬、何かの思考が閃《ひらめ》いてもあまりにも早くそれは消える。

千方にとっては、めずらしく心が見えにくい相手だった。

少年は、庭の青桃に目を向けながら、

「……屍鬼は思い通りになる？」

「お前、その言い方は何？」

いわば心が筒抜けの火鬼の内で、苛立《いらだ》ちが燃え上がり、

（あたしだって妹が心配なんだ……。何だ、この餓鬼は――）

千方は、靡ノ釧《なびきのくしろ》に手を置き、静かな声で、

「――思い通りにしてみせる。もし、これであやつるのに難あらば、召鬼ノ者どもにやらせればよい。わごとを倒し、生大刀、屍鬼を手に入れ、万難を排した上で――出羽に行くぞ。あらごと退治、水鬼捜索をおこなう。わしは水鬼の一件……あらごとよりは、赤犬姫が絡んでおる気がする。場合によっては赤犬姫も退治せねばならぬ」

火鬼、隠形鬼が、真剣に首肯する。

千方は少しはなれた所にいる金鬼に念話し、

《――わしだ》

身の丈六尺七寸。山伏装束をまとったその凄まじき大男、異様に発達した、肩や胸、腕の筋肉から、分厚い獰猛《どうもう》さを放っていた……。

金剛身の妖術師・金鬼だった。

金鬼は今、長者屋敷を見下ろす裏山の上にいる。

《心得ました》

念話を終えた金鬼は、

「おい」

近くの木の下にぼんやり佇《たたず》んでいた一組の男女に声をかける。

若い男と、初老の女であった。

いずれも目に力がなくとろんとしていた。口をだらしなく開け、衣は薄汚れている。

この二人、心というものが感じられない。

まるで……人とそっくりの人形が立っているような印象がある。

この者たちも「召鬼」なる力をもつ呪師であることを金鬼は知っている。

――妖怪をあやつる通力だ。

靡ノ釧に込められた力である。金鬼は、千方が、この通力を我がものにしようとしたのを知っている……。

（――だが、吸われなんだ。千方様にとっては、魔陀羅尼の邪眼と同じく危険な力だ。故にあのお方は……）

自らが渇望するも手に入れられなかった召鬼の呪師を見つけると――千方は他心通をかけ、必ず心を壊す。で、操り人形にしてきた。

（生ける屍だよ……。こいつら）

故に金鬼は召鬼ノ者――他にも幾人かいる――と呼ばれるこの者どもを見ると、自分も千方に逆らったり、異心をいだいたり、働きが悪かったりすれば、心を粉々に破壊され、斯様な憂き目にあうのでは……という冷たい恐れに、背を撫でられるのである。

若干の気味悪さを覚えながら、

「旱神を、蚩鼠《しそ》を、呼びもどせってよ。旱は今日で、止《や》めだ」

すると、召鬼ノ者と呼ばれる二人は見えない糸に引っ張られるように同時に右手首を上げた。で、金鬼の傍らをがらんとした表情でよろよろ歩き、見晴らしのよい所まで出ると、右手をピンとのばして大きく宙にかざす。

何らかの念を宙に放ちだした。

しばし後――遥《はる》か空の高みから、鳥が二羽降りてきて、召鬼ノ者どもの傍に着地した。

黒と白の羽をもつ、鶏に似た鳥で、炎に似た赤い鶏冠があるが、遥か上空から降りてきたことを考えれば鶏ではあるまい。よく見ると……その腹部に羽毛はなく、代りに鼠に似た灰色の毛が生えている。尾羽もなく、代りに鼠のそれに似た長い尾が蠢《うごめ》きながらついている。

山海経《せんがいきょう》に、云う。

鳥がいる。その状は鶏の如くで鼠の毛。その名は蚩鼠。これが現れるとその邑《くに》は大いに旱する。

この二羽の不気味な鳥、旱神こと蚩鼠こそ、当地に旱をもたらした元凶であった――。

＊

楠彦宅に良源らがもどり、叩き出されたことが知れわたると、百姓たちは憤激した。

百姓の一部は今にも、乙滝麻呂邸に殴り込み、乙滝麻呂と有岡ノ板をぶちのめし、水を奪おうと言い出した。

良源と楠彦は激昂《げっこう》する男たちを、必死になだめ、暴力の奔出を何とかおさえている。

良源は荒ぶる男たちに、

「知人の僧が、高野山におる。この者にまずわしの身元を証明してもらう。さらに高野山の高僧にきてもらい、乙滝麻呂を説諭してもらうのだ」

神野々の里を紀の川越しに見下ろしている高野山。この聖山への乙滝麻呂の信仰は篤いという……。

(なら何で、弘法大師の爪の垢《あか》を煎じて飲まないのかしら……?)

貧しい家の童に学問をおしえ、溜池などつくって百姓の暮しを精力的にささえた弘法大師を見習うことをせず、弘法大師の山である高野山への信心はもっているという乙滝麻呂、その心の不思議さにわごとは首をかしげるも、良源はそれにはふれず、

「素性が知れんと思うた俺には居丈高に出たが、乙滝麻呂は高野山という権威には……弱い気がする。……もう少し辛抱してくれ。ここで、早まってはいかん」

楠彦の家に詰めかけた百姓を何とか説き伏せ、かえらせた。

奥の一室が仲間たちだけになると、日蔵が、

「しかし……長者の所に千方がおるなら、高野山の者が参っても、説得出来ん違うか?」

(日蔵さんの言う通りだわ)

鷹のように目を鋭くした良源は、日蔵に、

「そういうこともあるでしょうな。だが……後々、国府の方に訴えるなどの段になった時、高野山の方から、百姓に有利な証言が出るのは大きい。だから、高野山を巻き込むのは有効な一手になる。それに……高野の高僧の言うことも聞かぬなら、益々、千方が後ろにお

ることの証明になる。それをたしかめるためでもある」

「……なるほど」

いつもながら良源の知恵に舌を巻くわごとだった。わごとは言う。

「昨夜ずっと考えていて……気付いたことがあるんです。千方は、この地の人々の心を……ぎすぎすと尖らせようとしているんじゃないかと」

良源は――腕組みして深く考え込んだ。

「……一理、ある。だが何のために千方はそんなまわりくどいことを？」

日蔵が眉間に皺を寄せ、

「……あやつりやすうするため……？　ううん、何やろな……」

「……わたしは宝とかかわるのではないかと思うんです」

わごとの意見に、良源は非常に深くうなずき、

「あり得ることだ。千方は今まで我らを襲う時、己らの妖術か、使嗾《しそう》する妖《あやかし》をつかい、一気に攻めてきた。それが……此度《こたび》は様子が全く、違う。千方や火鬼がこの地におり何事か目論んでおるのは確かなことだ……。奴らの臭いがぷんぷんする……。だが、奴らは姿を見せず、何かを企みつづけておる。――今までと此度の違いは何か？」

「宝の、ありなし」

潤羽が言う。

「左様。……故に、宝と関わりありというわごとの指摘は重大だ。だが、千方の目論見がどのように宝にかかわってくるのかが、まだ、見えて来ぬ」

わごとが傍らにすり寄って来た雷太の喉を撫でながら、

「で、千方が人々の心をささくれ立たせているとして、干害はもちろんですが、あらたに見つかった泉というのも大きいと思うんです」

「たしかにそうだな」

「その泉、千方の働きかけで湧いたものなら……何でそんなことが出来たんでしょう？　水をあやつるのは、水雷で、その術者である水鬼は――」

あらごとを狙い東にいるはず。

すると、こちらに背を向けつつ話を聞いていた灰色の尼が、

「――千里眼」

魔陀羅尼は小声で、

「千里眼の力なら、誰も知らぬ泉を見つけるなど造作ないこと。後はそれが見つかるように手をくわえればよい」

「千方には、千里眼の力もあるのか？」

「………」

「魔陀羅尼」

良源が呼ぶも魔陀羅尼から答はない。――背を向けて、じっと、押し黙っていた。

肯定する沈黙である気がした。


その夜。

わごとは千穂――あれから仮眠し、今、不寝番をしている――の二重の魂壁に守られた部屋でやすみながらも、胸のざわつきと熱帯的な暑さから、なかなか眠れない。

ただ、寝転がっているだけで命をもっていかれそうなほど暑い、夜だった。

床についてからどれくらい経ったろう？

ようやく眠気が起った……その時である。

わごとは、厳重な魂壁で守られた家の外に、かすかな人の気配を感じている。

――誰かが、自分たちを、いいや、己を、じっと窺っている。

（……誰？）

瞬間、わごとは眠りに引きずり込まれた。

翌朝――。

「斯様なもの、道の辺に、落ちたりし」

いち早く表の様子を偵察に行った潤羽が楠彦の家の前の道端に落ちていたという青い果実をもってきた。それはいかにも固く小さな桃の実だった。

「はて……長者の家の庭に青く小さな桃がなっておったが……。それが、何ゆえこんな所に?」

良源が桃の実を受け取り考え込む。

「妖気はなさそうじゃな」

魔陀羅尼が、呟く。

この人が言うなら……大丈夫な桃の実だろう。わごとにわたされる。わごとは、何の変哲もない青い実を掌で転がしてしらべている。

文字とか、記号も、きざまれていない。

わごとはふと——夜更けに誰か人の気配があったことを思い出した。

(あれは……誰だったんだろう?)

わごとは壁に突き当たったような顔をした。

「どうした?」

良源が言うも、

「……いいえ。何でもありません」

ある一人の少年の影が、わごとの中に浮かんだのである。

(——隠形鬼……)

隠形鬼なら、わごとの仲間の誰にも気取《けど》られずに魂壁に守られた家の前に立つことが出来よう。また、彼ならば千方の指図で隠形、わごとの様子を探りにくることも十分考えられる。わごとの掌が固く桃の実をにぎった。

（隠形鬼が、これを置いて行ったの？……何のために……？）

何かの合図である気がしなくもないが……そもそも敵である隠形鬼が、自分に何を合図するのか――？　訳がわからなかったが……無性に胸がざわざわした。

（……貴方はわたしに何をつたえたかったの？）

直後、隣家の男が駆け込んできて、興奮した様子で、

「楠彦！　表に出てみいっ。雨がっ……雨が、降りそうなんや！」

人の川となった、わごと一行、楠彦一家が――表にどっと、流れ出る。

往来に多くの百姓が出ていて長者邸の裏山を仰いでいる。

「最前、あれなる雲、なかりし」

潤羽が言う。

裏山の上に――黒雲が、わだかまっていた。

稲光をふくんだ暗雲は俄かに拡大、里の上空をおおい出す――。

乾きに苦しめられていた人々が、嬉しさで、どよめく。

雷の気配を感じた雷太が夢中になって天空へ吠えた。

太郎丸を肩に乗せたわごと、重い轟きを起しながら閃く暗雲の中に、犬に似た六本足の

獣の影を見た気がした。

「雷獣……」

良源の呟きに魔陀羅尼がうなずく。潤羽が、ぽつりと、

「この雲、怪し」

「だが俺は……たとえ妖怪がもたらす雨であろうと、あの雲が雨を降らせるならば、止められん」

良源が言った瞬間、

――――!

枯れかけた栃《とち》の樹が真っ白い落雷で裂けている。

瞬間、鼓膜を貫きそうな轟き、そして、いくつもの滴が落ちてきた。

「あ……雨じゃ! 雨じゃぁっ!」

身悶《みもだ》えしながら、楠彦が両腕を大きく広げ、雷雲に向かって、叫んだ。

男も、女も、子供も、老者も、歓喜の叫びを上げ、飛び跳ねたり、抱き合ったり、輪になって踊ったりした。直後、滝同然の豪雨が旱の里に降りそそぐ。また、落雷があり、わごとの中に真っ白い閃光《せんこう》と共に閃いた古い物語の断片がある。

それは、六条《ろくじょう》近くの小さな家で、千鳥に口でおしえられ、右近がもっていた古い巻物で見せられた物語。

いや……もっと前、隠れ里にいた頃、聞いた記憶があるのかもしれない。

その八《やくさ》の雷神に、千五百《ちいほ》の黄泉軍《よもついくさ》を副《そ》へて追はしめき。ここに佩《は》かせる十拳剣《とつか》を抜きて、後手《しりへで》にふきつつ逃げ来ます。なほ追ひて、黄泉比良坂《よもつひらさか》の坂本《さかもと》に到りし時、その坂本なる桃子三箇《もものみみつ》を取りて待ち撃ちしかば、悉《ことごと》に逃げ返りき。

……最後《いやはて》にその妹伊邪那美命《いざなみのみこと》、身自ら追ひ来りき。

古事記の一節である。

火の神を生み、体が焼け爛《ただ》れて根の国（黄泉国《よみのくに》）に神避《かむさ》りした、伊邪那美命。伊邪那岐《いざなきの》命《みこと》は妻たるこの女神の死を悲しみ、また一目見たいと願い、根の国に向かう。

そこで見たのは夥《おびただ》しい蛆虫《うじむし》と八つの雷神にたかられた、変わり果てた妻の姿であった。

衝撃を受けた伊邪那岐命は冥府《めいふ》の女王となった妻から逃げる。

恥をかいたと怒り狂った伊邪那美命は、夫をまず、黄泉醜女《しこめ》の群れに追わせる。

伊邪那岐命はどうにか黄泉醜女を振り切るも、伊邪那美命は、今度は、八つの雷神に千五百の死人の軍勢をつけて——差し向けた。

伊邪那岐命は、これを剣を振るいながら、何とかふせぎ、黄泉比良坂の下で桃の木を見つけ、桃の実三個を投げた処、黄泉の軍勢は悉く退散した。

……そして、遂に伊邪那美命は自ら夫を追いはじめた。

昨夜置かれていた青い桃の実、今落ちている稲妻が……その物語を思い出させている。

土砂降りに叩かれ黒髪をべっとりさせたわごとは、稲光に照らされながら、考える。

(……何をつたえようとしたの？　貴方は)

濡れる衣、吠えまくる雷太も、気にならない。

「わごと、一先ずもどろう！」

良源が腕を引く。

里の人々は曲物桶《まげものおけ》や壺《つぼ》、甕を慌ただしくもち出し──雨水をためようとしていた。

刹那、わごとは、理解した。

(雷神に率いられた……死者の軍勢……。追いかける、死の国の女神……。逃げる、男神……。貴方はわたしにこうつたえたかったの？　雷の後、逃れられぬほど巨大な死がやって来る。だから……。だから、すぐに……)

「──逃げろと？」

その時、雷が乙滝麻呂邸の大樹に落ち大音声《だいおんじょう》が轟いた。

わごとは今考えたことをどう皆につたえようと思いながら、滝のような雨の中、楠彦宅の戸口まで来る。

と、北の方から十数人の男どもが——矛、毛抜形太刀、棒などを手に、泥飛沫《どろしぶき》を踏み散らし、里の方に殺到してきた。

乙滝麻呂の家来たちである。

乙滝麻呂の兵たちは、恐ろしい胴間声で、

「何を勝手に溜めておるのかっ！　この雨は、乙滝麻呂様の裏山から出た雲より降りし水！　よってこの水は——乙滝麻呂様の水じゃ！　勝手に取る奴が、あるかっ。もしこの雨水を汲むなら、乙滝麻呂様に、金子《きんす》、銀子《ぎんす》、布などを払え！　それが出来ぬ奴は汲んではならんっ」

「馬鹿なこと言うんやない！」「雨は……誰のもんでもないわっ」

百姓たちから怒りの声が飛ぶも、乙滝麻呂の兵たちは構わず、水桶を蹴倒し、棒で水甕をわるなど、暴挙に出た。

（——何を言っているの？　この男たちは！）

怒りが、わごとの体をわなわなとふるわしている。

「——馬鹿者！　戯言も、たいがいにせいっ！」

良源が咆哮を叩きつけながら、土砂降りの中に飛び出した。日蔵も、

「せや！　大馬鹿者め！」

武装した兵たちの前に立った良源は雨に打たれ雷に照らされながら——毅然《きぜん》とした表情

で暗雲を指した。

「天から降りし雨は——誰のものでもないっ！　百姓のものでも、長者のものでも、帝のものでもない。その雨の降りし下におる、万人のものよ。これ……古《いにしえ》からの至極当然の道理である」

良源の圧倒的な気迫が、一瞬、兵たちをたじろがす。

「この雨を桶で汲んだ女がいる」

水を汲んだ曲物桶を必死に棒をもった兵から守ろうとかかえながら、泣いていた女を指し、厳《おごそ》かな顔で、

「この汲んだ分の水は、その女に帰す。……これ、当然の道理よ。昨日、長者は柄杓で汲んだ分の水について、汲んだ者に帰するという道理に、納得いった様子であった。これは同じことだ。

なのにどうして、昨日、己が納得した理《ことわり》に反し——無茶苦茶な道理を振りかざし、斯様な暴挙におよぶのか？」

「……そんなことは知らん。わしらは、命じられておるだけじゃ！　殿に言うてくれ」

「なら——俺を乙滝麻呂の許に案内しろ！」

別の兵が、

「左様なことが出来るか！　この、偽坊主め！」

いきなり、良源を棒で打っている。

良源の体が水溜りに倒れ、泥飛沫が立つ。

「お坊様！」

ずぶ濡れになりながら桶をかかえていた女から叫びが迸った。

「おのれ……よくも、坊様をぉっ」

いつの間に手ににぎっていたのか、鉈《なた》を手にした百姓が――良源を殴った兵に飛びかかり、鉈を、振り上げる。

「駄目！」

わごとは叫んだが鉈は勢いよく――振られた。溜りに溜った憤怒が込められた一撃だった。

伴家の従類の蟀谷《こめかみ》が裂け、迸った血が、土砂降りの雨にまじる。

「よくも、糞ぉっ」

咆哮を上げた百姓は、白目を剝き泥飛沫を上げて倒れた従類の額に向かって二撃目の鉈を振り下ろした――。額が、包丁で切ったイチジクのように、赤くわられる。

「下郎！　何をする！」

兵の一人が仲間を鉈で殺めた百姓を毛抜形太刀で叩き斬った――。

断末魔の悲鳴、鮮血を散らし、百姓は斃《たお》れる。

「もう、やめて！」

わごとの叫びは——はじまってしまった凄まじい争いに揉み消される。

鍬《くわ》や鎌、長柄の薙鎌《なぎがま》、鉈などを手にした百姓たちが、乙滝麻呂の家来を襲い、従類たちも太刀《たち》、矛で反撃、双方で、幾人もの血が流れている。

日蔵がやってきて、わごとを引っ摑み、

「もう……こうなったら止められん！」

呪師のほとんどがわごとを守ろうとするも、泥塗《どろまみ》れの良源は、

「争いはいかん！　同じ里の者同士だろうっ」

何とか仲裁しようとし百姓や兵を取りおさえようとするも、逆にはね飛ばされてしまう。

また、楠彦ら幾人かの百姓も、土砂降りの中、必死に叫び、争いを止めようとしていた——。が、暴動に参加し、兵たちを鍬で叩いたり、鎌で切り付けたりする百姓の方が多い。

雷雨がピタリと止んだ時、数の力で押された伴家の従類は、悲鳴を上げて逃げはじめた。

良源、楠彦の制止を聞かず、幾人もの荒ぶる男たちが、

「——殺せ！　殺せっ。乙滝麻呂を、殺せ！」

有岡ノ板のことも罵り、

「あの偽巫女めも、いてまうど！」

暴動する百姓が、お屋敷に殺到してゆく——。

その時であった。

《わごと、良源、聞こえますか？　浄蔵です》

浄蔵から念話がとどいた……。

わごとはあまりの間の悪さに唇を嚙み良源は青筋をうねらせて、

「今、非常に立て込んでおりましてな！　後で、いいですかっ？」

《いや……こちらも非常に大切な要件だ！》

「何ですか？　手短にお願いしたいっ。あんたは、話が長い」

《相変らず失礼な男だな。……について大変なことがわかりました》

浄蔵の念が肝心の処で、途切れがちになる……。

わごとは大怪我をした百姓女に、千穂たちと駆け寄りながら、

（え？　何がわかったんですか？）

《屍鬼について大変なことがわかったんですよ。奈良《なら》の方からね……上洛《じょうらく》したさる僧が博識でね。屍鬼について知っていたのだよ。その人から……》

良源は、いらいらと手を振り、

「前置きはいい！　要点をつたえてくれ」

《古に封じ込められた屍鬼は大抵土中で眠っている。だが、多くの人が憎み合い、激しく争う音を聞き、その者どもの血が大地に流れる時——眠りから目覚めるというのだ！》

怒号と悲鳴の嵐は、今、長者屋敷の方に、殺到していた……。

良源から火山が噴火するような大喝が、叩き出された。

「——浄蔵！……おそすぎだ！」

わごとは、浄蔵に、

《……もう争いがはじまっているんです！》

《何だと？　それこそが、千方の目論見だ。——急ぎ、争いを鎮めよ！　わごと、良源》

藤原千方は……板塀の向うに押し寄せる怒号を奥の一室で聞いていた。

魔王は満悦げな微笑みを浮かべ、

「よい具合に仕上がりつつあるようだ」

傍らには、火鬼、そして昨晩、わごとの偵察を命じた隠形鬼が佇んでいた。

赤い妖女は真っ赤な唇を艶やかにほころばせ、灰色の水干の少年はかすかに浮かぬ顔をしている。

だが、千方がその心をのぞこうとしても靄《もや》がかかったようながらんどうがあるばかり。

「屍鬼の毒息に当てられてはかなわぬ。高みの見物といこう」

千方が言った時、ドタドタと足音がして……、

「た、大変ですっ！　千方様ぁっ。里の者どもが押し寄せて参りましたっ。如何《いかが》取りはか

らいましょう？　何か、御下知を！」

狩人に追われた狸のような形相で有岡ノ板が慌てふためきながら駆け込んできた。

黒い歯のあわいから、荒い息を吐き、玉の汗をにじませた板は、

「大変な人数でございます」

魔王は、皺くちゃの自称巫女の肩に手を置き、

「色々世話になったな。板。後はもう、お前の好きにやれ。――さらばだ」

千方は、赤い妖女と、灰色の少年の、手をにぎる。

すると――忽然と掻き消えた。

後には茫然《ぼうぜん》とした有岡ノ板がのこされている。


長者屋敷では、もはや、合戦と呼ぶべき事態が起きている気配があった。

眼前の惨劇で腸《はらわた》が千切れそうになっているわごと。激しい怒号、凄まじい絶叫が北から聞こえる中、良源は口早に、

「俺は致足と、あの争いを止めてくる！」

争いにより出火した場合、長者屋敷の池をあやつれる致足はまたとない戦力である。

「他のみんなは、固くわごとを守ってくれ。千穂は魂壁を厳重に。潤羽は胡乱《うろん》な者が近付かぬか、厳戒を」

すると、潤羽が、

「麿《まろ》も行かん。魂の潮で荒ぶる心、静めん」

「……よし」

少し考えてから首肯した良源は潤羽の雪のように白い手と致足の浅黒い手をにぎった。わごとに、

「──行ってくる」

瞬間、赤と黒、青の風が良源、潤羽の傍で勢いよく流れ──三人は瞬く間に暴動の最尾に移動した。

縮地である。

良源は、荒ぶる百姓たちの背を見ながら、巨細眼と魂の潮、二重の力をもつ乙女に、

「これほどの数の者に術をかけるのは？」

櫓から怒号と共に矢が放たれ──門を斧《おの》でわろうと駆け寄った若い百姓が、眉間から後頭部まで射貫かれて斃れたり、鶴嘴《つるはし》をもって門にいどもうとした白髪頭の百姓が、唸《うな》りを上げて飛んできた矢に、耳を丸ごと削《そ》ぎ落され、白い髪を真っ赤に染めて叫んだりする。

その大騒ぎの中、潤羽は三白眼を細め、百姓たちの背中と櫓の上に、白い手をかざし、

「初めての試み也《なり》！」

「な……」

絶句した良源は、腹の底から、

「双方、よく聞けい！　戦いを、止めろ！　落ち着くのだ。何があろうと、殺し合いはいかん！　よいか？　この地の土中には恐ろしい魔性が眠っており、そ奴は争いの音、さらには争いの血が流れることで、目覚める！　故に、一刻も早く争闘を停止するのだ！」

だが、良源の叫びは……焼け石に水。争う双方にとどかぬ。


巨大杉の頂近くで靡ノ釧をはめた千方は、瞑目していた。

伴邸内の大杉である。

「誰かが……我が術を解こうとしておる」

かなり高くの大枝に立った千方は呟く。

火鬼は傍らに立ち、隠形鬼は大枝に腰かけ、足をぶらぶらさせていた。

千方は——乙滝麻呂や有岡ノ板の心を統御すると同時に、百姓側の幾人かの心にも荒々しい火を焚きつけて、争いを引き起こしている。

全ては屍鬼を蘇らせ、手下《てか》に置くためである。

屍鬼をあやつり、わごとらを屠《ほふ》らせるのも一興であろう、と思っている。

だが……伝説の魔たる屍鬼をこの世にはこんでくる血の川を堰《せ》き止めんとする者が、現れた。そのことを魔王は敏感に察した。

（誰だ？）

門前に押し寄せた人々、その最後尾で何か叫んでいる良源と、致足、対照的に唇をむすんで意識を集中し手をかざしている色白の乙女が、千里眼で見えた……。

（——あの娘。以前、わごとの心を揺さぶらんとした時、しくじったはあの娘の仕業か。他心通とは違う……。——魂の潮か）

そこまでを一瞬で理解した千方は惨《むご》たらしい笑みを浮かべ、火鬼に、ある下知をした。

潤羽は人々の心を落ち着かせようとしているが、かなり、苦戦しているようだ。

千方から妨害する力がかかっているのではないかと良源は見ている。

と——邸内からいくつもの火の手が上がったのが塀越しに見えた。

潤羽が、苦し気に、

「皆の荒魂、さらに荒ぶりけり」

火が、人々の心を焦り、不安、恐怖、興奮に突き落とし——さらにささくれ立たせているというのだ。

「——火鬼の奴め」

良源が呟いた時、驚くべきことが起きた。

……乙滝麻呂邸の門が、何者かによって内から開いたのである。

邸内で、声が、した。

「わしらもう、あのお方にはついていけん！　お主らに、加勢するぞっ」

何と……乙滝麻呂配下の兵、下人の一部が、乙滝麻呂の所行に嫌気が差したのだろう、俄かに変心、蜂起し、百姓側にまわったのだ。

「おおおぉおっ！」

雄叫《おたけ》びを上げた里の男たちが開放された櫓門から中に雪崩込《なだれこ》んだ。

「俺たちも、行く！」

良源は、致足、潤羽の手をにぎり、縮地。——邸内に瞬間移動する。

火は、主屋、厨《くりや》など方々で燃えているようだ。

良源は、致足に池の水をつかって、消火させる一方、潤羽に、

「千方がいるかもしれん。魂の潮の前に巨細眼でぐるりと邸内を一睨みしてくれ」

首肯した潤羽は額で切り揃《そろ》えた黒髪の下、三白眼を鋭く光らせ、邸内を見まわし、

「あの樹の上也。千方、赤衣《あかぎぬ》着たる妖しき女、熊野で捕えし童部《わらわべ》……」

神杉《かむすぎ》と呼ぶべき天衝《つ》きそうな大杉に、

（千方、火鬼、隠形鬼が、雁首《がんくび》揃えていやがる訳か！　よし。……雷には雷だ）

良源の手が傍にいる潤羽が感電しそうな闘気をピリピリ漂わせ、この日のために工夫を重ねた短冊を取り出している。

その短冊には――三面六臂《さんめんろっぴ》の恐るべき明王が、青き顔料で、今にも飛び出しそうな勢いで、描かれていた。

金剛夜叉明王《こんごうやしゃみょうおう》である。

牙を剝き、凄まじい鬼面を見せるこの明王は、あらゆる悪をその牙で食らうと言われる。

金剛夜叉明王の六つの手には金剛杵《しょ》や弓矢などの武器がにぎられている。

金剛夜叉明王は、梵語《ぼんご》ではヴァジュラヤクシャというが、ヴァジュラは金剛杵で、元は――インド神話の雷神・インドラが放つ雷を意味する。

通常、密教では……どれだけ行をつんだ僧でも、四十の坂に差しかからねば、金剛夜叉明王の修法に手を出してはいけないという。それだけこの明王の力は強大であり、慢心した若僧などが、その力にふれてはいけないと考えられていた。

良源、二十代。

本来であれば金剛夜叉明王の紙兵などに手を出してはいけないはずである。

今回、浄蔵の特別の許しを得、良源はこの紙兵をつくっていた。

「――オン・バザラヤキシャ・ウン！」

良源の口から、金剛夜叉明王の真言が、迸る。

同時に手から三面六臂の明王が描かれた短冊が放たれた――。

すると、どうだろう。

短冊は……良源ほどの大きさの三面六臂の青き鬼神に早変り。潤羽、致足が瞠目する中、妖術の三人がいるという大杉の上に向かって斜め上に駆け上がる形で飛行しつつ、三面の内、金剛杵をもつ手に近い、正面の顔が五つの目を怒らせたと思いきや、その五眼から小電流が発生。

これが合わさり、一本の太い稲妻となって――杉の上に、飛んだ。

同時に大杉の上からも雷電が放たれ、二つの稲光は激しく宙でぶつかり合った。

良源の数日分の念と千方が咄嗟《とっさ》に放った力が激しく鎬《しのぎ》を削る。

千方は、相当な念を込め――良源が現出させた明王を討とうとしているが、良源もまた、今己の内にある冷たくも熱い火花の悉くをそそいで、青き明王をささえている。

――爆発するような光が宙で起き、二つの稲光と金剛夜叉明王は掻き消えた。

互いの力が相殺し無効化し合ったのだ――。

(当分、稲妻は放てまい。とすれば……)

「火が、来るっ！」

良源から、警告が、飛ぶ。

次の瞬間――熱い妖気が、いくつも樹上から、放たれた。

火雷《ひかずち》だ。

火鬼と千方だろう。

するると、幾頭もの竜の如き水流が池から噴き、飛来する火の玉めがけて素早く動き——

白い蒸気を上げて殺到する炎を消してしまう。

致足の水雷であった。

「どうや！」

致足から、明るく勇ましい咆哮が上がる。

刹那、池の傍に立つ致足を恐るべき事態が襲った。大杉の方からまるで稲妻の如き形状で地面が大きく罅割《ひびわ》れ、その亀裂が猛速度で致足に迫ったのだ——。

致足は茫然と立ち尽くした。

同時に、致足の内なる火花が、消えている。水の竜が力をうしないバシャバシャと地面にこぼれる。

（いかん）

致足に急速に迫る罅割れの正体に気付いた良源は、

「幻だっ！」

良源の叫びに致足がはっとする。

だが、おそい。

ゴワァッ！　という音を立て、赤い粘液の濁流のような、灼熱《しゃくねつ》の噴射が……陸に上がった魚のように口を開けて池畔に立ち尽くす水の呪師に、もろにかぶさった。

忌部致足の体は一気に猛悪な業火につつまれた——。

「致足ぃっ——！」

青筋をうねらせた良源から、絶叫が、迸る……。

耳に障る甲高い笑いが聞こえた。

あの女だ。

平安京東市で、わごとに声をかけ、わごとの家を千方と共に襲い、吉野山中の渓谷では良源たちを苦しめた、あの女……赤い勾玉《まがたま》で首をかざり、髪を唐輪《からわ》に結った赤衣の女、火鬼が致足の四歩ほど近くにいつの間にか立っていて掌から猛烈な火焔《かえん》を放射したのだ。

火鬼は——魔王と手をつないでいる。縮地で、樹下に瞬間移動したのだ。

火鬼の火雷に逃げる間もなくつつまれた水雷の呪師はあっという間に、髪の毛を全て焼かれて坊主のようになり、悲鳴を上げ、四肢をふるわしながら全身を焼かれ……人の形をした炭のようになって力うしない……崩れ去った。

良源、潤羽に止め様もない一瞬の出来事であった——。

潤羽を守るように立った良源は、赤い羅刹女《らせつにょ》のような女を、恐ろしい目で睨み、

「おのれ……」

——隠形鬼の姿はない。

隠形し、杉の樹に隠れ何事かを狙っているのかもしれぬ。

十五重の千方はもはや規格外の難敵で言うにおよばぬが……火鬼も、厄介な強敵で、隠形鬼もまた、曲者《くせもの》なのだった。少年ではあるが姿を隠しての不意打ちにたけ、おまけにこちらを無力化出来る。

(やはり、あそこで為麻呂たちが言ったように、成敗するべきだったのか……?

いいや。俺たちは、妖術師ではない。

——正道を歩む呪師)

良源は背中の後ろに囁く。

「隠形鬼の動きに気を付けておけ。まだ、樹上におる」

「諾《お》」

潤羽の巨細眼はたとえ杉の樹の隠形鬼が隠形していようが針葉の揺れなどからその動きを見切れた。

火鬼と手をつないだままの千方、不穏なまでに暗い妖気を幾重にも漂わせている。

その妖気の波動に当てられただけで良源は全身の皮膚が粟粒《あわつぶ》を立てる気がした。

火をあやつる女をしたがえた魔王は氷のように冷たい威厳をまとい、笑んでいる。

「良源」

千方に呼ばれた良源は、

「何だ？」

「正直な処、うぬがそこまで善戦すると思わなんだ。……些《いささ》か、殺すのが惜しい気がする」

「嬉しくない誉め言葉だな……。たとえばだ、俺は恋などしたことがないが、ある女が、ある男に、他にもっと好きな男が出来たからと、別れを切り出したとする。その女が男の家を出ていく時、ちょっと振り返り……もう一時だけ、一緒にいてもいい気がする、などと言うたとしよう。千方よ。その男……嬉しいだろうか？　あまり、いや、ほとんど嬉しくないんじゃないのか？　何故だと思う？――真心がないからだ。お前の言葉にもやはり真心がないから、俺はほとんど嬉しいとは思えぬな」

「口のまわる男よ」

千方は笑い、火鬼は妖艶な微笑みを浮かべて良源を見ている。

千方は、言った。

「――わしに仕えぬか？　良源」

《汝《なんじ》とて、叶《かな》えたい欲があろう？　その欲を全て叶えられるぞ》

魔王の声が心中でひびく。

「わごとの進退、今日、窮まったと言ってよい」

《己の力を存分につかいたいと思うたことは？　下らぬ掟《おきて》など振り払い、存分につかえ》

千方は良源の心に縄をかけ、己の世界に引きずり込もうとしていた。他心通だ。

「彼《か》の者の命運、もはや筌《うけ》におさまりし魚の如し！」

《死にたくはなかろう？》

胸の中に魔王がおぞましい手を伸ばしてくる気配がある。良源が固く閉じた扉を、こじ開けようとしている。

良源は、千方を強く弾指《たんじ》し、その手を振り払うような声で、

「――黙れ！」

火鬼の笑みがおさまり、赤い妖女の双眼に殺意の火が灯《とも》る。

己の心を金城湯池にした良源は魔王に、

「菩提樹《ぼだいじゅ》の下で釈尊《しゃくそん》を惑わした魔性にでもなったつもりかな？　もっともここは天竺ではないゆえ杉の樹だが。ならば、お前は――降魔《ごうま》される運命《さだめ》にあるっ！　俺にとってお前は、俺の道を妨げる下らぬ石にすぎん。お前の手先になるくらいなら、死んだ方が六万倍ましだ！　いや、六万ではきかん。恒河《ごうが》の沙《すな》の数としておこう」

「面白い坊主ゆえ些か、その説法を耳に入れたい気もする。だが、今日で見納めのようだ」

千方の手が動き幾枚かの短冊をまいた。

と――それは、山芋ほどの大きさの、いくつもの赤眼をもつ、草鞋虫《わらじむし》のような形状の、

青黒い妖虫と化し、もぞもぞと、しかしかなり素早く蠢き——こちらに殺到してきた。

良源もまた数枚、短冊を放っている。肋骨《ろっこつ》が浮き出るほど痩せ丸っこい目を剝いた奇怪な小鬼が描かれた短冊を。

すると、それは、幾匹もの土色、灰色の小鬼となって良源の前に列をなし、迫りくる妖虫群に果敢にいどんでいった。

小鬼と妖虫が激しい食い合いを演じる。

小鬼の方が、やや優勢か……。

——十五重の術者たる藤原千方だが、十五の力全てが、他の呪師より強大というわけではない。千方の通力の熱量の多くが神雷《かむいかずち》や他心通、変形など、いくつかの強力な術にそそがれているため、たとえば、紙兵の力については……紙兵と、縮地、二つの力しかもたぬ良源の方が、若干、優っている訳である。

「……ほう」

千方の眉がかすかに動く。魔王はさっと、手で薙《な》ぐ所作をした。

と——掌から炎が放たれる。

さらに、火鬼もまた、千方とつないでいない右手の人差し指で地面を差す。

するとその指先から真っ赤な火線が噴射された。

千方の妖虫をどうにか退治し千方、火鬼の方に果敢に向かっていった良源の小鬼たちが、二妖術者の炎で全て焼き払われた。

良源は、賭けに出ている。

千方と決着をつけるべく、心を無にして——次なる攻撃にうつらんとした。

というのも不意打ちでなければ千方に勝てないが千方はこちらの心を読む。

だから、心を空っぽにし、己の本能に次の一手をゆだね、攻めかかろうとした。

山寺で心を極みまで鍛えたことがあり、なおかつ棒術の達者でもある良源だからこそ出来た離れ業である。

良源はさっと振り向き、潤羽を摑むや、縮地、千方、火鬼の後ろにまわった。

心と頭を無にした良源だが、その無意識は、千方たちの後ろにまわり込み、通力ではなくてもっと直接的な手段、杖によって千方らの頭を打擲《ちょうちゃく》することが——この難局の唯一の打開策と告げていた。

千方らの後ろに潤羽をつれて縮地した良源から——金剛杖がくり出されんとする。

が、それより速い射撃が、迫る。

——矢だ。

上から、来た。

(隠形鬼かっ)

良源は、杖で、払う。

その良源、潤羽に次なる脅威がいくつも迫っている。千方が如意念波で浮かした、池の中の石と思われた。鈍い衝撃が良源と潤羽の頭や体を襲う。

「くう……」

金剛杖で、千方を打たんとするも、千方も、火鬼も……さっきの所から消えていた。

また、縮地したのだ。

潤羽が、苦し気に、

「後ろ……」

良源もまた、後方から殺気を覚える。振り向いた。

杉の大樹の向うから、男の手が出ている。その手から青白い電光が放たれた――。

妖術の雷が良源たちにぶつかる。

（まだ、こんな力が……）

だが、杉の向うに縮地した千方の雷撃も全力のものとは言い難い。先ほどの金剛夜叉明王との激突で千方もかなり火花をつかっていたようだ。

潤羽は気をうしなうも、息はまだあり、良源も激痛を感じるも、命は取られていない。

次なる攻撃がくり出される前に良源は潤羽の腕を摑み――縮地した。

「逃げ足の速い男よ」

杉の陰から姿を現した千方は、火鬼に言った。

乙滝麻呂邸では、蜂起した百姓、それに呼応した乙滝麻呂の一部家人と、あくまでも忠誠を誓う家の子、郎党の、戦いがつづいていた。

――その時だった。

ドガーン！

という大音声が、屋敷の南で轟き、そちらの方で物凄い砂の柱が噴き上がっている。

「――目覚めたか！」

呵々大笑《かかたいしょう》した千方は、火鬼と、傍らに着地した隠形鬼に向き直る。

「良源は恐らくこの邸内の何処かにおろう。火鬼――良源、潤羽の始末をまかせる」

「はい。千方様は？」

「わしは、隠形鬼と共に、屍鬼の方に向かい、屍鬼を我が手下《てか》におさめてから、わごとを滅ぼす」

千方と隠形鬼は手をつなぐや櫓門の外に――縮地した。

楠彦の家の前は大変な騒ぎになっていた。

争う男どもの声を聞き、血をしこたま吸った、大地が鳴動……張り裂け、大音と共に大量の砂煙を噴き出したのだ。

その煙が退くと……巨大な魔が立っていた。

灰色である。

灰色の流動する靄がつくる巨人のような姿をしている。よく見ると、その靄の中に、いくつもの黒い二つの目と黒き口が、現れたり、消えたり、浮き上がったり、引いたりしている……。あるいは、それらの目や口は笑むように、はたまた嘆くように、しきりに歪み、変化をくり返している。

身の丈四丈ほど。

――夢魔がうろつく暗い荒地の主のような得体の知れぬ巨人であった。

(これが、屍鬼……？)

とすれば屍鬼が出てきた穴に潜れば生大刀があるのだろうか？

わごとは、茫然とする里の女たち、子供たちに、

「――逃げてぇっ！」

屍鬼の口から――灰色の突風が吹かれ、その風に当てられた百姓女や童が嵐に薙ぎ倒されるように斃れてゆく。即死したのだ。

――毒の吐息であった。

「みんな、家の中に！」

日蔵が里の人々に叫び、表に出ていた人々が屋内に逃げ込む。

「わごとも早う中に！」

だが、わごとは即応できぬ。身を竦《すく》ませてしまった。

そこに灰色の死の風がぶわーっと吐きかけられる。だが、屍鬼の吐息はちょうど楠彦の家の戸口近くにいたわごとの手前で、雲散した。

千穂がわごとの傍らでかざした両手に力を入れ、眉間に深い皺をきざんでいる。

――魂壁が邪悪な息を阻んだのだ。毒霧が晴れると……その向うの巨人は首をかしげるような所作をして、わごとを見下ろしていた。

（そうだ）

鏡の欠片を取り出す。

それは、七色に強く光っている。屍鬼が出てきた穴に向けると――より、強く光る。

生大刀が近くにあるのだ。

「素晴らしいぞ！　屍鬼！」

千方の声が、した。

声がした方を睨むと――土壁が剝がれかかった、侘《わび》し気な小家の板屋根に黒衣の魔王と灰色の少年が立っていた。

（千方と、隠形鬼！）

わごとの面から闘気がにじむ。

地下から出た巨大な魔物は千方を次なる攻撃対象と思ったようだ。そちらに向かって身をかがめ、毒息を吐きかけんとしている。

しかしそれより早く千方は黒い腕輪に手をかけて、

「我が下知にしたがえ」

千方は、わごとを指し、

「その小娘を屠れ！」

「……………」

逡巡の霿が……屍鬼内部で漂っている気がする。屍鬼は千方を攻撃しようとはしなかったが、かと言って、その千方にしたがう素振りも見せず、ただ、千方の方に大きな顔を向けたまま、微動だにしなかった。

わごとの双眸《そうぼう》が——屍鬼が現れた穴の方に向く。

生大刀には、他の呪師の力をはね返す力と、魔性を倒す力があるという。

千方、そして屍鬼との戦いを考えるに、どちらも、大切な力だ。

今、屍鬼の迷いの霧が晴れず、魔王の籠絡も功を奏さぬうちに、古事記にしるされた伝説の剣を手に入れるのが肝要と思われた。

魔陀羅尼が魔王を睨みながら囁く。

「我が邪眼は……数尺とどかぬ」

わごとは他心通をつかうあの男、千方の視線に入らぬよう、身を動かして、仲間たちに小声で、

「……穴に、向かいます。裏口からそっと」

日蔵が、不安げに、

「千方は勘づくんやないか？　こないな時に縮地の良源がおらんのがなあ……」

「今はそれを言っても仕方ありません。千方に気付かれるのも、覚悟の上。為麻呂」

わごとは、魔陀羅尼、為麻呂に、何か囁き、

「……出来ますか？」

灰色の尼僧は、

「むろん出来るが、そなたはその決着でよいのじゃな？」

「おらは……隠形鬼には容赦せんぞ」

青桃で警告を発してくれた隠形鬼……深山幽谷での戦いの最中、語らった少年の顔が、わごとの中を漂い、一瞬の迷いが生れて、眉宇が曇り、為麻呂が鋭く目を光らすも、わごとは、

「……はい」

決然たる顔様で、

「今日、あの男たちを何としても倒さねばなりません」

それが出来なければ……この世は、闇に、なる。

魔の物が統べる時代が到来しよう。

わごとは静かに、

「いいですか？　何も考えないように、穴まで向かいますよ……」

わごと、日蔵、魔陀羅尼、千穂、為麻呂は、密《ひそ》かに裏口に向かい、水雷をつかう忌部の男は楠彦の家の戸口付近に待機。いざという時、援護する形になった。

一息で人の命を奪ってしまう灰色の巨人はまだ、千方に面を向け、その入道雲のような巨体は微動だにしていない。千方の意識も——生大刀確保よりは、凄まじい破壊力をもつ魔性、屍鬼を制御下に置くことに傾注しているようである。

かと言って恐るべきは、あの男には心の中身をつぶさに見てしまう恐怖の眼力があるゆえ、今のわごとたちの思案もまた、いつ、見られるか知れない……いや、もう、誰かの心の中が筒抜けで、あの男は全て承知の上なのかもしれなかった。

裏口からそっと出たわごとらは屍鬼に何か語りかけている屋上の千方を窺いつつ、そっと穴に近付いている。

——二歩《ぶ》四方くらいのかなり大きなる穴だった。

屍鬼と話していた魔王の双眸が、すっと動き、わごとを捉えた……。

（気付かれた？）

次の瞬間、千方、隠形鬼が、消える。

(縮地!)

「今よ!」

わごとは叫んだ。千方が縮地するとすれば、それは霊剣がある穴の中をおいて他にない。

体を鋼鉄化させた、為麻呂、邪眼を剝いた魔陀羅尼が、穴の縁に向かって、突進する。

——縮地をつかった直後は魂壁を張れぬ。それは、魂壁は空間にかける術ゆえ、己の周りに魂壁を張りめぐらしていても、瞬間移動で、別の空間に行けば、その魂壁は解除されるからだ。

縮地した先で魂壁をめぐらすなら一定の時が要る。

わごとは、その時を千方にあたえず、一気に攻めようとしていた。つまり穴底に瞬間移動したばかりで魂壁に守られていない千方を、魔陀羅尼の邪眼、為麻呂の金剛身で攻める、これしか事態を打開する手はないように、わごとは思っていた。

が、信じられぬことが、起きた。穴の縁まで行った処で為麻呂が俄かに体を反転——。

悪鬼の形相で鉄の拳と咆哮を上げ——わごとに向かって躍りかかった。

(為麻呂——まさか……)

瞠目し青褪《あおざ》めたわごとの隣で雷太が吠え、日蔵が、バッと、わごとを守るように跳ぶ。

「正気にもどれ!」

日蔵から、大喝、打擲が――為麻呂に叩き付けられる。

日蔵の金剛杖は唸りを上げて為麻呂の額を打っている。

だが皮膚が鋼となった、為麻呂、つゆひるむ様子は、ない。逆に青筋をうねらせた鋼の一撃が日蔵に向けてくり出されんとした――。

その時、突然に、為麻呂が……、

「あっ――」

呻きをもらし目玉を大きく剝いて苦し気な面持ちになり、あつい手で左胸をおさえ、いきなり倒れ込んでいる。

立ち止った魔陀羅尼が首を向け為麻呂を睨んでいた……。

わごとは知る由もなかったが千方はもう幾日も前から為麻呂の心に種を蒔《ま》いていた。

――わごとへの反感の種である。

隠形鬼を解放したこと、その隠形鬼によって弟が討たれたも同然のことは、為麻呂と、わごとの、乳牛院以来の絆《きずな》に、亀裂を生じさせていた。千方の他心通はこの亀裂を看破。不和の種を蒔いている。

その種は、発芽するや、

《わごとのせいでそなたの弟は、死んだ》

《そなたがわごとを大切に思うのと同じくらい、わごとはそなたら兄弟のことを、大切に思うていなかったのかもしれぬな……》

《そなたら兄弟はわごとと出会わねば今でも平穏無事に暮しておったはず》

などという、己らの所行を棚に上げた、わごと悪玉論を為麻呂の中でくり返しくり返し囁き、彼の精神を蝕《むしば》んでいった。

むろん、為麻呂の中にも、

(千方がおらを……あやつろうとしておるのでは？　こんな声に、惑うたらいかん！)

という理性的抵抗が、あった。

だが、左様な抵抗がなくなるくらいまで、為麻呂の精神は内なる毒蔓に蝕まれている。

そして今日、千方は最後の一押しをし——為麻呂にわごとを襲わせた。

その為麻呂が……灰色の尼僧の一睨みで、胸をおさえて倒れ伏していた。

皮膚を鋼の固さに変える金剛身だが……鉄皮一枚下にはやわな内臓が詰められている。

魔陀羅尼は邪眼の一刺しで為麻呂の心の臓を刺し、わごと、日蔵を救ったのである。

わごとは為麻呂の傍らに立ち、悲痛な形相で、

「ああ……」

目から涙を流した為麻呂は唇をピクピクふるわし……、

「すま——」

わごとに謝罪しようとしているように見える。

魔陀羅尼は、そんな為麻呂をなおも恐ろしい目で睨んでいた。

魔陀羅尼に、わごとは、

「やめて！」

魔陀羅尼が為麻呂の心臓を拉《ひし》ごうとしていた邪眼を、止める。

わごとは為麻呂に歩み寄る。すると、悲しみと苦しみが入りまじっていた為麻呂の面貌に、牙剝いた野獣の如き憎悪が舞いもどり——、

「よくも弟をっ」

荒々しい咆哮を上げた為麻呂は鉄拳を振り上げ、またも、わごとに襲いかかろうとした——。理性と、わごとへの友情、絆を取りもどしかけた男は再び、それらをうしない、闇に沈み、危険な激情に流された。

魔陀羅尼の隻眼《せきがん》がかっと剝かれ、念が、放たれる。

その念をぶつけられた為麻呂、ビクンと大きく筋骨隆々たる体をわななかせ白い唾を噴き、一瞬、わごとに寂し気な微笑みを向けてから——ガッと崩れ、動かなくなった。

鉄の拳は数寸、わごとにとどかなかった。

魔陀羅尼は睫毛《まつげ》を伏せ、

「致し方なかった……」

呟くや、殺意をにじませ——大穴の方に体を向けている。

わごとも為麻呂を殺めたのは魔陀羅尼ではないと思っていた。

魔陀羅尼、そして、わごとは足早に屍鬼が出てきた、穴に急ぐ。わごとの傍を千穂が走りつつ、わごとを守る魂壁を張っている。

——屍鬼はまだ、千方と隠形鬼が消えた方を不思議そうに眺めていた。

穴の縁まで、来る。

四面に青龍、白虎、玄武、朱雀が描かれた、石室のような空間が二丈ほど下にぽっかりと開いていて、黒衣、垂髪の男、千方と、隠形鬼がいた。

千方は薄らした煙が漂う石の床にかがみ込み、石作りの方形の箱を開けようとしていた。

だが、それはなかなか開かぬようであった。

まるで……呪術をつかう王が己の霊廟《れいびょう》を点検しているような光景だ。

わごとの鏡の欠片が放つ眩《まばゆ》い七色光に横から照らされた魔陀羅尼が——千方、隠形鬼を、隻眼でカッと、睨む。魔王も、その従僕たる少年も、倒れぬ。隠形鬼は薄ら笑いを浮かべてこっちを見上げている。

「ちいっ」

内なる火花を一気に喪失した尼僧が舌打ちした。

（空止《うつほど》め！）

唇を噛んだ、わごと、はっとする。と、わごとの悪い予感が的中したか傍にいた千穂からくぐもった呻きがもれた。

「あっ……」

千穂の中で散っていた冷たくも熱い火花も隠形鬼の術により掻き消えている。ということは……。

「邪魔也！」

地の底の石室から、千方の声が轟いた。

火が、ぶわーっと、大穴から、襲いかかってくる。炎はわごとの髪や、魔陀羅尼、千穂の衣に燃えうつっている。

わごとから――悲鳴がもれる。

瞬間、地面のそこかしこで、泥色の水面が騒ぎはじめている。すなわち先刻の豪雨がのこしていった泥水の溜りが、白くしぶき、躍り上がり――泥色の毬《まり》となって、わごとらを苦しめている千方の火炎に突進、飛沫を散らして、消火した。

「でかした！」

日蔵が楠彦の家に向かって叩き付けるように吠えた。

致足がつれてきた、忌部の呪師の水雷が、わごとたちを助けた。

すぐ傍で、また、魔王の声が、ひびく。

「屍鬼よ！　そ奴らを滅ぼせっ」

縮地をつかったのであろう。

大きな穴の向うに千方と隠形鬼が立っていた。千方の手には、金銅の丸っこい柄をもち、黒漆塗りの鞘《さや》をもつ、いかにも古風な頭椎大刀《かぶつちのたち》がにぎられている。

（あれが——生大刀！）

絶望がわごとの中で広がる。

藤原千方を倒すために必要と白鳥ノ姥が言った、四つの宝の一つ、生大刀——他の呪師の力をはね返し、魔を狩り、死人をもあやつる力を有するという恐るべき剣が、魔王の手に落ちてしまった……。

巨大な屍鬼が千方の下知通りゆっくりとこちらに向き煙で出来た首をのけぞらせ、死の毒煙を吐く準備行動にうつる。

千方が満悦気な顔様になる。

隠形鬼がこちらを見ていた。その面差しは、硬い。

一度は命を助けてくれたわごとを複雑な顔様で見ていた。

少年の尖った目は、昨日、警告したろう、何故、逃げなかったと言いたいようだった。

わごとは、深く澄んだつぶらな黒瞳で隠形鬼を見、

（逃げられなかった。……貴方たちを今日、止めねばならなかったから）

千方が——生大刀を抜いた。

その時であった。

灰色の煙が……刀身と、黒い鞘のあわいから、こぼれる。つまりそれは鞘の中に入っていた煙である。その桃の実ほどの大きさの小煙がぶわっと動き、魔王の顔面を、襲った。

「グワァァァッ——！」

体じゅうを毛虫とムカデに這われた男のような凄まじい悲鳴がひびいた。聞くこちらの毛穴もちぢこまりそうな声が。

生大刀を抜いた時に発生した小煙に襲われた千方の顔で、恐るべき異変が起きている。

端整な美男の顔が……俄かに老人の顔になったり、かと思うと若さを取りもどしたり、老と若、二極の間を目まぐるしく行き来する振り子の如き、変化をはじめたのだ。

今、千方の肉体では常若と急激な老化——つまり死に向かう力が、激しい綱引きをしている。

（屍鬼は二体いたんだっ——）

今わごとたちを見下ろしている大屍鬼と、鞘から現れた小屍鬼、二体の屍鬼に、徐福は生大刀を守らせたと思われた。

小屍鬼の奇襲により深く驚いた隠形鬼の中で通力を起す火花が消えている気がした。

——今こそ、好機であった。

わごとは隠形鬼の力により一時、喪失した己らの通力の回復を切に願う。

と、今まで七色に輝いていた鏡の欠片で、糸遊《いとゆう》を思わせる紫光が、閃きだした。

すると、まず、わごとの、つづいて千穂や魔陀羅尼の内で——冷たくも熱い火花が散りはじめたではないか。三人の通力が一気に回復している——。

（あたらしい力？　通力を回復する力……）

千方が小屍鬼を振り払い、顔をおさえる。

千穂が魂壁を張ろうとする傍らで魔陀羅尼が一瞬の悲し気な躊躇《ちゅうちょ》の末、千方を睨み、

「——共に、報いをっ！」

血を吐くような声で叫んだ。

わごとは魔陀羅尼は千方と共に死ぬつもりではないかと思った。

灰色の尼の隻眼から、殺気が、矢となって、黒衣の魔王に向けて飛ぶ——。

千方の顔をおおっていた手がはずれる。老人の顔が若返った瞬間、その若き顔が苦しみに激しく歪んだ。

——魔陀羅尼の痛撃だ。

魔陀羅尼は、千方の心の臓を睨んでいる。

左胸をおさえた千方、そして、力を取りもどした隠形鬼が魔陀羅尼を、睨む。

――千方の双眸には驚きも狼狽もなかった。ましてや、魔陀羅尼が一瞬、漂わせた悲しみも……。そこにあるのは嵐の海のような激しい怒りであった。

隠形鬼は、明らかに魔陀羅尼に空止めを放とうとしている。

《太郎丸！》

わごとは肩に止っていた鷹を隠形鬼の顔に向かって飛ばす――。

隠形鬼は、思いもよらぬ鷹の奇襲に攪乱《かくらん》され、空止めにしくじっている。

小屍鬼が隠形鬼に灰色の息を吹きかけ、少年は悲鳴を上げた。

「邪魔立てはさせぬ！」

千方の咆哮が聞こえ――一本の剣が旋風となって、魔陀羅尼に飛ぶ。

その剣は墨染をまとった魔陀羅尼の胸に深々と刺さった……。

千方が、如意念波で、生大刀を、魔陀羅尼の胸に放ったのだ。

その時、千方の相貌を襲った一瞬の歪みを横目に見つつ、わごとは、

「魔陀羅尼ぃっ！」

喉が焦げるような強い悲鳴を上げながら魔陀羅尼に駆け寄り、魔陀羅尼の胸から念力で引き抜かれ、宙を動いてわごとを袈裟《けさ》斬りにしようとしてきた生大刀を間一髪、引っ摑んだ。

わごとの中には千方への怒りがある。

それに反応したか、小屍鬼が、わごとに飛び、千方もまた掌をかざし、わごとに火炎を放つも——わごとは重い剣を振るい、まず、小屍鬼を反射的に、斬る。

耳をつんざくばかりの悲鳴を散らして小屍鬼の煙体が、いくつもの黒煙にわかたれ——雲散霧消した。

つづいて生大刀の剣先に千方が放射した火光が当る。

火は——百八十度、矛先を変える。

小屍鬼の攻撃からまだ立ち直らず、相当苦し気な千方に、千方が放った焔《ほのお》がぶつかった。

千方は老人の顔になりながら凄まじい形相でわごとを睨み、隠形鬼の手を引っ摑んで——縮地。掻き消えた。

まだ、脅威は消えない。

大屍鬼だ。

千穂は懸命に魂壁を張ろうとしているが、それがととのわぬ内に——大量の毒煙が、わごとらに吐きかけられている。

わごとは自分をくるもうとした灰色の煙に反射的に生大刀を振る。

すると、大量の毒煙は雲散霧消している。

妖魔を駆逐する剣をにぎった、わごと。訝《いぶか》しむ素振りを見せ、次なる毒煙を吐こうとした屍鬼の、煙の柱を思わせる足に、一歩、踏み出した。

灰色の気体によって形づくられた足に生大刀が突き出される――。

耳をつんざくような悲鳴が轟き……大屍鬼の煙体のあちこちから、黒煙が、噴出。

猛威を振るった毒煙の巨人は夥しい黒煙と化して消えうせた。

わごと、千穂、日蔵は、魔陀羅尼に駆け寄っている。


雷撃による痛手を受けた良源は気絶した潤羽と長者邸の奥の一室、葦原《あしはら》が描かれた屏風《びょうぶ》のある板間にいた。

（さすがに……千方、火鬼、隠形鬼、この三人と一気に戦うのはきつかったか）

玉の汗が良源の額に、浮かんでいた。まだ潤羽は気をうしなったままである。

良源は二本の柱に三枚の短冊を張り、追撃にそなえてから、板敷に寝かせた潤羽の頰を叩くも、正気にもどらない。

伴家の兵と百姓たちの争いが起こす騒がしい音が耳にとどいた時、

「良源！　何処に逃げたのよ？――火遊びしましょうよ」

あざ笑うような火鬼の声がして、

「出てこないなら、燃やしていくだけだけどねえ」

バチバチと建物が激しく燃える音が、耳を打った。

「性悪の火付け女よ、ここにおるぞ！」

良源は、声がした方に罵りをぶつけた。

すぐに……、

「見つけたわ」

濡れ縁に肉置《ししお》き豊かな赤い衣の女がやってきた。

火をあやつる魔女の殺意の眼火を灯した切れ長の目が、屛風の前にいる良源、潤羽を矢のように鋭く射貫く。

潤羽は気をうしなっており良源の髭面にも憔悴《しょうすい》が漂っている。

「さっきが最後の機会だったのよ」

良源は妖艶な笑みを浮かべる火鬼に、

「何の？」

「言うまでもなく、お前が助かる最後の機会。屍鬼は蘇り、今頃、あのお方は屍鬼をつかってわごとを血祭りに上げている。生大刀も当然、あのお方の手に。あのお方の敵の中ではよくやった方だけど……もともと、勝つ見込みのない無益な戦いだったのよ」

「そう言われて……大人しく引き下がる性分ではないからな。俺も、わごとも」

「後悔はない訳ね？」

きっぱりと、

「ない。一片も」

火鬼は、油断なき目を、二本の柱に走らせ、

「それが奥の手？」

言うが早いか――良源が柱に貼った二枚の、弓矢を描いた小さな短冊が、燃えだした。

良源は火鬼が無防備に部屋に入ってきたら、この二枚から念力の矢を放ち――仕留めようとしていた。まさに火鬼相手の起死回生の一手であった。

その目論見を焼き焦がされた良源、一瞬、燃えさしのような、力ない表情を浮かべてしまう。火鬼は、残虐な笑みを浮かべ、

「良源。敵ながら、見事な男。千方様という人がいなければ……少し惚《ほ》れてしまいそうよ。だけど、あたしの胸が焦がれる前に、お前の五体が焼け焦げる運命《さだめ》だったようね」

かざされた火鬼の手から――火の玉が二つ発せられ、紙兵を放って反撃しようとした良源、そして横たわっていた潤羽に襲いかかっている。

妖術の火は瞬く間に二人の体全体に燃え広がり……絶叫が上がった。

火鬼は板間に、一歩、入る。

その時――信じられぬ、事態が、起きた。

燃える二人の向う、屏風が倒れて、眩い童子が現れ、剣でもって、火鬼に斬りかかっている――。長い髪を垂らし剣を衣替りにまとい剣を一振り手にもつ神童であった。

（護法童子――？）

瞠目する、火鬼。

何と、燃えている良源、潤羽とは別に、倒れた屏風の向うに、不敵な笑みを浮かべた第二の良源と、蘇生《そせい》して眼をこすっている第二の潤羽がいたではないか……。

咄嗟のことによけようもなく護法童子の一閃に右肩から右胸までザクッと斬られながら、火鬼は、自分が良源と思い、会話し、たしかに燃やしたと思った男とその傍らで気絶して寝そべっていた乙女の方を、見やる。

蜃気楼《しんきろう》か、白日夢か——。

ついさっきそこにいたはずの良源、潤羽は綺麗《きれい》に掻き消えており……ただ、板敷の上で二枚の人形《ひとがた》が黒焦げになって燃えていた。

火鬼が初め良源、潤羽と思い話しかけたもの、それは紙兵であり、本体は葦が描かれた屏風の向うに隠れていたのだ。

一つ目の罠を見破ったことで火鬼の中に油断が生れ、浄蔵仕込みの呪師が巧みに張りめぐらした第二の罠を、見落としてしまったのである。

「たばかりおったかっ」

小さく叫んだ火鬼の肩、胸から怒りで溶岩のように熱くなった血潮が、迸る。

濡れ縁にさっと跳び退《しさ》った火鬼を護法童子が追いかけている。

護法童子は、剣を構え——火鬼の心臓を突く構えを取った。

怒れる火鬼の口から大量の火炎が噴出、護法童子を焼き尽くす。

その勢いのまま右手で火の玉を生み出した火鬼は右肩をひねり、今にも火球を放り込むような姿で——先刻の部屋に踏み込む。

すると小憎らしいことに山僧と乙女の姿は部屋の中から消えていた——。

「こっちだぜ」

後ろから、声がする。火鬼が首をまわすと、良源と潤羽が池の中からこっちを見ていた。

「煮ても、焼いても、食えぬ坊主ね」

火鬼の言に、相手はそうかというふうに首をかしげる。

「さっきの言葉、全て、取り消すわ」

「……その方が、俺もありがたい。こっちに来いよ、火鬼」

池はむろんのこと火鬼の術が効きにくい場所である。さらに、水辺に行くと火鬼本人の力も弱まってしまう。

こんな時に妹がいたらと火鬼は思う。

良源としても——どう火鬼と勝負をつけるべきか迷っていた。

と、濡れ縁の火鬼は、血を流しながら、

「……え？」

池の中の二人以外の者に声を発したようである。

細い目を見開いた火鬼の後ろで、さっき、この女の妖術がつけた炎がメラメラと大きく燃えていた。

「真《まこと》にございますか？」

火鬼は煙るような眉を顰めている。

（念話か？）

実に険しい顔で念話を終えた火鬼は、良源に、

「この勝負、あずけるわ」

「逃げるか！」

良源の挑発に乗らず、火鬼は――さっと踵《きびす》を返し、紅蓮《ぐれん》の炎を上げるさっきの部屋に、南天を飛ぶ朱雀の如く飛び込んだ。

同時に、部屋の火炎は、一気に高さ、激しさをまし、灼熱の壁となり、とても追い切れるものではなかった。

と、

《良源。わたしです。浄蔵です》

紀州にいる良源の心にずっと北、平安京にいる浄蔵が語りかけてきた。

《今、忙――》

念話を切ろうとすると、

《いそぎ、わごとの許に行って下さい。魔陀羅尼が大変なようだ。千方は退散させたようだが……。とにかく、合流してくれ》

数町先にいるわごとは、良源を急いで呼ぶため、念話の力をもつ浄蔵を、経由したようだ。それだけ切羽詰まった状況なのだろう。

青褪めた良源は、

「どうも千方は退《ひ》いたようだ。俺は、わごとの方に合流せねばならなくなった。魂の潮で荒ぶる人々の気持ち、静めることは出来るか？」

潤羽は激しい怒号、悲鳴を聞きながら、かんばせを強張らせてうなずく。

「まかせたぞ」

「諾《お》」

潤羽の返答と同時に——良源は縮地をつかい、掻き消えた。

魔陀羅尼は楠彦の家の板敷きの上に寝かされていた。良源が傍らに座ると、灰色の尼僧は薄ら目を開けた。

良源をみとめると美しき隻眼の尼僧は無理に微笑み、呟いている。

「……取り逃がしたわ」

良源も、面貌を苦し気に歪め、

「俺も火鬼の奴を仕留めそこねたよ」

「父の次に……逢うた呪師が千方であった。この世の闇と、醜さが、悉くあつまったようなあの街……西の京で、父を殺されたわたしは、多くのものを憎み、生きていた。そんなわたしが初めて逢うた父親以外の呪師、それが、あの男であった。初めての恋であった」

「…………」

「今思えば恋してはならぬ男に、恋してしまったのじゃ。右も左も知らぬ駆け出しの妖術師の娘が。……そなたらと旅しておって、順番が逆であったらと幾度か思うた」

「順番？」

千方によって深く傷付けられた魔陀羅尼は、千方に潰されていない方の目で、良源を真剣に見詰め、

「たとえばそなたと先にあっていたならば、我が運命は大きく変っていたやもしれぬ」

「それならば俺は……俺に掟をおしえた男、浄蔵より先に、貴女にあわねばならなかった」

悲し気に微笑んだ魔陀羅尼の頬を、一筋の涙が流れた。

「……そうよなあ。やはり、我が宿命は変り様がなかったのかもしれぬ」

良源の心を熊野の海ではぐくまれたある思いが、ひたしてゆく。

それはやがて溢れんばかりの大きさになる。

自分は、僧であり、相手は尼である。

自分は正統の呪師で、相手は妖術師であった。

——みとめたくない思いだった。

だが……みとめざるを得ない。

この女が……愛《いと》おしかった。たとえば、あの男、千方が、この女の顔に深く長くきざんだ傷跡に、良源は口づけしてやりたい。

この女が手に入るなら、仏家をやめてもいいとすら思った。

「魔陀羅尼っ！」

良源は魔陀羅尼の手を強くにぎっている。

「まだ、あきらめるな。貴女は、あらたな運命をこれから、つくることも出来よう」

「…………」

「俺たちが、いる」

俺たち？　という目が、良源を見る。

「……俺が、いる！」

良源は魔陀羅尼の手をにぎる力を、さらに強めた。魔陀羅尼もまた強くにぎり返してくる。二人はにぎり合った掌で言の葉をつかう以上に多くを語らった。

魔陀羅尼が——良源の中にあった温かい思いに、みたされる、そんな面差しになった。

「神雷、神偸《かむぬすみ》、他心通、幻術、変形、如意念波、物魂、火雷、紙兵、縮地、魂壁、千里眼、讖緯、念話、常若、此《こ》があの男、千方の十五の力ぞ」

静かに告げた魔陀羅尼が星屑《ほしくず》のような光を一つの瞳にたたえて開け放たれた上げ蔀の方を見やる。

四角い光の口から、雨上がりのやわらかく湿った風と、光が、入ってきていた。

「人の一生は……あっという間じゃ」

魔陀羅尼が呟く。

今、その光の入り口から、一匹の蝶がひらひら入ってきて板敷に止った。

揚羽蝶《あげはちょう》であった。

「だからこそ、一瞬、一瞬が、尊い。漫然とすごしてしまう者もおるが、ふと何かの拍子に一時一時の重さに気付いたりする。その中には、千時、万時の重みとてある一刹那すらある。わたしの一時も……」

良源に、

「そなたの一時も……」

ふと、揚羽蝶が、飛び立つ。

魔陀羅尼は蝶に向かってふるえながら良源とにぎっていた手を差しのべている。

すると……不思議なことが起きた。

揚羽蝶が魔陀羅尼の掌の上にすーっと近付き止ったのである。

良源は、ある呪師の通力の糸が蝶を引いたと、わかった。

（お前の仕業だな？　わごと）

魔陀羅尼は、掌に止った蝶を非常に穏やかな顔で眺めていた。

「わごとの一時も……。同じに、尊いはずじゃ。あの男は星の数より多くの尊い時を壊そうとしておる。故に……この戦いに、負けてはならぬのじゃ」

魔陀羅尼が一度わごとを、次に良源をじっと見詰める。良源は見詰め返す。良源が顔を近付け二人は――唇を吸い合った。わごとや日蔵は眼差しをそらした。

良源が唇をはなすと……魔陀羅尼の体からあらゆる力が抜け落ち、その手から揚羽蝶が飛び立っている。

蝶は四角い光の口から外にすーっと漂い出て行った……。

魔陀羅尼の息は、止っていた。

深く泣き崩れた良源が涙をぬぐい、合掌する。

わごとも涙を流し瞑目《めいもく》して項垂《うなだ》れた。

良源は、初めて愛した女の死に顔を眺めながら、

（魔陀羅尼……初めは、そなたを大いに疑った。だが……）

気が付けば灰色の尼僧は最も信頼できる仲間の一人、いや仲間以上の者となっていた。

魔陀羅尼を看取《みと》った、わごと、良源、日蔵、千穂、そして、楠彦ら神野々の衆は、先刻までの騒ぎがおさまった乙滝麻呂邸に、向かっている。

憑《つ》き物が落ちたようになった乙滝麻呂は館を出てきて、己の非を里の人々にわび、入会地で出た水を皆が自由につかってよいこと、己の池の水も対価などなく、旱魃《かんばつ》がおさまるまで皆がつかってよいことを約束した。

また、乙滝麻呂は此度《こたび》の騒動の犠牲になった人々の遺族への償いをすると、約束した。

百姓たちに散々打擲された有岡ノ板に良源は追放を宣告した。

有岡ノ板は去り際、良源を激しく罵り、百姓たちはこれに投石しようとするも、

「これ以上の乱暴はならん！」

良源は強く止めている。

有岡ノ板は何度もこちらを振り向きながらとぼとぼと去って行った……。

すると、潤羽が、

「――怪しの鳥也！」

遥か天空、小さな二つの点を指す。

《太郎丸！》

わごとは太郎丸を飛ばし――その二羽の怪鳥を空中で退治している。

「今のが旱をもたらしていた怪鳥であろう。これで……この地の旱は終るはずだ」

良源が、言った。

わごと一行は里の人々に深く感謝され、東に旅立った。

むろん、残る宝、火鼠の皮衣を得るべく――富士に向かうのである。

あらごと　七

新緑の青みがますます深まっている。

青く濡れた十文字羊歯《じゅうもんじしだ》や矢車草を踏む、あらごとたちの右手で渓流が白くしぶいている。

手や、耳を、あらごとより大きく成長した秋田蕗《あきたぶき》の葉がくすぐる。

別の里におり、鬼熊、あるいは、赤犬姫をどうするか、他の族長たちと語らっているという、ユワレの里の長《おさ》から連絡があり、赤犬姫の根城がわかったという。

千里眼で突き止めたというのだ。

——ユワレの里に入って十日少し経《た》っていたが一向にあらごと、乱菊の前に姿を見せぬ、族長という人物は……あらごとの中に若干の不信感を搔き立てていた。

ユワレによれば族長は大ツスクル、乃ち大呪師という。

だが、今はそんなことよりも、赤犬姫、そして鬼熊を退治することが先であった。

乱菊は、

『場合によったら……八本足の熊と、赤い犬が、手をくむ恐れだってあるわよ』

と、語っており、あらごとたちは、鬼熊か、赤犬姫、居所が早く知れた方を速やかに倒さねばならぬと思案していたのである。

本音を言えば——鬼熊と先に戦いたかった。

だが、赤い犬の隠れ家が、先に露見した。

赤犬姫退治を乱菊が約束してから七日目だった。

今、あらごと、乱菊は、アヒト、オヤシベ、ユワレ、そして、他の蝦夷《えみし》の里から応援に駆け付けた、ごとびきの術をつかうという、白髭《しらひげ》の翁と、その三十歳ほどの娘——この娘は肩に犬鷲《いぬわし》を乗せている——、彼らがつれてきた三匹の大犬、やはり他の里の呪師で、オヤシベと同じく手力男《たぢからお》の力をもつ屈強な男、その男の従弟で、物体を凍らしてしまう通力・常氷室《とこひむろ》をつかう男、さらに呪師ではない只人《ただびと》の狩人、二十数名と共に赤犬姫の塒《ねぐら》に向かっている。

弓矢をもった狩人たちは只人と言っても選《よ》りすぐりの勇士という。

秋田の市で手に入れたという鎖をもっている狩人も、いる。

もし、敵を捕らえた場合、これでしばり、他の拠点などないか訊き出すのだとユワレは話していた。だがあらごとと乱菊は犬神を捕えることなどそう簡単には出来ぬだろうと思っていた。

朝早くに移動をはじめ今は昼過ぎであった。

昨日、わごとが生大刀を得たとの知らせが浄蔵から念話で乱菊にとどいている。

わごとは蓬莱の玉の枝につづき二つ目の宝を得た訳だが、自分はまだ、鬼熊ノ胆《おにくまのい》で手間取っている。昨日、忸怩《じくじ》たる思いをつたえると、乱菊は、

『仕方ないでしょう。四つの宝の内、二つが紀州にあり、わごとは紀州にいたのだから。わたしたちは奥羽の地に来るまでだって大変だったじゃない？』

そう言った後で、

『……まずは、鬼熊を退治したかったけど、赤犬姫の所在が先に知れた以上、赤犬姫と先に戦うのはやむを得ないわ。あの女は三重の術者で……手下も、手強いけれど、こちらは八人の呪師がいるのだし……何とかなるでしょう。わたしはずっと赤犬姫を狙ってきたけど今ほどあの女を討てる気がしたことはない。

ねえ……あらごと……。みじかい間だったけど、わたしは貴女に呪師としての全てをおしえたわ。貴女は初め、物凄く……出来の悪い子だった。ちゃんとこの雛《ひな》は羽ばたけるのかしらという疑念が、常にわたしにはあった』

あらごとが不愉快な顔を見せると、一度くすりと笑った乱菊は、真顔になって、

『けど、数多《あまた》の厳しい戦いで鍛えられ……いつの間にか、逞しい、一人前の呪師になってくれたわ』

『なってないよ。全然』

乱菊は目を細めて、

『いいえ。なってくれた。……もしもよ……。明日わたしの身に何かあったら、貴女は一人で、鬼熊と戦いなさい。そして、わごとや浄蔵様、あるいは良源殿と力を合わせ、四つの宝を存分につかって、千方を、倒すの。……貴女なら出来る。きっと』

その時は、

『何変なこと言ってんだよ』

と、言ったあらごとだったが、一夜明けて、あらごとの中に乱菊は赤犬姫との戦いで死ぬつもりなのではないかという危惧が、ふくらんでいる。

今、傘になりそうな秋田蕗を払い沢沿いに登る乱菊の目は、蕨手刀《わらびでとう》の切っ先の如く鋭く、そのかんばせは石のように硬い。

普段、饒舌《じょうぜつ》な師匠だったが、今日はやけに言葉少なである。

あらごとの視線に気づき、乱菊は、

「何？」

「んん……何でも」

「集中、警戒なさい。冷たくも熱い火花を、いつ何時も散らせるように。奴らは、夜動き、昼眠る。けど、昼とて油断出来ぬ。恐ろしく鼻がよく、耳もよいのよ……」

先頭を行くアヒトが手ぶりする。

あらごとたちは、左の木立にわけ入った。沢胡桃《さわぐるみ》やトペニの木立を抜けると――ブナの森に入った。

落ち葉を踏んで少し行った所で、犬をあやつる老呪師が何か言う。アヒトもうなずき、皆に合図する。

「ここで休息しようと言っています」

ユワレが、あらごと、乱菊に告げている。

ユワレが、稗《ひえ》でつくった餅、そして鮭《さけ》の干し肉をわたしてくれた。

カチカチに干された鮭の旨味《うまみ》が、あらごとの浅黒い顔をほころばす。

食事をとるあらごとたちの傍にアヒトとオヤシベがやってきた。

乱菊は、アヒトに、

「あと、どれくらいでつく？」

「一時もあれば、つく」

つづけてアヒトが、夷語《いご》で何か言う。

ユワレが、

「いわば、戦いの前の腹ごしらえです」

腹を鳴らしながら、稗餅にかじりついたあらごとを見やり、乱菊が、ぼそりと、

「貴女はいつだって腹ごしらえが大事よね」

ユワレが訳すとオヤシベが膝を叩いて一笑した。

エンレイソウの白く清楚《せいそ》な花がいくつもの群がりとなり辺りに咲き乱れていた。

火をつかわず食事を終えたあらごとたちは腰を上げる。

少しすすんだ所で、ごとびきの老人がつかう犬が、ピンと耳を立てている。

老人が鋭気の光芒《こうぼう》を瞳にたたえ、何事かアヒトに囁く。

アヒトが手ぶりし――皆に警戒するようにつたえた。

元より警戒しているあらごとだが、その警戒をさらに研ぎ澄ます。

耳を後ろに立てた大犬が林床の臭いを嗅ぎながらある方角へとことこ走り出す。

呪師たち、弓をもった狩人たちは、その犬につづいた。

「……あ」

あらごとは茫然と立ち止り、犬たちは猛然と吠える。森の一角で足を止めた犬たちは樹から吊り下がった何か黒いものを見上げてけたたましく吠えていた。

数歩近付いた、あらごとの鼻を異臭が襲う。

ブナの太枝から荒縄で吊るされているのは……一人は女、いま一人は男、二人の人の骸《むくろ》であった。

両目が抉り取られ、心の臓が抜き取られていた。

蠅《はえ》がぶんぶん辺りを飛びまわっている。

ユワレが、北の言葉で何か叫ぶ。

腸《はらわた》を怒りで煮えたぎらせたあらごとは訳してくれずとも何と言ったかわかった。

何てひどいことを！、と少年は叫んだのだ。

蝦夷の勇士たちから、怒り、嘆きの声が、上がる。

ごとびきの老人が慨嘆するように何か叫んだ。

面貌を歪めたユワレが苦しみを吐き出すような表情で、

「東の村長の娘と、その許嫁《いいなずけ》だと……。三日前から行方が知れなかったと――」

（――許せない）

怒りが、あらごとの歯を食いしばらせ、痩せた、されど引き締まった腕をふるわせる。

乱菊が、言った。

「赤犬姫ね。目玉と、心の臓が好物なのよ」

ひどく静かな乱菊の声であったが……聞く者の心を凍てつかせてしまうほど冷たい殺気が込められていた。

蝦夷の人々は族長の娘とその許嫁の無惨な亡骸《なきがら》を見て深く嘆き、その亡骸を下におろそうとした。すると、あるいは悲しみに沈み、あるいは怒りに滾《たぎ》っている人々の心を激しくささくれ立たせる、憑《つ》かれたような笑いが、前方で、した。

見れば……前方十五歩ほどの所にあるブナの樹上に若いぼさぼさ頭の男が一人、いて、赤色眼光を光らせながら、大笑いしているのである。

身なりからして蝦夷の若者だった。

赤犬姫の一団は——坂東以南から、この地にやってきた。

だから、その成員に蝦夷はふくまれなかったはずである。ところが、前方の樹上で、無惨に殺《あや》められた二人の遺骸を下ろそうとしている人々に、許されざる嘲笑を浴びせている男は蝦夷の犬神憑きであった。

犬神憑きに嚙まれ、高熱を発した者のほとんどは落命する。

だが、稀《まれ》に命をうしなわぬ者が、いる。

この者は犬神憑きになる。

あらごとは、その話を思い出している。

（……仲間をふやしているってこと？　この地でも）

蝦夷の猛者たちが怒号を上げ、弓矢を構え、笑う犬神憑きの方に殺到する。

あらごと、乱菊も、ブナ林を、走る。

誰かが叫んだ言葉をユワレが走りながら訳した。

「長の娘に、横恋慕していた奴だと、あの男は！」

笑う犬神憑きの所まで、あらごとたちは、来た。男が哄笑《こうしょう》する樹を皆が取りかこむ。

幾張りもの弓が構えられる。樹上の犬神憑きは鋭い牙を剝いて笑いながら何か言う。すると、怒号が、数多、下から返された。

樹の上の男や殺された二人と同じ村の人々が言い返しているようだった。

ユワレは激しい嫌悪感をにじませ歯を食いしばってうつむき、訳そうとしない。

「何と言ったの？　わたしたちにおしえて」

乱菊が、言う。

端整な顔を険しくし、それでも答えないユワレに、あらごとは、

「ユワレ」

「樹の上の男は……俺の女を盗《と》ったからだと。故に、復讐《ふくしゅう》し、二人を……神に捧げたと……。みんなは長の娘がお前の恋人であったことはないと、激しく憤っています。恐らくその言葉が正しいでしょう」

魔犬に憑かれた男が何事か喚《わめ》く。

聞くもおぞましいという感情が、ユワレの白い顔を走った。

「カムイが……神が、この地に来たのだと言うております。己の望みを何でも叶《かな》えてくれる真の神が、この地に来たと。だから、皆、崇《あが》めろと。本物のカムイなんかじゃないっ！」

これは、ユワレの心の底から迸った言葉だろう。

荒縄で吊り下げられた二人の遺骸の方にふるえながら顔をまわした少年は、

「あんなことを平気でなせるのが、どうして神でしょうか？　そんな神がいるなら、それは……」

乱菊が口を開く。

「妄想により、憎悪をふくらませ……その憎悪により、犬神に魅せられ、魔と化した訳ね」

なおも火を噴くような激しさで何か喚きつづける樹上の犬神憑きに、次々と狩人たちの矢が――放たれている。

すると、樹の上の男は巧みにかわし、別の樹に、猿のように、跳びうつった。

恐るべき跳躍力だ――。

犬神憑きは、人間の能力にくわえて、山犬の走力、跳躍力、嗅覚、聴覚などを、得る。故に斯様《かよう》な猿顔負けの動きも可能となったのであろう……。

樹の上の男は、笑いながら、猿、あるいは、栗鼠《りす》の器用さで――樹から樹へ巧みに飛びうつる。幾本もの矢が鋭い唸りを上げて追うも、少しの所でとどかない。

犬三匹も疾走。さらに女呪師の肩に止っていた犬鷲が飛翔《ひしょう》するも……あらごとの期待に反し、男に追いついて猛襲するなどの動きは見せない。真っ直ぐ森の上に飛び抜けて、樹々の上を飛ぶ形で、逃走する男を監視しつつ追っている。

猛禽《もうきん》の王・犬鷲は鷹《たか》と違って、林立する樹の中で狩りする能力はない。視界が開けた草地、高原、岩場などにいる獣に空から忽然《こつぜん》と襲いかかり、狩りするのだ。

ことびきの女呪師が今日、犬鷲をつれてきたのは白髪ヶ岳の左様な場所で駆使するためであり、森の中で戦わせるためではなかった。

蝦夷の呪師たち、狩人たちが、咆哮を上げ——逃げる男を追う。

追う内にはっと何かに気付いた乱菊が、

「まって！……追ってはいけない！　罠《わな》よっ」

ユワレが、乱菊の警告を訳す。

アヒトが大声で皆を止めようとしたが、幾人かは男が逃げた方に走ってゆく。

あらごとが念波で鎌を飛ばし、逃げる男をやっつけようとした時、前方で悲鳴がひびいた——。

広く落ち葉の筵《むしろ》がしかれたブナ林の底がいきなり大きく口を開け、五人の蝦夷の狩人を呑み込んだのだ。

落とし穴だ。

駆け寄ってみると——落とし穴の底は、針の山のようになっていた。つまり、幾本もの尖端《せんたん》を鋭く尖らせた丸太がうえられていたのである。

二人が、即死し、三人が、体を丸太に深く刺されたり、貫かれたりして、血だらけになって苦しんでいる。まだ息がある者も深手を負い、とても助からぬと思われた……。

見ただけで胸を深く突かれ、体の芯《しん》まで痛くなりそうな光景だった。

あらごとは歯嚙みする。

己の故郷、山中の隠れ里が襲われた日の光景、真壁の護《まもる》館で起きた惨劇が思いだされる。

——その時だった。

何本もの殺意が——あらごとたちに突進している。

矢。

それも、放物線ではなく、直線を描いて飛ぶ、猛速の矢だ。

左様な目にもとまらぬ矢が、四方《よも》から飛んできて、ことびきの翁の左腋《ひだりわき》から右胴、さらに三人の蝦夷の狩人の体を、血の糸を引きながら、突き破る。

あらごとは飛来する矢に如意念波をかけて別の方に弾き、アヒトは神速通をつかって、蕨手刀で何本もの矢を弾くも、十人ほどの射手が左右、それも、かなり遠くから射てくる矢は、只ならぬ強弓から放たれたものと見え——異常の速さがある。

だから、あらごと、アヒトの動体視力を超えており、全てふせげるものではない。

蝦夷のまだ幼さがのこる若き狩人一人が——首を左から右に突き破られて絶命。

手力男の力をもつオヤシベの屈強な背にも一本の矢が深々と刺さった。

乱菊が、両手を高く、かかげる。

すると、あらごとや仲間の蝦夷たちの周りで大量の落ち葉を噴き上げる竜巻が生じた。

竜巻は、味方の姿を、かなりの強弓をもつ――つまり只ならぬ膂力《りょりょく》をもつ、姿なき射手どもから隠した。

「奴らなのっ？」

あらごとの声に乱菊は、

「きっとね。赤犬姫の伏兵よ！」

「元きた方に逃げるぞ！」

アヒトが、叫ぶ。

落ち葉の竜巻――乱菊の幻である――に隠された、あらごとたち。元来た方に退《ひ》こうとする。

樹上の男が逃げた方にどんな罠があるか知れぬし、矢が飛んでくる方に走る訳にもいかない。

と、何処かで、

「幻じゃ！　ありゃ、幻じゃっ！」

野太い濁声《だみごえ》が聞こえた。その声を聞いた乱菊の面にさっと、影が差す。

「何処かで、聞いた声ね……」

敵側の誰かが乱菊の術を見破ったため……あらごとたちを守っていた竜巻の幻影は跡形

もなく消えてしまう。

アヒトが、あらごとに、

「右から飛んでくる矢を念波で散らしてくれ！　俺は、左から飛んでくる矢を片付ける！」

言うが早いか——アヒトは冷たくも熱い火花を激しく散らす。一陣の突風となり、向かって左から飛んでくる矢を物凄い速さで薙《な》ぎ払う。

あらごとも、走りつつ、飛んでくる矢を何とか見切ろうと、かっと目を剝き——猛速で飛来する鋭気を弾き飛ばしたり、水車の如く回転する鎌、手鍬《てぐわ》を、宙に浮かし、その回転する疾風で、乱菊の細首を貫こうとしたり、ユワレの右耳に迫ったりした矢を——叩き飛ばした。

だが、二人が見切れなかった矢もあって……ごとびきの女呪師の右腕に深々と矢が刺ったり、ユワレたちと同じ村の白髪交じりの狩人が、その銀色の蟀谷《こめかみ》に猛速の矢を受け、脳と血を落ち葉に散らして斃れたりする。

左様な犠牲はあったが、すぐりにすぐられた蝦夷の勇士たちは敏捷《びんしょう》で、不意打ちによって多くの犠牲を出した後は林立するブナを盾として巧みにつかい、何とかそれ以上の犠牲者も出さず——先ほどいこうた辺りまでもどった。

ごとびきの女は犬三匹と鷲を呼びもどしたため、犬は彼女の傍らを歩き、鷲は肩に乗っている。

大きな犬の一匹が足を止め首をかしげて、

「クウン」

鳴いた。

あらごとの顔が、凍る。

(——冷たい！)

懐に入れた鏡の欠片がひどく冷たくなっていた……。

「みんな、止って！　何か、いるっ」

(恐ろしい存在《もの》が——)

ユワレとアヒトが、あらごとの言葉を皆につたえる。

あらごとはさるブナの巨木に右耳をこすりつけるようにして荒い息を吐きながら辺りを窺っている。明るい林で姿なき小鳥たちの囀《さえず》りが聞こえた。

乱菊はすぐ傍のブナの樹に、ユワレと一緒に身を隠していた。

その髪の毛があらごとの位置から見える。

と、上から……、

「おし、おし」

貴人の先払いの声が、からかうように聞こえ——びっくり仰天したあらごとは心臓が跳ね上がりそうになった。

樹上を、睨む。

――女が、いた……。ついさっきまで誰もいなかった所に、怪女が……。

あらごとは瞠目し愕然《がくぜん》となっている。

あらごとが隠れていたブナは幾歩も歩かねば基部を一回り出来ぬほど太い幹をもつ森の主を思わせる大物である。

この巨神木というべき樹、地上三丈ほどの高みで、いくつもの林立する極太枝にわかれているのだが、この極太枝の一つ一つが並の高木と同じくらいの貫禄《かんろく》がある。だから……巨神がととのえた舞台で巨人の群れが両手を高々とかかげて立っているように見えるのである。あるいはその巨人の群れの中には淫《みだ》らな男の巨人と女の巨人がおり、婚《くなが》っているように見えるものもある。

一本だけ、地上二丈くらいの高さからまるで象の鼻か、橋のように、地面と平行に走る形で横にわかれ、数歩行ったくらいで、いきなり垂直にねじ上がり、遥か高みを目指している極太枝が、ある。この樹がつくった橋の如き所に――その怪しい女はいつの間にか立っていてあらごとを見下ろしていた。

女は巨大ブナの若葉の氾濫を傘にするような形で、こっちを見ている。

艶《あで》やかな錦の衣をまとい、赤茶色い髪は、長い。――ぼさぼさしている。

異様な眼力だ。

不気味なほど瞳孔が広いその目で鋭く睨まれただけで胸に穴が開きそうな心地がする。

痩せていて、顎は白く尖っていた。

丸眉。

だが、貴族的優雅さは微塵《みじん》も感じられず……むしろその細身から野卑な猛気が滾々《こんこん》と湧き出してくるような、物凄い気配の、女であった。

――鏡の欠片は痛いほどに冷えており、人ならざる危険な者とおしえていた。

女は大きな口を開き肉食獣を思わせる猛々《たけだけ》しい牙を見せ、ふざけた様子で、

「おし、おし」

「気を付けて！　その女が、赤犬姫よっ！」

乱菊が叫ぶ。

いきなり、赤犬姫の双眸《そうぼう》が、血色に光る。

赤犬姫の美服のゆったりした袖から――突如、殺気が、光りながら、飛び、あらごとの、目を上から狙ってきた。

短剣である。

魔犬の姫は腕に短剣を巻き付けており、その一つを如意念波で飛ばしてきた――。

《止れ――》

あらごとの如意念波が発動。猛烈な突進力であらごとに落ちてきた短剣はあらごとの瞳にふれるかふれないかで静止した。あらごとは念波で短剣を急上昇させ――途中で向きを反転させ、金属の疾風《はやて》を起し、猛悪な姫の喉を狙う。

「ふふ」

ところが――笑いだけのこして、姫は、消えた。

茫然とするあらごとの後ろ首に腥《なまぐさ》い声がかかる。

「――何処見ているのさ？　ねえ」

（……縮地？）

氷の滝を浴びたような恐怖が、あらごとを叩く。

赤犬姫が、如意念波、縮地、霊眼、三通力をもつ三重の術者であることは、乱菊におしえられていた。

物凄い殺気が神速で突っ込んでくる。

――アヒト。

神速通で一挙に間合いを詰めたアヒトは蕨手刀で赤犬姫を突かんとしている。

魔犬の姫の注意が、そちらに、一瞬流れた気がした、あらごと、体を勢いよく反転させて、手にもつ鎌で攻撃した。

だが――蕨手刀も、鎌も、空振り。

二つの刃は、獣的な残り香を切っただけで……赤犬姫は、もうそこにはいない。

「ふふ」

笑いが、上から、降って来る。

あらごと、アヒトははっとして仰ぐ。

赤眼の姫はさっきいたよりも高く巨大枝の股の所に立っていた。

つまり、林立する柱のような巨大枝、群立する巨人どものような巨大枝の中に、そこが自らの宮廷であるかのように落ち着いた様子で、息一つ荒げず……あらごとたちを見下ろしているのだった。

「お前が、あらごと？」

「ああ」

獣の姫は舌なめずりして、

「面白い子。喰うてしまいたい気もするけど……女童《めのわらわ》にしたい気もする。もっとも、あたしに噛まれて無事であれば……の話だけど」

あらごとは、かすれ声で、

「ごめん。あたし、誰かの下ではたらくの、もう、こりごりなんだ」

ゲラゲラ笑った赤犬姫に、

「あんた、何であたしの名前、知ってんの？」

「ある女に聞いたのさ」

いきなり自分に降ってきた刃に気付いたあらごとは手鍬を急上昇させて迎え撃つ。

（……ある女？）

――ッ！

あらごとの少し上であらごとの手鍬と獣の姫の短刀が火花を散らしている。

蝦夷の狩人たちが放った矢が――赤犬姫に迫る。

すると、もう、姫は消え……かなりはなれた前方に縮地していた。

それよりさらに奥の灌木の茂みなどから、八人の犬神憑きどもが出現。牙を剝き、犬のように低く唸り、赤い眼光を滾らせて、赤犬姫の左右に四人ずつ並んだ。

赤犬姫は手ぶらであったが現れた八人は毛抜形太刀、矛、薙鎌《なぎがま》、斧《おの》などを手にしている。

赤犬姫、血色の目で、乱菊を睨み、ゆっくり舌なめずりしてから、

「なつかしい子がいるねえ……」

「………」

乱菊の面差しは樹に隠れてあらごとの方からは見えぬ。

普段の師匠ならば何か軽口でも返しそうなものだが、この時の乱菊は無言であった。

と、後ろの方から、

「そいつの始末は俺にまかせちゃくれませんかね？」

のしり。

濁声《だみごえ》がひびいている。

物干し竿《ざお》ほど長く、幅広く、分厚い、鉄板というべき異様な刀、相撲人《すまいびと》でも振れなそうな極大刀を……片手だけで、軽々とたずさえた、屈強、半裸の男が、落とし穴がもうけられていた方の木陰から、にやつきながら現れた。

男の肩や胸は瘤状《こぶ》に盛り上がり只ならぬ膂力を物語る。

されど、筋力、そして犬神憑きの怪力だけではない、別の力がこの男にはある気がした。

（手力男）

オヤシベと同じ通力の名が——あらごとの脳裏をかすめる。

悠然と姿を現した手力男の男の左右に展開する形で、樹から樹に身を隠しつつ、十数人の敵が、移動している気配がある。

蝦夷の勇士の矢が二本——放たれるも、手力男の男は化け物じみた長大な刀を、いともたやすく横振り、払いのける。さらに、三本目の矢が男を狙うも、今度は馬鹿でかい大鉄板刀を己の前に屹立《きつりつ》させ、盾として弾いてしまう。

その坊主頭で、耳広く、潰れた饅頭《まんじゅう》の如き顔をした、無精髭の男は、ニチャニチャと笑っていた。只人の攻撃など児戯にひとしいと言いたいようだ……。

「乱菊ぅ、再会出来て嬉しいぜ……」

耳のでかい、手力男の男は、意外なことを言う。

（え？　乱菊の……？）

すると、乱菊はひどく冷えた声で、

「広耳、生きて……。そう。そっち側に、行った訳ね？」

「おうよ」

広耳は牙を剝き、応じる。

「わたしも再会できて嬉しいわ」

「……ほう？」

広耳は目を細める。

乱菊は、広耳に、

「あの家にいた頃、貴方が通力をつかって禍々《まがまが》しい悪さをするのではないかという危惧が常にわたしの中に漂っていたの」

広耳が目を赤く光らせながら、細める。

「その日が来たら同じ釜の飯を食った者として、わたしがこの男を——潰さなきゃいけない。そんなことを、考えているわたしがいたのよ」

「春馬の野郎に色々吸われながら、んなこと考えてたのかよ？　おめえは」

「——あの人の名を出さないで！　耳が、穢《けが》れるわ。とにかく……今日がお前を潰せる日とわかって、些か――嬉しいと思った次第」

広耳も、何故か少し嬉し気に、

「潰す、潰すって……おめえ、人を虫か何かみてえに」

「虫とは思ってないわ。だって貴方より、虫の方が素敵だもの」

一匹のルリタテハがひらひらと広耳の前に飛んでくる。

広耳はその森の神の使いのような美しい蝶を、さっと、つまみ、口に放って、むしゃむしゃ食らう。牙でよく磨《す》り潰し、ゆっくり嚥下《えんげ》してから、

「――相変らず、尖った女だぜ。だが……嫌いじゃねえ」

広耳から乱菊への得体の知れぬ執着がドロリと垂れた気がしてあらごとの背筋はぞわっと寒くなっている。

舌なめずりしながら広耳は、

「――どっから喰うてやるかなあ、ええ？　乱菊よぅ」

アヒトが何か叫んだ。ユワレが、言った。

「あらごとさんは赤犬姫を、乱菊さんは広耳退治をと言っています！」

「わかった！」

あらごとは、応じ、アヒト、そして、オヤシベではない方の、手力男の呪師と、赤犬姫の方に、突進する――。

ごとびきの女呪師が走らせた三匹の大犬、そして、狩人たちの矢が、それを、援護する。

赤犬姫は微動だにしなかったが、その八人の手下どもは赤色眼光を滾らせ――咆哮を上げて、前に、出てきた。

あらごとはオプを右手ににぎって突進しつつ、左手に鎌をにぎり、手鍬を傍らに浮かせている。毛抜形太刀を閃かせた犬神憑きの男が凶暴な牙を剝き、花笑むエンレイソウを蹴散らしながら――あらごとに猛進してきた。

あらごとはそ奴にオプをくり出すと見せかけつつ、いきなり如意念波に乗せた鎌を放つ。

電光石火――一気に飛んだ刃風《じんぷう》がその敵の喉仏を切り裂いた。

血飛沫《ちしぶき》浴びたエンレイソウが、怯《おび》えたようにふるえる。

「小娘がぁっ！」

あらごとに仲間を斬られたのを見た別の犬神憑き、顎鬚《あごひげ》を濃くたくわえ、赤い両眼が飛び出さんばかりに大きくギョロリとした男が、斧を振り上げ、あらごとを襲おうと飛び出すも、その男から思いもよらぬものが飛び出し――前進出来なくなる。

鮮血。

いきなり、赤い一文字がその犬神憑きの首にすっと、引かれるや……首が、ごろんと、丸ごと、転げ落ちた。

――アヒトであった。

神速通で、目にもとまらぬ突風と化したアヒトが、一挙に詰め寄り、蕨手刀で斬りすてたのだ。

アヒトはさらに薙鎌を構えた別の敵に突進。よけ様もない速さで心臓を一突きし——討ち取った。

味方の矢を何本も受け、木陰に隠れた敵に、ごとびきの女呪師が、三匹の犬を、差し向ける。

犬神憑きは牙を剝き——鞭《むち》のように素早く、犬一匹を蹴る。蹴られた犬は、無惨にも、

「ギャン！」

と、鳴いて、大きく飛び——ブナの若木に当ってこと切れた。

のこる犬二匹は少し退き、牙を剝いて犬神憑きを威嚇《いかく》するも、犬神憑きもまた、凄まじい牙、さらに毛抜形太刀で、威嚇する。

その犬神憑き目がけて一人の呪師が咆哮を上げて襲いかかる。

——手力男の術者だ。

オヤシベは、一抱えもある丸太を手にしていたし、広耳は、例の、牛馬を一振りで潰せそうな大鉄板刀を手にしていたが、この同じ力をもつ男、何の武器も所持せず——犬神憑きに向かっていった。

犬神憑きは侮るようにケタケタ笑い毛抜形太刀で斬りかかる。

「膾《なます》にしてやるわ！」

斬撃が、蝦夷の呪師を、襲う。

と、蝦夷の呪師は手刀をさっと振り、自分の額を斬ろうとした鉄刀を粉々に砕いた——。

この男、手力男の力により鉄の刀など素手の一打ちで砕けるほどの膂力をもつのだ。

茫然とする犬神憑きの首を——返す手刀が、襲う。

首の骨が粉々に砕けた犬神憑きは白目を剝き首を大きくねじりながら一撃で沈んでいる。

手力男の呪師を、別の犬神憑きの手鉾が襲う。

すると、怪力の男は——傍にあったブナの若木を軽々と引き抜き、手鉾ごと、それをくり出した敵を払う。

「ギャン！」

怪力が引っこ抜いた木に腹を打たれた犬神憑きは甲高い悲鳴を上げてすっ飛び、落命はしなかったものの苦し気に蹲《うずくま》っている。

四人の赤犬姫の手先があらごとたちに討たれ一人が深手を負った。

形勢は、あらごとたちに有利と思われた……。

その時、姫が、消えた——。

突如——手力男の男がもつブナの若木の上に赤犬姫が、現れている。

瞬間移動・縮地だ。

まるで橋の上に現れた鬼の姫のように引き抜かれたブナの上に立つ赤犬姫が、鋭い爪がのびた手を、さっと振る。

すると——裂帛《れっぱく》の気合で鋭い風が吹き、手力男をつかう蝦夷の呪師の眼から、血が吹いた。

邪悪な姫は念波で短刀を飛ばしたのだ。

手力男は金剛身とは違うから、途轍《とてつ》もない怪力を発揮したとしても、その肉体は生身だ。

片目をうしなった大力の呪師は血の涙を流しながら魔の姫が乗った木を振り上げ、強敵を吹っ飛ばそうとするも、もうその時には、赤犬姫の姿は、ない……。

一瞬で後ろにまわった魔獣の姫は手力男の呪師の後ろ首にかぶりつく。

血煙が——迸った。

先ほど手下がやられた報復か、赤犬姫は、手刀を、手力男の男の広い背に突き込み、熟れた柿の中を掻きまぜるような音を立て……赤黒い臓物を一つ、取り出し、錦の衣に腥い汁を飛び散らせながら、旨そうに、喰い千切った。

心の臓であった。

血だらけの牙を上に向け、新緑の氾濫を仰ぎながら遠吠えをはじめようとした魔性の姫を——二つの鋭気が、猛速で、襲う。

一つは薙鎌で襲いかかってきた敵を天翔《あまがけ》でかわしたあらごとが、放った、回転する鎌。

いま一つは神速通で駆け寄ったアヒトの剣だ——。

鎌は赤犬姫頭部を狙って高速回転しながら空中から飛来、アヒトは常人の目には入らぬ凄まじい疾走力で、敵将に迫り、その血塗られた白首めがけて蕨手刀をくり出す。

が——二つの刃が髪か皮膚にふれるかふれないかくらいで、犬神の姫は消えている。

敵を見うしなった空中のあらごと、薙鎌を下から振ってこようとした敵の眉間目がけて——オプを飛ばし、命を、止めた。


乱菊たちはどうなったか？

乱菊、オヤシベ、常氷室の呪師、そして、のこる蝦夷の狩人十一人の内、五人が、広耳たちと戦っている。

広耳を射ようと、さっとブナの蔭から体を出した味方の狩人二人が、敵方の矢に喉などを射られ、絶命する。

オヤシベが迫りくる矢を丸太で吹っ飛ばしつつ巨体から想像も出来ぬほどの敏捷さで広耳に向かう。

中背の広耳も長大な鉄刀で——迎え撃つ。

木陰にすっと隠れた、乱菊。幻術で自分の分身を一人、つくり出し——、さっと、樹間を、走らす。

（ほれ……）

幻の自分に広耳の意識がぐいっと引きずられる気がした。

その隙を衝き、オヤシベの丸太が渾身の力を込めて広耳の肩を打つ。

広耳から驚きと苦痛がまじった呻きが、もれる。

が、すぐに体勢を立て直した広耳、大柄なオヤシベに向かって思い切り、大鉄板刀を、振った。

斬りに行くのではなく叩き潰しに行く、そんな一閃だ。

広耳の一撃をオヤシベは極太の丸太で受け木っ端が散る——。

中背の広耳と、巨体のオヤシベ。広耳もかなり頑丈な男だが、オヤシベとは体格差があり、まとう肉圧がまるで、違う。傍《はた》から見れば体が大きいオヤシベが勝りそうだ。

しかし……オヤシベの大力が手力男の通力によるものなのに対し、広耳は、手力男に、犬神憑きの怪力までくわわっている。

体が小さい広耳が膂力ではオヤシベに勝るようだ。

ニチャニチャ笑いながら広耳が、長大な鉄刀で丸太をあやつるオヤシベを押しまくる。

ユワレをしたがえた乱菊は少しはなれた所にある苔石《こけいし》に目をつける。

白瓜《しろうり》ほどの石に。

それを……広耳の頭から三尺ほど上に、物寄せしようと思った。

その石に念をかけようとちょっとブナの樹から体を出した乱菊を、殺気が——突風となって襲う。

矢だ。

広耳を援護すべく犬神憑きが射た。

乱菊の体も、念も、一度引っ込んだ間に、オヤシベはブナの樹に背をぶつける形で追い詰められた。

そのオヤシベの体にまた、矢が、刺さる。

敵の射手の一部——四名の犬神憑きが弓をすて、毛抜形太刀と斧を閃かせ、同時に突っ込んでくる。牙を剝き、咆哮を上げ、一挙にこちらに攻めかからんとしたそ奴らのうち、二人の体がいきなり、白く変化し——、

「グ、がっ」

「ぎ、ゴッ」

やけに角張った呻きをこぼした直後、氷の彫像となって止る。

木陰から顔を出した乱菊は、

（常氷室！　何と——恐ろしい術！）

一睨みした物体を凍らせてしまう、そんな恐るべき通力をつかう、頰がこけた蝦夷の呪

師が、ミズナラの木陰からたった今、氷結した犬神憑きを睨んでいた。

だが、他二人は毛抜形太刀を閃かせてオヤシベの方に疾駆、さらに、広耳は例の幅広の鉄刀を樹に押し付けたオヤシベの顔にぐいぐい近付けていた。

——その時であった。

信じられぬ事態が……起きた。

広耳とオヤシベの頭上、丸太ほどに太いブナの大枝が、大蛇のようにいきなりぐにゃりと動き——葉を散らしながら、グワンと下に動き、広耳の脳天を打ち据えたのだ。

さらにブナの大枝は急速に発育しながら突然、意志をもったように、空《くう》を薙ぎ——毛抜形太刀を振り上げて、オヤシベに突進していた二人の犬神憑きに襲いかかり、軽々と吹っ飛ばした——。

乱菊の胸を、真っ白い驚愕《きょうがく》が貫く。

（如意念波？　違う……。樹が大きくなりながら、動いた）

ある通力の名が、眩い光と共に脳をかすめている。

（木神通《ぼくじんつう》？）

木神通——あらゆる木草を自在に成長させたり、意のままに動かしたりする通力《ちから》である。

(……誰が――？)

乱菊の傍で眉の太い少年が瞑想的な面差しで今しがた躍動したブナに手をかざしていた。

「ユワレ……貴方……呪師……ツスクルなの？　木神通の！」

「ツスクルというほどではありませんよ」

落ち着いた様子で言うユワレだった。

「火花が、散る時と、散らない時があるんです。まだ……一人前とは言えないでしょう？　だから黙っていたんです」

ユワレに吹っ飛ばされた二人は昏倒《こんとう》したようである……。そして、広耳は相当な石頭らしく、落命したり、気絶したりはしていないものの、苦痛に蹲り、頭をかかえている。

植物をあやつる通力を秘めていた、ユワレ、謙遜しているけれども、

(この子は……恐るべき、呪師だわ)

乱菊は悟った。

オヤシベが立ち直り広耳を攻撃せんとする。

そのオヤシベを、また、矢が襲うも、オヤシベは丸太を盾にしてふせぐ。

常氷室をつかう頰がこけた男が、さっと、ミズナラの陰から踏み出、止《とど》めを刺そうと広耳を睨んだ。

――その時であった。あらごと、アヒトの方から、荒ぶる姫が縮地してきたのは……。

赤犬姫は常氷室の呪師の真ん前に忽然と現れるや笑いながら彼《か》の呪師の両眼を鋭い爪で、掻いている。

霊眼《りょうがん》で眼が常氷室を放つと見切り、潰しに来た……。

絶叫を上げた氷の呪師の喉を鋭い爪が間髪いれず襲う。

頸動脈《けいどうみゃく》が、爪によって切られ――赤霧《きり》が噴いた。

猛獣の姫はそのぬるぬるした霧を浴びながらうっとりした面差しになる。

同時に、赤犬姫の衣から広耳を打たんとしていたオヤシベの方に突風同然の何かが飛び――オヤシベの左脇腹に潜り、右脇腹まで、一気に、突き破っている。

短刀だ。

腹を横から貫かれた形になったオヤシベは苦悶の表情でがっと膝ついた――。

そのオヤシベに大鉄塊が二度大きく振られ――命を、赤く、潰した。

猛悪な姫の参戦に力付けられた、下卑た近臣、広耳の斬撃であった。

(何処まで酷《むご》い所行を重ねれば気がすむのっ！　許せぬ)

腸を煮えくり返らせた乱菊の傍らでユワレが、悲壮な形相で、叫ぶ。

ユワレは太い眉をうねらせ己らの言葉で赤犬姫と広耳を罵っている。

「一人も生かすんじゃないよ。みんな、殺しな！」

赤犬姫の号令一下、広耳の左右の木立から犬神憑きどもが弓をすて太刀、手斧などを振り上げ、鋭い牙を剝き、おぞましい雄叫《おたけ》びと共に十数人――殺到してくる。

蝦夷の狩人たちが木陰から射るも、敵は異常の敏捷でよけたり、毛抜形太刀、手斧などで軽々と弾く。

赤犬姫の子分のほとんどが坂東以南の者と思われたが……さっきの男を初め、三人だけ、蕨手刀をもった蝦夷の男がいた。この地にやってきた赤犬姫一党に嚙まれ、命をつなぎ、魔の側に引きずり込まれた者たちと思われた。

殺到する獣人どもの前でいきなり地面が横一線に火を噴く。

火を苦手とする犬神憑きどもは、どよめいた。

と、中央を走っていた広耳がゲラゲラ笑い、

「乱菊の小細工じゃ！　突っ込めぃ！」

広耳がメラメラ燃える火を踏むや――乱菊がつくり出した幻の炎は瞬く間に搔き消え、どっと哄笑した凶暴な犬神憑きどもはもはや、何の躊躇《ちゅうちょ》もなく押し寄せてきた。

舌打ちする乱菊の横でユワレが鬼の形相で手をかざす。

樹木を動かし、敵を倒そうとしているようだ。

が、

「面白い術だね」

いきなり、魔犬の姫が、乱菊、ユワレのすぐ前に現れ、血塗られた牙を剝いている。

（赤犬姫っ！）

赤犬姫に殺された春馬や、笹虫、己の兄弟子、姉弟子たち、そして己がそだったあの里の百姓たちの顔が、乱菊の中でまざまざと蘇《よみがえ》る。

赤犬姫は森の中で戦うに当りユワレをあなどりがたしと見たのだろう。

姫の袖から――鋼の風がユワレに向かって放たれるも、乱菊はその短剣に反射的に物寄せをかけ、別の場所に瞬間移動させ、ユワレを救う。

さらに先ほど屠《ほふ》られた味方の狩人の蕨手刀を己の手元に物寄せ――。

歯を食いしばって荒ぶる姫に斬り付けた。

赤犬姫はくわっと乱菊が振るう剣を睨み強力な如意念波で乱菊が振るう蕨手刀を動かし、ユワレに向けて勢いよく振らせる……。

つまり、乱菊は仇たる犬神を斬りたいのに、蕨手刀が勝手に、ユワレを、斬りに行く。

赤犬姫にあやつられた乱菊がもつ蕨手刀は、乱菊の腕を無理に引っ張って――ユワレの首すれすれまで迫るも、そこで、急反転。

――一気に赤犬姫を斬りに行く。

別の如意念波がくわわったのだ――。すなわちアヒトと共に、休息した辺りに現れた赤犬姫の手先を全て駆逐したあらごとがこちらに駆け付け間一髪、ユワレを救った。

が、妖獣の姫の力は、凄まじい。

赤犬姫を斬るべく動いた刀が――目に見えぬ強靱《きょうじん》な壁に阻まれ、止る。

すなわち赤犬姫の如意念波があらごとの如意念波を圧倒せんとした。

あらごとは――乱菊がにぎる蕨手刀を何とか動かし、赤犬姫を斬ろうとしつつ、赤犬姫に向かって天翔で飛びながら、オプを猛速で飛ばし、獣姫の胸を突かんとしている。

猛速のオプと並んでアヒトも疾駆。

蕨手刀で――敵将を討とうとした。

赤犬姫が笑いながら縮地。

己の手下を矢で狙っていた蝦夷の狩人の後ろに瞬間移動するや――凶暴な手刀で、後ろ首から喉まで、ズブリと、突き破り、その血を啜《すす》る。あらごと、アヒトが怒りを滾らせてそちらに向かわんとすると、愚弄《ぐろう》するかのように……また消えた。

(何処?)

あらごとはブナ林を見まわす。

「こっちよ！」

乱菊の金切り声が、した。はっと振り向く。

血染めの錦をまとった姫は今度は、ユワレの後方数歩に出現、森に落ちていた、二つの石を浮き上がらせた処だった。

丸っこい灰色の風が、ユワレの後頭部と、あらごとの顔を、狙っている――。

あらごとは自分に勢いよく迫った石を如意念波であらぬ方に飛ばすもユワレの方まで手がまわらない。

ユワレが、後頭部を石に打たれ、苦鳴を上げながら――蹲る。

(道が……ない気がする。どう考えても、あの化け物を討つ道が)

石は、執拗《しつよう》にユワレの頭を再打しようとするも髪に当るか当らないかの処で……、

「それ!」

その一声と共に掻き消えた。乱菊の物寄せが――ユワレを叩こうとした石を、何処か遠くへ飛ばしたのである。

双眼を赤く光らせた、赤犬姫、口回りの血を舐め、

「乱菊……意外に手強き女よ」

言うが早いか天を仰いで大咆哮を上げた。

赤犬姫の体から――猛気が溢れ出ている。噴火と言ってよい熱い力の波動を感じる。

錦衣の膨満が、あらごとの目を瞠《みは》らせた。姫の筋骨が太くふくれ上がり――血染めの衣を内から裂いてゆく。溶岩の如き破壊力をもつ猛気が強化される筋骨から漂っていて、あらごとは見ているだけで神経が焼け焦げそうな気がした……。

(真壁や、野本《のもと》の時と同じだ)

衣を引き裂きながら大きく逞しくなった赤犬姫の体が赤茶の毛でおおわれてゆく。

赤犬姫は瞬く間に身の丈一丈、蝦夷ヶ千島の熊より大きく、逞しい、赤茶色の凄まじい猛獣に変貌している——。

その姿は二本足で立った熊に似ていたが、頭部は熊より長く、まさに狼のそれであった。

空にぶつけられる咆哮も、山犬のそれである。

強靱な牙を剝いて新緑を仰ぎ咆哮する赤い犬神の姿に、
蝦夷の狩人たちは恐怖の呟きをもらして固まる。狼の神の名らしい。

「ウオセ・カムイ……」

広耳ら獣人どもが襲いかかり——味方の狩人を次々、薙ぎ倒し、屠ってゆく。

乱菊が味方を恐怖させた赤い犬神に手を、かざし、

「それ」

乱菊の掌から大量の砂煙が迸り、赤犬姫の頭をつつむ。

むろん幻だが……赤犬姫は一瞬、困惑したか、吠えるのを止めた。

その混乱に乗じ、頭から血を流したユワレが巨大化した赤犬姫に手をかざし、木神通をかけようとする。同時に——黒い影が、素早く、赤犬姫の頭に向かっている。

森の中の飛行を苦手とする鷲だ。ごとびきの女呪師が飛ばしたのだ。

「幻か」

人ならざる不気味な声が乱菊の砂塵《さじん》の中から聞こえた瞬間、その幻の砂煙はすっと掻き消えた。が、次の刹那——躊躇せずに突っ込んだ鷲が赤犬姫の右目を鋭い爪で蹴った。

赤犬姫から痛々しい咆哮が上がる。

さっと、逃げようとした犬鷲に、犬神の鉤爪《かぎづめ》がついた手が、一撃をくわえる。

その一撃で犬鷲は林床に叩き落され——動かなくなった。

右目から、血を流した、赤い犬神は、左目で、ごとびきの術者を、睨む。

ブナの木陰にいたごとびきの女呪師は殺気の嵐を感じたのだろう。

さっと、踵を返し、逃げようとした。

が、憎しみの巨塊と化した赤い犬神は、縮地。

逃げる女呪師の真後ろに瞬間移動した——。

されど、この縮地を読んでいた、少年がいた。

赤犬姫の横にあるブナの樹が、急成長、幹から新規の枝を猛速でくり出し——矛のように赤い犬神の脇腹を突いている。深く突いている。

赤犬姫はその枝を捥《も》ぎ取って——巨体をこちらに向け、苦し気にユワレを睨む。

「あらごとっ！」

師匠たるさすらいの女呪師が叫びながら蕨手刀を振る。その切っ先は何歩もはなれた、赤犬姫の面を指していた。その剣が指す方を睨み、師の意を察したあらごとは、初めて……真《まこと》に細い道が開ける気がした。

——蕨手刀が、消えた。

乱菊の手から。

その刀は——赤い犬神の顔近くに現れた。

あらごとの如意念波が発動。電光石火の速さで動いた剣は赤犬姫の左目に深々と刺さっている。

姫から、絶叫が、迸る。

両目を潰された赤犬姫が大きな膝をがくんと地面につく。

脱兎《だっと》の如く駆け出し——目にもとまらぬ速さで獣神の背に飛び乗り、後ろ首に蕨手刀を突き立て、さらに毛深い背に手を置き、青白い電撃までくらわした男が、いた。

——神速通と、神雷、二重の術者たるアヒトであった。

赤い獣神から、意外に小さな悲鳴と、大量の黒煙が、同時に、もれる。

アヒトと赤犬姫は一気に黒煙につつまれた。

戦っていた広耳たちと、味方の狩人も手を止め、そちらに顔を向ける。

赤い巨神は掻き消え……痩せた裸形の女が斃れていた。

アヒトが立ち上がる。

まさに、ごとびきの呪師、ユワレ、乱菊、あらごと、アヒト、五人の呪師が力を合わせ、退治したのであった……。

「——赤犬姫討ち取った！」

一瞬の沈黙の後、敵に押しまくられていた狩人たちが歓声を上げ、広耳たちに狼狽《うろた》えが広がっている。あらごと、乱菊、アヒト、ユワレ、ごとびきの女呪師が、狩人たちに合流、一気に敵を押してゆく——。

赤犬姫の死で戦意を喪失した犬神憑きが次々討たれてゆく。

「逃げるんじゃねえ！　馬鹿野郎っ」

広耳は、太腕で、逃げようとする味方を引きずりもどし——あらごとたちに向かわせ、自らは乱菊を一睨みし、

「へへ」

言うが早いか……さっと背を見せ、灌木の茂みに突っ込み、例の長大な鉄刀をもったまま、異常の早さで、逃げて行った。

矢が一本、背に当り、びくんとなるも、逃げ足はゆるまぬ。

「——何処までも、卑怯《ひきょう》な男！」

乱菊から、嫌悪感が漂う。

他の犬神憑きは蝦夷の者一人が囚《とら》われて鎖にしばられた他は、全員、退治された。

広耳を追おうとする乱菊に、大きな二重の目を細めたアヒトが、無精髭を生やした顔に浮いた汗を腕でぬぐいつつ、

「一人くらいどうということあるまい。赤犬姫の隠れ家にも、まだ、残りの手下が少々、そして……囚われの人々がおるはず。そっちが、先だろう」

「いいえ。広耳は危険な男よ。せめてわたしたちだけにでも追わせてほしい」

乱菊は、きっぱり言った。

「わかった。乱菊、あらごと、ユワレで、奴を追ってくれ。俺たちは隠れ家の方に向かう」

かくして——あらごとら三人が広耳追跡にうつり、アヒト、ことびきの女呪師、そして生きのこった六人の狩人が、赤犬姫の山塞に向かった。

ユワレがこちらにつけられたのは、この山の地形をまるで知らぬ、あらごと、乱菊だけでは危険であろうというアヒトの判断、さらに、山塞にいる残類は自分一人おれば何とかなろうという彼の自信に、因《よ》った。

あらごと、乱菊、ユワレは——灌木を漕《こ》ぎ、広耳を、追う。

少し行った所で五臓六腑《ごぞうろっぷ》が千切れるような、物凄い悲鳴がひびいている。

三人は、悲鳴の方に、走った。

灌木が途切れ――眼前に、窪地《くぼち》が、開けた。

窪地の底で……黒い悪夢が形となり、もぞもぞと蠢いていた。

鬼熊である。

先日、退治しそこねた奴だ。

その、熊と大蜘蛛《おおぐも》が合体したような、黒い毛におおわれた、八本足の妖獣とも妖虫ともつかぬ魔物は、広耳にのしかかっていた。仰向けに倒れた広耳は――怪力で鬼蜘蛛を押しのけようとしているが、恐ろしい鉤爪で脇腹を深く抉られており、内なる火花をかなり弱めていること、窪地の中が得体の知れぬ粘液におおわれているらしく、動きにくいことが災いし、鬼熊の巨体を押しのけられずにいた。

例の大鉄刀も少しはなれた所に転がっている。

鬼熊の巣にこの男は誤って転がり落ち、反撃の暇もなくのしかかられたようだ。

玉の汗をかいた広耳は、牙を剝き、自身の鋭い爪を、鬼熊に突き立てようとするも……犬神憑きの爪など、鬼熊の黒く丈夫な毛皮に通らない。弱り切った広耳は赤色眼光を点滅させながら、あらごとたちをみとめた。

「おい、乱菊！」

鬼熊の巣から、広耳が悲鳴を上げる。

「おめえ……俺の妹みてえなもんじゃねえか！　なあ？　同じ釜の飯を食った仲間だろ

う？　たのむ！　助けてくれっ。もう、悪いことはしねえ！　だから助けてくれ」

広耳は、今まで多くの許されざる罪を重ねてきたであろう、妖術師であり、犬神憑きであり、ついさっきもオヤシベ他、幾人かの蝦夷の狩人をあらごとたちの目の前で叩き殺した男なのである。

残念ながら、助ける謂《いわ》れはなかった……。

「俺は……おめえを可愛がってきたつもりだぜ、乱菊ぅ。なあ」

「…………」

広耳は、鬼熊に分厚い胸をかぶりつかれながら悲鳴を上げ、

「おいっ、何突っ立っていやがるっ！」

鬼熊は広耳を喰らうのに夢中でこちらに関心を払わない。

「あの女についていたんだって……本意じゃねえよ。殺されちまうからだよ！　いつか、あの赤犬、ぶっ殺してやろうと思ってたんだ、俺は——。聞いてんのか、乱菊！」

「貴方らしい最期だと思うわ、広耳」

石の壁のような乱菊の声であった。

広耳から乱菊に激しく罵りが飛ぶも……やがて、その声は、弱くなり、聞こえなくなる。

魔犬の道を歩んだ乱菊の兄弟子は鬼熊に喰い殺された。

魔が妖人を喰う惨劇を途中から見るにたえなくなり顔をそむけていたあらごとに乱菊が、

「そろそろ、鬼熊を退治するわよ」

あらごとは、凶暴な獣虫をかっと睨む。同時に、血塗られた顔をさっと上げた鬼熊は、初めて——三人に気付いたようで、激しく、吠えた。

八本足が素早く動き——怪物は巣から上がって来ようとする。

念波が、放たれた——。広耳の大鉄板刀がべとつく、粘液の糸を引きながら——急激にもち上がり、人を喰う魔物の体を、打ち据える。

鬼熊は、血塗られた牙のあわいから凄まじい咆哮を放ち、まだ、這い上がって来る。

——————!

大鉄板刀が、もう一度、打ち据え、動きが、鈍くなった。

それでも獣魔虫は斃れぬ……。

と……何本もの茶色い物体が、擂鉢《すりばち》状の、巣の斜面から、突出、それが、鬼熊の体を様々な角度から貫いている。

——樹の根だ。

ユワレの手が、かざされていた。

ユワレの攻撃で鬼熊の動きがかなり鈍くなっている。あらごとは、止めとばかり——大鉄板刀をいま一度、念波でもち上げ、もう一度、振り下ろす。

この一撃が鬼熊の命を散らした——。

キーン、キーンという異様な音を発しながら、大量の黒煙が噴出。黒き獣魔虫の巨体は掻き消え、湯気を放ちながら黄色っぽい梅の実ほどの石が、広耳の骸の傍に転がっている。

鏡の欠片をその物体の方にかざすと淡い七色に光った。

「あれぞ、鬼熊ノ胆でしょう」

乱菊が、言った。

あらごとは四つの宝の一つ——鬼熊ノ胆を回収した。


ユワレの案内で赤犬姫の山塞にたどりつく。

そこは人も通わぬ白っぽい崖に裂けた洞穴で、蝦夷の狩人によれば、中にいた敵は全て倒し、囚われの人々も解放したとのことだった。

アヒトはまだ中に何か隠されていないか探っているという。

断崖のやや下にある草地に、味方の狩人三名と、囚われていた人々が、いた。

と……その中の一人、青い衣の女が漂うような足取りで、人の背丈ほどの秋田蕗の茂みにわけ入り、そのままブナ林に消えてゆこうとしているのをみとめた、あらごとが、

「あ！　水鬼っ！」

やつれ果てた水鬼の足が止る。

乱菊が、水の妖術師を指し、

「あの女を逃がしては駄目！　赤犬姫の、一味だわ！」

はっとした蝦夷の狩人たちの弓矢が――一瞬で、水鬼に向けられた。

三本の矢が殺気を込めてきりきりと狙う中、水鬼はゆっくり体をまわし、かなりやつれた細面をあらごと、乱菊に向け、微笑みを浮かべている。

そこはかとない霧がブナ林からたゆたい、水鬼の足元を流れていた。

「それは違うわ、乱菊。わたしは赤犬姫の仲間ではない。わたしは、あのお方の命令で赤犬姫を味方に引き込もうとしてこの地をおとずれたのだけど……交渉が決裂し、あいつらに囚われていたのよ」

信じられないわ、というふうに横に振られる乱菊の首だった。

武器になる水を所持していない水鬼は細い目をさらに細めてこちらを睨みながら、

「嘘だと思うならわたしと共に囚われていたそこなる女たちに訊いてみるといい」

ユワレが、夷語で、解放された蝦夷の女たちに問いかける。

すると、女たちは素早くうなずき、水鬼を指差して何か答えた。

「あの人の言うことに間違いないとのことです」

水鬼は深い湖のような、底にあるものが見えぬ顔に、余裕の笑みをたたえ、

「さあ……どうするの？　赤犬姫に囚われし者を解放すべく貴女たちがここに来たのなら、わたしもまた、囚われ人の一人であったゆえ、止め立てせずに行かせてくれてもよいので

は？」

不気味に暗い笑みを浮かべ、妖女は、

「ただ、わたしは貴女たちの仲間を幾人も沈めてきたし……貴女たちの命を狙う者。見逃せぬという結論も、まあわかる気がするわ。そう思うなら、ここで殺せばいい」

そうしめくくると水鬼はあらごとを直視した。

あらごとは、オプをにぎる力を強めている。乱菊が、言った。

「どうするの？　あの女は、貴女の敵よ」

水鬼は確かに憎むべき敵だが今は無力である。そして、無力な敵を圧倒的な通力《ちから》で攻撃するということは、あらごとに、圧倒的な妖力で自分が生れた里を襲った千方一味を思い起させた。

青い衣を見ている内に……あらごとは、危険な魔物が棲《す》む青淵《あおぶち》に魅せられ、魔物の危うさをわすれてしまった旅人のような気持ちになってしまう。

水鬼の笑みが広がる。あらごとの迷いを見抜いたかのように、

「欲を言えば、わたしは、宿命の子よ……お前と、水がある所で思う存分戦いたい。今、赤犬姫に囚われ困憊《こんぱい》したせいでわたしの中の火花は消えている。これが十分散る時に、お前と戦いたい」

「……虫のよい話を……。あらごとが火花を絶やしている時、貴女は容赦なく水をかけて

くるでしょう?」

乱菊の指摘に笑みを崩さぬ水鬼であった。

胸の鼓動が、早まっている。

あらごとは、決断した。

「——行けよ! 水鬼」

「嘘でしょ……あらごと」

乱菊が呟くも、あらごとは毅然《きぜん》とした表情で、

「あたしは、お前が存分に術をつかえる時に、お前と戦って、やっつけてやりたい。だから、行け! あたしの気が変らない内に」

水鬼は嫣然《えんぜん》と笑んで睫毛《まつげ》を伏せて軽く会釈し、

「一応、礼を言うわ」

去ろうとした。突然——あらごとがにぎっていたオプが、消えた。

で、それは、乱菊の手元に瞬間移動した——。

「虎を野に放つようなものよ! 行かせ……」

乱菊は、厳しい顔様で、オプを構え、水鬼に突っ込もうとした。

瞬間、青い波のように衣を翻し、素早く動いた水鬼の手が、秋田蕗を一つ手折っている。

と、火花は消えたという青き妖女の内で冷たくも熱い火花が大量に迸り、同時に、みず

みずしい秋田蕗から――一本の水の矢がビューっと出、猛速度で、乱菊に襲いかかった。

秋田蕗の上質のものはおった瞬間、夥《おびただ》しい水を迸らせるのである。

蕗から迸った水弾により、乱菊は鳩尾《みぞおち》を打たれ、二歩ほど後ろに吹っ飛ばされ――昏倒している――。

「あ、糞っ！」

あらごとは怒りの火花を散らし、思わず鎌に手をかけるも――水鬼が、二本目の秋田蕗をおって発射した水弾が、手に当り、激痛が、体を走る。

蝦夷の狩人の一人が怒号を放ち、水鬼を射ようとするも、鉄の矢よりも疾く、三本目の秋田蕗から出た水の矢が、面に当り――やはり後ろに吹っ飛ばされた。

刹那、水鬼の足元を漂っていた霧が俄かに膨張、水鬼の体を隠す。

（霧まで――？）

水鬼が駆け去る音がする。

洞窟の方からアヒトが駆けてきて、

「何があった？」

ユワレによると――水鬼が消えたブナ林の先には水の豊かな沢があるという……。

水の量だけ、危険が流れていると見た方がいい。霧、みずみずしい秋田蕗、沢……水鬼追跡はかなりの危険がともなうので、断念せざるを得なかった。

気絶した乱菊と狩人は頬を叩くと息を吹き返した。

赤犬姫の塒《ねぐら》には靡ノ釧があったはずだが、それはアヒトらに回収されず当地にのこされた。


里にもどると夜になってしまうので、解放された人々と、鎖でしばられた犬神憑きをつれた、あらごとたちは、途中のブナ林で野営することとなった。

逃げた水鬼、囚われた犬神憑き——里にもどり、いろいろしらべた上で裁きを下すという——、そして……何か正体の見えぬ胸のざわつきがあり、赤犬姫を倒し、鬼熊ノ胆を得たあらごとなのだが、なかなか眠ることが出来なかった。

夜半。熊の爪痕がきざまれたブナの根元でようやくまどろんだ時である。

あらごとは、何か妙な気配を覚え……大きな目を、開いている。

乱菊はさすがに疲れたのか寝ているようだった。

あらごとは、そっと身を起し、寝ている人々の間を動き出す。

見張りをしてくれているはずのアヒト、ユワレ、そして狩人二人が、樹に鎖でしばられた、犬神憑きの蝦夷の許に集結していた。——犬神憑きが何かしたのだろうか？

しゃがみ込んだアヒトが犬神憑きの男に何か低く語りかけている。

妙な胸騒ぎが、する。あらごとは、樹に隠れて様子を窺った。

アヒトが腕を、犬神憑きの口の前にもってゆく。

いきなり犬神憑きが——顔を動かし、アヒトの手首にかぶりついた。

あらごとは茫然とする。

犬神憑きに噛まれた者は、繁の如く重い熱病にかかり、ほとんど落命する。稀《まれ》に命ながらえる者がいるが……その者は、犬神憑きになる。

アヒトの行いは、自殺行為にしか思えず、訳がわからない。

犬神憑きに噛ませておいて、いきなりアヒトは目にも留らぬ速さで刀を抜き——抗議の間もあたえず、犬神憑きの喉を突いた。

ユワレの相貌は陰になり、窺い知れない。

思わず強い声が、あらごとの口から出ている。木陰から飛び出しながら、

「何でだよ！　何でそんなこと——」

アヒトは、傷口を仲間の男にしばってもらいながら、

「しらべておったら……噛み付いてきたのでな。こうしたのだ」

あらごとは、

「違うっ」

後ろから、乱菊の、

「貴方は自分で、その犬神憑きに噛まれたように見えた。……どういうことなの？」

指摘が飛んだ。

アヒトから何か危険な気が漂った気がする。

と——いきなり、あらごとは後ろから何かを突き付けられた。

蕨手刀だ。乱菊も同じく蕨手刀を突き付けられている。野営していた狩人が、さっと起き、突き付けたのだ。アヒトと共にいた二人の見張りもこちらに弓矢を向けている。

（——どういうこと？）

混乱した気持ちが、ぐるぐると頭の中でまわっている。あらごと、乱菊は焚火《たきび》の傍に立つアヒト、ユワレの前に引っ立てられた。

アヒトは、強く言った。

「俺は……犬神になる。そうなれる男だという予言があったのだ」

暗い不安があらごとの胸の内を壅蔽《ようへい》しつつある。

「予言？　誰の？」

乱菊が問うと、

「族長の予言さ。千里眼にくわえ、先を見る力がある。犬神になり……」

いきなり、アヒトは神速通をつかい——あらごとの懐に疾風の如く手をのばし、鬼熊ノ胆と鏡の欠片を……掠《かす》め取った。よけ様もない速さであった。

「何するんだっ！」

怒鳴ったあらごとは、念波で取りもどそうかと、念を込めかける。

だが、それをしたら、今度は神速通の刃や、後ろで首に突き付けられている刃が、動く気がした。生唾を呑んで躊躇《ためら》う。

「鬼熊ノ胆も呑み……。これは、いらん」

鏡の欠片があらごとに返される。

鏡の欠片の効能は……滅多に余人に語ってはいけないと、乱菊から言われていたから、まだ、アヒトにもユワレにも話していなかった。

首に刃を突き付けられた乱菊が、厳しい面差しで、

「犬神になり、鬼熊ノ胆も呑み……何をなそうと？」

「和人の里を滅ぼす」

驚きが、乱菊の面貌を走る。

「そんなことをしたら……秋田城と戦になるわ。それに、犬神の妖力と、通力をつかって……数多《あまた》の人を殺めるなど――掟に反する！　わたしたちの大切な掟に」

「左様な掟など我らは知らん。それは、お前たち南の呪師が勝手にさだめたもの！」

アヒトは叩き付けるように叫んでいる。

乱菊は、悲痛な表情で頭を振り、

「本朝だけではない。唐土の呪師にも、新羅の呪師にも似たような掟はあるわ。わたしたちが通力をつかう以上、三千世界の何処にあっても……何らかの掟があるはずだわ。貴方が掟に反するなら——都や、坂東から、強力な呪師が乗り込んでくるかもしれないのよ。掟を破った貴方を討つために……」

「そ奴らを血祭りに上げるのみ！　秋田城との戦も望む処」

「柵戸《きのへ》の里を滅ぼし、よしんば秋田城を落としても……国府が、あるわ。陸奥には多賀城も！　そこから——大軍がおくり込まれてくる。その大軍を万一、貴方が薙ぎ倒したとしても、都からさらなる大軍がおくり込まれてくる。……どんどんひどい戦になる」

坂上田村麻呂と蝦夷の勇者、阿弖流為《あてるい》が死闘を繰り広げた頃の再現となる気がした。

アヒトがかかえる苦しみ、悲しみ、戦いにかたむく思いが、千方に里を滅ぼされたあとことはわかる気がした。だがアヒトが起こそうとしている戦は……絶望的な戦いになると思われた。

アヒトは、言った。

「それでも俺たちは……戦わねばならぬ！……勝たねばならぬ。乱菊、あらごと、俺は貴女たちと共に戦い……貴女たちに感謝している。一人の人として、貴女たちを嫌いではない。だが、それでも貴女たちは……和人。和人はいくつもの俺たちの里を焼き、数知れぬ仲間を殺めた。和の何処か遠くにつれ去られた者も多い。だから俺たちは和人が来る前の状態にこの地をもどさねばならぬ」

「……もどす？」

乱菊の言にアヒトは、目を爛々《らんらん》と光らせ、険しい形相で、

「お前たちが出羽、陸奥と呼ぶ、この北の大地から、和人を、南から来た連中を消す。朝廷の軍勢が来ても力によって薙ぎ倒し……完膚なきまでに痛めつけ、二度とこの地に近付けぬようにする。そうやって俺たちの土地全てを取り返すのだ！」

あらごとは、アヒトに、

「和人の里を滅ぼすっていうけど……柵戸の多くが、貧しくて、村を出て、浮浪していた処を官兵に掴まって……無理矢理こっちにつれて来られた人たちや、その子や、孫なんでしょう？　乱菊」

乱菊が首肯する。あらごとは、かすれ声で、

「……その人たちも殺すの？」

「――見たであろう！　あいつらはそんな生易しいものではない。秋田の兵の手先のような者なのだ。俺たちの里に嫌がらせをしてきたりするのだ」

アヒトにつづき、ずっと黙っていたユワレが口を開く。

「南から来た人々のせいで……わたしたちの里は壊され、変ってしまった」

ユワレの双眸に光るものがたたえられている。強い感情がにじませた滴である気がした。

「和人が来たせいで、見なくなった獣、魚、鳥だっているんです」

あらごとは、ユワレに、

「だから……殺すの？　女も、子供も、病気の年寄りも。力をつかって……」

「…………」

ユワレの太い眉が、寄せられる。

アヒトもユワレも、固く唇を閉ざし、答えなかった。

あらごとの問いを肯定する沈黙に思えた。

武器をもった兵が、アヒトたちの里を攻めて来たり、そうした兵の後ろ盾を得た男どもが略奪蛮行をしに来たりしたのなら、アヒトやユワレが武器をもって戦うことは致し方ないと、あらごとは思う。朝廷の過酷な搾取、圧迫にたえかねて、その拠点たる秋田城、国府を目指して蜂起する、これも理解できる。

だが、悲しい歴史があったとしても……、諍《いさか》いがあったとしても、武器をもたない人々、戦えない人々を殺めるというのは……、

（……やり過ぎだ）

乱菊が、声をふるわし、

「……どうか、思いとどまって。……終らない憎しみの連鎖がつづいてしまう。大きな戦

になる。その戦いには……坂東の豪族たち、百姓たち、そして……この地の言葉や習わしをよく知っている俘囚たちが、駆り出されるかもしれない……」

平将門、良門、藤原秀郷、そして——音羽、石念、鎌輪の百姓たちの姿が、心に浮かんだ。

将門や良門、秀郷、音羽、石念らと、アヒトやユワレが戦う光景など、決して見たくない。胸が引き裂かれそうになる。

「豪族の幾人かは野心と欲に燃え……意気揚々とこの地に攻め入って来るかもしれないけど……大半の者は、行きたくないという思いをかかえているのに、逆らい様もない権力《ちから》によって無理に駆り出された者たちなのよ。

そして、その命令を下した、都の公卿たち……昔の大戦の指図を出した者たちの末裔《まつえい》は貴方たちの矢や矛が決してとどかぬ、安全な場所にいるのよ。そんな悲しい、酷い戦を起して……何になるの?」

鎌輪では俘囚の血を引く音羽と、アヒトが和人と呼ぶ将門や石念、そして和と蝦夷、双方の血を引く良門が、睦《むつ》み合い、信じ合って暮していた。

あのような睦み合い、信頼は……二つの勢力がせめぎ合うここでは無理なのか?

アヒトは、強く答えた。

「だが、俺たちが奪われしものを取り返すには……こうする他ないのだ」

その目には嵐が吹き荒れていた。

「最初から、こうするつもりだったの？」

あらごとはユワレに問う。

しばし黙していた木神通の少年は——一瞬、深い葛藤をにじませてから、ゆっくりと首肯した。

「……ええ」

予想通りの答であったが……本人の口から聞くと頭を揺さぶられるような衝撃を覚える。

あらごと、わごとの前に、信頼できる導き手と、信頼出来ぬ導き手が現れると、白鳥ノ姥は言った。

当初、あらごと、乱菊も、わごと一行も、邪眼の妖術師・魔陀羅尼こそ信頼出来ぬ導き手と考えた。

必然的にユワレは……信頼できる導き手と思われた。

だが、千方との戦いを考えれば、魔陀羅尼は、誰よりも信頼できる導き手であった。

……ユワレが信頼出来ぬ導き手だったのである。

ユワレは言う。

「我らの長には……貴女たちが千里眼と呼ぶ力と、千歳眼と呼ぶ力……二つがあります。長には——見えたのです。ウエン・カムイを斃すためには、我らの力だけでは不足しており、どうしても、南から、和の方から来た二人の女呪師の力がいる。また、ウオセ・カムイの脅威もこの地に迫っており、その者を倒すにも、南から来た二呪師の力がいる。

その二人は今——北に向かっている。

ウエン・カムイとウオセ・カムイを斃した後、アヒトが、狼の力とウエン・カムイの体の中の石を手に入れれば……我らをみちびく戦いの神となり、秋田城や国府との戦いに勝利する。そういう将来が開けると」

「——確実に左様な将来になる訳ではない。じゃが、道の一つとして、あり得るということじゃ」

嗄れ声が後方でひびき、ユワレたちが一斉にかしこまる。

あらごと、乱菊は、はっと振り返った。

十五人ほどの新手の蝦夷——いずれも見るからに剽悍《ひょうかん》そうな男たちである——に守られ、松明《たいまつ》に照らされて、獣皮をまとった、皺《しわ》深い翁がゆっくり歩いて来た。

ユワレたちが漂わせる畏敬が、この翁の地位を物語っている。

翁の顔を見たあらごとの中で、ある記憶が光る。

乱菊が、瞠目し、

「貴方が……族長だったの？」

盲目をよそおっていた老人は確固たる足取りで歩く。灰色ではなく、黒い瞳が、あらごとたちを見据える。

陸奥国府・多賀城の市で松の茂る丘に行くよう示唆した老占い師こそ、ユワレの里の長であった。

「ユワレの父親は……我らの暮しをよくしようと、秋田城で色々提言したのじゃが……それがきっかけで、不穏な荒夷《あらえびす》とつながりがあるなどと濡れ衣《ぎぬ》を着せられ、斬られたのじゃ」

族長はあらごとたちに歩み寄りながら険しい面差しで語る。

「ユワレの母は……そのことで心を病み、我が里に来て少しして亡くなった」

刃を突き付けられた、あらごと、乱菊の傍まで来た老人は、あらごとたちの言葉で、なめらかに、

「和人のせいで……我らが暮しは変った。古き良き世はうしなわれた！　昔、我らの先祖はこの地で猟を楽しみ、好きなだけ鮭を獲《と》り、豊かな山の恵みを享受し……誰にも邪魔されず幸せに暮らしておった」

それを南から来た者どもが……変えた。和人の兵は我らの土地を奪い、多くの者が斬られた。我らは秋田城だの多賀城などに毛皮や鮭を納めねばならなくなり、常に彼らの顔色を窺わねばならぬようになった……。

ここは――我らの土地！　何で、あたらしくやって来た者どもに好き勝手されねばなら

ぬのじゃ？　何故、搾取されねばならぬ？」

　非常に深い思いを込めてアヒトがうなずいている。

　族長は、言った。

「我らには——奪われしものを取り返す権利があるはず。故に、南から来し和人ども……一人のこらず、この地から駆逐する」

　乱菊は、刃向けされながら、

「貴方たちにはその権利はあるでしょう。許されざることがおこなわれ、貴方たちは……耐え難い苦しみを受けてきた。朝廷や国府は……その償いをするべきだわ。だけど、それでも……今日生れたばかりの赤子を貴方たちが殺してよいという理屈にはならない」

　アヒトが、火を噴くような声で、

「——何故だ？　田村麻呂と阿弖流為が争った頃、蝦夷の赤子は朝廷の軍勢に殺された！何故、俺たちは殺してはならない？」

「ならば、貴方は、わたしが人を殺し、その後で赤子を産んだら、わたしの人殺しの罪は赤子にも降りかかる……わたしの孫にもその罪は降りかかる、わたしの子孫代々、わたしの人殺しの罪が未来永劫《えいごう》降りかかり、ずっと償いをつづけてゆかねばならないと言うの？それは……理不尽なことだわ。過去を悔い、二度と同じ過ち、悲惨な出来事が起きぬようにするのは、とても大切なこと。だけど……貴方たちがなそうとしていることをなせば、今度は和の側にも報復の口実をあたえ……悲惨な争いを終らなくしてしまう……」

「あたしたちを……どうするつもりなの」

氷の刃の如き、族長の鋭い視線が問いかけたあらごとを射る。

「……殺す……つもり？」

族長は答えなかった。そうなのだと、感じた。

あらごとは冷たい恐怖に襲われつつも、必死に、

「お願いだから、助けてほしい。あたしは……藤原千方って奴と戦わなきゃいけない！　そいつは、和とか蝦夷とかじゃなくて……人の世そのものを壊そうとしている。あたしらの敵であると同時にあんたたちの敵でもあるはず」

乱菊が、横から、

「千方がその目論見を成就させれば、この地とて無事ではないはず。赤犬姫や鬼熊のようなものがもっと跳梁跋扈《ちょうりょうばっこ》する世になるはず」

「あたしたちは……その妖術師を倒すために必要な宝、鬼熊ノ胆を探しにここに来た。お願いだから……行かせてほしい！……都の偉い坊さんも、知ってるんだ。その人なら、朝廷が貴方たちをこれ以上、ひどい目に遭わせないように動いてくれるかもしれない」

乱菊もうなずいて、

「そのお人……浄蔵殿というのだけど、そのお方なら、都の権門の出だし、国府や秋田城

が貴方たちから奪ったものを……」

「左様な話、何処まで信じられよう？」

話を打ち切った、老人は、

「和人には何度も騙されてきた。千方とやらの話が真ならば……我らはその千方の乱を、望む。朝廷の軍勢と、千方が共食いし、弱り切った処に攻めかかり、双方、薙ぎ倒す！」

「そんな甘い男ではないっ！」

乱菊は必死に主張するも、

「そんなやせっぽちの子供が千方という者を倒せるならば、犬神と化したアヒトなら確実に仕留められるじゃろう」

当のアヒトの額に脂汗が浮いている。やや苦し気な顔様であるアヒト……発熱が起きつつあるのかもしれない。

「これほどまでに秘密を知って生きてかえすわけにはゆかん」

重い宣告が——族長の口から出ようとした。

族長の後ろに立つ蝦夷たちから硬質な殺意がにじむ。

「——おまち下さい！」

一人の少年が、族長の前に、勢いよく出る。

ユワレであった。

少年は葛藤をにじませて懸命に、言った。

「あらごとと乱菊は……鬼熊や赤犬姫から我らの里を守ってくれました！　二人がいなければ、あの魔物どもを倒せなかった。二人は恩人です！　わたしの命も助けてくれた。勇敢に戦ってくれました。恩人に報い、大切にするのが我らの里の習わしのはず。どうか、死罪だけは免じてやって下さい」

若干苦し気なアヒトも族長に何か強く言い、共に戦った蝦夷たちが幾人もそれに同調してくれる。――あらごと、乱菊を弁護してくれたと思われた。

族長は瞑目し思案している。かなり長い間、考えている。

余の者は静まり返っていた。

あらごとは、固唾を呑む。ただでさえ痩せっぽちの身が削られるような沈黙だった。

やがて、眼を開けて、族長は何事かを呟いた。

ユワレが青褪《あおざ》めた顔で向き直り、あらごとたちに、

「貴女たちには、カムイの裁きを受けてもらうことになりました。……これ以上、かばえませんでした」

「カムイの裁き？　何だよ、それ？」

首に刃を突き付けられたあらごとの問いに苦し気な表情のユワレは答えぬ。

樹をあやつる少年は、手をかざしている。すると――近くのブナ、熊が盛んに爪を削っ

た跡のあるブナが、いきなり直径三寸ほどの太めの枝を急成長させている。

ブナの強靱な枝は蛸足《たこあし》のように動いて……あらごと、乱菊の体を立ったまま、ぐるぐる巻きにしている。異常に素早い蛸に捕らわれた二匹の魚のように、口を大きく開けた、あらごと、乱菊、抵抗し様もない瞬時のことだった。木にしばられる時に、鏡の欠片が地に落ちる。

「ここは……カムイの通り道。もしカムイが許したら、山を降り、逃げて下さい。カムイが許さなかったら……残念ですがそれが運命であったと思って下さい」

ユワレは苦し気に告げると踵を返す。アヒトの額の汗はますます、多く噴き出ていた。心の痛みと、犬神の傷、両方からなのか、アヒトはかなり険しい顔で、

「あらごと、乱菊……別の形であっておれば友になっていたろう。だが俺たちは、今、大切な戦の直前なのだ。――さらばだ」

蝦夷の人々は背を向けると、松明を手に、遠ざかってゆく。

(ここに置いてゆくつもり?)

小さくなりかけた焚火が、木神通によってなわれた奇妙な縄、木の縛《いまし》めに捕らわれたあらごと師弟を赤く照らしていた。

「まてよ!」

あらごとが叫ぶと――ユワレが少し、顧みる。だが、すぐ前を向いて、行ってしまう。

もはや誰も振り向いてくれなかった……。

誰もいなくなると——乱菊が小声で、

「ユワレに……助けられたわね。この木は、何とかならないの？」

「それが……駄目なんだよね。あたしはさっきから何度か念波で、この木にどけって言っているんだけど……」

木は微弱に反応するだけで、強靭な縛めをほどこうとしない。

「たぶん……木神通がかけられた木だから……なかなか如意念波が効かないんだ」

二つの通力が、一つの対象である「木」にかけられた場合、物体をあやつる如意念波を、草木をあやつる木神通が、凌駕《りょうが》するようなのだ……。

「ならば……わたしたちは、ここから出られないということ？」

乱菊の声に絶望が籠っている。

「ねえ、乱菊……」

「何？」

「アヒトたちの話を聞いていて……戦いたいという気持ちが、わかる気がした」

溶岩のような怒りをアヒトは、朝廷や秋田城、和人の集落にいだいていたが……それはあらごとが千方一味に燃やす怒りと、近かった。

「……そうね。彼らには彼らの大義があるわ」

乱菊は、静かに言った。

「だけど、それでも……罪もない赤子、武器をもたぬ人を殺してよいということにはならない。それをみとめたら……世の中は際限もなく、暗いものになってしまう。誰もが不幸になる。

妖魔の力や、呪師の力を……それらの戦いにつかうというのも、一線を越えている。だから、わたしたちは、アヒトやユワレを止めねばならない……。取り返しのつかぬことが起きる前に。わたしたちの大義はそこにある」

アヒトの目に吹き荒れていた嵐、ユワレが渦巻かせていた葛藤を思い出す。

あらごとは、首肯した。

その時——不穏なほど重い気配がのしのしと近付いて来た。

黒く大きな四足で動く影である。

あらごとと乱菊は面を強張らせている。その大きな影は、おさまりつつある焚火に警戒、首をかしげているようだったが、やがてあらごとたち目がけてゆっくり歩み寄ってきた。

焚火の明りに薄《うっす》ら照らされたそれは四つの足をもつ一頭の月輪熊であった。静止した月輪熊は、こっちを窺っている。あらごとと乱菊は、石のように凝固する。

(これが……カムイの——。あっちへ、行け！　行けっ)

あらごとは念じる。自分の中に、わごとと同じ力が眠っていないかと一縷《いちる》の望みをかけて念じた。

だが熊は恐ろしい唸り声を上げて突進してきた――。

あらごと、乱菊は、悲鳴を上げる。

「助けて！　わごとっ！　助けて――」

遥か遠くを旅する動物をあやつる妹に向かって必死に叫んだ。

すると、どうだろう。

地面に落ちた鏡の欠片が青く輝きだし、

「……あらごと？　どうしたの？」

わごとの声が、した。あらごとの叫びが鏡の欠片を通してとどいたらしい。

もう、熊は、すぐそこまで、来ている。

「――熊に喰い殺される！　助けてっ」

わごとは驚いた声で、

「熊の方にわたしを向けて！　出来る？」

あらごとは至近まで来た熊の顔の手前に鏡の欠片を浮上させ、鏡の中の少女と熊を対面させた。青き光が熊に当り、鏡の中から、

「その人たちを襲っては駄目」

熊は茫然となって……走りを止めている。あらごとから僅か一歩であった。

「今の内に逃げて」

わごとは囁く。

「出来ないんだよ。あたしら……木にしばられてんだ」

「わたしに貴女たちが見えるようにしてみて」

あらごとは念波によって鏡の欠片を少し浮かせ、斜め下向きに反転させる。

鏡の欠片から見下ろすわごとと、あらごとたちの目が合う。

わごとは口を開いた。

「その木を引き千切って、二人を助けて」

熊が、動く。——近付いてくる。乱菊が小さく叫ぶも、わごとは、

「……静かに。刺激しないで」

熊があらごとたちをしばる木の縄に鼻を近づけ、くんくん、動かす。

熊が、荒々しい爪牙《そうが》をユワレの術がかかった、頑丈な木に食い込ませ、引っ張る。

わごとにあやつられた猛獣とユワレの力が籠った木が戦う。

「きゃっ、熊の爪が、掻いているっ、わたしを」

乱菊から悲鳴が飛ぶと、わごとは、

「——人を傷つけないように！　その木だけを、千切るのよ」

熊はむずかしいなとでも言いたげに……一度、首をひねるも、あらごとたちを傷つけぬ

よう慎重に爪と牙を、ブナの縛めにあてがい、それを噛んだり、裂いたりしようとする。

あらごとは徐々に、ブナの樹を動かしてあらごとたちをしばり付ける縄たらしめている
もの……つまり木神通の力を、第六感で、感取しつつある。

その力の総量が熊の強靱な牙、爪、腕力で、削り取られていく様を、感じ取っている。

《今だ！――千切れろ！》

あらごとは、木の縄に向かって、如意念波をかけてみた――。

するとそれは遂に――バキバキバキッという激しい音を立てて、へしおれた。

あらごと、乱菊は木の縛めから解放された。

「やった！　助かったよっ、わごと」

あらごとは鏡の欠片を念波で掌に引き寄せ語りかける。

鏡の中から、

「……よかったわ。行ってよいわ。ありがとう」

「ありがとね！」

わごと、あらごとの声がかかると、凶暴な熊は不思議そうに首をかしげ、のろのろと立ち去って行った。

「何があったの？」

わごとが鏡の中から問う。あらごとは簡単に、今日の出来事をつたえている。

と……鏡の欠片に初めて見る不思議な現象が起きている。

青く光る小さな波紋に似た模様が、いくつかみとめられたのだ。

よく見ると、あらごとの傍を飛んでいる小さな羽虫が、鏡面にふれると……青き波紋が立ち、二百大里近く飛び越えて、向う側――つまりわごとの方に行ってしまうでないか。逆もまた、ある。わごとの傍を飛んでいた小さな虫が鏡の欠片にふれると波紋が立ち、その虫はこちらに来るのだ。

そのことに二人は気づく。

あらごとは、大きな目を輝かせ、

「まって……じゃあ、こういうことも」

右手で鏡の欠片をもって左手の指を二本、鏡面に当ててみる。

青い波紋が立つ。

すると――どうだろう。

あらごとの二本の指は鏡の欠片で止ることなく、ましてや自分の掌にふれるなどということもなく――すっと沈むように向う側に行ったのである。

わごとの掌が、あらごとの指をぎゅっとにぎる。

温かい力があらごとの指にくわわる。

「これが、貴女の手なの？　あらごと――」

わごとの声は上ずっていた……。

「うんっ！」

あらごとの浅黒い頰を、熱い滴が流れた。

今度は、逆にわごとの指が、紀伊国から出羽国にやって来て、あらごとはそれを固くにぎった。

引き裂かれた二人は……六年ぶりに、互いの手をにぎり合った。

二人は声を上げて泣いた。乱菊も隣で、もらい泣きしていた。

わごとの傍で良源の声が、興奮した様子で、

「おい、ならば蓬萊の玉の枝を、あらごとにわたせるんじゃないのか！」

「やってみます！」

わごとが懐をもぞもぞさせ、

「――行くわよ」

蓬萊の玉の枝を霊妙なる鏡の欠片を通してこっちにおくろうとする。青い波紋が立ち――宝の枝もまた、こっちに出てきた。あらごとはアヒトたちに鬼熊ノ胆を奪われたが、わごとから蓬萊の玉の枝を受け取っている。

青い光をたたえていた鏡の欠片が暗くなろうとする。

「駿河で。富士山で、まっているから！」

わごとは、叫んだ。

「わかった」

直後、鏡の欠片はすっと暗くなり、二人の交信は途絶えた。

あらごとに託された蓬莱の玉の枝。珠状《たま》の果実が一つだけついている。つまり、余人の通力を一つだけ吸収できる。あらごとは早速、乱菊に銀色の根をにぎってもらい、乱菊の物寄せか幻術を吸わんとするも、乱菊がその相手ではないのか、今がその時でないのか、知れぬが、蓬莱の玉の枝は輝こうとしなかった……。

乱菊の力をあらごとが吸収することについては断念せざるを得なかった。

蓬莱の玉の枝は、あらごとの懐中に、固くしまわれた。

「追いましょう。呪師として、止めねばならない」

乱菊が言った。あらごとは乱菊に手を差し出し、

「――あたしの手をにぎって」

星空を飛ぶ二人を――雄大なる山々が、眺めている。

深いブナの森を見下ろす夜空を、天翔をつかったあらごとは、乱菊の手をにぎって、飛翔していた。

あらごとは、乱菊に、

「追い付いたら……あたし、もう一度、戦を起すのを思いとどまってくれって、アヒトたちに言う」

「……射殺されるかもしれないわよ。彼らの矢に」

乱菊は蝦夷の狩人たちの弓矢を恐れていた。東国の武人より射芸に長けているのだ。

「大丈夫だよ」

あらごとは己の念波が盾になると信じていた。

「アヒトやユワレをいきなり、空から襲うなんて真似は……あたしには出来ない。アヒトたちはここ何日か、あたしらの大切な……友達だった。仲間だった」

彼らはたしかにあらごとたちをたばかった。しかし、先ほど、族長の宣告から、かばおうとした、アヒト、ユワレの気持ちは本物だったと信じたい。

「……それが貴女の戦い方ね。……わかった。貴女が危ない目に遭ったらわたしが、守る」

二人はしばし無言で、黒き空を飛んだ。

乱菊が荘厳なる星々をあおいでから、

「正直な処、わたしは……相手が犬神の場合、少しも容赦はしない。容赦できる、生易しい相手ではない。たとえ、わたしの友が犬神になったとしてもわたしは容赦しないでしょう。だけどわたしは、犬神憎しで大切なものをわすれていたのかもしれぬ。それを今夜、貴女におしえられた。あらごと……貴女のそういう処、わたしは好きよ」

すると——数多の者たちの怒号、悲鳴が、前方から、聞こえた。

「何事?」

乱菊が、言った。

あらごとは飛行の速度を速めている——。

沢山の荒々しい声、痛々しい声の上方に来た、あらごとは、瞠目する。

巨大な異形が二頭、先ほどの蝦夷たちを襲っていた。

ブナ林の中に開けた羊歯原だ。

(鬼熊っ!)

一頭は、さっきの鬼熊と同じくらいの大きさ。

しかし……もう一頭が馬鹿でかい。

さっきの鬼熊の四倍くらいの巨大鬼熊だ。

あらごとの懐中から、鏡の欠片の七色光が激しくもれる。反応しているのだ。ということは……、

「そうか……あれが、大嶽っ」

茫然と呟く乱菊だった。

「わたしたちが大嶽と思い、幾日か前に戦い、今日斃したもの、あれは、大嶽の子だった

のかもしれない。その報復に今、大嶽はもう一頭の子と……」

あまりの怒りで呪師の脅威をものともせずアヒトたちを襲っている。

あらごとは、鬼熊を退治した時のキーンという叫びを思い出す。あれは助けをもとめる音だったのかもしれない。

あらごとは、茫然と見下ろしながら、

「何で……大嶽はアヒトたちの場所が？」

ここは、鬼熊を退治した所からかなりはなれていた。

「鬼熊ノ胆よ。きっと」

鬼熊ノ胆をもっているアヒトが謂《い》わば磁石の如く、禍々しい巨魔を引き付けているというのが、乱菊の見立てであった。

大嶽とその子供は、血の暴風を起して、大暴れしていた。

蝦夷の狩人、そして赤犬姫の許から解放された女子などが、もう……十数人、犠牲になっていた。

蕨手刀をもったアヒトが神速通をつかい——大嶽に戦いをいどむ。

常人よりは速い。が、アヒトが神速通をつかった時の本来の速さに、遥かにおよばぬ。

恐らく高熱がアヒトを苦しめている。犬神憑きに咬《か》まれたことによる高熱が。

そして、アヒトはまだ、その熱から立ち直った訳ではないから、犬神の力を手に入れている訳でもない。大嶽と思しき鬼熊に襲いかからんとしたアヒトが——爪が付いた巨大な足に薙ぎ払われ、はね飛ばされる。

「アヒト！」

ユワレが叫んだ。

ブナの樹に叩き付けられたアヒトは身動き出来なくなる。

そのアヒトに、大嶽は——猛進している。ユワレが手をかざし、幾本ものブナが手をのばすように、太枝をのばし——葉を散らしながら、大嶽を捕えんとした。

降りそそぐ若葉の雨を浴びながら大嶽は咆哮。八本の足を、次々捕捉せんとした枝が、暴力的な風に、次々、吹きさらされ——喰い千切られる。

黒き風だ。黒毛におおわれた大嶽の八本足が疾く、そして、巧みに動き、ユワレがあやつる木を粉砕してゆく。

砕かれた木は、動かなくなる。木神通は……根とつながった草木にしか作用しないのだ。

大嶽は——動けなくなったアヒトに突進した。

（危ないっ）

あらごとは念波を飛ばす。

大嶽に千切られてユワレの制御下をはなれた、幾本もの丸太というべきブナの大枝をあらごとは渾身の念で浮き上がらせ、空中で瞬時に、巨大な薪の束に似た状態にして、大嶽の広い背に、思い切り、ぶつけた――。

分厚い咆哮が、大嶽から奔出し――大地、そして夜気が鳴動。大気をつたって中空にいるあらごと、乱菊にも揺れがつたわった。

「あらごとっ！」

ユワレが驚きをもって叫んでいる。

何人もの蝦夷が、こちらを見上げた。

大嶽が大首をまわし誰が自分を手痛い目に遭わせたかさがす中、あらごとと手をつないだ乱菊は、女たち――赤犬姫の許から解放された――に襲いかかろうとする、子供の鬼熊の前に――火の雨を降りそそがせた。

むろん、幻の火の雨だ。

女たちにさらなる恐慌が走るもユワレが何か叫び落ち着かせる。

恐らく、幻とおしえたのだ。

だが、鬼熊の子供には幻とわからない。大嶽の四分の一ほどの大きさである、小鬼熊――といっても十分大きいが――は、たじろぐ。

「今の内に、みんなを森の中に逃がして！」

乱菊が叫ぶ。ユワレは、女性たちを優先して森に誘導した。

――――！

乱菊の掌が——森の一角に転がる一際大きなブナの倒木に向く。

……強い念をかけている。

「樹で壁をつくるのよ！　ユワレ」

「わかった！」

乱菊の呼びかけに森の底から答がある。

どうも、この火はおかしいと子鬼熊も思ったのか。黒き獣虫は、乱菊の幻火を踏みこえ、八本足を素早く動かし——ユワレらが逃げた方へ這う。

禍々しい、猛速度だ。

ユワレが動かす樹たちが逆茂木《さかもぎ》の如き壁をつくりつつあるが、それが仕上がる前に突っ込もうとした。

乱菊が手を大きく動かす。

すると、どうだろう。彼女が念をかけていた大倒木が林床から消えた。

で、いきなり、子鬼熊の上空、数丈の所に現れ——急転直下、落下した。

子鬼熊から凄まじい悲鳴が轟く。

その子鬼熊に——勇敢にも、族長、および蝦夷の狩人二人がオプを突き立てんと迫るも、足の鉤爪で、突かれ、倒れてしまう。

族長が倒れるのを見た人々から、悲鳴が上がる。

大嶽が子鬼熊の方に巨体を向ける。

鬼熊は蜘蛛的な体の構造上、首を大きくまげて上を見ることは出来ぬようだ。つまり、大嶽は上空から通力で攻撃している二人に、まだ、気付いていない……。

子鬼熊はさっきより鈍い速度でユワレに這い寄っている。

ユワレが即製したブナの逆茂木に子鬼熊がぶつかった――。

怪物の強靱な腕は木の壁を壊さんとする。

瞬間――四本の殺意が左右から、二本ずつ、子鬼熊を攻撃した。ユワレが幹からあらたに分岐させ急成長させた尖端《せんたん》の鋭い枝が四つ、鬼熊の横腹を突く。

神経が掻き毟《むし》られそうな……物凄い叫びが、ふさふさと毛深い獣虫から、ひびき、大量の黒煙が噴出する――。

キーンキーン！　と耳障りな音が、した。その音を聞いた大嶽は憤怒を沸騰させる。咆哮を上げ、音がする方に向かう。

乱菊がアヒトを指し、

「降りましょう」

あらごとは――大嶽が子鬼熊の方に向かった隙にアヒトの方に急降下した。

着地する。

神速通と神雷、二重の術者はブナの樹にもたれかかり口から血を流している。あらごと

をみとめると、弱く笑み、

「……恩人には報いねばならぬ……それが、我らの里の大切な掟なのに俺は何処かで道を誤っていたようだ。すまなかった」

あらごとは頭《かぶり》を振る。

「あらごとと、乱菊。お前たちは俺の大切な友であり、恩人だ」

「あたしらにとっても」

あらごとが言い、乱菊がうなずいた。アヒトは、苦し気に、

「憎しみのあまり俺は……大切なことを見うしなっていたのかもしれぬな。蝦夷にもよき者と悪《あ》しき者がおるように、和人にもよき者と悪しき者がおる。双方に……知恵者と愚か者がおる。……その大事なことを俺はわすれていたのやもしれぬ」

アヒトはあらごとの目をじっと見て、

「恐ろしい目に遭わせてすまなかった」

――巨音が、ひびく。

子鬼熊は掻き消え……大嶽がユワレが張りめぐらした木の壁に突っ込んでいる。

鬼熊ノ胆を取り出し、深く傷ついた男は、

「犬神の力を手に入れてから飲もうと思っておった。……受け取ってくれ」

あらごとは、四つの宝の一つをしかと受け取る。懐からもれる七色光が一瞬、強まった。

大鬼熊は、樹の壁を激しく揺する。その壁の向うにいる人々を見て、アヒトは、

「虫のいい願いかもしれぬがあの者たちを助けてくれ」

「約束する」

あらごとは、答えた。かすれ声で、

「そして、もう一つ、約束する。都の偉いお坊様、浄蔵様に……この土地のみんなのことをたのんでみる」

アヒトは寂し気に微笑んで、

「あまり期待はせぬが……ありがたい」

苦し気な面差しを見せる。

その時だった。あらごとの懐から七色光とは違う眩い光がこぼれたのは……。

アヒトが不思議そうに、目を細め、

「……その光は？」

眩い輝きが、あらごとの袋から取り出され、傷付いたアヒトの顔を照らす。

「蓬萊の玉の枝。この霊妙の光を放つ時、ある呪師から他の呪師へ、通力を一つだけ、うつせる」

乱菊が、言い、アヒトは深くうなずいた。

「なるほど。俺の力をあらごとにうつせということなのであろう。喜んでそうしよう。俺

は恩を返せるし、お前への償いにもなろう？　それに……俺の一部である力が、お前の中で生きつづけることになる」

「――いいの？」

「どちらの力がほしい？」

――凄まじい破壊音で、鼓膜がふるえる。

大嶽だ。

子鬼熊は、もはや、掻き消えていたが……その親たる大鬼熊・大嶽は、端睨《たんげい》すべからざる力により、木の壁を、ほぼ壊し、ユワレがあやつる樹の攻撃も、腕で――薙ぎ倒す。

「さあ、早く！　俺の力を得てウエン・カムイを倒してくれっ！」

「――の力を」

あらごとは、ある力の名を、アヒトに告げた。アヒトが、玉の枝の根を、あらごとが実をにぎる。アヒトからあらごとにその力がそそぎ込まれた。

あらごとは三重の術者となった。

力の継承が終ると、アヒトは息を引き取っている。あらごとは固く手を合わせると、ユワレたちを剿絶《そうぜつ》せんとする大嶽の方に、天翔で飛ぶ。

今までの飛行の何倍もの速さに乱菊は目を瞠《みは》る。

――電光石火の速さだ。

あらごとは、天翔に、神速通をくみ合わせていた。

あらごとがアヒトから受け継いだ力、それは、常人の何倍もの速さで動く通力・神速通であった――。

あっという間に大嶽の真上に来たあらごと、さきほど乱菊が子鬼熊に落とした、大きなる倒木を如意念波で浮かす。

落とす。

耳をつんざくほどの咆哮が上がった。が、深く不意を突かれた巨魔は、思わぬ痛撃が降って来た方――上への反撃にうつれぬ。剛毛におおわれた巨木並みに大きな足がバタバタと苦し気に蠢き、ユワレがつくった木の壁にかかる力が弱まる。

(やっぱり上からの攻撃に弱い)

あらごとの双眸が、光る。

神速で、大嶽前方、壊されつつあった木の壁に動き、降り立ったあらごと。大嶽の長い触手がもぞもぞ蠢く。

あらごとを感知したようだ。

牙が、剝かれた。

人など一嚙みで肉餅にしてしまうような、太く、鋭く、丈夫気な、牙であった。

巨魔の口が大きく開く。一気に向かってこようとした――。

（まっていた。――これを！）

神速で動かした手から――如意念波が発動、大嶽によって、ぶちおられ、散乱していた、木の残骸のいくつかが目にも留らぬ速さで浮く。神速通により手や目、通力を放つ処の動きも異様に速くできるため、如意念波の発動も――迅速化している。

如意念波という通力を剣にたとえれば剣を振る速さに左程違いはない。だが剣を抜く速さについては――格段に早まっている。

鋭い尖端を大嶽に向け、いくつもの木の残骸が、大嶽の口へ飛んだ。

口腔《こうこう》の裏のやわらかい処を突き破る。

キーン、キーンと異音がする。

夥しい黒煙が、噴き上がった。

煙が薄くなった時……大嶽は消えうせていた。

蝦夷の人々が歓喜の叫びを上げた。

大嶽がいた所に歩み寄ると、鏡の欠片の七色光が強まる。あらごとは湯気を立てた桃の実ほどの黄色っぽい石のようなもの――鬼熊ノ胆を発見した。

回収する。

ユワレが、あらごとに、

「あらごと……ありがとう。我らは貴女を騙したのに……。ありがとう！」

が、さっき族長と共にやってきた幾人かの男が、鋭い目付きのまま蕨手刀をにぎり、あらごとに近付こうとし、あらごとは天翔か神速通による退避を視野に入れる。ユワレ、そして共に赤犬姫と戦った蝦夷たちが、あらごとと彼らの間に入り、何かを激しく言った。

するとと男たちも納得したようであった。

ユワレが言った。

「貴女はすでにカムイの審判を受けたとつたえ、彼らも得心しました」

数多の遺体が転がった羊歯原の方にゆく。

乱菊が、歩み寄って来る。乱菊はあらごとの目を見て深くうなずき、肩を叩いてくれた。

族長の屍《しかばね》の所まで行ったユワレは何か呪文を唱えた。死後の冥福を祈る言葉に思える。

すると、幾人もの男たち——ユワレと同じ里の男たちがユワレの方を向き、ひざまずいている。

少年は当惑したように、

「わたしに、あらたな族長になれと。族長もアヒトも、亡き後、お前しか適任の者がおらぬと……」

あらごとは白い歯を見せて笑み、かすれ声で、

「いいじゃないか、やれば」

「そうよ。なろうとしてなれるもんじゃない。望まれし者がなるべきよ」

乱菊も、太鼓判を押した。

かくしてユワレがあらたな族長となりユワレの里の蝦夷たちは固い忠誠を誓った。

族長とアヒトは懇ろに弔い、一か所にあつめた他の者たちの亡骸《なきがら》は明日にでもまたここに来て、弔うということになった。

羊歯原を去り際、乱菊は幼さを多分に香らせるも、思慮深き眼差しも見せる新族長に、

「願いが、あるのだけど」

「…………」

「さっき、族長やアヒトが言っていた計画、あれは、どうか思いとどまってほしい。わたしとあらごとは、必ずや都の方に……この地の人々への圧迫がやわらぐようにはたらきかけてみせる。微力かもしれないけど、そうする。この地のことをわたしは東国の知己にも話す。味方になってくれる人も、出てくると思う。だから、思いとどまってほしい」

ユワレは——太い眉を八の字に寄せて、しばし考え込んでいた。その彫りの深い面差しは、葛藤があることを物語っていた。

「——わかりました。わたしが望んでいるのは殺し合いではない。この地の、安穏なんです。だから……計画は思いとどまります。そして、どうにか、安穏につなげたい」

あらたなる族長・ユワレは決断した。

だが、これより四年後——天慶《てんぎょう》二年(九三九)、出羽国では俘囚による秋田城へのかなり大がかりな反乱が起きてしまう。

反乱軍は官の倉庫を襲い、稲などを盗むなどしたというから、蝦夷の人々の飢餓などが背景にあったと思われる……。

ユワレの里とは別の里の者たちが蜂起したのであろうか。

さて、ユワレの里に下りたあらごとは、わごと、浄蔵の了解を得、小さな方の鬼熊ノ胆を槌《つち》で砕き、粉にして、白湯《さゆ》で溶いて、飲んだ。

それを飲んだあらごとの三通力——如意念波、天翔、神速通、いずれも、強化された。

故にあらごとは今——乱菊、ユワレ、二人と手をつなぎ、青き空を飛んでいる。

自分の他に一人しか空にもち上げられなかったあらごとの天翔であるが、鬼熊ノ胆により、二人の者と空を飛べるようになり……渇えまでの時も長くなったのだ。速度もました。

何故ユワレも共に飛んでいるかというと、あらごとは四つ目の宝・火鼠の皮衣を得る冒険への助力を、ことわられるかもしれぬと思いつつ、ユワレにたのんでいる。

ユワレの答は——是非同道したいというものだった。

赤犬姫、鬼熊退治に粉骨砕身の努力をしてくれた、あらごと、乱菊に、恩返ししたいというのが、彼の願いであったのだ。

かくして今、あらごとの強化された天翔は師匠のみならず、ユワレを天にはこび、恐るべき速度で北の大地を南下している。

乱菊は……飛行中の渇えを憂慮。

空の旅に大いに反対したが、あらごとはこの処、天翔になれてきたという自分なりの手ごたえがあり、間違っても墜落せぬだろうと心配する師匠を説得した。

木をあやつる少年は空の旅路に大乗り気である。

雲の通い路を高速で旅するあらごと、あらごとの右手を摑む乱菊は蠟《ろう》の如く白くなり、ぶるぶるふるえ、きつく瞑目《めいもく》して、さっきからお経らしきものを唱えつづけていた。

あらごとの左手を摑むユワレはさっきから愉快そうに笑っている。

顔面に強くぶつかってくる前からの青い風があらごとやユワレは心地よいが、乱菊はいとわしいようだ。黒く長い髪を荒々しい海藻のように乱したさすらいの女呪師は息も絶え絶えという有様である……。

雲の切れ端がたゆたう、遥か下――金色の敷物を広げたように輝いているのは取り入れをむかえた麦畑だろうか。その横、空をうつした方形はまだ幼い早苗が並ぶ水田だろうか。

麦畑に田、緑の原野に、深緑の森、それらの光景が巨大な川に乗って流れゆくように、あらごとたちの下でさーっと後ろに動いてゆく……。

「……あ、渇えが近いな」

あらごとの一言に乱菊が強く反応する。恐るべき高度で、かっと目を開き、

「何ですって？　貴女、ここで、墜落するつもりなの！　わたしたちを道連れにっ」

「そんなに慌てないでよ、乱菊。……渇えるっつったってそんなにすぐ渇える訳じゃない。下に降りるくらいの余裕はあるんだよ」

かすかな安堵《あんど》を漂わせる乱菊だがまだぷんぷん怒り、

「だから、いくら速いと言っても止めろって言ったの。天狗《てんぐ》だー天人だーって騒ぎになるから、目立つ所は止めなさい」

いくつもの竪穴住居、高床倉庫が、さーっと、眼下を、流れてゆく。

ユワレの里を飛び立ち、二日目の昼だった。

「水田や、川縁も論外！　あの女が潜んでいるかもしれない」

あらごとは、ややうんざりした顔で師匠に、

「心配しすぎだって。あたしら、こんなに速く空飛んでんだからさ、いくら青鬼女だって何処に着地するか正しく読んで、そこで待ち伏せしてるなんて、どう考えても、ないでしょ？」

「いやいや……そこが貴女、油断というものよ！」

急降下がはじまったため再び乱菊の目が恐々《こわごわ》と閉じられる。

「相手は、千方配下。……如何なる油断、慢心も、禁物よ」

「はいはい」

「お二人は本当に仲がよいんですね」

「何言ってんの？　仲、悪いよ」

あらごとがユワレに言うと、乱菊は、剣を突き込むような勢いで、

「粟散辺土《ぞくさんへんど》一仲の悪い師弟よ。きっと！」

「あの草地でいい？」

あらごとは眼下を見下ろして尋ねた。

か細い青苗が並んだ合間に、青き空と白き雲が大きく映り込んでいる。四角い鏡となった水田だった。

未熟の稲と対照的に、熟れに熟れ、金色に色付いた麦畑もみとめられる。

左様な田畑の中にこんもりと暗緑の森が茂っている。

お宮の森らしい。

その森につながる畦道《あぜみち》同然の参道の反対側、つまり裏手に、緑の草が深く茂っていた。

あらごとたちはそこに降りてゆく。

苗がそよぐ田や畦に白鷺《しらさぎ》が幾羽も彫像のように佇んでいたが――あらごとたちが降りてゆくと一羽が飛び立ったのを皮切りに十数羽が一斉に、羽を広げ、ほとんど羽ばたかずす

べるように飛んで行った。

お宮の森から草地に向かって下る一跨《ひとまた》ぎできるほどの小さな斜面がある。その低い草の生えた斜面に、狸《たぬき》の母子が出て、遊んでいたが、空からゆっくり落ちてくる三人に恐れをなし、木立に駆け込む――。

あらごとの足が背の高い草の頭にふれた。

着地……いや、ヌプリ、と音がして……意外なやわらかさが、足をつつんでいる。

「な――これ、ぬかるみじゃないっ？　草地じゃないわ、ここ。葦原《あしはら》じゃない！」

乱菊が騒ぐ。

「裾が汚れたわ」

泥で汚れた足を数歩四方の小さな湿地から引き上げ、さっき狸がいた斜面に上がる乱菊だった。あらごと、ユワレも、かっかする乱菊に、くすくす笑いながら、斜面に上がる。

北西を眺めたあらごとは、

「ねえ、あの山は？」

青き山並に顔をまわし、乱菊は、言った。

「見覚えが、あるわ……。那須《なす》の山ね」

「ってことは？」

「凄いわね。僅か二日で、下野まで来たということよ」

どうだというふうに胸を張るあらごとだった。

「もう、こりごり。雲路を行くのは」

乱菊の手が、素早く、横に、振られる。

ユワレは微笑して、

「わたしは富士でしたか？　その山まで、空から行ってもいいですけどね」

「いや。富士の方でも戦いがまっているかもしれないし、この子だって火花をためておいた方がいい訳よ。よけいな所で発散しない方がいい。もう……堅実に陸路《くがじ》を行きましょう」

那須の山を眺めていたあらごとから、呟きがこぼれた。

「下野って……秀郷の国だよね？」

「まあ……そうね。ただ、彼の館とはだいぶはなれているけど」

乱菊は、答えた。

「同じ国であるのは確かでしょ？」

「ええ」

「じゃあ、秀郷の所に行ってみようよ。いざこざがどうなったか知りたいし……味方になってくれるかもしれないよ」

あらごととしては……下総鎌輪に行きたいという思いも、ある。

そこには、蕨、音羽、石念、良門、将門夫妻が、いる。だが今、鎌輪に行けば、千方への戦いに向けて研ぎ澄まされている己の心が、弱まってしまうかもしれない……。

斯様《かよう》な逡巡があった。

さらに鎌輪は水守《みもり》の良正《よしまさ》との間でいつ戦闘が起きてもおかしくないという緊張につつまれている。自分たちの訪《おとな》いが、やはり戦いに向けて太刀を研いでいるであろう良門や音羽たちの邪魔になってしまうかもしれぬという思いも、あった。


二日後。

坂東を南北に流れる長き川、太日川《ふとひがわ》を——南に下る舟がある。

この舟には「何があろうと沈まず巧みに潜り抜けよ」という念がかけられ、「この舟を水中から襲う者あらば、追いかけつづけよ」、こんな物騒な念が込められた銛《もり》が数本つまれていた。

練達の船頭があやつるその長めの丸木舟には、藤原秀郷、あらごと、乱菊、ユワレ、秀郷の郎党三名の姿が、あった。舟、銛に念をかけたのは秀郷である。

秀郷と国府のいざこざは何とか円満におさまっていた。

そして、秀郷の方でも、北に旅立ったあらごと、乱菊のことが気にかかっていた。

そこにあらごとたちの訪れがあったものだから秀郷は膝を打って喜んでいる。

富士に行くとつたえると——、

『喜んで警固せん！　太日川で行こうぞ』

『危ないわよ、水路は。水鬼が出たら……』

乱菊の懸念は秀郷の笑いに一蹴された。高笑いして頭を振り、乱菊のかつての恋人は、

『案ずるな。相変らず、心配性よな。もし水鬼が川に出るなら、あの女は必勝の予感に油断する。そこを——物魂で返り討ちにしてくれよう！』

小柄な荒武者はきびきび動き、すぐ旅の支度にとりかかった。

かくして——如意念波と天翔、神速通、三重の術者となった、あらごとを、物寄せと幻術、二重の術者たる乱菊、木神通のユワレ、物魂の藤原秀郷、これら三呪師と、三人の兵、船頭一人が守り、広漠たる坂東の平野を南下しているのだった。

懸念された水の魔女の奇襲はない……。

太日川は終始、穏やかな顔を見せつづけてくれた。

船頭は太日川を河口まで下り、内海《うちつうみ》に出た所でかえってゆく。後は、乱菊、ユワレにくわえ、秀郷とその郎党三人があらごとを守り、陸路、駿河に向かう。

あらごと、わごと

黒々とした針葉樹の林が、広やかな野の向うに、横たわっている。朝霧を孕《はら》んだ林の向うに万年雪の冠をかぶった青き霊峰が、厳《いず》を漂わせてそびえていた。富士であった。

太郎丸を肩に乗せ、雷太を傍らにしたがえた、わごと。良源、日蔵、潤羽、千穂、忌部海人主《いんべのあまぬし》と忌部の水雷の術者、二人が、傍らを固める。息子、致足を火鬼に討たれ、復讐の炎……否、復讐の激流を胸底で渦巻かせている海人主、神野々の後、新宮に急派された、日蔵の伝言により、伊勢にて、わごとらと合流。この際、海人主は、水雷の力をもつ男二人をつれてきた。

わごと一行を舟に乗せ、海人主は、

田子《たご》の浦ゆ　うち出でて見れば　真白にそ　富士の高嶺《たかね》に　雪は降りける

山部赤人《やまべのあかひと》の和歌《うた》で知られる田子の浦までつれてきてくれた。

神野々で痛撃をくらった千方一味の反撃も考えられるとして、良源は厳戒するも、伊勢から駿河への船路、田子の浦から、ここ、富士の西の高原にいたる道程において、まだ一度も敵の干渉はない……。ただ、相手は千方。何を何処で、どう仕掛けてくるか、まるで、読めない。

さて、田子の浦において、わごと一行に、東海道を西、平安京から来た四人の者が合流したのは昨日のことである。

その顔触れは、六重の術者・浄蔵、わごと旧知の呪師で如意念波をつかう竹《たけ》の翁《おきな》、そして、わごと初見の手力男の呪師、地獄耳の呪師、つまり、乳牛院の新顔呪師二名である。

紀伊山地をこえる旅はさすがにむずかしいと思われた竹の翁だが、今回は平坦な道が多いゆえ、同道したのだ。

かくして十二人となったわごとたちは東から来るその人々をまっていた。

「たしかに……こちらに向かっていますね」

浄蔵は穏やかに言った。

——千里眼でこちらに向かう彼女たちが見えたのであろう。

浄蔵は昨日、わごとと合流するや、ごとびき、千歳眼にくわえ、紙兵の力まで手にし、大いにたのもしくなった、わごと、そして、蓬萊の玉の枝、生大刀と、二つの霊宝を危難を潜り抜けて得た、わごと一行を、大いにたたえている。

『紀州でそなたらがあつめた仲間も実にたのもしい。心より礼を申したい』

昨日、浄蔵が頭を下げると、わごとは頭を振って、

『いいえ。わたしの働きなど微々たるものです……。良源さんや、日蔵さん、潤羽、千穂さん、死んでしまった沢山の……仲間……。みんなのおかげなんです』

と、
謙遜している訳ではなく、それが、わごとの本音であった。

「来《く》」

橘潤羽の水晶のように澄んだ三白眼は……南に広がる原野の遥か先を見据えていた。

まだ、誰にも、彼女たちの姿は見えていない。

だが、潤羽の巨細眼はたしかに捉えている。

——まち切れぬという思いが、さっと、わごとの背を押す。

わごとは原っぱの上を駆け出していた。

「お、おい！　わごとっ」

良源が叫び、皆がつづく。

少し走ると霧が這う草原の向うに蟻《あり》のような人影が七つ、みとめられた。

わごとの足は速まる。

すると……その七つの人影から一際小さな影が、突出した。

只ならぬ速さでその影は見る見る近付く。

——！

——人間離れした走力だ。

あっという間に、その少女は、わごとの前に立ち、荒々しい息をついている。

みじかい髪、大きな二重の目、浅黒い肌、苧《お》の粗衣を着た子で、わごとより痩せている。

だが顔の造りは瓜二つというくらいわごとに似ていた。

わごとの胸から、熱く脈打つ塊が、喉を焼きながらこみ上げて、涙と、叫びになった。

「あらごと！」

「わごと！」

相手も歯を食いしばって泣きながら叫び——二人の少女は固く抱きしめ合った。


六年ぶりの再会であった。

わごとからはなれた時、ようやく乱菊、そして、秀郷主従が追い付いてくる。

走って来た乱菊は息をぜいぜいさせ、黒く長い垂髪を掻き上げ、

「いきなり……走り出すんだから。もう！」

「久しいね。乱菊」

穏やかに声をかける浄蔵だった。

乱菊の面から、かすかな照れ臭さが、一瞬、こぼれる。

旅の途中――あらごとは乱菊と浄蔵に昔何があったか何となく気になり、訊いている。

すると、その夜、乱菊はたまたま酔うていたこともあり、

『あのお方に……口説かれたことがあったのよ』

ただ、一線は越えなかったようである。

良源が、浄蔵の左様な処に厳しいという話は、鏡の欠片をつかっての雑談の折、わごとの口からあらごとの耳に入っていた。その話を良源にしてみたらどういう反応が引き起こされるだろうと、一瞬、ちらりと思う、あらごとだった。

あらごと一行、わごと一行は、互いに自己紹介し合う。

乱菊、良源、浄蔵……あらごと、わごとをささえつづけてきた一癖も二癖もある男たち女たちが、遂に一堂に会したのだった。

再会を喜び合うと、あらごとがもってきた鬼熊ノ胆を手力男の呪師が拳で砕いて粉末にし、あらごと、わごとは頓服している。

この時、わごとが多めに呑んだのはあらごとは既に小鬼熊ノ胆を服していたからである。

また、あらごとと乱菊は浄蔵に、蝦夷の村々の苦境を訴え、ユワレたちの境涯に深く心

を痛めた浄蔵は、都にもどってから朝廷にはたらきかける旨、約束してくれた。

「ここが人穴《ひとあな》の入り口です。古来……富士の内部に通じる道の、入り口と言われ、もっとも奥まで行ってもどってきた者は、おらぬ。一説によれば江ノ島《えのしま》の洞窟までつながっておるとか」

浄蔵は、言った。

森閑たる杉林の中が一段低くなっており、そこに、燃え滾《たぎ》る怨念《おんねん》が固まったような、大きな溶岩の重なりがあり、黒い口がぽっかり開いている。

「火鼠は火の傍におるというから……火山内部には夥しい火鼠が生き生きと動きまわっておるのだろう……。だが、むろん、我らは火焔《かえん》地獄の如きそこには到底行くことが出来ぬ。ただ、そこに近付けば……道すがら、生きた火鼠、あるいは死せる火鼠などが、見つかるのでないか、これがわたしの考えです」

あらごと、わごとの一団は人穴の手前で浄蔵の話を聞いていた。

緊張した男たち、女たちの周りには、落ち葉に埋もれて磊石《らいせき》が転がっていた。

後年のことであるが、吾妻《あづま》鏡《かがみ》によれば――源頼家《よりいえ》は富士の巻狩をおこなった時、仁田《にった》忠常《ただつね》なる武士に命じ、人穴を探索させた。忠常は五人の郎党と中に入った。

蝙蝠《こうもり》が飛び交い、蛇が蠢動《しゅんどう》する人穴を歩いてゆくと、千人の鬨《とき》の声や、人が泣く声が、闇の中から聞こえるなど、怪しい現象が次々起きている。かなりの時間歩いた処……地下の大河に行き当たり、向う岸に怪光が見え、人影らしきものも見た。

すると、郎党四人が即死。

忠常は命からがら逃げかえったという……。

浄蔵はあらごと、わごと、この双子を守る呪師たち、そして、只人——日蔵と秀郷配下の三人の兵——を見まわす。

「わたしが千方でこの光景を何処ぞで見ているとすれば……我らが人穴に入ってから穴の入り口を遮断。ここから出られなくしてしまう」

しめし合わせた訳でもないのに、あらごと、わごとの額に、同じような険が立つ。二人の相貌のあまりの近さが浄蔵をくすりと笑わせた。が、すぐに生真面目な顔にもどり、

「あるいは、すでに先回りしているとすれば、このずっと奥にあるという地下の川に……」

人穴の奥深くに大きな地下河川が流れているという言い伝えを浄蔵は土地の古老から聞いていた。

「手強い魔性などを伏せる。逃げ道をふさぎつつ、あらごと、わごとを討とうとするだろ

う。そこでわたしは考えた。——二手にわけるのだ」

逞しい腕をくんで話を聞いていた良源が、

「穴の中を捜索する者と、ここを死守し、敵の悪計を粉砕する者、という訳ですな？」

「左様」

「あたしは中に行くよ」

あらごとは、言った。

「わたしも！」

わごとが可憐《かれん》な声でつづくと、あらごとはかすれ声で、

「——駄目。あんたはここにいな」

「どうして……？　せっかく、またあえたのに。もう、はなれたくない」

「あたしもだよ。だけど、あたしの力は……攻めるのに向いている。何かを獲るのに向いている。あんたの力はここを固く守るのに向いている」

四囲に発達した暗い林から鳥の声がいくつも聞こえた。

「林の中には、鳥や獣がいるだろ？　あんたの指図を聞く者たちが」

「……わかったわ」

わごとは、納得する。浄蔵が、口を開いた。

「では、人穴内部の探索隊は……あらごと、わたし、乱菊……」

浄蔵による班分けは斯様な形になった。

人穴内部の探索隊。

あらごと（如意念波、天翔、神速通）、浄蔵（如意念波、浄瑠璃、千里眼、讖緯、念話、魂壁）、乱菊（物寄せ、幻術）、藤原秀郷（物魂）、橘潤羽（巨細眼、魂の潮）、本人の志願により日蔵（通力、なし）、忌部海人主（水雷）と新宮の水雷の呪師一人、乳牛院所属の手力男の呪師、以上九名。

人穴入り口の守備隊。

わごと（ごとびき、千歳眼、紙兵）、良源（紙兵、縮地）、千穂（魂壁）、ユワレ（木神通）、竹の翁（如意念波）、新宮の水雷の呪師一人、乳牛院の地獄耳の呪師、秀郷の郎党三名（通力、なし）、以上十名。

各隊、何か異変あらば――念話にて緊密に連携することが達せられた。

暗く危険な臭いを漂わせる穴の入り口で、秀郷が、

「松明には途中で消えるなと命じてある。わしが消えろという念をかけるか、燃え尽きるかせぬ限り、火は、消えん」

秀郷は火をあやつる術者ではない。物体に意志をもたせる術者である。

何もない所から火を生み出したり、火を自在に動かしたりする力はない秀郷だが、燃えている松明に「その火を絶やさぬようつとめる」という意志をもたせることは出来た。

「松明は、わし、日蔵上人、潤羽」

秀郷が言うと、非常に冷たい声で、

「――潤羽姫也」

良源が苦笑する傍らで、藤原秀郷は、何故か……自分に、氷雪の如き、冷たく硬い態度をとる橘の姫に、非常に丁重な態度で、

「潤羽姫。貴女の通力の特性を考えるに松明を所持した方がよいと思うのだが、如何でござろう？　もって下さらんか？」

「――諾《お》」

潤羽はかすかに相好をやわらげ松明を受け取っている。秀郷の物魂がかかった松明を、秀郷当人、日蔵、潤羽がもち、あらごとたちは人穴に入る形となった。

あらごとは、わごとに、

「――行ってくるよ。外を、しっかり守ってね、わごと」

「もちろん。気を付けて、あらごと」

双子の姉妹はうなずき合う。

あらごとは硬い面差しで三人がもつ松明の明り頼りに人穴内部に踏み込んだ。

火が、洞窟の上部を照らすや――物凄い騒ぎ声と羽音が、襲いかかってきた。

蝙蝠だ――。突然、入って来た明りに怯《おび》え、夥しい数の蝙蝠が恐慌状態になっている。

闇を飛ぶ獣の翼や体が、息つく間もなく顔や、髪に、当り、あらごとは悲鳴を上げる。

「わごと！　大変な数の蝙蝠がいる！　すまんが、落ち着かせて下さいっ」

まだ、人穴に入ってすぐだったので、浄蔵が叫んだ。

すぐにわごとが入って来て蝙蝠の動揺を鎮める。

全ての蝙蝠が、きちんと翼をたたんで洞窟の天井に止ってくれた。

「……かたじけない。落ち着いたようです」

浄蔵が告げ、あらごとも、

「じゃあ今度こそ本当に行ってくるよ」

武勇に秀でる秀郷が先頭、すぐ後ろに最強の斥候・潤羽がつづく形で、高さ五尺ほど、幅十尺程度の洞窟を、すすむ。肋骨《ろっこつ》、乳房を思わせる岩の突起が飛び出し、さっきの蝙蝠よりは奥に住まう蝙蝠どもが飛び交い、顔に当ったりしてきた。

足元を見れば薄気味悪い虫が這いまわったりしていた。

足探りしつつ一町弱すすんだろうか？

秀郷と潤羽が立ち止っている。

「行き止りか……。否、実に細《ほそ》き穴が……」

潤羽が、呟く。

浄蔵がすすみ出、

「江ノ島までつづいているというのは……この穴か……」

しかし、松明が照らす小穴はあまりに小さくとても人が入れるものではない。

「前方がどうなっているか見てみたい」

浄蔵は穴の横、岩壁に手をつけた。浄蔵の意識が尖り——岩壁に目に見えない穴をうがち、その穴を潜《くぐ》らせて思念を通し、細穴の奥がどうなっているか、あらために行ったのをあらごとは感じる。

——千里眼である。

松明の火に額に浮き出た青筋、形のよい眉を照らされた浄蔵は、首肯し、

「この大きな岩が邪魔立てしているだけで、この二歩《ぶ》ほど向うでは、また、同じくらい広く動きやすい洞窟が開けており……その奥行きは……際限がないほど、深い。何処までつづいているか計り知れぬ。真に江ノ島までつづいておるのかもな……」

「ほんなら、良源に、念話して、ここに来てもろうて、縮地で二人ずつ、岩向うにおくるんはどないや？」

その提案は、最後尾で松明をかざしていた日蔵から出た。

「良源と手つないだ二人が、向う側に行く。ほんで、良源だけこっちにもどってきて、また、二人つれてゆく。吉野ではこないなやり方で谷川をわたったんや」

「いや……叔父御。良源にはやはり、わごとの傍にいてほしい。それに縮地で向うに行っ

てもですよ……奥で何かあって、逃げる場合、ここに岩があって、二人ずつしか逃げられないというのは危険でしょう？」

「この岩を取りのぞけばよいんですな？」

錆《さ》びた声が、言葉少なな手力男の術者から出た。三十歳ほどのその屈強な男に浄蔵は、

「出来るかね？」

「やってみます」

太い腕が大きな岩にかけられ、紐《ひも》のように太い血管が幾筋も浮き立つ。手力男の呪師は、気合の一声を放つや、岩にいどんだ。物凄い力がくわりミシミシと音立てていくつもの罅《ひび》が溶岩に走ると、秀郷や日蔵は、どよめいた。

だがかなり重いようで……さすがの手力男の呪師も岩をどかすことは出来なかった。

あらごとは、荒く息をつくその男の肩に手を乗せ、

「――あたしがやってみる」

「そうですね。二人でやってみましょう」

浄蔵が、笑んだ。

今度は、あらごとと浄蔵の如意念波が岩を動かそうとする。

しぶとい岩はぶるぶるふるえ、罅が凄い勢いで広がっている。手力男につづいて、二人分の激しい如意念波がそそぎ込まれたことで――巨岩が洞窟本体から強引に切りはなされ

ている。

だが、今度は……この岩を前方、あるいは後方に念力で押したり引いたりした処で、かなりの障害物になるだけだし、退路を危険なほどせばめてしまうという、あらたな壁にぶち当たる。

すると、一人の呪師が、

「ここはわたしの出番ね」

かすかに痘痕《あばた》がのこる顔をほころばせ白い手を洞窟本体から切りはなされた巨岩に据えた。乱菊であった。

浄蔵に、乱菊が、

「今からこの岩を外に動かします。入り口から十歩の所にね。なので、わごとたちに入り口付近に固まるようつたえて下さらない？」

「わごと、良源、聞こえますか？　わたしです。浄蔵です。今から、入り口から十歩の所に乱菊が大岩を動かす。危ないゆえ、入り口付近に固まって下さい。……大丈夫のようだ。やってみて下さい」

乱菊が渾身の念を込め、

「――おりゃ！」

刹那――行く手をはばんでいた岩の壁が消え、かなり後方から、重く鈍い地響き、人々のどよめきが聞こえた。

手力男が揺さぶり、如意念波が切りはなした岩が、物寄せによって瞬間移動したのだ。

浄蔵が言った通り、消えた岩壁の向うには……底知れぬ闇をたたえた洞窟が、際限がないほどの奥行で、つづいていた。

「おおお」

日蔵が感嘆の声を上げる。

あらごとは神代《かみよ》の昔、妻をうしなった男神が、黄泉《よみ》に向かう時歩いた道はこういう道だったのではないかと思った。——その道を慎重にすすむ。

と、潤羽の足が止り、

「妖しき獣の絵也」

潤羽の松明が右手の岩壁にかざされる。そこには、竜に虎、人面の獅子《しし》、あるいは人の顔と長い角をもつ羊などの絵が、彫り込まれていた。

浄蔵が言う。

「唐土の霊獣、瑞獣《ずいじゅう》の絵だ……。かなり古い。かつてこの辺りにあった徐禍の要塞の名残りなのかもしれぬ」

どれくらい前進したろう……。

暑く暗い気が、あらごとの面にかかる。

さらにすすむと汗が顔から噴き出している。

「用心すべし！」

潤羽が、強く、警告した。

「左手《ゆんで》は千尋《ちひろ》の谷なり。――底ひに炎逆巻く川あり！」

たしかに、道幅が……前方で狭くなり、左手が、断崖状の谷と、なっていた。谷底を睨んだあらごと、ぎょっとする。遥か下に、潤羽が言う火の川があった。

――溶岩が煮え滾っているようだ。

足を踏み入れた人間が、熱気で蒸し殺されたり、下からの毒気に当てられて斃れてしまいそうな細道であったが、天井というべき上方の岩壁にいくつかの穴が開いており、そこから、若干、涼しい気が降ってくる。

外界との風の通り道があるのだ。

潤羽がはっと止り、浄蔵が、

「何かありましたか？」

「赤く燃ゆる鼠、幾匹か……細道、若《も》しは、岩壁を走りけり」

たしかに赤く小さな火のようなものが、行く手の細道を横切ったり、断崖状の岩壁を登り降りしたりしている。それが潤羽には鼠に見えるというのだ。

「おお――！　それぞ、火鼠に相違ないっ。かぐや姫が阿倍御主人《あべのみうし》に所望し、御主人は唐の商人から偽物をつかまされ、求婚にしくじった……。その皮衣のもととなる鼠だ」

浄蔵の声が弾む。

「火鼠の屍らしきものは……?」

「一町ほど先に数多転がる」

「じゃあ、あたし、取って来るよ」

さっと、前に出ようとするあらごとの腕が浄蔵に摑まれた。

「勇猛なのはよいが、無謀なのはいただけない」

「耳にタコができるほど言っているんですけどね……」

乱菊が溜息をつく。浄蔵はあらごとに、

「そなたは――宿命の子。わごとと並び、我らの希望の星なのだ。軽々しく動いてもらっては困る。……千方の罠があるかもしれん。わたしと、他の者で回収に行く」

「お供しますぞ」

その頼もしくも太い声は藤原秀郷から出た。手力男の呪師も、

「俺も、行きます」

浄蔵、秀郷、手力男の呪師、三人が、火鼠の屍を回収してくることになった。

浄蔵たちが溶岩の川に転げ落ちる危うさのある細道を前進した。

さっきはああ浄蔵に言われたあらごとだけど――浄蔵たちに何かあれば、すぐ飛び出す

構えを取り、潤羽の傍で目を光らす。

潤羽が、あらごとに、

「わごとと似ておらぬ」

「そだった所がまるで違うからね……」

苦笑交じりのかすれ声が、返された。すると、相手は含み笑いして、

「されど……似る処もあり」

何処、という表情であらごとは、潤羽を見やる。すると橋の姫は、

「折節の顔貌。故《かれ》（そして）直《す》ぐなる処」

「どうだかね……」

数羽の蝙蝠が頭上で飛ぶ。直後、潤羽が、きっとなり――、

「妖しき影、三つ！」

乱菊が、秀郷に、

「秀郷！　危ないっ！」

何と、浄蔵、秀郷、手力男の術者のさらに前方、右手の岩陰から、黒覆面、黒装束の男が三人現れ、弩《ど》を浄蔵たちに向けたでないか。

……千方の手下と思われた。

そ奴らから、浄蔵たちに――高速の殺気が放たれる。

《――射た奴にすぐもどれっ！》

あらごとは矢に念をかけ、狙われた一人である秀郷も、

《射手をひたすら狙う矢となれ》

という念でもかけたのだろう、浄蔵たち三人を狙った三本の殺意は――方向転換する魚のように急に鏃《やじり》の向きを変え、射手の肩、太腿《ふともも》などを狙い、逆進していった。

黒装束の男どもから、悲鳴、呻きが、漏れる。

彼らが浄蔵らを射殺すべく射た矢が些《いささ》か気の毒な現象ではあったが、彼ら自身を、攻撃。

その肩や腿に刺さったのである。

あらごとが念をかけた矢は一度、射手を攻撃しただけだが……秀郷が動かした矢は、刺しては抜き、刺しては抜きを、数度、くり返し、射た男をしつこく傷付けた。

「相手は只人！　命を取っては、駄目よ」

乱菊の警告はあらごと、秀郷に向けたものと思われる。

あらごとたち呪師が厳守する掟では――通力を悪用し、人の命を奪ったりしている妖術師たちについては容赦なく通力を放ってもよい、つまりその通力で落命させても……止むを得ぬと、言っている。

一方、只人の命はたとえ妖術師の手下であっても、奪ってはならない。

これは呪師の鉄則である。

深手を負った三人の男は、逃げてゆく。手力男の呪師と、秀郷は追おうとした。

その時だった。

黒く固い風が――いきなり通路右手から繰り出され、手力男の呪師の頬をぶち抜いたのは……。

血煙上げて手力男の呪師は火の谷に落ちてしまい、あらごとは瞠目する。

――拳であった。

恐ろしく硬く大きな拳が通路右手からぬっと突き出され、大力の呪師を一撃で屠った。

「何や、あの男！」

日蔵が叫ぶ。

その山伏姿の大男は狭隘《きょうあい》な通路右手にあった窪みから、現れるや――旋風のような勢いで秀郷に殴りかかる。身の丈六尺七寸ほどの凄まじい猛気をたたえた男だ。

よける秀郷の足元を赤い火鼠が燃えながら走り、頭上を、蝙蝠が、飛ぶ。

秀郷は大柄な山伏に向かって、毛抜形太刀を構えている。

「この金鬼相手に、そんななまくらが通じるとでも？　やってみろ！」

金鬼と名乗った山伏は、岩盤の如き胸をどんと叩いた。

――――！

秀郷渾身の刺突が金鬼の喉を突く。

火花が散り、刃先が、粉々に砕けている。

「秀郷殿！　退けっ！　金剛身の術者だ！」

浄蔵が、叫んだ。

秀郷が、後ずさる。

その秀郷を鋼の拳がしたたかに打たんとした。

《――あいつにぶつかれ》

あらごとは、秀郷近くに落ちていた石を重力に反抗させる。大跳躍したその礫《つぶて》、金鬼の眼にぶつかった。火花が咲き、カツンと音がするも……金鬼はニヤニヤ笑っていた。目もまた鉄の硬度をもつのだ。

同時に、秀郷の数歩後方の浄蔵、金鬼の上辺りに向かって掌をかざした。

浄蔵の掌から目に見えない念の波が放たれ、その波は金鬼上方、岩つららを揺さぶり、根本からぶちおるや、今度は見えざる手となり、その岩つららをにぎり――物凄い勢いで金鬼の脳天に垂直で振り下ろした――。

物凄く硬い音がひびいた。

並の者なら、即死か大怪我したろう。

が、金鬼は少しよろめき頭を振るも……無事である。恐るべき石頭、いや鉄頭だ。

あらごと、浄蔵がつくった隙を衝き――秀郷が金鬼から逃げている。

あらごとはふと、

（何で金鬼やあの男たちはこの中に……？）

縮地の呪師の存在、他の入り口を考えぬかぎり、さっきの岩壁がある以上、金鬼たちはここにいることは出来ないのではないか？

一羽の蝙蝠が火の谷の上方を漂っている。

その蝙蝠が、いきなり、双眼から――青き稲妻を、放った。

稲妻は秀郷の首を狙っていた。

俊敏なる秀郷、首を大きくのけぞらせて、顔を狙った雷撃を間一髪かわす。

雷電が放たれてからでは当然、間に合わぬ。恐らく蝙蝠の双眼にたまった火花を咄嗟に感取、左様に動いたのであろう。

が、蝙蝠が放った稲妻で秀郷のすぐ横の岩壁が爆発するように砕け、そこから飛んだ大きな石が体に当った、秀郷、大きくぐらついてしまう……。

その秀郷にぬっと金鬼の大きな手がのび、引っ摑むや――火の谷に押し飛ばした。

（あ！）

「秀郷！」

「あの蝙蝠が千方だ！」

乱菊の悲鳴、浄蔵の叫びを聞きつつ――あらごとは神速で飛ぶ。

神速通と天翔をくみ合わせた、あらごと、溶岩が赤い飛沫を上げる遥かなる谷底に落ちようとする秀郷を摑み、浮き上がらす。そのあらごとを蝙蝠に変形《へんぎょう》した千方が発射した青き稲妻が狙うも——神速で飛行する少女は辛くもかわすと、金鬼の後ろにまわり込み、かの鉄人と逃げた三人の間辺りに着地した。

浄蔵は念をかけた三鈷杵《さんこしょ》を——千方が化けた蝙蝠に猛速度で飛ばす。

蝙蝠は、鋭気の突進を、巧みにかわし、浄蔵は、狙いをはずした三鈷杵を、反転させつつ、独鈷《とっこ》を放とうとした。が——いきなり数十羽の蝙蝠が現れて…千方蝙蝠を隠す。

(幻！)

気付いた浄蔵が、かっと目を剝くや、蝙蝠の群れは搔き消えるも、肝心の千方蝙蝠も何処かに消えていた……。

縮地したか、より小さきものに変形したのかもしれぬ。

と……あらごと、秀郷から見て、谷をはさんだ反対側、崖状の絶壁に変化が生じた。

崖の一角が岩をごっそり剝がされたように変化し今までそこになかった、岩棚の如きものが現れ——その地下帝国の玉座の如き岩棚に、黒衣の男と赤い妖女が悠然と佇んでいた。

(——幻術！　あいつが……千方、火鬼)

あらごとは、理解した。元々、そこには大きな岩棚があり、千方の縮地か何かで移動した火鬼はずっとそこに立っていたのであろう。

幻術が火鬼およびその岩棚を隠し垂直の崖に見せていたのであろう。

千方は冷ややかな無表情であらごとを見ていたが、水鬼に瓜二つな赤い妖女は燃えるような敵意と喜びを双眸にやどし、あらごとを睨んでいた。

「あらごと……やっと、あえたね。妹が世話になったね」

あらごとは、眉を顰め、千方と火鬼を刺すように睨む。

「妹って青鬼女？」

青鬼女という表現に赤い袂が燃え上がる炎の如く動き、破顔した火鬼の細面をおおった。

「今日あいつ……どこ行ったの？　鬼だけに、足をすべらせて……」

ドロドロの溶岩がしぶく赤い谷底をちらりと見やる。

「――そっから地獄に落ちたのかな？」

乱菊が、金剛力士のようにあらごとの退路を断っている金鬼の向うから、

「あらごと！　ここは、火の近く！　その赤鬼女の力、相当強いわよ！」

赤鬼女は笑い止むと、

「噂に如《し》かず、生意気ね。何処で、どんな奴に、どう、しつけられたのかしらね？」

千方は釘《くぎ》でも打ち付けるような目でじっとあらごとを睨んでいたが、火鬼の細き目は、すっと乱菊に流れる。

乱菊は、火鬼に、

「それ、わたしに言っている？　そうねえ……いろいろ至らぬ処の多い師弟だけど……邪《よこしま》な毒蛇の汚れた道だけは歩むなとこの子におしえてきたつもり。誰が歩いている道かは言わないけれど。ええ。あんたたち姉妹と、その男がいる道。あ……言っちゃったわ」

「——戯言《ざれごと》はそこまでだ！　死せ！　あらごと」

魔王の宣告が冷然とひびく。

千方と、火鬼の掌から、あらごとに向かって——灼熱の炎が放たれた。

さらにずっと遠くで恐るべき大音声《だいおんじょう》が轟《とどろ》いた。

＊

「念話が通じぬな、向うと……」

良源が呟いた直後——鼓膜が突き破られるような気がしている。

物凄い音が、人穴入り口付近でひびき、わごとらを驚かせた。

大地が鳴動している。

異変を感じたのだろう——。杉林にいた何十羽ものカラスが、けたたましく騒ぎ、飛び立った。わごとは大地に向かって激しく吠える雷太をかかえる。

「下から、何かが……恐ろしい勢いで、来る！」

地獄耳の呪師が言った。恐怖が、常人の何十倍もの聴力をもつ男の顔を、歪ませていた。

「真下からじゃ！」

「――止むを得ん！　すぐに、ここから退避する！　皆、走れ！　ここからはなれろっ！」

皆に叫んだ良源の手がわごとに差し出され、

「わごと、千穂！　俺の手をにぎれ！　みんな、速く走れ！」

ユワレや竹の翁が駆けだす中、ここを死守することが務めと思っているわごとは、

「ここをはなれたら、あらごとたちが――」

良源は強引にわごとと千穂の手を摑み縮地。

窪地の外、杉林の傍に、わごとらをつれて瞬間移動し、

「俺たちが死ねばあらごとたちも助からん」

瞬間――物凄い轟きと土砂がさっきまでわごとたちがいた、窪地から、噴出した。

巨大な怪物が窪地の底を突き破って地下から顔を出し――逃げ遅れた秀郷の郎党二人、忌部の水雷の呪師を呑み込んでいる。かなりの横幅がある巨大な顔が見上げるほど高くまでもち上がる。

刹那、閃光の如く、わごとの中によぎった光景が、ある。

田を突き破り、土中から巨大な怪物が現れた光景だ。

あらごととわごとは固く手をつないで必死に土色のそれから逃げた……。

その熊を丸呑みするほど大きな口をもつ巨獣は鹿に似ていて大きな角があり、小山か丘のような背には……びっしり笹が生えていた。

良源が、高みを見上げ、

「な、何だ、あ奴は――」

「伊佐々王《いざさおう》。千方は、われを土鬼《どき》と呼ぶが……」

伊佐々王――前に伊賀に入った、浄蔵の弟子を殺めた、魔獣であった。

その鹿の大魔神というべき怪物は巨大な牙を剝き、真っ赤な眼光を迸らせ、

「汝が、わごとか！」

耳がぶち抜かれそうな声だ。

「……ええ」

「丹波の隠れ里から逃げし雛《ひな》か？」

（やはり――わたしたちの故郷は丹波の何処か……）

「我は、神！　汝の宿命とやらを……我が、無にする！」

神を名乗る巨大な化け物はわごとに向かって一気に牙剝いた口を下ろして来た――。

千穂は魔をふせぐ壁を張ってくれていたが……その壁をたやすく喰い千切りそうな大口

だった。

「木立の中へ！　いそいで！」

ユワレが叫び、首肯した良源が、わごと、千穂の肩にまた手をのせ――わごとの四囲で赤、黒、青の風が、吹き荒れる。わごとらは良源の力により杉林に瞬間移動している。

――――！

さっきまでわごとが立っていた地面が悲鳴を上げて大揺れした。土鬼の巨顔が――激突したのだ。ユワレら他の者が伊佐々王の左右を通り、同じ木立に駆け込んでくる――。ユワレは林に駆け入りつつ山のように大きな鹿の化け物に向かって手をかざした。

伊佐々王が、牙剝き、物凄い力で杉の樹を薙ぎ倒しながらわごとに迫らんとするも、この巨神に押された杉、さらに、その傍にあった杉など、幾本もの樹が抵抗。

急速に太枝を動かしながらざわざわ動き、まるで、のっぽの巨人の群れの如き群像をなし、獣神の突入を阻もうとした――。

(木神通……物凄い力！)

木をあやつる少年は歯を食いしばりわごとの近くに来る。

「小癪《こしゃく》な！　小童《こわっぱ》め」

呪師たちと秀郷の郎党一名はわごとを中心に集結し伊佐々王にそなえた。

雷太は強い声で、神と称する魔物に吠えつづけていた。

と、その雷太が、首を右手にくるりとまわし、低く唸っている。

雷太は、誰もいない一点を見据え、牙を剝いて吠えた。雷太が吠える辺りの杉落葉が不自然にたわんだような気がしている。

(誰か……いる?)

わごとはその誰かの名に行き当った。

刹那——誰もいない所から、鋭気が猛速で飛んできて、途中で矢の正体を現し、わごとの首に迫るも、あと、三寸で首の皮膚を突き破る、という処で、その矢はバチンと音立てへしおれ、鏃の処でちょっとだけわごとをかすめて落下している。

竹の翁が——きっと矢を睨み、へしおったのだ。

乳牛院にいたこの老人は如意念波の呪師だった。

「奴か!」

良源が叫んだ途端、矢が射られた方から、姿はないが、荒々しい足音がひびき、わごとめがけて突進している。

紛れもなく——隠形鬼であろう。

良源は、隠形鬼相手に下手に通力をくり出すのが危ういと思ったらしい。

良源から、通力ではなく、杖が、裂帛《れっぱく》の気合で突き出される。

隠形した少年の所在を足音で見切ったのだ——。

「ぐっ――」

呻き声がして、一本にたばねた髪を激動させ、体を海老状にまげた、灰色の水干の少年が現れる。――隠形鬼だ。棒の痛撃が鳩尾《みぞおち》を打ち冷たくも熱い火花が一時的に消えてしまったようだ。

隠形鬼の手には小ぶりな蕨手刀がにぎられていた。蝦夷の人々がもちいる刀で、隠形鬼は蝦夷でも俘囚でもないが、この北方の刀はつかいやすいため、所持しているのであろう。

隠形鬼の鋭い目がわごとを睨んだ。その尖った視線に、わごとの胸は痛んだ。

隠形鬼は敵ではあったが……吉野山中で語らい、熊野では見逃したことで、何かつながりの如きものが生れている気がした。そのつながりを隠形鬼が、刃のような目付きで断ち切った気がして、わごとの胸は痛んだのである。

刃をもった隠形鬼と、金剛杖を構える良源。

隠形鬼は危険な術者で良源でも殺されてしまうかもしれない。

面差しを引きしめたわごとは、雷太と太郎丸に隠形鬼への攻撃を命じた。

同時に良源の杖が――隠形鬼を圧倒する。

隠形鬼の剣がはね飛ばされた。

返す一撃で、隠形鬼の蟀谷《こめかみ》に振られた杖を少年は身をかがめてよける。

そこに、まず、太郎丸、次に、雷太が、突っ込んだ。

隠形鬼は太郎丸を手で強く払い羽が散る。

直後──灰色の少年は掻き消え、素早く駆け去る音がした。

良源が舌打ちした時、ユワレが幾十本もの樹でつくり上げた堅牢《けんろう》なる防壁に阻まれた伊佐々王が動く。鹿に似た頭部を大地に接触させ潜り込むような仕草を見せている。

すると……土色の巨獣は、俄かに大量の埃を体じゅうから噴き上げて体全体を崩落させていったではないか。物凄い土埃をともなう土砂崩れに近い有様となり、今まで動く巨獣がいた所に、微動だにせぬ土山がのこされていた。

「自滅……した？」

竹の翁が呟くと良源は素早く頭を振って、大地に注意を走らせ、

「奴は、健在だ」

たしかに強い妖気を地底から感じる。

「なるほどな……。彼奴《きゃつ》の実体は、左程、大きくない。ただ妖力により夥しい土を己の体として取り込み……巨大な化け物となる」

地獄耳の老人が、さっと体を落とし、

「……心の臓の音らしきものがする」

「それこそが──本体であろう」

不敵な笑みを浮かべた良源、老人に何か耳打ちした。

地獄耳の翁はうなずく。

良源は、わごと、ユワレにも、何事か囁き、わごとは短冊を一つすっと出し、ユワレは、

「……やってみます」

「来ますぞっ」

地獄耳の翁が言う。

直後、
ドゴ、シャァァァ——ッ！

わごと直下の大地が身震いし、小山が隆起しだした——。

土鬼こと伊佐々王だ。

八岐大蛇《やまたのおろち》が蠢《うごめ》いていた頃、地《つち》の上を統べていたであろう存在《もの》の一つだ。

杉林にもどっていたカラスどもに、また、恐怖が走る。黒き鳥たちは一斉に飛び立ち、

「——逃げろぉ」

良源の下知の下、皆が、四散する。

良源はある思惑から縮地をつかわず、千穂と一緒にわごとを守りながら、同じ方に走る。

わごとは太郎丸を先に飛ばし雷太を傍らに駆けさせ全力疾走する。

地下の魔神《かみ》は、そのわごとの足音、もしくは臭いを察知しているのか……。

地面の隆起、罅割れが逃げるわごとを追いかけてくる——。

わごとは土中から追ってくる圧倒的妖気が上昇に転じる気がした。

が、その上昇……先ほどの如くなめらかにいかない。

ある太く強靱なものたちが網を張って伊佐々王を食い止めている。

——樹の根。幾十本もの杉の根が、土中で異常の急成長を見せ、頑強な網をなし、浮き上がろうとする魔神を、からめ捕えんとしていた——。つまり伊佐々王は土の中の網にかかった黄泉の大鹿のようになっている。

ユワレの力だ。

「おのれ！」

土中から罵りが轟く——。

わごとの傍を、ユワレが走りながら、汗をしたたらせ、苦し気に、

「もう……むずかしい」

良源が、

「ようやってくれたっ」

刹那——大音声が轟き、根の網をぶち破りながら、巨獣がまずその顔を、ちょうど上を走っていた秀郷の郎党を呑みながら現し、つづいて胴を見せ——空をつんざくほどの咆哮を上げた。巨魔は赤く大きな眼を煮え滾らせて数丈も上からわごとを見下ろしている。

「逃げられると思うな！　小娘」

割れ鐘の如き声を叩き付けられ――わごとは、恐怖する。

「喉！」

地獄耳の呪師が、告げた。伊佐々王の喉から心の臓の鼓動が聞こえるというのだ。

巨神の赤眼がくわっと開かれ――その口から大量の泥が噴射され、地獄耳の翁を……直撃している。

すると、どうだろう。伊佐々王の泥が口や耳、目に入った地獄耳の翁の体は俄《にわ》かに土になり、ぼろぼろと崩れ落ちてしまう。

（ああ――）

伊佐々王――人を土塊《つちくれ》に変える泥を吐き出すのだ。

その恐るべき泥流が、わごとを、狙う。

わごとの傍らにいた、二人の呪師がそれぞれの通力を放ち、わごとを守った。

一人は――竹の翁。

青筋をうねらせた竹の翁の如意念波が、わごと、良源に次々襲いかかる泥塊をあらぬ方に散らす。

それでも――泥の濁流は圧倒的な量だ。

人を土に変えてしまう恐るべき泥が、次々、わごとの顔や、髪、さらに、良源の体にかかる。如意念波で近くに落ちた泥の撥ね返りも馬鹿に出来ぬ。それでも二人は土化しない……。これは、もう一人の呪師、千穂の魂壁が、その内側に入った伊佐々王の泥流から、人を土にする妖力を毒抜きしていたからである——。

竹の翁だけなら、びちゃびちゃとわごと、良源にかかった、泥の撥ね返りにふくまれていた、妖力により、わごと、良源は土化し、こと切れたろう。怪死したろう。

千穂だけなら、その妖力は全て毒抜きされたとはいえ……魂壁は、この世に実存する物質をふせぐ力まではない訳だから、瞬く間につみ重なった、泥の重み、圧によって、わごと、良源は窒息死、ないしは圧死したろう。

二人の呪師が発揮した通力によりわごとは一命を取りとめた。

泥噴射が、一時、止む。

伊佐々王、憎々し気にわごとを睨んでいる。竹の翁、千穂共に相当消耗したらしくぜいぜい息をついている。

奇襲のつもりかいま一度、高速、少量の泥塊が、わごとの顔めがけて放たれるも、わごとは生大刀を振り上げた。泥塊が伊佐々王の肩に逆進し、ぶつかる。そのぶつかった処が土になってぼとぼと体からこぼれる。

生大刀が伊佐々王の妖力をはね返したのだ。人の妖術使いであるならば、致命傷になりかねぬ、わごとの反撃であったが……あまりに巨大な伊佐々王、それで斃れる訳もない。

——伊佐々王が寺院の柱のような大牙を剝いた。

喰い殺しにくる気だ。

刹那——わごとは別の方、真後ろから、己の後ろ首に冷たく尖った殺意をすっと突き付けられた気がした。背筋とかんばせを凍て付かせて顧みる。

ただ、無人の杉林がそこにあるばかり。

わごとが顧みた直後……何故だろう、固く尖った殺気がやわらかくなり、刃こぼれし、崩れ落ちて、消えた気がした。

（隠形鬼？）

良源が、わごとに、

「行くぞ」

伊佐々王が襲って来ようとする——。

わごとの瞳には空を群舞するカラスがうつっている。

口に短冊をくわえてから、良源の手を摑む。良源は金剛杖を傍らに置きわごととつないでいない方の手に短冊をにぎっていた。

刹那——二人は、縮地、いや、縮天した。

伊佐々王の数丈上、つまり空中に瞬間移動した——。

わごと、良源を見うしなった伊佐々王の茫然とした巨顔が上を向く。

良源の左手および、わごとの口から短冊が放たれている。

眩い剣の衣をまとった、二人の童子が、猛然と、伊佐々王に突っ込む――。

護法童子だ。

(成功したわ！ 鬼熊ノ胆のおかげかしら？)

二人の護法童子はかなりはなれた所にある伊佐々王の左目と右目に向かってそれぞれ飛び降りる。良源の護法童子は伊佐々王が噴射した泥流にくるまれ、紙の本性にもどりながら、土化するも、わごとの護法童子は泥流をすり抜け――光輝く剣を傘ほどに大きな巨眼に突き立てた。

悲鳴が轟く。赤い網膜が破れ、夥しい泥が噴き出す。

護法童子にしてみたら――泥沼に落ちたような格好だ。

わごとの護法童子も泥に揉み込まれてやはり紙の本性にもどった後、土になってしまう。

だが、敵にあたえた痛手は大きい。

泥の涙を流した巨魔は大口を開け重力に引っ張られて落ちてきた、わごと、良源を下から呑もうとした。

寸前――良源はわごとをつれて縮地。また、伊佐々王の数丈上に、もどる。

良源の左手が二枚目の短冊を出す。

これらの紙兵、縮地に全火花をそそぐべく、先ほど、地上を逃げる良源は縮地をはばかったのである。伊佐々王はのこる赤眼を爛々と燃やして急墜落してくる、わごと、良源に、下から噛み付こうとしている。

と、一陣の黒風が吹き——伊佐々王ののこる一つの目、右目を黒くふさいだ。

カラスの群れ。

——ことびきの力だ。

わごと、良源は、あんぐり開いた、伊佐々王の口にすとんと、落ち、良源は伊佐々王の喉に向かって紙兵・金剛夜叉明王を放つ。

金色《こんじき》に燃える鬼神が鼓動する喉、いや敵の心臓に——斬り込む。

瞬間、ぶち抜かれた喉から、空の青さがのぞき、かつて聞いたことのない悲鳴、泥の濁流がわごとたちにおおいかぶさろうとした。

わごとは良源から手をはなし生大刀を振りまわした。

と、襲いかかってきた泥流は磁石に弾かれたように二人から遠ざかり、魔神の首の内に飛び散り、その場所をどんどん土に変えて、剝落させてゆく……。

巨大であった魔は内側から滅び、黒煙と夥しい土煙を上げて——崩落してゆく。

その大崩落の中、良源から手をはなしたわごとは生大刀をもったまま、墜落した。

良源も、わごとを土埃の中、見うしない落ちていった。

その二人の下にすっと手を差しのべ救った大きなるものがある。

杉の樹であった。

わごとと良源は突然急成長して太枝をのばした杉に受け止められ、大地との激突をまぬがれている。二人を受け止めた杉はすーっと手を下ろし、大地にやさしく下ろしてくれた。むろん、ユワレの木神通で動いた樹だった。

歓喜の叫びを上げた、ユワレ、竹の翁、涙を流した千穂が、駆け寄って来る。

「やった！　やったぞ！　わごと！」

信じられぬことに……わごとの集落の人の多くを死に追いやった大怪物、土鬼こと伊佐々王は、烏有《うゆう》に帰していた。

竹の翁はわごとの活躍を嬉し気に、

「大変な働きじゃった！」

千穂も温かい微笑みを浮かべてうなずく。わごとは泣き笑いの顔で、

「いいえ、誰一人かけても倒せなかった。皆さんのおかげです！」

刹那――何かに気付き、はっとして、動いた千穂が、わごとを狙った鋭気に当り、左胸を朱に染めて、倒れた――。千穂の左胸に刺さっているのは一本の矢であった……。

「千穂さん！」

わごとは悲鳴を上げ、良源は、不動明王のような険しい顔で、灼熱の怒号を滾らす。

「――隠形鬼かっ！」

千穂に駆け寄ったわごとを守るように立ち、良源は紙兵を出す。

わごとが矢が射られた方に凄まじい怒りで燃えた目を向けると、誰もいないのに駆け去ってゆく足音がした……。

良源がそちらに短冊を放つ。

護法童子が、透明化したまま逃げる隠形鬼を追うも——途中で紙の本性を現し、ひらりと林床に落ちた。空《うつぼ》止めだ。ユワレが手をかざして樹を動かそうとするも敵は透明であるからどの辺りを狙ったらよいかわからない。

金剛杖をひろい、良源は追おうとした。

が、竹の翁が、

「駄目じゃ。わごとを守らんと！」

良源は怒りをたたえたまま、千穂とわごとの傍に来る。

わごとは千穂に向かって蹲《うずくま》り悲しみで面を歪めている。

(あの熊野の森で、わたしは間違っていたの？)

千穂は、静かなる微笑みを浮かべ、わごとを見上げていた……。どことなく千鳥に似ている。わごとは菩薩というものはこういう顔をしているのかもしれないと思った。

もの言わぬ女呪師は光の滴を瞳にたたえたまま、何かをわごとにつたえようとして、懸命に口を動かしていた。

わごとは耳をかたむける仕草をする。

すると、藤原千方によって己の里を滅ぼされてから一切、しゃべるのを止めてしまったという女呪師の口から……真に小さなかすれ声がこぼれ出た。

「……あ……貴女の……せいじゃない……」

幾度もわごとを守ってくれた、魂壁の女呪師、千穂は息を引き取った。

わごとは泣き崩れた――。

その時、鮮烈な光と共にわごとの中でくり広げられた光景があった。

――千歳眼が見せた光景である。

顔面蒼白《そうはく》となったわごとは涙に濡れた顔を良源に向けている。

「あらごとが……危ない」

＊

黒衣の魔王と赤い妖女の火炎放射が猛然とあらごとを狙っている。

だが――凄まじい勢いで、金鬼の向う側、あるいは通路のさらに奥などから、いくつもの赤い物体が目にも留らぬ速さで飛んであらごと、秀郷の近くで赤い帳《とばり》をつくった。

――無数の火鼠の亡骸である。

千方、火鬼の火炎は、この火鼠の屍がつくった帳に当り、そこで、止められている。

あらごとの念波が火鼠の骸《むくろ》を浮かせている。

まさに通力が織り上げた「火鼠の皮衣」が猛烈な火攻めからあらごと、秀郷を守った。

「――とりゃ！」

とぼけた一声と共にさっき金鬼の脳天を直撃した岩つららが消失。

それは、藤原千方の頭上半丈ほどに現れ、尖端を千方の脳天に向け――落下した。

さすらいの女呪師・乱菊の物寄せである。

岩つららは千方の頭まであと一寸という所まで落ちたが――いきなり矛先転じて、浄蔵に飛ぶ。

浄蔵はあっという間にすぐ傍まで襲来した岩つららに手をかざして如意念波で止め、千方を狙うよう念じても、それは、なかなか、もどろうとせず、あくまでも、浄蔵への強い未練をにじませ、六重の術者に勢いよく寄っては押しもどされる、これをくり返す。

千方の物魂と浄蔵の如意念波が火花を散らし切りむすんでいる――。

と――その岩つららは突然、水を得た魚のような勢いで千方に躍りかかってゆく。

藤原秀郷がそちらに手をかざしていた。

つまり、浄蔵の如意念波に秀郷の物魂がくわわり――千方一人の力を押しもどす形で、岩つららは魔王を狙いだしている。険しい形相になった千方はあらごとに放っていた火を止め、さっと岩つららに向かって手を振る。

すると、どうだろう。

千方めがけて迫っていた岩つららは、粉々に砕け散った。

今度は強靭な如意念波を岩つららの内側にかけ内から外に粉砕させたのである。

千方は火鬼に何か囁く。首肯した火鬼は、あらごとに放っていた炎を止め、下方に手をかざす。

で、千方は、

「金鬼！」

「――おう！」

強く応じた鋼の大男は物凄い勢いであらごとに迫って来た――。

殴り殺そうというのだ。さらに、金鬼と反対側、さっき、三人の敵が消えた、まがりくねった細道の奥、闇の中から、今度は十人くらいの黒覆面、黒装束の敵がぞろぞろ現れ――毛抜形太刀を振りかざし、あらごと、秀郷に殺到してきたでないか。

欠けた太刀を右手ににぎり、左手でさっと短刀を抜いた秀郷、黒き一団に身を向け、

「金鬼を何とか出来るか？」

「……わかった」

正直、どう倒したらよいか見当もつかぬが……、あらごとは秀郷と背中合わせに立つ。

で、突進する鋼鉄の猛者《もさ》を睨み付けた。

「わしは呪師ではなく武人として、こ奴らと戦う！」

言うが早いか秀郷は――黒覆面どもに突進。一人目の斬撃をおれた太刀で受けつつ、もう、するりとその男の懐に潜り込み、短刀で、喉を突く。

通力ではない。武力で戦う。

通力で今の男を殺めたなら「掟破り」の烙印《らくいん》が秀郷に押されるが、一切、通力をつかっていないので、掟の内におさまっているのである……。

で、一人目の毛抜形太刀をいともたやすく奪った秀郷、二人目は旋風のような一撃で斬り倒し、三人目は千尋の谷に蹴落とし、凄まじい武者ぶりで黒装束の男たちと戦ってゆく。

右方、死の谷をはさんだ岩棚にいる千方、火鬼に厳戒を払いつつ、三つの通力をもつ少女は――初めに覚えた力をつかう。いくつもの火鼠の骸が浮き上がり、金鬼の面にぶつかる。火鼠の骸を厭《いと》わし気に金鬼が払った。

あらごとは、神速通で金鬼に駆け寄るや、天翔で浮遊、自分めがけてくり出された鉄拳、さらに対岸の千方が妨害すべく浮き上がらせ、襲いかからせてきた礫《つぶて》を、目にも留らぬ速さで、全て、的確によける。

神速通の賜物だ。

金鬼も、そして魔王・千方すらも、あらごとのあまりの速さに狙いがつかぬようだ。

体を仰向けにそらしながら千方が動かす石をよけた、あらごと、頭上から垂れ下がる岩つららに目をつけ、念力でへしおる。それを——高速で鉄の男の蜂谷にぶつけた。

激しい火花が散り、金鬼はよろめくも、岩つららの方が崩れる——。

「小娘ぇっ……」

金鬼は恐ろしい顔様で呻いている。

刹那、谷の方から物凄い熱気、さらに、大量の煙が噴き上げてきて、金鬼の姿が見えなくなった……。

肺に硫黄の臭いがする煙が雪崩れ込み、噎《む》せそうになる。

(火鬼の仕業?)

一瞬、混乱したあらごとの耳に、

「い、い、あらごと」

乱菊の意味ありげな声がとどいた。

(そうか……)

あらごとは笑みを浮かべる。すると、大量の煙、熱気、硫黄臭、ほとんどが消えてなくなり、浄蔵の向うに佇む乱菊がみとめられた。

乱菊の指が——ある一点を差す。あらごとがそちらに目にも留らぬ速さで動くと、

「馬鹿者！　幻だ」

千方の叱咤《しった》が聞こえた。

乱菊の幻術が噴かせた幻の煙にまとわりつかれていた金鬼が我に返り、あらごとを探す。

鉄の大男の恐ろしい目があらごとを見付けた。

あらごとは金鬼から見て千尋の谷を背負う岩棚に立っており、その足元では煙がたゆたっていた。筋骨隆々たる金鬼は、怒号を上げ、鋼鉄の拳であらごとに、殴りかかる。

誰も止め様のない一瞬の出来事だった。

猛然と踏み込んだ、金鬼の鉄拳は、あらごとに一歩とどかぬ。

代りに——金鬼その人の体がぐわんと落下してしまう。

同時に、あらごとが立っていた岩棚、足元をたゆたっていた煙が、すっと、消えた。

それらは……二重に張られた乱菊の罠、幻であった。


——あらごとは天翔で溶岩の谷の上、何もない所に下から来る熱気にたえながら浮いていたのである。


「おわあぁぁっ！」

鉄の大男は、宙を踏み、絶叫を上げて絶壁の縁から、手足を藻掻《もが》かせて落ちる——。

と、見えた。

が、金鬼も、しぶとい。

体のほとんどは落ちるも何と左手の三本の鉄指《てっし》をガッと立てて崖の縁の岩を壊しながらめり込ませ、その一点を支えに……地獄への急転直下をまぬがれている。

あらごとは上昇しながら金鬼の指が突き込まれた岩を睨んでいる。

その視線の意味に気付いた金鬼は、

「やめろ！　千方様、御助けをっ――」

あらごとの如意念波が発動――。

金鬼が支えとしていた岩が、爆発するように、内なる力で弾け、ぶっ壊れた。

「ああ――」

落ちゆく絶叫に、

「仇は、取る」

千方の冷ややかな声がかぶさる。

はっとした、あらごと、顧みる。

魔王の双眸が青く光りヂビヂビと電光を発し、その口は……いと愉快気に笑んでいた。

千方は、金鬼を救おうとすれば、救えたであろう。たとえば、縮地して、金鬼の傍に行き、その体を摑んで安全地帯に縮地することも出来たし、あらごとが念波をかけた岩に逆方向の念波をかけ、今しばらくさっきの状態を維持することも出来たはずである。

だが、それをしなかった。

神速通によりあらごとへの狙いがなかなか付けられずにいた魔王は、金鬼退治に全精力をかたむけたあらごとの一瞬の油断を衝き、全妖力を眼にため、側近たる鉄人を切り捨てても、あらごとを粉砕しようとしたのである。

魔王の両眼から、青き神雷《かむいかずち》が――一筋、あらごと目がけて放たれた。

あらごとは進退窮まった気がした。

その時だった。

わごとが、現れたのは――。

わごとは良源と共にあらごとと千方の間、つまり、遥か底が火の川となっている地獄谷の上、宙に、忽然《こつぜん》と現れている。

縮地してきたのだ。

で、空中のわごとは藤原千方に生大刀を向けた。

――絶叫が、ひびく。

千方の目からあらごとに向けて放たれた雷撃が、千方の方におれまがり、その顔を直撃したのだ……。

ただ、あらごとは、わごとと良源が、心配だ。

二人は地獄谷に落下してゆく。助けようと、動きかけた瞬間、手をつないだわごと、良

源——すっと消えて、宙に浮くあらごとの後ろ、さっき金鬼と戦った細道の方から、

「あらごと」

わごとの涼し気な声がした。

良源の力でそちらに縮地したのである。

あらごとは、また、魔王に、目を向ける。顔面を己の稲妻で焼かれた千方に恐るべき変化が起きていた。長く黒い髪が白き髪に変っており手や焼けていない顔の皮膚から水気がうしなわれ、急速に皺深く、萎《しお》れてゆく。

「やってくれたねえ！」

今にも燃え上がりそうな怒気が火鬼からぶつけられた。

ギラギラした目で、あらごと、わごとを睨んだ、火鬼は、急激に老化し、よろめく魔王をささえる。

「下より、火！」

潤羽の叫びがした直後、あらごとは下方から体じゅうの水気が蒸発しそうな熱気に襲われ気絶しそうになった。

見下ろせば溶岩の谷から物凄い火柱が噴き上がって来るではないか。間違いなく火鬼の仕業だ——。火柱は、一頭の火の竜となり、あらごとを下から呑もうとした。

その赤竜の吐息だけで体のあちこちが燻《くすぶ》り火傷《やけど》する。

と——わごとが崖の縁に立ち、生大刀を火竜に向けた。

すると、どうだろう。

火の竜は一気に鎌首まげて、その産みの親たる、炎の魔女と、彼女の主君たる魔王がいる……闇の玉座の如き岩棚に、熱気を吐き、火の粉を散らし、襲いかかったでないか。

火竜が放った熱気に当てられた千方は大きくよろめき、反乱の火の手で玉座を追われる王の如く岩棚から転げ落ちる。

「千方様ぁっ！」

火鬼は悲鳴を上げて——千尋の谷に飛び込んだ。

二人の姿が火竜の胴に呑み込まれ見えなくなった直後、火竜そのものもいくつもの崩落する火となって、実体を、うしなった。それを見とどけた満身創痍《まんしんそうい》のあらごと、荒い息をつきながら細道に着地し、全ての火花をうしなって、ぐったり倒れ込んでいる。

わごとが、乱菊が、浄蔵が、叫びながら駆け寄って来る。浄蔵は歯を食いしばってあらごとの大火傷に手をかざし、乱菊は顔をくしゃくしゃにしてあらごとをかかえ込んだ。

「わしをわすれてもらっては困るぞ！　こっちも、あらかた片付いた」

秀郷の声がして、乱菊が、ぎゅっとあらごとを抱きながら、

「誰もわすれていないわ！」

見れば秀郷の足元に数人の男が転がり、二人の黒覆面が細道の奥に逃げてゆく処だった。

あらごとは、わごとに、

「助かった。……あんたのおかげで」

「貴女が神雷に打たれるのが見えたの」

わごとは泣き腫らした目を閉じ唇を嚙みしめてうつむいてから、あらごとに、

「土鬼という大きな魔物を倒した。だけど……千穂さんや、幾人もの仲間が……」

「ユワレは？」

「無事よ」

（そういえば……青鬼女は？）

あらごとが訝しんだ時、あらごとの火傷に手をかざしていた浄蔵がふと、

「何だろう？　この音は？」

ドドドドドドド……。

不穏な轟きが細道の奥の方から……近付いてきた。

潤羽が、

「水也！」

と言って、さっと奥を指した瞬間、さっき逃げて行った男二人を吹っ飛ばしながら、細道の奥から、白い飛沫を上げて濁流が現れ、こっちに驀進《ばくしん》している。

――水の竜のような濁流だ。

秀郷が叫びながらこっちに駆けてくる。

海人主が手をかざし、わごとが生大刀を向けた。

すると、もう少しで秀郷を丸呑みにする処だった水の竜がぴたりと止り、今度は急激な引き潮となって退散していった。

「言い伝え通り、この奥に……大河が流れておるのだな」

浄蔵が言った。

「で、その畔《ほとり》に……水鬼がいたと」

そう口にした乱菊は、あらごとから身をはなし、

「良源殿。浄蔵様と一緒に、あらごとを外にはこび出してくれます？　で、浄蔵様は急ぎこの子の手当てを」

浄蔵、良源が、うなずく。浄蔵は言った。

「良源はすぐもどってきて、今度は、わごと、潤羽を外につれ出してくれ。その間、乱菊は……」

「水鬼に気をくばりつつ火鼠の骸をあつめていますよ」

先回りする乱菊だった。

「たのみますよ」

良源が、そう呟いた浄蔵、あらごとに手をのばそうとする。と、弱り切ったあらごとは、

「まって！　乱菊も一緒に来て」

「言ったでしょう。すぐ行くわ」

「…………」

あらごとは切実な目で、乱菊を見やる。さすらいの女呪師は苦笑して、

「何よ……。わたしがいないと、心配？」

……そうなのであった。

「表にはユワレや、竹の翁もいる。浄蔵様も一緒に行く」

乱菊はあらごとに顔を近づけて囁いた。

「安心しなさい。……わたしの可愛い弟子。貴女は……よくやったわ」

「本当に……そう思ってくれてる？」

「半分、嘘よ」

あらごとは心底嫌そうな顔を見せている。すると、乱菊はかすかな痘痕《あばた》がのこる鼻に小皺を寄せて、あらごとの頰を両側から引っ張る。

「だって、ほら、こんなに可愛くない顔しているもの」

すでに浄蔵と手をつないだ良源があらごとの手首をやわらかい力で摑み、

「行くぞ」

あらごとは、良源の縮地により――人穴の底から搔き消えた。

＊

さっきまで人穴を出た所に鎮座していた巌《いわお》が、忽然と消失。

鈍く厚みのある音が人穴内部でして、乱菊が、

「これで蓋《ふた》をした」

さっき、洞窟の途中で邪魔立てしていた岩を、また物寄せで元の所にもどしている。

「たとえ水鬼が中で生きていたとしても……出て来られない」

乱菊は、暗く大きな口を開けた穴から体をまわし、あらごとを見ている。

すでに仲間は皆、人穴の外に出ていた。

浄蔵の浄瑠璃で火傷を癒したあらごとの周りには、わごと、乱菊、良源、浄蔵、日蔵、潤羽、秀郷、ユワレ、竹の翁、海人主と配下の水雷の呪師一人が、いた。

千穂たちの弔いを終えると、わごとが浄蔵に、

「千方や、火鬼も……本当に倒せたんでしょうか？」

「…………」

どう思うというふうに、良源、乱菊の方を向く浄蔵だった。

「……俺はそう思う」

良源はしばらく思案してから言い、乱菊はうなずく。

浄蔵は考え込み、

「千方の中の火花は無くなっているように見えた……。つまり、あのまま燃ゆる谷に落ちたこと切れたのではないか？」

「火鬼の方も、火の中じゃぴんぴんしているだろうが、溶岩の川に溺れたらそれは……助からぬだろうと、良源は言外に言った。

あらごとは、強く、

「あたしらの仇は、みんな、やっつけたってことだよ。わごと」

わごとのかんばせには、まだ……不安がこびりついていた。

だが、しばらくしてうなずき、

「……そうね。隠形鬼の他は」

鋭気をたたえた円《つぶ》らな瞳が隠形鬼が消えた林に向けられる。

浄蔵が、わごとに、

「隠形鬼の捜索、そして、水鬼が生き残ったり、他の残党などおらぬか、左様な捜索を、わたしと叔父御、潤羽、秀郷殿、竹の翁、さらに郡衙《ぐんが》の兵などにもはたらきかけて、おこなおうと思う。

あらごと、わごと、そなたらは……行く所があるのでは？」

乱菊があらごと、わごとの肩に手を乗せ、

「丹波の隠れ里、探さなくてよいの……?」

あらごととわごとは見詰め合い、同時にうなずく。

逞しい影が腕をくみながら双子の前に立ち、

「俺たちが、供しよう」

良源だった。

「我が舟で、伊勢までつれてゆかん」

忌部海人主が、言う。

浄蔵が、温かく、

「決りだね」

わごとはうつむき、

「都の父様、母様のお墓にも……行かなければ……」

わごとをそだててくれた人たちだ。

「……その後は……どうすんの?」

その疑問は、あらごとの口から出た。

「決っているでしょ」

と、乱菊。良源はにやりと笑い、

「世の中にはまだ、魑魅魍魎《ちみもうりょう》どもが蠢いておるのだ。ここまで、俺たちに色々おしえられたのに、やれ火花を引っ込めて、大人しく生きたいなどと、言わんでくれい」

「言わないよ……ね？」

微笑を浮かべてこちらを眺めているユワレや秀郷を見てから、あらごとはわごとに言う。

太郎丸を肩に乗せたわごとは膝をおり雷太を撫でながら首肯している。

あらごとの浅黒い手が、雷太に差し出される。一瞬首をひねった雷太は、あらごとの掌を丹念に舐めた。黒い染みのある桃色の舌が盛んに動く。

浄蔵が、言った。

「これからもはたらいてもらいますよ。――あらごと、わごと」

引用文献とおもな参考文献

『古事記（上）全訳注』　次田真幸全訳注　講談社
『山海経　中国古代の神話世界』　高馬三良訳　平凡社
『新版　伊勢物語』　石田穣二訳注　角川書店
『列仙伝・神仙伝』　劉向　葛洪著　沢田瑞穂訳　平凡社
『戦争の日本史4　平将門の乱』　川尻秋生著　吉川弘文館
『平将門の乱』　福田豊彦著　岩波書店
『平将門と天慶の乱』　乃至政彦著　講談社
『日本の歴史　4　平安京』　北山茂夫著　中央公論新社
『日本の歴史　5　王朝の貴族』　土田直鎮著　中央公論新社
『蝦夷　古代東北人の歴史』　高橋崇著　中央公論新社
『古代の蝦夷　北日本縄文人の末裔』　工藤雅樹著　河出書房新社
『別冊太陽　熊野　異界への旅』　平凡社
『古代の東国③　覚醒する〈関東〉』　荒井秀規著　吉川弘文館
『人物叢書　新装版　良源』　平林盛得著　吉川弘文館
『怨霊と修験の説話』　南里みち子著　ぺりかん社
『疫神病除の護符に描かれた元三大師良源』　疫病退散！角大師ムック編集部編　サンライ

ズ出版
『庶民たちの平安京』　繁田信一著　角川学芸出版
『平安京の下級官人』　倉本一宏著　講談社
『都市平安京』　西山良平著　京都大学学術出版会
『日本史リブレット10　平安京の暮らしと行政』　中村修也著　山川出版社
『平安時代の信仰と生活』　山中裕　鈴木一雄編　至文堂
『【ビジュアルワイド】平安大事典　図解でわかる「源氏物語」の世界』　倉田実編　朝日新聞出版
『衣食住にみる日本人の歴史2　飛鳥時代〜平安時代　王朝貴族の暮らしと国風文化』　西ヶ谷恭弘監修　あすなろ書房
『陰陽道の本　日本史の闇を貫く秘儀・占術の系譜』　学習研究社
『修験道の本　神と仏が融合する山界曼荼羅』　学習研究社
『道教の本　不老不死をめざす仙道呪術の世界』　学習研究社
『歴史群像シリーズ㊎　安倍晴明　謎の陰陽師と平安京の光と影』　学習研究社

ほかにも沢山の文献を参考にさせていただきました。

この作品は徳間文庫のために書下されました。

徳間文庫

あらごと、わごと

魔王咆哮《ほうこう》

2025年3月15日 初刷

著者 武《たけ》内《うち》涼《りょう》

発行者 小宮英行

発行所 株式会社徳間書店

東京都品川区上大崎三—一—一 目黒セントラルスクエア 〒141—8202

電話 編集〇三(五四〇三)四三四九 販売〇四九(二九三)五五二一

振替 〇〇一四〇—〇—四四三九二

印刷 製本 株式会社広済堂ネクスト

ISBN978-4-19-895006-4 (乱丁、落丁本はお取りかえいたします)